ISABELLA ESTEBAN

Tödliches Spiel in Barcelona

Weitere Titel der Autorin:

Mord in Barcelona

Über die Autorin:

Isabella Esteban ist das Pseudonym der Autorin Brigitte Pons (Jahrgang 1967). Sie lebt in der Nähe von Frankfurt/Main, schreibt Romane und Kurzgeschichten und ist dabei immer auf der Suche nach dem perfekten Text. Neben dem Schreiben liebt sie das Reisen und ganz besonders Barcelona.

ISABELLA ESTEBAN

TÖDLICHES SPIEL IN BARCELONA

Comissari Soler ermittelt

lübbe

Dieser Titel ist auch als E-Book erschienen

MIX
Papier aus verantwortungsvollen Quellen
FSC® C014496

Originalausgabe

Dieses Werk wurde vermittelt durch die Agentur Editio Dialog,
Dr. Michael Wenzel (www.editiodialog.de)

Textredaktion: Valérie Thieme, Düsseldorf
Umschlaggestaltung: Kirstin Osenau
Unter Verwendung von Motiven von © Melinda Fawver/Shutterstock,
© plainpicture/AWL/Marco Bottigelli und © Zonia/Shutterstock
Satz: hanseatenSatz-bremen, Bremen
Gesetzt aus der Adobe Garamond Pro
Druck und Verarbeitung: GGP Media GmbH, Pößneck
Printed in Germany
ISBN 978-3-404-18330-2

2 4 5 3 1

Sie finden uns im Internet unter
www.luebbe.de
Bitte beachten Sie auch: www.lesejury.de

Dedicat a Barcelona i Nicol – gràcies per tot

Donnerstag, 28. September, 6:05 Uhr
– Antonio Cruz –

Das Wasser versickerte. Nach und nach schrumpfte die Pfütze in der Mitte des Trichters zusammen, an dessen Rand sich dunkelbraune Halden absetzten. Wie Schutthügel. Antonio goss nach. Kochendes Wasser schwemmte das Pulver auf. Er schloss die Augen, zu müde für eine verächtliche Grimasse. Filterkaffee war etwas für Geduldige. Nichts für ihn. Und die Schutthügel türmten sich überall um ihn auf, Tag und Nacht, weil sein ganzes Leben aus einem verfluchten Trümmerhaufen bestand.

Er spürte einen leichten Stoß am Oberschenkel, dann drückte sich eine feuchte Hundeschnauze in seine Kniekehle.

»Verschwinde«, knurrte er. »Siehst du nicht, dass das noch dauert?«

Der Hund wedelte.

»Was denkst du eigentlich, warum ich um diese Zeit aufstehe, hä? Weil mir das Spaß macht?« Das Tier akzeptierte einfach nicht, dass er es nicht leiden konnte, himmelte ihn dümmlich und ergeben an. Antonio warf eine Handvoll Trockenfutter in den Napf. »Na los, friss.«

Er nahm die Thermosflasche aus dem Schrank, drehte den Deckel ab und biss die Zähne aufeinander. Ein regelmäßiger morgendlicher *cortado* außer Haus war nicht mehr drin. Aber Futter für den blöden Köter, den er nie gewollt hatte. Den hätte seine Frau mitnehmen sollen, als sie abgehauen war.

Langsam füllte er die Flasche. Im Zimmer der Mädchen

war es noch still. Bis die beiden sich regten, verging noch mindestens eine halbe Stunde. Die brauchten ihn nicht, um sich für die Schule fertig zu machen. Geistesabwesend schaute er auf die Kanne, dann in die Flasche. Erst halb voll. Er zögerte, schenkte nach, ließ drei Finger breit Luft. Höchste Zeit, den Schutt loszuwerden.

Draußen war es noch finster. Feuchtigkeit hing in der Luft, ein Rest nächtlicher Abkühlung, eher klamm als erfrischend. Nach wenigen Metern kreuzte Antonio die *Travessera de Dalt*, die zur *Plaça Lesseps* führte. Eine Insel im Beton, die der Verkehr wie ein Fluss umspülte. Von dort war er mit der Metro zur Arbeit gefahren, genau um diese Zeit. Früher. Bevor ihn die Schuttlawine überrollt hatte. Seitdem schlug er morgens die entgegengesetzte Richtung ein. Hügelaufwärts.

Der Hund trottete mit der Leine im Maul neben Antonio her. Sie kannten den Weg beide im Schlaf. Das Einzige, was auf ihrer Runde variierte, waren das Wetter und die Temperatur. Und der Augenblick des Sonnenaufgangs. Dennoch schafften sie es fast immer, diesen an der gleichen Stelle zu erleben. Dann lag ihnen die Stadt zu Füßen.

Der Rollladen am Minimarkt war bereits bis auf Kniehöhe hochgezogen. Schon von Weitem zeichnete sich ein heller Streifen am Rand des schmalen Gehwegs ab. Im Innern brannte Licht. Vor der Tür, jetzt noch verborgen, hingen tagsüber Fächer und bunte Souvenirs von schlechter Qualität, die Touristen anlocken sollten. Im Laden selbst gab es alles, was man zum Leben brauchte. Antonio blieb stehen, ein leichtes Kribbeln in den Fingerspitzen. Weiter hinten rumorte es. Schritte schlurften heran, braune Füße in Badelatschen schoben einen Karton mit aufblasbaren Schwimmtieren vor sich her, darüber erkannte er die schlabberige Stoffhose und den Kaftan des Inhabers. Ob der Inder überhaupt eine Wohnung hatte? Oder war er Pakistani? Da war Antonio nie sicher. Sie redeten nur das Nötigste, und das war nicht viel. Ihm war es ohnehin am liebsten, in Ruhe gelassen zu werden. Der Laden hatte jedenfalls beinahe rund um die Uhr geöffnet.

Er zögerte, dachte an den *cortado*, den er mit den Kollegen vor dem Dienst im Café getrunken hatte, an die Besuche in der Bar zum Feierabend. Auf ein Bier und ein paar *tapas*. Kleinigkeiten, die ihm heute als Luxus erschienen. Die er sich versagte, um Hefte und Schulausflüge bezahlen zu können. Von den Kreditraten für die Wohnung ganz zu schweigen.

Einige Meter voraus drehte der Hund sich um, machte kehrt und setzte sich wieder an die Seite seines Herrn. Von der Leine tropfte es. Sein Schwanz fegte den Gehweg.

Antonio packte die Stofftasche mit der Thermosflasche fester. Wieso guckte der so? Auffordernd, drängend.

»Ich weiß, die Sonne geht bald auf.« Was wusste ein Tier schon von den Sorgen eines Menschen? Unvermittelt überfiel ihn ein Lächeln und er tätschelte den Kopf des Hundes. Neuer Tag, neues Glück. Warum sollte das für ihn nicht gelten? Ein kleines bisschen Glück. Das konnte die Welt ihm doch gönnen. Und er sich auch. »Wir kommen schon rechtzeitig. Keine Sorge. Also entspann dich, ja?«

Er wummerte mit der Faust an die Lamellen, bis er glaubte, eine undeutliche Antwort zu hören, und tauchte darunter hindurch.

Donnerstag, 28. September, 6:55 Uhr
– Niña –

Auf Zehenspitzen drehte sie sich um sich selbst. Wie lustig das knirschte unter den Sandalen! Jeden Morgen freute sie sich auf den Weg zur Vorschule. Vor allem, wenn ihre Mama früher zur Arbeit musste und sie vorher bei Señora Muñoz ablieferte. Zu Señora Muñoz zu laufen dauerte länger, aber es war viel schöner und sie kamen an fünf Baustellen vorbei. Fünf, das war doch ihre Lieblingszahl! Außerdem gab es dort so viel zu sehen. Und sie fand immer etwas, das sie gebrauchen konnte. Auch wenn ihre Mama meistens darüber schimpfte.

»Beeil dich, wir sind spät dran!«

Vor ihren Füßen stoben Staubwölkchen auf, als sie schlurfend durch den Kies pflügte. Ein kleines silbernes Ding flog dabei durch die Luft, das sie eilig aufsammelte. Es glitzerte, war glatt und rund auf der einen Seite und hatte auf der anderen ein Loch mit einer Windung wie ein Schneckenhaus. Ein Silberkugelschneckennupsi. Sie kicherte. Señora Muñoz würde das gefallen. Ihre Faust schloss sich darum und sie hopste weiter, ihrer Mama hinterher, die schon wieder auf ihr Smartphone guckte und wichtige Sachen eintippte.

»Mach nicht dauernd solchen Dreck!«

»Ja-ha!« Auf ihrem Rücken tanzte ein kleiner Rucksack auf und ab. Sie rannte voraus, kletterte auf die unterste Verstrebung des nächsten Bauzauns. Unter einem Schild hindurch konnte sie ein bisschen von der Sonne sehen, die hinter dem

Hügel aufstieg. Wie gern wäre sie länger geblieben, um die mächtigen Maschinen bei der Arbeit zu beobachten, oder am Nachmittag wiedergekommen. Aber ihre Mama konnte den Lärm nicht leiden. Genauso wenig mochte sie die Leute, die wegen der Aussicht herkamen, und ihre Trödelei.

Sie sprang vom Zaun, als sie die Mutter erneut rufen hörte, und flitzte los. Eine Steinchenfontäne spritzte hoch, erzeugte beim Herabrieseln ein merkwürdig helles Prasseln auf dem Boden. Beinahe wäre sie auf etwas draufgetreten. Nachdem sie sich versicherte hatte, dass ihre Mutter einfach weiterging, sank sie in die Knie. Neugierig betrachtete sie den Gegenstand von allen Seiten, wischte ihn ab und verstaute ihn dann in ihrem Rucksack. Das war noch viel besser als der kleine Silber-Nupsi! Instinktiv wusste sie, dass sie diesen Fund ganz für sich behalten und nicht einmal Señora Muñoz zeigen würde.

Ein dumpfes Geräusch wie fernes wütendes Donnergrollen gepaart mit Drachenfauchen schreckte sie auf, und sie jagte davon, die Treppe hinunter, ohne sich noch mal umzusehen.

Donnerstag, 28. September, 8:05 Uhr
– Jaume Soler Martí –

Das Telefon zwischen Ohr und Schulter eingeklemmt, trat Comissari Jaume Soler Martí auf die Terrasse und schloss die Knöpfe seines Hemdes.

»Wir stehen in deinem Vorgarten«, brummte Calderon in den Hörer. »Kannst uns fast sehen.«

Den *Park Güell* als seinen Vorgarten zu bezeichnen, erschien Jaume in mehrerer Hinsicht eine Nummer zu groß. Dennoch kniff er automatisch die Augen zusammen und spähte über die Dächer des Viertels bis zu den grünen Wipfeln. »Wo genau?«

»Wo es am schönsten ist. Wo alle hinwollen. Und wenn du mich fragst, sind auch schon alle da.«

Alle, bis auf ihn. Das gehörte zu den kleinen Annehmlichkeiten, seit er sich *Jefe* nennen durfte: leitender Kommissar bei den *Mossos d'Esquadra* im Bereich Kapitalverbrechen und spezialisiert auf Mordermittlungen, mit zwei ihm ständig zugeteilten Mitarbeitern. Kein wirklich hohes Tier, aber im Rahmen seiner Tätigkeit anderen gegenüber weisungsbefugt. Nicht, dass er jemals eine Führungsposition angestrebt hätte. Irgendwie war es einfach passiert, und nun war er ein Vorgesetzter. Ergo musste er morgens nicht der Erste am Schreibtisch sein. Trotzdem kam es häufig vor. Weil er es mochte, den Tag in Ruhe zu beginnen. Doch danach sah es heute definitiv nicht aus.

»Wir können nichts machen. Verstehst du? Das ist der

reinste Eiertanz, wegen diesem blöden Hund. Und alles voll mit Gaffern. Am liebsten würde ich von allen die Personalien aufnehmen und jeden hier einbestellen!«

Jaume schüttelte den Kopf. Calderons schlechte Laune gehörte ganztags zum Standardprogramm, aber vor seinem zweiten Frühstück war es besonders schlimm. »Durchatmen. Die gehen auch wieder.« Immerhin versuchte der Kollege, seinen Rat zu befolgen und schnaufte laut.

»Soll dich jemand abholen?«

»Nein. Nicht nötig.« Zehn Minuten, mehr brauchte er nicht zu Fuß, wenn er die Verbindungstreppen nutzte, die die kurvige Straße abkürzten. Er durchquerte die Wohnung, schlüpfte in seine Slipper und zog die Tür von außen ins Schloss. Stille blieb zurück, der er gerne entfloh. Mit wehmütigem Blick ließ er den Aufzug links liegen. Sein selbst auferlegtes Fitnessprogramm duldete keine Ausnahme für die drei Stockwerke. »Bin unterwegs.«

»Beeil dich, *Jefe*.« Calderon seufzte. »Bitte.«

Fluchend steckte Jaume das Mobiltelefon weg und legte einen Gang zu. Vor dem Haus bog er scharf rechts ab, erreichte nach kurzem Spurt die Hauptstraße und winkte mit gezücktem Dienstausweis einen Wagen heran. Eine Minute später saß er im Taxi. Fitness hin oder her – Calderon hatte ›bitte‹ gesagt –, also handelte es sich eindeutig um einen Notfall. Er musste sich sputen und Kraft sparen. Nach nur drei weiteren Minuten stieg Jaume am Parkeingang an der *Carreta del Carmel* wieder aus. Auf dem großzügig angelegten Vorplatz standen Souvenirverkäufer und Imbisswagen, und über die sandfarbenen Mauern reckten Palmen ihre gefiederten Blätter. Blaue Bänder zwangen die Touristenschlange an der Kasse in eine ordentliche Reihe. Wer heute ein Zeitfenster-Ticket für den Kernbereich der Anlage kaufen wollte, würde noch mehr Geduld aufbringen müssen als sonst. Denn genau dort, an einer der beiden meistbesuchten Stellen des *Park Güell*, wartete Calderon mit einer Leiche. Und das brachte üblicherweise jeden Zeitplan durcheinander.

Verstimmt gestand Jaume sich ein, dass seine Zeitschätzung zu optimistisch gewesen war. Dabei hatte er sich eingebildet, seinen ›Vorgarten‹ ziemlich gut zu kennen. Die versprochenen zehn Minuten schaffte er auch mit Taxiunterstützung gerade eben so.

Ein veritabler Menschenauflauf markierte sein Ziel. Überragt von zwei Mann der Reiterstaffel, die hoch zu Ross den Durchgang verwehrten. Auch ohne Ortskenntnis hätte er die Stelle somit kaum verfehlen können. Das Fell der Pferde glänzte in der Morgensonne unter wolkenlosem Himmel.

Trotz der laufenden Sanierungsarbeiten an der *Plaça de la Natura* riss der Touristenstrom nicht ab. Jeder wollte einmal auf dieser Terrasse gestanden haben. Jeder brauchte ein paar Schnappschüsse mit der schlangenförmig gewundenen Bank, die diese einfasste und deren Lehne zugleich die Balustrade bildete. Weltberühmt für ihr buntes Mosaikmuster und natürlich für den atemberaubenden Fernblick. Kaum einer ließ sich durch ein paar Bagger von seinem Vorhaben abbringen. Nun musste der Andrang der Gäste doppelt kanalisiert werden, zum Treppenabgang hin und um den Leichenfundort herum. Neben ein paar Unannehmlichkeiten brachte das auch unerwartete neue Fotomotive mit sich. Ein Meer aus Handys und Selfiesticks wogte über den Köpfen.

Im Vorbeigehen grüßte Jaume die Reiter, bewunderte die würdevolle Ausstrahlung und Gelassenheit von Mensch und Tier. Eine eingespielte Einheit, die es gewohnt war, angestarrt und abgelichtet zu werden.

Bei Calderon sah das anders aus. Der war weit entfernt von abgeklärter Ruhe. Mit Domenech, der auch ohne Pferd stets eine tadellose Haltung bewahrte, Kollegen der *Guardia*

Urbana und einem Mann in Zivil bildete er einen unordentlichen Halbkreis. Ein improvisierter Sichtschutz schirmte einen Teil der Besucherblicke ab. Etwas abseits harrten die Sanitäter neben ihrem Fahrzeug aus, das ebenfalls ein wenig Deckung bot. Jaume gesellte sich zu ihnen.

»Comissari Soler«, stellte er sich vor und nickte in die Runde. »*Bon dia.* Worauf wartet ihr?«

»Einsatz oder Abbruch. Hängt von Doktor Mendez ab.« Ein großer Mann mit Vollbart kramte im Notfallkoffer.

»Ich dachte, wir haben einen Toten?«

»Stimmt. Aber den muss der Doktor noch untersuchen. Bisher kam er nicht ran.« In den Worten des Bärtigen lag eine gewisse Schadenfreude. »Und so lange bleiben wir. Falls doch noch einer gebissen wird.«

Die anderen lachten.

»Was wir natürlich niemandem wünschen«, ergänzte er rasch.

»Verstehe.« Jaume beschloss nicht nachzuhaken, wer mit wem aneinandergeraten war und ihrer Meinung nach einen Biss verdient hätte, und wechselte zu den Polizisten hinüber. Calderons Puls war augenscheinlich auf hundertachtzig.

»Wie lange soll das noch dauern? Dieser Hundefänger kommt doch nicht vom Mars! Wir machen uns zum Affen, weil wir an diesem Drecksvieh nicht vorbeikommen. Himmel, Arsch und …«

»Bon dia.« Jaume legte ihm die Hand auf die Schulter. »Wo ist denn die Bestie?«

Domenech grinste verstohlen und wies zu der Parkbank, die sie mit ihrer geschlossenen Reihe verdeckt hatten. Dort kreiste ein Hund um den Toten. »Guten Morgen. Die Bestie macht einen prima Job.«

»Prima Job? Du hast sie doch nicht alle!« Calderon bedachte den jüngeren Kollegen mit einer wegwerfenden Geste.

Kommentarlos verstärkte Jaume den Druck seiner Hand. Das reichte. Der hatte genug Dampf abgelassen. Unstimmigkeiten so öffentlich auszubreiten empfand er als schlechten Stil. »Konnte der Tod sicher festgestellt werden, Doktor Mendez?«

»Ja«, bestätigte der Arzt. »Aber ich bin Notarzt und kein Dompteur. Mehr an Diagnose ist mir nicht geglückt.«

Dank des treuen Wächters.

»Comissari Soler«, schob Jaume nach, »Sie haben den Hundefänger angefordert?«

»Das war ich«, meldete sich einer der *Guardias* und schaute Jaume herausfordernd an. »Erschießen ist keine Option.«

»Gut.« Das sah er ganz genauso. Von wem dieser Vorschlag eingebracht worden war, konnte er sich ausmalen. Er musste sich Calderon wirklich dringend zur Brust nehmen, seine Entgleisungen häuften sich in den letzten Monaten. »Wenn der Hundefänger kommt, bitte zu mir schicken. Bis dahin, zieht euch zurück. Sie auch, Doktor Mendez, machen Sie Pause, bis der Weg frei ist. Das war gute Arbeit, Männer.« Reihum reichte er allen die Hand. »Domenech, Calderon – ihr bleibt mit einem Meter Abstand hinter der Bank.«

»Was hast du vor?«

Der Hund patrouillierte in höchster Alarmbereitschaft vor seinem Herrn. Zähnefletschend und knurrend, jederzeit zum Sprung bereit. Und mit eingekniffenem Schwanz.

»Nicht schießen jedenfalls.«

»Jaja. Dieser aufgeblasene Wicht musste mich natürlich verpetzen«, murrte Calderon. »Dabei habe ich nur ausgesprochen, was alle gedacht haben. Fünf Mann mit Dienstwaffe stehen hilflos herum. Was für ein Bild. Lächerlich!«

»Klar, vor Hunderten Zuschauern einen Hund abzuknallen, macht natürlich einen besseren Eindruck.« Domenech verzog einen Mundwinkel. Ohne zwingende Notwendigkeit löste man damit schnell einen kleinen Volksaufstand mit

Protestkundgebungen gegen Polizeigewalt und Willkür aus. »Glückwunsch zu dieser Idee.«

»Auf deine warte ich immer noch. Nichtstun ist keine Lösung.«

Mit einer ausholenden Armbewegung dirigierte Jaume die Streithähne weiter auf Abstand. Er selbst beschritt einen kleinen Bogen weg von der Bank, um sich dann wieder anzunähern. Dabei unterzog er die Gesamtsituation und die direkte Umgebung einer raschen Prüfung. Er hätte es bevorzugt, eine Weile allein zu sein, um sich völlig ungestört einen Eindruck zu verschaffen. Aber das war nicht drin.

Die auf den ersten Blick profane Baustelle legte das geheimnisvolle Innenleben der *Plaça de la Natura* bloß. Offenbarte ein Herz aus Betonkuppeln, umgeben von einem ausgeklügelten Drainagesystem, das die Mauer und die darunterliegende Säulenhalle vor dem Eindringen von Regenwasser schützte. Der über hundert Jahre alte Park litt unter der Begeisterung, die alle Welt für ihn hegte, unter Millionen von Besuchern und der Witterung. An ihrem Standort wenige Stufen oberhalb der *Plaça* verlief der Hauptweg im weiten Bogen. Dort, wo üblicherweise die Tische des in die Flanke des Hügels eingebetteten Restaurants zur Rast einluden, lagerte jetzt Baumaterial. Es faszinierte Jaume, wie die Mauer natürliche Strukturen nachahmte und aus der Ferne betrachtet mit den Palmen davor zu einem Wald verschmolz. Die baubedingten Einschränkungen änderten nichts an der spektakulären Aussicht. Über die Terrasse hinaus blickte man auf Gaudís verspielte Häuser am Haupteingang mit ihren Kuppeldächern und dem darüber aufragenden Kreuz, die tiefer liegende Stadt und das Meer. Jaume atmete bewusst ein und aus. Wie selten man doch innehielt und diese Dinge in ihrer ganzen Schönheit wahrnahm. Er zog seinen Fokus enger.

Wieder an der Bank angekommen, sank er seitlich versetzt

und sehr langsam in die Hocke. In sich zusammengesackt, aber fast aufrecht, saß der Tote da, als machte er nur ein kleines Nickerchen. Doch Mund und Augen standen halb offen. Auf seinem Hemd hatte er einen großen bräunlichen Fleck, ungleichmäßig ausgebreitet von der Brust bis zum Bauch. Rechtslastig, wie auch seine Schräglage. Links waren einige zusätzliche kleinere Spritzer. Kein Erbrochenes. Neben ihm lagen ein zylindrischer Gegenstand, den Jaume nicht genau erkennen konnte, und eine Stofftasche. Unter der Bank sah er zerknüllte schmutzige Papiertücher, eine feuchte Stelle im Sand und eine Hundeleine.

»Was wissen wir?« Er dämpfte seine Stimme, ließ die Hände locker zwischen den Knien baumeln, wandte sich dem Hund zu, ohne ihn direkt anzusehen. »Redet mit mir. Aber leise.«

»Eine Joggerin hat ihn gefunden«, sagte Domenech. »Sie kam auf ihrer Runde zweimal vorbei und hat sich über seine unveränderte Haltung gewundert. Auf ihre Ansprache hat er nicht reagiert. Ihn anzufassen hat sie sich nicht getraut.«

»Sein Begleiter hat ihn abgeschirmt?« Ein Wachhund mit ausgeprägtem Instinkt, was sich leider in diesem Falle kontraproduktiv für seinen Besitzer ausgewirkt hatte.

»Richtig. Und zwar sehr nachdrücklich.«

Aus dem Augenwinkel nahm Jaume nervöses Trippeln wahr. Dunkles Fell, hängende Ohren, längliche Schnauze, das ganze Tier insgesamt etwas mehr als kniehoch.

»Wir wissen also gar nichts über den Mann und die näheren Umstände?«

Ein diffuser Geräuschteppich breitete sich aus, vielstimmiges Hintergrundrauschen, unentwirrbar vermengt. Jaume glaubte, darunter das weiche Prusten der Pferde zu hören, die Vibration ihrer stampfenden Hufe zu spüren. Sohlen kratzten über feinen Kies.

»Nichts trifft es ziemlich genau«, sagte Calderon endlich

und spähte wie ein Erdmännchen in alle Richtungen. »Ich glaub auch nicht, dass sich das bald ändert.«

»Es gibt Zeugen«, sagte Domenech. »Die haben zumindest bestätigt, dass er schon eine ganze Weile dasaß. Allein. Wie lange genau ist allerdings offen.«

Der Park öffnete um sechs Uhr morgens und war bis um acht für jeden uneingeschränkt kostenfrei zugänglich. Anwohner der umliegenden Viertel erhielten einen Berechtigungsschein und zahlten auch danach keinen Eintritt. Jaume besaß ebenfalls einen, seit er mit Frau und Kindern in den Stadtteil *Carmel* gezogen war. Ein Zugeständnis an die Einheimischen, ganz im Sinne von Eusebi Güell und seinem Architekten Antoni Gaudí, die ein Wohngebiet mit besonders hoher Lebensqualität hatten erschaffen wollen. Zurück zur Natur – am Rande einer Industriestadt. Letztlich war zwar nur ein Bruchteil der großen Pläne umgesetzt worden, doch vom Ergebnis profitierten viele.

Nichts deutete darauf hin, dass der Mann die ganze Nacht an dieser Stelle auf der Bank verbracht hatte. Somit lagen die frühestmögliche Ankunfts- und Todeszeit fest.

»Des Weiteren waren sich alle einig, dass der Hund aggressiv wirkte und frei herumlief. Darum sind die meisten überhaupt aufmerksam geworden. Weil der Besitzer sich nicht drum gekümmert hat. Letztlich ist aber unklar, ob sie wirklich zusammengehören.«

»Oh, das denke ich schon.« Jaume kniete sich hin, rutschte dann in den Schneidersitz. Der Hund trug ein Halsband und auch die Leine unter der Bank sprach dafür. Sie zeigte deutliche Zahnspuren, sah aber nicht mutwillig zerkaut aus. »Haben sie wirklich aggressiv gesagt?«

»Müsste ich nachlesen. Gebellt und geheult hat er.«

»*Jefe*, bist du sicher, dass es klug ist, was du da machst? Der hat vielleicht Tollwut. Wenn das Vieh dich anspringt …«

»Wird er nicht, Calderon.« Jaume nahm eine entspannte Haltung ein, schnalzte mit der Zunge, streckte eine Hand aus, mit der geöffneten Handfläche nach oben. Er fühlte sich unbehaglich, dabei unter Beobachtung zu stehen, doch dem Tier war noch viel weniger wohl zumute. Die Situation musste die Hölle für den armen Kerl sein. Aber es kam ihm nicht in den Sinn, seinen Herrn im Stich zu lassen. Nein, dieser Hund hatte es wahrlich nicht verdient, erschossen zu werden. In sanftem Ton sprach Jaume weiter, wählte einen warmen Singsang, als säße er bei einer romantischen Verabredung im Kerzenschein. »Warum sind wir hier, wenn es keine Anzeichen für ein Verbrechen oder einen unnatürlichen Todesfall gibt?«

»Selvanegra«, gab Domenech lapidar zur Antwort. »Weil er es letzte Woche angeordnet hat. Wir sollen eingeschaltet werden, sobald ein Vorfall im Entferntesten mit Tourismus …«

»Blödsinn«, raunzte Calderon.

»… zu tun haben könnte.«

»Der Tote war ganz sicher kein Tourist, sondern einer von hier. Darauf verwette ich mein Frühstück.«

»Leise, Calderon. Und friedlich.« Jaume warf dem Hund einen kurzen Blick und ein Nicken zu, wandte sein Gesicht dann kurz dem Toten zu und zog dabei die Hand zurück.

»Der Park ist ein Touristenmagnet«, fuhr Domenech fort. »Der *Guardia Urbana* hat das als Begründung genügt, um uns einzuschalten.«

»Die drücken sich nur.«

»Sie halten sich an eine Dienstanweisung.«

Domenechs diplomatischer Einwand entlockte Calderon ein abfälliges Lachen. »Ja, sicher. Weil sie ihnen in den Kram passt. Die Stadtpolizei schiebt lieber eine ruhige Kugel, als sich mit Toten oder bissigen Viechern abzuplagen. Wetten, dass der Kerl nur einen Herzinfarkt hatte? Der dürfte zwischen fünfzig und sechzig sein. Ist das klassische Alter. Am

Morgen den Hügel hochgehetzt, vielleicht sogar gejoggt, vorher nichts gegessen, Kreislauf überlastet, gerade noch die Bank erreicht und Exitus. Natürlicher Tod.«

Still hörte Jaume zu und wiederholte mehrmals den gleichen Ablauf aus Schnalzen, Bewegung und Blickkontakt. Dann kehrte er ihn um.

Winselnd trottete der Hund ihm entgegen.

»Braver Kerl.« Er kraulte das dichte Nackenfell, klopfte ihm anerkennend die bebenden Flanken. Auf dem Anhänger am Halsband war der Name Lupo eingraviert. Das war ein Hund nach seinem Geschmack. Sowohl von der Größe als auch vom Charakter. Einer, der die Bezeichnung *Hund* verdiente. Wie jene, mit denen er damals im Dienst bei der Hundestaffel gearbeitet hatte. Er seufzte beim Gedanken an die beiden Chihuahuas, die Paloma angeschafft hatte.

»Bist ein guter Junge, Lupo«, flüsterte er dem Tier zu. »Guter Junge. Und nun: Bring mir deine Leine.«

Der Hund gehorchte ohne das geringste Zögern.

Kurz darauf zogen die Sanitäter ab, und der Arzt konnte sich endlich dem Toten widmen. Domenech ging ihm zur Hand, machte Notizen und erste Fotos.

Beim Eintreffen des Hundefängers saß der Labradormischling angeleint an Jaumes Seite, eng an sein Bein gelehnt und sichtlich erleichtert, keine Verantwortung mehr tragen zu müssen. Widerstandslos folgte er ihm, sprang in den Wagen, leckte seine Hand und wedelte zum Abschied. Jaume wandte sich ab, bevor der Käfig verriegelt wurde.

Als Domenech den Kopf hob und zu ihm herübersah, brauchte es keine weiteren Worte. Calderon schien seine Wette auf einen Herzinfarkt zu verlieren. Etwas war nicht in Ordnung. Er griff zum Telefon, um die Spurensicherung anzufordern.

Donnerstag, 28. September, 13:30 Uhr
– Montse Soler Martí –

Der Gestank war atemberaubend. Doch wenn González glaubte, sie damit abschrecken zu können, hatte er sich geschnitten. Montse wollte den Job. Unbedingt. Auch wenn sie dafür kopfüber in den Auffangschacht des Müllwagens kriechen musste. *Du kannst ihn nur fahren, wenn du sämtliche Störungen allein in den Griff kriegst*, hatte er gesagt. Natürlich gehörte es dazu, Verstopfungen der Fracht zu beseitigen. Na und? Dann war das eben so. Eigentlich hätte er wissen müssen, dass sie damit kein Problem hatte. Er kannte sie lange genug. Wahrscheinlich machte es ihm einfach Spaß, sie für ihre Ambitionen leiden zu lassen. Dreimal war sie bereits außerhalb ihrer eigentlichen Arbeitszeit angetreten, um ihm ihre Tauglichkeit zu beweisen, und für morgen hatte González ihr endlich eine Entscheidung versprochen.

Auch jetzt nach Dienstschluss konnte Montse nicht aufhören darüber nachzudenken und sich über ihren Vorgesetzten zu ärgern. Sie klappte die frisch belegten Weißbrothälften zusammen, leckte sich die Finger ab und wischte sie dann an einem Tuch sauber. Es war nicht so, dass es sie grundsätzlich störte, mit Besen und Schaufel die Straßen zu reinigen. Das war eine gute Arbeit, für die sich niemand schämen musste. Aber zumindest ab und zu eine Schicht hinter dem Steuer zu verbringen, das reizte sie. Davon abgesehen, dass sie langfristig mehr verdienen würde. Ignacia würde von dieser Idee wenig halten, so viel war gewiss. Darum würde sie einen Teufel tun, und es ihrer Mutter freiwillig auf die Nase binden. Egal wie oft die ihr in den Ohren lag, sie solle sich etwas anderes suchen. Etwas Besseres.

Montse hebelte eine Bierflasche auf, nahm einen Teller von der Theke und brachte beides zu dem Spieler am Automat neben dem Eingang. »Und, gewinnst du?«

Ein Schulterzucken, dann verschwand die nächste Münze im Schlitz. Bunte Lämpchen und Symbole leuchteten auf. Auch eine Antwort. Montse fragte nicht weiter.

Mit einem weiteren *bocadillo* und einem *café solo* setzte sie sich nach draußen zu ihrer Mutter an den Tisch. Ignacias Vorstellung von etwas Besserem deckte sich nicht mit ihrer eigenen. Hauptsache weg von der Straße. Am besten in ein Büro, wo es die Chance gab, einen anständigen Mann zu finden. Montse zog eine Grimasse. Die ermüdende Debatte war durch das Klingeln des Telefons unterbrochen worden, was ihnen beiden einen Streit erspart hatte. Vorläufig. Der Kommentar, zu dem Montse nicht mehr gekommen war, lag ihr gallebitter auf der Zunge.

»Oder willst du etwa ewig so weitermachen?«

Unglaublich, dass ihre Mutter die Ironie dieser Frage nicht erkannte! Ignacia war es doch, die seit Jahrzehnten jeden Tag hinterm Tresen und in der Küche stand. Die nie aus ihrem *Barri* herausgekommen war. Nie die Freiheit geschmeckt, den Wind, die Verlockung der Ferne. *La Pausa* war Ignacias ewiges Projekt. Die kleine Frühstücksbar lebte davon, dass sich nichts veränderte, und existierte nur deshalb noch, weil es Leute gab, die sich genauso wenig veränderten. Traditionell und nostalgisch oder heruntergekommen und schäbig, je nach Blickwinkel. Dass sie längst nicht mehr ohne Hilfe klarkam, wollte Ignacia genauso wenig wahrhaben.

Im Augenblick schien sie ziemlich aufgeregt. Das Telefonat brachte ihren Kreislauf auf Trab, ihre Wangen röteten sich.

Montse streckte die Beine aus und sah an sich herunter, während sie wartete. Niemals würde sie die schweren Schuhe und den Overall gegen einen Arbeitsplatz am Schreibtisch eintauschen. Womöglich noch mit Rock und Bluse. Pah! Auf der Straße war sie genau richtig. Immer unterwegs. Und immer mit der Möglichkeit zur Flucht, nur einen Schritt vom Davonlaufen entfernt. Sie kippte den starken Kaffee in einem Schluck hinunter und verbrannte sich die Kehle.

Ein Windstoß rüttelte an den Sonnenschirmen, die zusammengefaltet zwischen den Tischen standen. Seit Tagen waren sie nicht aufgespannt gewesen. In einem Monat, spätestens in sechs Wochen war es Zeit, sie für den Rest des Jahres wegzuräumen. Noch wurde es im Tagesverlauf ordentlich warm, doch der Hochsommer hatte sich verabschiedet. Statt der Sonne auszuweichen, suchten viele schon wieder nach ihr.

Ignacia drückte die Auflegetaste. Zweimal, um ganz sicherzugehen, und hielt das Telefon zur Kontrolle noch mal ans Ohr. »Hast du gehört, was Nicol mir eben erzählt hat?«

Montse riss mit den Zähnen einen Fetzen aus ihrem *bocadillo* und schüttelte den Kopf.

»Ich lausche nicht.« Pauschal betrachtet, war das eine Lüge, aber im konkreten Fall korrekt. Obwohl es bei der Lautstärke der Unterhaltung ein Leichtes gewesen wäre.

»Sie hat ihren Enkel gehütet und dabei unsere Kleinen getroffen, auf dem Weg zum Spielplatz. Groß und hübsch sind sie geworden, sagt sie. Na ja, da hat sie recht. Wobei ich ja nicht finde, dass sie aussehen wie Paloma. Gabriela hat Jaumes Locken und Rafael …«

»Das Übliche also.« Montse nagte an einem zähen Schinkenstück. Wenn das nur wieder ein Loblied auf die Kinder ihres Bruders werden sollte, verzichtete sie gern auf weitere Einzelheiten. Sie liebte die beiden innig, doch lag der Schwenk zurück zu ihrer eigenen Lebensplanung unangenehm nah. Mitte dreißig, Single, kinderlos. »Gab es auch etwas Besonderes?«

Eingeschnappt stemmte Ignacia sich hoch. Sie hasste es, unterbrochen zu werden und eine Geschichte nicht in ihrem eigenen Tempo erzählen zu dürfen.

»Eine Leiche«, sagte sie bereits im Gehen. »Genau dort.«

Montse vergaß den nächsten Bissen. »Auf dem Spielplatz – bei den Kindern?«

Ungerührt ging Ignacia weiter.

Wenn sie mehr erfahren wollte, war Montse gezwungen ihr zu folgen. Und keine zehn Minuten mehr, bis Jorge mit seinem Moped aufkreuzte, um sie mit zur Arbeit zu nehmen. Verärgert warf sie den Rest des *bocadillos* auf den Teller. Sieg nach Punkten für Ignacia Martí Jiménez.

Im Eiltempo räumte Montse die Tische ab und versenkte das Geschirr in heißem Wasser. Betteln kam nicht in Betracht, ohne Aufklärung zu gehen aber auch nicht. Es raschelte im Vorratsraum, etwas schleifte über den Boden. Montse legte die Spülbürste beiseite und packte bei der Kiste mit an, die ihre Mutter über die Schwelle zu wuchten versuchte.

»Nicht auf dem Spielplatz«, nahm Ignacia den Faden wieder auf, einen Anflug von Genugtuung in der Stimme, und überließ Montse die Kiste allein. »Ein Mord! Genau dort, wo sie die Kinder getroffen hat. Stell dir vor, sie hätten den Toten selbst gefunden!«

Langsam richtete Montse sich auf. »Moment – dann waren sie also nicht dabei, als die Leiche …«

»Meine Güte, nein! Wie kommst du denn darauf? Paloma ist doch schon seit letzter Woche mit ihnen in Madrid. Aber heute hat Nicol an der gleichen Stelle Jaume und seine Leute gesehen. Viele, viele, viele! Der ganze *Park Güell* war voll von ihnen. Und Pferde und Hunde.« Ignacias Arme flogen nur so durch die Luft, und Montse vermutete, dass Nicol mit jeder Nachfrage ein bisschen dicker aufgetragen und damit Ignacias Fantasie beflügelt hatte, was hätte passieren können. Viel Lärm um nichts. Im Stillen überlegte Montse, ob Ignacia am Morgen ihre Blutdruckmedikamente geschluckt hatte. Faktisch konnte hinter der ganzen Geschichte alles Mögliche stecken. Oder gar nichts. Jedenfalls ging es sie nichts an. Menschen starben andauernd. Einfach so oder durch Gewalt. Das war nicht ihre Sache.

»Der schöne Domenech war auch mit dabei. Unglaublich, dass der keine Frau findet.«

Der Satz erwischte Montse wie ein unliebsames Déjà-vu. Draußen hupte ein Moped. Sie rollte die Ärmel des Overalls herunter, schob ihre Mutter zur Seite und ging.

Donnerstag, 28. September, 14:45 Uhr
– Jaume Soler Martí –

Tage wie dieser brannten sich ins Gedächtnis ein, unterlegt mit Geräuschen und Gerüchen, Momentaufnahmen in Zeitlupe. Unauslöschlich. Egal, wie gern man sie vergessen wollte.

Unter der Adresse des Toten, der glücklicherweise seinen Ausweis dabeigehabt hatte, hatten sie niemanden angetroffen. Glücklicherweise. Das Wort widerstrebte Jaume in diesem Zusammenhang. Natürlich war es für sie als Ermittler hilfreich, den Toten sofort identifizieren zu können. Und in gewisser Hinsicht war es auch Glück, dass ihr erstes Klingeln ins Leere lief und eine Nachbarin sie über Antonio Cruz' private Lebensumstände aufklärte. Das verschaffte ihnen einen Wissensvorsprung und die theoretische Chance, sich vorzubereiten. Doch was nutzte alle Theorie, wenn man in einer Schule im Zimmer der Direktorin zwei halbwüchsigen Mädchen gegenüberstand? In Tränen aufgelöst die eine, verwirrend reglos die andere.

Domenech war beileibe kein Neuling, dennoch hatte die Situation ihn kalt erwischt. Es gab für alles ein erstes Mal. Und dieses war das erste Mal gewesen, dass er Kinder über den Tod eines Elternteils informieren musste. Sein Gesichtsausdruck war undurchdringlich geblieben, wie meistens. Jaume wusste trotzdem, was in ihm vorging. Himbeersüßes Parfum, pinkfarbene Jacke, Klebetattoos und weiße Turnschuhe. Die Kombination würde für eine Weile einen Beigeschmack behalten und bei Domenech die spontane Assoziation von Leid hervorrufen.

An dem Tag, der Jaume am hartnäckigsten verfolgte, war das Kind ein Opfer gewesen. Feuchtes Laub, modrig geworden nach einem kalten Winter, daneben ein bunter Schal mit lustigen Tiermotiven. Ein sehr kleines Opfer. Auch das stand Domenech irgendwann noch bevor.

Mit geschlossenen Augen massierte Jaume sich die Schläfen und schob das Bild aus seinem Bewusstsein, um den Ausführungen des Rechtsmediziners folgen zu können. Die Obduktion stützte den Anfangsverdacht des nicht natürlichen Todes. So weit waren sie bereits gekommen. Über den Telefonlautsprecher hörten alle im Büro mit.

»Intoxikation mit Atemstillstand. Verantwortlich dafür mit hoher Wahrscheinlichkeit die Einnahme von Ketamin. Viel zu tun für die Leber, die damit schon in gutem Zustand überfordert gewesen wäre. Und das war sie beileibe nicht. Das wiederum korreliert mit dem Blutalkoholwert – nicht hoch – und doch allein schon in seinem Vorhandensein bemerkenswert in Anbetracht der Uhrzeit.«

»Er war also betrunken?«, brummte Calderon. »Oder nicht?«

Der Gegenstand neben der Leiche hatte sich als Thermoskanne mit Kaffee entpuppt. Cruz hatte sich einiges davon übergekippt, was sowohl die Flecken auf seinem Hemd als auch Schwellungen auf der darunterliegenden Haut erklärte. Jaume wertete den Kaffee an sich als Indiz für einen Ausnüchterungsversuch. »Nicht mehr betrunken, nehme ich an?«

»Einspruch, Comissari: Das war kein Restalkohol nach einer durchzechten Nacht. Der Herr hat anstelle eines Frühstücks Kaffee mit Wodka zu sich genommen. Und dazu eine Dosis Ketamin, die ein Pferd flachgelegt hätte.«

»Drogen?« Calderon schlug auf den Tisch. »Ha! Das nenne ich eine gute Nachricht. Dann sind wir den Fall gleich wieder los. Drogentote gehen uns nichts an.«

»Was genau hat es mit diesem Ketamin auf sich, Doktor?«

»Der Einwurf mit den Drogen ist im Prinzip korrekt. Grüße an den Kollegen Calderon. Allerdings ist es nur eine Seite der Medaille. Ursprünglich war Ketamin ein Betäubungsmittel und Schmerzmedikament. Aufgrund der teils heftigen Nebenwirkungen ist es aber weitgehend aus den Medizinschränken verschwunden. Es gibt Ausnahmen und Härtefälle für den Einsatz, bei denen es zumeist mit anderen Wirkstoffen kombiniert verabreicht wird. Die unerwünschten Eigenschaften haben das Präparat andererseits für eine bestimmte Klientel attraktiv gemacht.«

»Welche sind das genau?«

»Da gibt es eine Menge. Der angestrebte Kick – der allerdings nicht bei jedem eintritt – sind Halluzinationen und Nahtoderlebnisse, verbunden mit dem Gefühl, den Geist vom Körper trennen und diesen verlassen zu können. Nur leider ohne die Garantie, den Rückweg wiederzufinden.«

»Clubszene und Partydrogen?« Domenech beugte sich näher an den Lautsprecher heran. »Ich kann mich nicht an einen Stempel erinnern. Aber ich habe auch nur seine Hände gesehen, nicht die Arme. Haben Sie irgendwo auf der Haut einen gefunden? Manchmal wird eine Spezialfarbe benutzt, die nur unter Schwarzlicht zu sehen ist.«

Jaume zog die Augenbrauen hoch. »Wieso?«

»Spart das Abschrubben, wenn man morgens direkt nach der Party arbeiten geht. Und im Club fällt sofort auf, wenn einer nicht gezahlt hat.«

»Ein Insider, sieh mal an!« Der Rechtsmediziner lachte. »Nein, mit einem Stempel, egal welcher Art, kann ich nicht dienen. Auf Anhieb sehe ich keine Anzeichen für regelmäßigen Drogenkonsum, bis auf Alkohol, wie gesagt. Da scheint eine ungesunde Neigung vorzuliegen. Ansonsten weder auffällige Punktionen, bis auf die eine, noch eine Koksernase.

Wenn ihr es ganz genau wissen wollt, mache ich weitere Tests. Mit einer Haaranalyse könnte ich in diesem Fall bis zu drei Monate in die Vergangenheit sehen. Das gehört aber nicht zum Standard einer Obduktion. Kostet und dauert. Passiert also nur auf ausdrückliche Anforderung. Eine chronische Organerkrankung, die eine reguläre Therapie indiziert, lag bei eurem Toten übrigens auch nicht vor.«

»Dann war es ein einmaliges oder erstmaliges Experiment?« Für Jaumes Empfinden passte Antonio Cruz nicht in einen Nachtclub. Doch da konnte er sich täuschen. Noch vor einer Minute hätte er in Bezug auf Domenech spontan das Gleiche behauptet.

»Wie eben angedeutet: Von mir gibt es keine Schlussfolgerung. Ich kann lediglich festhalten, dass ich Ketamin gefunden habe. Das ist nur wenige Stunden im Blut nachweisbar, wodurch sich der Zeitrahmen einigermaßen eingrenzen lässt. Die genauen Abläufe im Körper zu erklären, erspare ich uns. Grundsätzlich ist es unwahrscheinlich und auch nicht ratsam, dass man direkt nach der Einnahme herumläuft und weite Strecken zurücklegt. Es wirkt binnen Minuten und kann schlimmstenfalls nach Sekunden Lähmungen mit Atemstillstand auslösen. Bei der Menge tippe ich auf eine kurze Spanne, obwohl die Substanz nicht geschnupft oder in eine Ader gespritzt, sondern intramuskulär in den Oberarm zugeführt wurde.«

Jaume nickte gedankenverloren. Dieser Einstich, der sich auf der blassen Haut des Toten als erhabener roter Punkt zeigte, hatte letztlich den Ausschlag gegeben. Doktor Mendez war sofort sicher gewesen, dass es sich dabei nicht um einen einfachen Insektenstich handeln konnte. Selbst der Stachel einer Hornisse hinterließ kein wirklich sichtbares Loch.

Jaume zögerte. Neben einer unbeabsichtigten Überdosierung fiel ihm noch eine weitere Erklärung für Antonio Cruz' Tod ein. Oder zwei.

»Es wäre gut, wenn Sie ein paar Haare sicherstellen, Doc. Damit die Untersuchung nachgeholt werden kann, wenn nötig.«

Sie standen bei null. Eigentlich unter null. Und vor einem Rätsel. Denn was ihnen auch nach intensiver Suche im weiten Umkreis um die Parkbank fehlte, war die verwendete Spritze.

Donnerstag, 28. September, 15:00 Uhr
– Ignacia Martí Jiménez –

Im engen Durchgang zum Vorratsraum stand die Kiste im Weg. Bei jedem Gang hinter die Theke ärgerte Ignacia sich darüber und mehr noch über Montses Sturkopf. Alles bekam sie in den falschen Hals. Witterte hinter jeder Erwähnung eines alleinstehenden Mannes einen Verkupplungsversuch. Dabei hätte sie es durchaus schlechter treffen können, als mit dem schönen Domenech verkuppelt zu werden. Nur wollte der sicher keine Frau mit solchen Haaren auf den Zähnen, wie ihre Montse sie hatte, und die dazu auch noch um einiges älter war als er. Ignacia riss das eben beschriftete Blatt von ihrem Block. So ein hübscher Bursche. Auf den wäre sie selbst in früheren Jahren geflogen. Ob Montse sich erinnerte, dass ihr Vater ein ähnlich schöner Mann gewesen war? Domenech trug seinen Beinamen jedenfalls zu Recht. Das hatte auch Nicol festgestellt.

Ignacia steckte den Filzstift zurück in den Becher. Ihrer Freundin Nicol entging einfach gar nichts. Was manchmal gut war und manchmal schlecht. Statt nach dem Klebestreifen zu suchen, griff sie zum Telefon und wählte die Nummer ihres Sohnes. Wenn er schon so gut wie nie vorbeikam, musste er wenigstens mit ihr telefonieren. Es dauerte keine drei Minuten, bis sie sich auch über ihn ärgerte.

»Mama, was gibt es? Ich bin bei der Arbeit …«

»Das weiß ich. Und ich rufe ja auch nur an, weil ich mir Sorgen mache. Wegen deiner Kinder.«

»Was ist mit Gabriela und Rafael? Hast du mit Paloma gesprochen?«

»Nein, natürlich nicht. Deine Frau telefoniert noch seltener mit mir als du. Nicol hat mich angerufen, du weißt schon, meine Freundin, die in *Carmel* wohnt, gleich bei dir um die Ecke. Was ist los bei euch? Ein Mord mitten im Park! Dort, wo deine Kinder – meine Enkel – zum Spielen hingehen. Wie soll ich mir denn da keine Sorgen machen? Meine kleinen Augensterne! Und nun sind sie in Madrid, und ich kann gar nicht auf sie achtgeben.« Sie kam in Fahrt, wiederholte sich und spulte die gleichen Argumente ab wie schon Montse gegenüber. Das vage Empfinden eines Logikfehlers überging sie, genau wie Jaumes Schweigen, und legte einen wortreichen Schleier aus Empörung darüber. Dabei suchte sie nun doch nach Klebeband und Schere, rüttelte an Schubladen und knallte Schranktüren. »Mir gefällt das gar nicht, wenn sie so lange unter Fremden sind.«

»Du sollst nicht so reden, Mama. Das ist Unsinn. Es sind keine Fremden. Gabriela und Rafael besuchen ihre Großeltern, die das gleiche Recht haben ihre Enkel zu sehen wie du. Und ihnen passiert nichts. Weder im *Park Güell* noch in Madrid.«

Das Thema brachte Ignacia in Rage. Heute noch leichter als sonst. Diese Menschen mit ihrem Haus samt Pool in der Hauptstadt und ihrer studierten Tochter waren sehr wohl fremd! Es tat nicht gut, wenn die Kinder dieses Leben kosteten. Oder wenn eine Frau allein verreiste, deren Mann an nichts als seine Arbeit dachte.

»Wie lange bleiben sie denn noch fort?«

In Jaumes tiefen Atemzügen hörte sie Verärgerung und das Bemühen um Beherrschung. »Warum antwortest du nicht?« Seine Pause dauerte viel zu lange. »Heißt das, du weißt nicht, wann sie wiederkommen?«

»Ich bin im Büro und meine Kollegen warten. Wir haben wirklich viel zu tun. Der Tote im Park …«

»Jaume!« So kam er ihr nicht davon. »Sie kommen doch wieder?«

»Selbstverständlich«, sagte er knapp und legte auf.

»Selbstverständlich«, murmelte Ignacia und schüttelte den Kopf. Als ob irgendetwas im Leben selbstverständlich wäre!

Sie schnitt vier breite Streifen Klebeband ab, pappte den Zettel an die Wand über der Eistruhe und rieb mit der geballten Faust die Ecken fest. *Am 28. September wurde Pedro Morales aus dem Lotterieclub entlassen.* Seine Entscheidung, den Losanteil nicht behalten zu wollen. Dabei musste man dem Schicksal eine Chance geben, statt immer bloß abzuwarten, was es mit sich brachte, und manchmal musste man ihm aktiv auf die Sprünge helfen. Aber das schienen weder Pedro Morales noch Jaume oder Montse zu begreifen.

Donnerstag, 28. September, 15:05 Uhr
– Jaume Soler Martí –

»Mein aufrichtiges Beileid.«

Ihr Schweigen kroch durch den Hörer. Jaume wartete geduldig, obwohl weitere Kollegen das Büro betraten. Er wandte sich zum Fenster, verließ sich auf Domenech, der hinter ihm für Ruhe sorgte. Antonio Cruz' Noch-Ehefrau hatte ein Recht darauf, die Nachricht für sich einzuordnen, ohne mit leeren Phrasen überschüttet zu werden. Lidia Alvarez wirkte gefasst, soweit er das beurteilen konnte, und weit entfernt von einem Gefühlsausbruch.

»Wissen es die Mädchen schon?«

»Ja, Señora. Ihre Töchter sind bereits informiert. Im Augenblick sind sie noch in der Schule, in der Obhut einer Sozialarbeiterin.«

»Und was passiert jetzt?«

»Nun, ich denke, Sie sollten herkommen.«

»Sofort?«

Die Frage irritierte ihn. Was außer sofort kam denn infrage, wenn der Vater der gemeinsamen Kinder tot und die Mädchen alleine waren?

»Ich kann hier nicht einfach so weg.« Ein leichtes Schwanken mischte sich in ihre Worte. »Meine Arbeit und der Kleine … die Fahrt … Wie soll ich das anstellen? Womit fang ich denn an?«

Seit einem Dreivierteljahr lebte sie in Sagunt, hatte Jaume von der Nachbarin erfahren. Eine Kleinstadt in der Nähe von

Valencia, über 300 Kilometer entfernt. Eine weite Strecke, aber nicht unzumutbar. Mit dem Auto dauerte das nur etwas mehr als drei Stunden. Halb so lange wie von Madrid zurück nach Barcelona. Er rieb sich das Kinn, dann die Nasenwurzel. Vielleicht musste sie den Zug nehmen und er tat ihr Unrecht.

»Nun, ich schlage vor, Sie rufen zuallererst Ihre Töchter an. Das ist jetzt sicher am wichtigsten.«

Wieder ließ Jaume die Stille zu, während er Blicke auf seinem Rücken spürte. Carolina, die Kriminaltechnikerin, saß gewohnheitsmäßig auf Calderons Schreibtisch und schaukelte mit den Beinen, wie er am rhythmischen Knarren erkannte. Ihr Kollege Jesus Martinez, der etwas später gekommen war, verriet sich durch zu viel Aftershave, über einem angeschwitzten Hemd. Calderon raschelte ungeduldig mit einer Papiertüte und Domenech hackte eilig auf die Tastatur seines Rechners ein, um gleich für alle den aktuellen Stand zusammenfassen zu können. Für 15 Uhr war eine Gruppenbesprechung mit Dezernatsleiter Selvanegra angesetzt.

»Rufen Sie die Mädchen an«, sagte Jaume sanft. »Jetzt gleich, Señora Alvarez.«

Auf dem Asphalt der Straße bildete sich ein Tupfenmuster, verdichtete sich zu einheitlichem Dunkelgrau.

»Das werde ich tun, Comissari«, antwortete sie schleppend. »Und ich versuche morgen da zu sein. So bald wie möglich.«

»Gut. Wenn Sie in Barcelona angekommen sind, möchte ich gern persönlich mit Ihnen sprechen. *Adéu.*«

Ein Platzregen fegte den Gehweg leer, Fußgänger flüchteten unter Vordächer, pressten sich an Hauswände.

Jaume drehte sich um. Zehn nach drei. »Wir haben noch fünf Minuten unter uns. Seid ihr vorbereitet?«

»Sicherlich.« Carolina hob beide Daumen. »Er wird mich hassen, aber damit kann ich umgehen.«

»Ist ja nicht so, als hätten wir im Labor nichts zu tun.«

Martinez fläzte auf Domenechs Drehstuhl. »Will sagen: Wir haben Arbeit, die sich nicht von selbst erledigt. Können wir das mit den Besprechungen in Zukunft irgendwie anders regeln?«

»Drückeberger!« Calderon feuerte die Papiertüte in den Mülleimer. »Meinst du, wir werden gefragt, ob wir dabei sein wollen? Wobei eines schon stimmt: Dich braucht hier keiner.«

»War nicht meine Idee, Jesus.« Jaume ignorierte die unflätige Geste, mit der dieser Calderons Bemerkung bedachte. Ihre Gereiztheit sollten die beiden sich besser für Selvanegra aufsparen. Er grinste verstohlen. Ihr Vorgesetzter taugte hervorragend als gemeinsamer Gegner und trug so unwissentlich zum Zusammenhalt der Truppe bei.

Wie erwartet erschien Selvanegra exakt eine Viertelstunde zu spät, warf einen Blick auf seine Armbanduhr und nickte dann unbestimmt in die Runde. »Meine Herren. Es kann losgehen.« Er rückte den Jackettärmel zurecht und nahm neben Jesus Martinez auf dem einzig freien Stuhl Platz. »Was haben wir?«

Jaume behielt seinen Standort am Fenster bei; ehe er den Mund öffnen konnte, sprach Selvanegra weiter.

»Dass wir schnelle Ergebnisse brauchen, muss ich sicher nicht extra betonen. Antoni Gaudí, Weltkulturerbe, Aushängeschild der Stadt. Das soll bitte schön eine positive Konnotation hervorrufen. Wir agieren in sensiblem Bereich. Angesichts der Ereignisse in den vergangenen Wochen herrscht im Rathaus eine gewisse Besorgnis, sobald Tourismusbelange betroffen sind.«

Einige Protestaktionen von Tourismuskritikern waren zuletzt über die üblichen Demonstrationen hinausgegangen. Die Reibereien häuften sich und Selvanegra fürchtete weitere Eskalationen und einen Anstieg der Gewaltbereitschaft.

Jaume beurteilte die Lage anders, ohne Selvanegras Maßnahmen grundsätzlich infrage zu stellen. Ein offenes Ohr und wache Augen schadeten niemand. Ihm war es lieber, einmal zu viel anzurücken, als hinterher verlorenen Spuren nachzulaufen.

»Darf ich davon ausgehen, dass wir in Kürze Entwarnung geben können und es nicht mit einem Verbrechen, sondern lediglich mit einem bedauerlichen natürlichen Ableben im öffentlichen Raum zu tun haben?«

»Nein«, sagte Carolina. »Davon können Sie nicht ausgehen.«

Martinez hustete, um nicht zu lachen. Die schnippische Antwort verdankte Selvanegra unter anderem der Tatsache, dass er Carolinas Existenz als Frau mit seiner Standardanrede *meine Herren* beharrlich ausblendete.

»Unser bisheriger Ermittlungsstand schließt eine völlig natürliche Todesursache aus«, ergänzte Jaume und deutete zum Whiteboard. Die Stichworte in gestochen scharfer Schrift verdarben Selvanegras Laune.

»Der Name des Toten ist Antonio Cruz.« Domenech übernahm die Zusammenfassung. »Zweiundfünfzig, verheiratet, drei Kinder. Lebte von seiner Frau Lidia Alvarez getrennt im Stadtteil *Gràcia*. Zwei der Kinder wohnen mit in seinem Haushalt. Ebenso wie der Hund, den wir neben der Leiche vorgefunden haben. Cruz war seit Längerem arbeitslos. Als Todesursache wurde Atemstillstand nach einer Überdosis Ketamin festgestellt.«

»Überdosis?« Selvanegra rang die Hände. »Ein Drogentoter?«

»Das ist eine Lesart.« Eine schnelle und oberflächliche. Jaume sah den inneren Zwiespalt in Selvanegras Augen. Ein toter Junkie im Park schrie nach verstärkter Polizeipräsenz. Wobei … wohl eher danach, den vorhandenen Kräften Dampf zu machen und ihre Aufmerksamkeit zu schärfen. Denn mehr Leute gab es nicht, die er hätte einsetzen können. Im Umkehrschluss konnte er auf diese Weise nach außen hin punkten, Maßnahmen versprechen und politischen Druck ausüben. Außerdem verursachte ein Drogentoter aus der Nachbarschaft weniger Wirbel als ein toter Tourist, selbst wenn er an einer so prominenten Stelle gefunden wurde.

Jaume verschränkte die Finger ineinander. Ein Denkansatz, auf den er so manches zu entgegnen gehabt hätte. Doch er schwieg und überließ es Domenech, seinen Einwurf zu übersetzen.

»Cruz scheint nach dem vorläufigen Gutachten kein regelmäßiger Konsument gewesen zu sein. Eine sofortige korrekte Einordnung ohne weitere Prüfung seiner Lebensumstände ist jedoch unmöglich. Weiter bleibt zu klären, ob es ein Unfall oder Fremdverschulden war.«

»Was soll das nun wieder heißen?«

»Cruz kann beim Konsum selbst einen Fehler gemacht haben oder der, der ihm den Stoff verkauft hat. Oder einer der beiden hat absichtlich überdosiert. Wir haben demnach die Option Unfall, Totschlag, Suizid – oder Mord.«

Selvanegra stöhnte erstickt. »Nicht doch, Soler! Mord?«

Calderon brummte beipflichtend. »Mir wäre ein Herzinfarkt auch am liebsten gewesen.«

»Es ist nur eine der Möglichkeiten, die wir prüfen müssen. Sicher nicht die wahrscheinlichste.«

»Martinez, was sagen Sie?« Unvermittelt klopfte Selvanegra dem Kriminaltechniker auf die Schulter. Eine joviale Geste, kumpelhaft, die bei ihm immer gezwungen wirkte. Jeder wusste, wie fern es Selvanegra lag, sich mit seinen Untergebenen zu verbrüdern. Doch die Spurensicherung lieferte oftmals harte Fakten, und dafür hatte er ein Faible. Tatsachen statt Spekulationen, ohne Spielraum für Interpretationen.

»Was wollen Sie denn hören?« Martinez verzog die Mundwinkel. »Wir haben einen Haufen Zeug zu untersuchen. In seiner Thermoskanne waren Kaffee und Wodka. Davon hat er sich eine Menge übers Hemd geschüttet. Alle Fingerabdrücke auf der Kanne sind von ihm.« Hilfesuchend schaute er zu Carolina, die davon nichts bemerkte. Sie starrte auf ihr Handy.

Selvanegra räusperte sich ungehalten. »Würden auch Sie uns bitte Ihre Aufmerksamkeit schenken?«

»Was? Oh, Entschuldigung, aber das ist dienstlich.« Zum Beweis drehte sie Calderon das Display zu.

»Nachricht aus der Gerichtsmedizin«, las er vor. »Sie haben eine Gewebefaser geschickt, von der Einstichstelle.«

»Wir sollen sie mit der Kleidung abgleichen und uns sofort mit dem Resultat melden.«

Martinez sprang auf und war noch vor Carolina an der Tür. »Tut mir leid. Das kann nicht warten.«

Erste Gelegenheit zur Flucht genutzt, stellte Jaume nicht ohne Neid fest. Er musste bleiben. Es sei denn, es käme ein weiterer Anruf, der eine neue Leiche vermeldete. Doch so etwas durfte man sich nicht wünschen. Niemals.

Freitag, 29. September, 15:50 Uhr
– Jaume Soler Martí –

Das Sofa war zur Mitte hin eingesunken. Vor fünfzehn Jahren mochte der grüne Bezug mit dem Spiralmuster hübsch und modern gewesen sein. Jaume balancierte an der Kante, um nicht in die Kuhle zu rutschen. Auf dem Tisch standen benutzte Gläser, kalkfleckig und angetrocknet, die ihm gestern schon ins Auge gefallen waren. Unter dem Fenster, neben der ausgefransten Hundedecke, türmte sich saubere Wäsche in einem Korb. Die über dem schmalen Balkon gespannten Leinen hingen immer noch voll. Antonio Cruz hatte für seine Töchter gesorgt, so gut er es vermochte. Doch jeder Winkel der Wohnung erzählte von seiner Überforderung.

Lidia Alvarez hatte darum gebeten, ihr Gespräch hier zu führen, um die Mädchen nicht alleine lassen zu müssen. Sicheres Terrain, das ihr das Reden erleichterte. Jaume hatte sofort eingewilligt. Am gestrigen Vormittag hatte er sich auf eine Stippvisite beschränkt und dann der Spurensicherung das Feld überlassen. Obwohl es in diesem Fall naheliegend erschien, mussten Fundort und Tatort nicht identisch sein. Darum war es notwendig, auch die Situation in Cruz' Wohnung aufmerksam zu sichten und zu dokumentieren. So diskret wie möglich, auch wenn es die Hinterbliebenen belastete. Aus dienstlicher Sicht ging es nicht anders. Persönlich empfand er die Fotos, die Martinez gemacht hatte, als grenzwertig. Besonders die aus dem Zimmer der Kinder. Selvanegras Wunsch nach einem Drogenfund, der Cruz doch noch zum regelmäßigen Konsumenten oder vielleicht sogar zum Dealer gestempelt hätte, war unerfüllt geblieben. Sie hatten nichts gefunden, was ihnen grundlegend weiterhalf.

»Standen Sie nach der Trennung weiter in regelmäßigem Kontakt mit Ihrem Mann?«

»Ja. Sicher.«

»Kam er Ihnen zuletzt verändert vor, gab es Probleme?«

»Gab es irgendwann mal keine?« Lidia Alvarez klang verbittert. »Hören Sie, Comissari Soler. Antonio war ein Taugenichts. Er hat mich mit allen Sorgen alleingelassen, bis ich nicht mehr konnte. Wissen Sie, wie lange er schon keine Arbeit hatte? Und wissen Sie, wann er aufgehört hat, eine zu suchen? Wir haben wenig geredet. Nur gestritten.«

»Weil er getrunken hat?«

»Auch.«

»Hat er Sie geschlagen?«

»Darf eine Frau nur dann gehen, wenn sie geprügelt wird?«, fragte sie zurück. »Und kommen Sie mir nicht damit, dass ich wegen der Kinder hätte bleiben müssen.«

»Sie hätten sie alle mitnehmen können.« Jaume biss sich auf die Zunge. Das hatte er nicht sagen wollen. Eine völlig unprofessionelle Bemerkung. »Entschuldigung. Das steht mir nicht zu. Und es tut nichts zur Sache.«

»Ich bin eine schlechte Mutter. Nicht wahr? Das denken Sie doch! Aber wissen Sie was: Es sind auch seine Kinder. Jetzt muss er sich kümmern, und sich anhören, wenn sie jeden Tag etwas brauchen, was nicht bezahlbar ist. Jetzt muss er sagen, das geht nicht und ihnen in die Augen sehen, wenn sie fragen warum. Weil niemand mehr da ist, der ihm das abnimmt.« Unvermittelt schrie sie ihn an. »Glauben Sie etwa, ich habe die Mädchen nicht vermisst? Ich habe jeden Tag an sie gedacht. Jeden Tag! Aber sie wollten nicht mal mit mir telefonieren. Sie sind schon groß, sie kommen ohne mich klar. Das haben sie mir als Erstes zu verstehen gegeben, als sie mich heute gesehen haben: dass ich nicht hätte kommen müssen!«

Aus dem Zimmer nebenan schallte Musik. Laut aufgedreht. Zu laut angesichts des Todesfalls. Jaume hätte gewettet, dass die Tür abgeschlossen war.

»Sie haben ihre Freunde, ihre Schule. Hätte ich sie von allem wegreißen sollen, was sie lieben? Ein Neuanfang, allein mit drei Kindern und einer Vollzeitstelle. Sagen Sie mir, wie hätte ich das bewerkstelligen sollen?«

Ihre Fragen bürdeten ihm Verantwortung auf, fast schon eine Mitschuld an dem Elend, dem sie jetzt ausgesetzt war. Unter dem Zorn las er Angst und Verzweiflung in ihren Augen – nagende Schuldgefühle. Er behielt seine Beobachtungen und seine Meinung für sich.

»Ihr Mann hat Sie oder die Kinder also nie geschlagen?«

»Nein.«

»War er anderen gegenüber gewalttätig, vielleicht wenn er getrunken hatte? Ist er dann leicht in Streit geraten?«

»Geheult hat er, wenn er besoffen war. Und vom Glück gefaselt. Aber einer wie er, der zieht das Unglück an.«

»Waren Drogen ein Thema?« Dass sie in der Wohnung keine gefunden hatten, entlastete Cruz nicht vollständig. Es gab auch keinen Alkohol in seinem Zuhause, keine versteckte Notration, nicht mal leere Flaschen. Seine Blutwerte und der Inhalt der Thermoskanne sagten etwas anderes.

»Wo hätte er denn das Geld dafür hernehmen sollen?« Ihr tiefer Atemzug verriet Müdigkeit. Lidia Alvarez knetete ihre Hände, sah dann zur leeren Hundedecke. »Das führt alles zu nichts, Comissari Soler. Und ich verstehe auch gar nicht, was das soll. Was hat das mit seinem Tod zu tun? Sie haben gesagt, dass Antonio Schmerzmittel und Alkohol eingenommen hat. So was verträgt sich nicht gut. Das weiß man doch.«

»Denken Sie, dass Antonio das wusste?«

»Ja, bestimmt. Er war ja nicht dumm.« Ein schwaches Zusammenzucken ging dem Beben ihrer Lippen voraus. Der Umkehrschluss war leicht zu ziehen. Sie wandte den Blick ab.

»Hat er vielleicht absichtlich …?«

»Nein«, fuhr sie ihm dazwischen. »Nein! Niemals.«

Die Wäsche schlug vor der Tür flatternde Volten.

»Unfälle passieren, Comissari«, fügte sie leise hinzu. »Fehler aus Unachtsamkeit.«

»Natürlich.« Jaume drückte sich aus der Sofakuhle hoch. Was er erfahren hatte, reichte für den Moment. »Geben Sie mir Bescheid, wenn Ihnen noch etwas einfällt, Señora Alvarez.«

Er gönnte ihr eine Verschnaufpause. Mehr nicht. Beim nächsten Mal würde es kein drum herumreden mehr geben. *Niemals* war eine gewagte Aussage. Und manchmal war es eine Lüge.

Noch auf der Treppe wählte er Domenechs Nummer. Freitagnachmittag. Die Aussichten, heute noch etwas zu erreichen, waren schlecht. Trotzdem mussten sie Druck aufbauen und versuchen, die Sache zu beschleunigen. Sie brauchten Antworten.

Das Haus im Rücken sah Jaume zu Boden, dann die Straße nach links und nach rechts. Was hatte sich gestern in aller Frühe hier abgespielt, als Antonio Cruz an seinem letzten Morgen aus dieser Tür getreten war? Er wusste bereits, dass die Runde mit dem Hund zu seiner täglichen Routine gehört hatte. Es musste Leute geben, die ebenfalls regelmäßig zur gleichen Zeit unterwegs waren und ihn gesehen oder am fraglichen Tag etwas beobachtet hatten, ohne sich dessen bewusst zu sein. Die galt es zu finden.

Was gab der Weg über Antonios Gedanken preis? Was hatte er gesehen, was gefühlt? Dunkelheit, ein paar Straßenlampen, vertraute Geräusche. Nichts Ungewöhnliches, das den gewohnten Ablauf gestört hätte. Bis zur *Travessera de*

Dalt schritt Jaume zügig aus. Vier Fahrspuren plus Busspur, in der Mitte getrennt durch ein handtuchbreites grünes Band mit vereinzelten Palmen. Zu beiden Seiten hohe Häuserreihen. Er schlug einen Haken nach links, wie Antonio ihn gegangen war, statt die kürzeste Route geradeaus zu nehmen, wo Stufen steil nach oben führten. Wie auf der anderen Parkseite in *Carmel*, vor Jaumes eigener Haustür. Nur, dass es hier zusätzlich an zwei Stellen eine bequeme Rolltreppe gab. Ein unruhiges Kribbeln sträubte seine Kopfhaut, während er sich dem Seiteneingang an der *Baixada de la Glòria* näherte. *Warum die Spritze, Antonio, warum?* War er einem plötzlichen Impuls gefolgt – oder einem ausgefeilten Plan? Jaume hörte förmlich Lupos Krallen auf der Metalltreppe kratzen, sah die Pfoten rutschen und wie er sich am Ende erleichtert schüttelte und die letzten Meter zum Tor rannte.

Die in der Einstichwunde sichergestellte Faser, die Carolina und Martinez untersucht hatten, stammte von Antonios Hemd. Nicht einfach eine Fluse von vielen, sondern eine, deren Ursprung unter dem Mikroskop genau lokalisiert werden konnte. Eine minimale Beschädigung im Gewebe, was bedeutete, dass die Spitze durch den Stoff in den Oberarm eingedrungen war. Durchstoßen, statt den Ärmel aufzurollen. Wild entschlossen, verzweifelt, gierig? Es gab keine Kratzer oder andere Auffälligkeiten an Körper und Kleidung, die auf die Beteiligung einer weiteren Person hindeuteten.

Hinter dem überraschend schlichten Tor schlängelte sich der Weg links weiter zum Hügel mit den drei Kreuzen hinauf, rechts ging es wieder abwärts. Jaume spürte Antonios Entschlossenheit nach, die ihn ruhig machte. Ein kurzer beherzter Akt: zustechen, den Kolben durchdrücken und weg mit der Spritze. Egal wohin. Ein letzter schneller Lauf zur *Plaça de la Natura*. Und mit dem Blick in den Sonnenaufgang aus dem Leben verschwinden. Darin lag fast schon Poesie.

War das möglich? Jaume schaute auf die Uhr und beschleunigte sein Tempo, bis er beinahe rannte, gerade so weit gedrosselt, dass er nicht gejagt wirkte und auffallen musste. Nach wenigen Wegschleifen setzte Seitenstechen ein. Ein fieser Tribut, den seine mangelnde Form ihm nach dem Treppensteigen abverlangte. Ohne anzuhalten, hetzte er weiter – vorbei an *Manteros*, die ihre Souvenirs auf Decken ausbreiteten, allzeit fluchtbereit –, überholte Kinderwagen und Flaneure und versuchte den Schmerz wegzubeißen.

Leicht außer Atem erreichte er die Bank, stoppte die Uhr. Fünf Minuten. War das zu lange? Vielleicht war Cruz an diesem letzten Tag von seiner Gewohnheit abgewichen und doch durch den Haupteingang gekommen, über die Treppe mit dem markanten Salamander. Oder von der *Avinguda del Santuari de Sant Josep de la Muntanya*?

Jaume kniff die Augen zusammen. Auf dem Pavillon zur Rechten des Tores glänzte ein vierarmiges, von blauen und weißen Kacheln überzogenes Kreuz. *Cruz*. Antonio Cruz – Antoni Gaudí. Ein Hinweis auf eine symbolische Bedeutung, die Korrelation von Ort und Geschehen? Letztlich änderte es nichts an der grundlegenden Erkenntnis: Cruz musste bei der Injektion bereits im Park gewesen sein. Wenn die Poesie des Sonnenaufgangs Teil seines Plans gewesen war, hatte er das Risiko ausgeschlossen, den gewählten Platz nicht mehr zu erreichen. Denn der hochdosierte Wirkstoff garantierte zwar den Tod, doch die Zeitspanne bis zum Eintritt konnte unmöglich präzise vorhergesagt werden. Demnach hatte er sich die Spritze direkt vor Ort gesetzt, auch auf die Gefahr hin, dabei gesehen zu werden. Der mitgebrachte Kaffee wirkte als Täuschungsmanöver für den Anschein von Normalität, der Wodka als letztes Mittel gegen die Angst, doch noch zu kneifen. Ein kleiner Helfer, um den Druck zu mindern. Vermutlich war es auf die Wirkung des Ketamins zurückzuführen, dass er sich anschließend mit Kaffee verbrüht hatte und dennoch sitzen geblieben war. Ketamin verminderte sowohl die Körperkontrolle als auch das Schmerzempfinden.

Unter der Annahme einer planmäßigen Handlung war davon auszugehen, dass Antonio die Spritze in unmittelbarer Nähe entsorgt hatte. Hinter dem Bauzaun zum Beispiel, in einem der Säcke mit Schutt, die unterhalb auf der Terrasse zum Abtransport bereitstanden.

Jaume seufzte und winkte einem der Baggerfahrer hinter der Absperrung zu. Es gab nur eine logische Konsequenz: Er musste jemand dazu verdonnern, den Schutt vom Vortag zu durchwühlen. Und das würde diesen Jemand garantiert nicht glücklich machen.

Freitag, 29. September, 21:55 Uhr
– Montse Soler Martí –

Von außen erinnerte das *Terra Mar* an ein Aquarium voll ahnungsloser Fische ohne Bewusstsein für die Welt jenseits der Scheibe. Grelles Licht erleuchtete auch den letzten Winkel. Nicht, dass den jemand hätte sehen wollen. Oder die Großpackungen Lebensmittel in Plastikfolie und den Familientisch zwischen Küche und Klo, an dem das Privatleben der Betreiber stattfand. Spielautomaten, abgewetzte Barhocker, Stammgäste. Im Grunde unterschied sich das Lokal in seiner Hässlichkeit nur unwesentlich von *La Pausa.* Aber hier servierten sie komplette Mahlzeiten, üppig und preiswert, und die Tische waren voll besetzt – auch im Freien unmittelbar hinter den Mülltonnen und Motorradparkplätzen. Zwei mächtige Platanen breiteten ihre Äste über den Gästen aus. Für Montse bestand der größte Vorzug des *Terra Mar* eindeutig in der Abwesenheit ihrer Mutter. Gerade heute, nachdem ihr Traum vom Müllwagenfahren geplatzt war. *Vorläufig vertagt,* hatte González behauptet, aber sie wusste, dass das eine Lüge war.

Sie zog die Pulloverärmel über ihre Hände und sah Alba Ruiz beim Rauchen zu. »Ich verstehe deine Frage nicht. Was soll mit meinem Bruder sein?« Schon in der Schule hatte Alba sich gern in Rätsel gehüllt. Versuchte sie immer noch, sich auf diese Weise wichtigzumachen?

»Och, man erzählt so dies und das. Wieder auf dem Markt, habe ich gehört. Ist da was dran?«

»Wer sagt denn so was?«

»Das ist kein Nein.« Alba schlug die Beine übereinander und hob das Wermutglas. »Na, darauf trink ich doch!«

»Spinnst du?« Montse verpasste ihr einen Tritt gegen die aufgeregt wippende Wade. »Er ist verheiratet.«

»Ich sondiere nur die Lage. Man munkelt von Eheproblemen und Trennung. Und jedes Gerücht hat eine Ursache. Madrid, sage ich nur, Madrid. Hauptstadt und Heimat, in diesem Fall. Quelle ist übrigens meine Tante Yola. Und die hat es von Nicol, der besten Freundin deiner Mutter, und wenn ich richtig informiert bin, ist die irgendwie mit beiden verwandt.«

»Tratschtanten«, spottete Montse. Neugierige alte Biester, die ihre Nasen überall reinsteckten. »Deine Quelle ist scheiße.« Was die verwandtschaftlichen Verhältnisse anging, mochte Alba richtigliegen, und sie schien auf dem besten Weg, die Familientradition fortzusetzen. Kein Wunder, dass sie sich als Rezeptionistin im Hotel richtig wohlfühlte.

»Scheiße?« Alba beugte sich nach vorn und lächelte süffisant. »Weißt du, was wirklich scheiße ist? Wenn man Tatsachen ignoriert oder Warnzeichen leugnet. Wir werden nicht jünger. Und allein sein – mach dir nichts vor – ist die größte Scheiße von allen.« Auffordernd schwenkte sie das Glas in Montses Richtung. »Wusstest du schon, dass der Tote aus dem *Park Güell* auch ein verlassener Mann war? Und er hat gar nicht so weit von Jaume entfernt gewohnt. Yola sagt, dass Nicol gesagt hat, das war bestimmt …«

Montse wünschte sich weit weg. Oder zumindest an den Nebentisch, wo rund zwei Dutzend geleerte Bierflaschen von entspannter Stimmung erzählten. »Ich weiß, dass du schon immer auf Jaume stehst. Und meine Schwägerin …« Montse schüttelte den Kopf. Zwischen ihr und Paloma herrschte eine Distanz, die sie nie zu ergründen versucht hatte. Manchmal sogar regelrechtes Misstrauen. Aber sie planmäßig auszubooten, das ging zu weit. Sie war Jaumes Frau. Und dass er sie liebte, stand außer Zweifel. Das allein zählte. »Finger weg von meinem Bruder, Alba. Ich meine es ernst.«

Samstag, 30. September, 8:10 Uhr
Jaume Soler Martí –

Weitläufige Anlagen erstreckten sich jenseits der *Litoral* vom Kreuzfahrthafen den Hügel hinauf bis zum *Castell de Montjuïc*, einer wehrhaften Burg mit zweifelhafter Geschichte. Mehrere aneinander angrenzende Parks verschmolzen zu einem Netz aus Wegen, Treppen und Mauern, das gefühlt zwei Drittel des Berges überzog und auf der Meerseite fast bis zum außerhalb gelegenen Hauptfriedhof reichte. Ein Heer von Gärtnern war damit beschäftigt, Palmen, Platanen, Azaleen und eine Vielzahl anderer Gewächse zu pflegen. Agaven und Kakteen kamen bestens mit dem heißen Klima und dem sandigen Boden zurecht. Die Seilbahn unweit des Hotels an der *Placa de l'Armada* mit ihren geometrisch angelegten Beeten krönte das Ausflugsziel. Zumindest in Jaumes Augen. Dennoch konnte er sich weit Schöneres vorstellen, als den Tag hier mit einer Tatortbegehung zu beginnen.

Er legte den Kopf in den Nacken. Ein anderer Park, eine andere Leiche. Von seinem Standort aus konnte er die Stahlseile nicht sehen, obwohl sie nur wenige Meter Luftlinie entfernt verliefen. Der *Transbordador Aeri del Port* trug seine Passagiere in einer Gondel bequem den Berg hinauf oder setzte sie am unteren Ende an der Landzunge von *San Sebastià* ab. Im Frühling hatte er sich mit seiner Familie dieses besondere Erlebnis gegönnt, das Hafenbecken in luftiger Höhe zu queren. Gabriela hatte vor Vergnügen gequietscht, als die Kabine ruckelnd den mittleren Turm passierte. Rafael dagegen hatte mit skeptischer Miene Jaumes Hand gefasst und erst am Ende der Fahrt wieder losgelassen.

Mit einem leisen Fluch vertrieb er die schönen Bilder und wandte sich dem Toten zu, der umrahmt von Flatterband am Fuße einer langen, etwa drei Meter hohen Mauer saß. Der Rücken war angelehnt, die Beine im Laub einiger dünner Bäume und Büsche ausgestreckt. Er trug eine Jeans und abgetretene Schuhe, darüber ein hellblaues Hemd. Jaume betrachtete Gesicht und Hände, befühlte den Stoff. Einfach, aber sauber, wenn er die frischen Spuren außer Acht ließ. Kein Gepäck. Weder Tasche noch Schlafsack. Der hatte nicht geplant, bis zum Morgen zu bleiben. Gleichmäßige Feuchtigkeit durchzog die Kleidungsstücke. Da es nicht geregnet hatte, musste sie vom Tau herrühren, dem der Tote geraume Zeit ausgesetzt gewesen war. Seit Mitternacht in etwa, mit einer Abweichung von plus/minus zwei Stunden. Auch ohne den Rechtsmediziner, der sich schon wieder davongemacht hatte, konnte Jaume den Todeszeitpunkt grob einordnen. Gegen einen wesentlich späteren Tod sprach nach seiner Einschätzung die deutliche Ausprägung der Leichenstarre. Am Inhalt einer Hosentasche hatte sich bereits ein Tier zu schaffen gemacht. Vermutlich eine Ratte. Gegen einen früheren Tod sprach die rege Nutzung des Fußwegs. Irgendjemand hätte die Leiche am Abend bemerken müssen. Oder? Aus der Hocke heraus peilte er Calderon an. Ein niedriger Zaun zwischen Weg und Gebüsch störte die Sicht. Unkraut wucherte zu beiden Seiten der verwitterten Holzlatten.

Jaume tippte eine Notiz in sein Handy, dann hob er den Kopf und spähte zum Ende der Mauer. In einiger Entfernung erkannte er Domenech, der mit seinen langen Beinen die Treppe hinter der nächsten Wegbiegung hinaufgehechtet war.

Er richtete sich auf und gab mit erhobenem Arm Zeichen. Domenech reagierte nicht. Offenbar reichte das lichte Gebüsch selbst bei Tageslicht, um ihn auch aus dieser Perspektive zu verbergen. In der Nacht war man an diesem Sitzplatz demnach völlig unsichtbar. Er revidierte seine Meinung und machte eine weitere Notiz.

»Kann er jetzt abtransportiert werden, *Jefe*?« Kurzatmig schnaufend kam Calderon näher. »Wir sollten zusehen, dass wir das Feld räumen, bevor es allzu viel Wirbel gibt.«

Jaume überkletterte den Zaun und gab die Fundstelle frei. Calderon winkte die Männer mit dem Sarg heran, Domenech war bereits wieder bei ihm angelangt.

Sie alle hatten sich freiwillig zum Bereitschaftsdienst gemeldet. Keine Seltenheit und doch erstaunlich, angesichts des ungeklärten Todesfalls im *Park Güell*. Auf ihren Tischen lag genügend Arbeit und niemand erwartete diesen zusätzlichen Einsatz von ihnen. Die Gründe dafür behielt jeder für sich. Musste er sich Sorgen um sein Team machen? Domenech erschien ihm ohnehin oft viel zu ernst und sollte am Wochenende Besseres zu tun haben. Sich die ganze Nacht in Clubs vergnügen zum Beispiel, um Stempel auf der Haut zu sammeln und die eine oder andere Eroberung. Verfügte er wirklich über praktische Club-Erfahrung oder basierte sein vermeintliches Insiderwissen auf reiner Theorie? Mit Anfang dreißig war Jaume an jedem Freitagabend ausgegangen. Und an jedem Samstag. Gerade mal zehn Jahre war das her. Vor dem Mittagsläuten hatte er selten das Bett verlassen, und meistens war er nicht allein aufgewacht. Im Gegensatz zu heute und zur gesamten vergangenen Woche. Ihn plagten Schlafmangel und Rastlosigkeit, das Alleinsein in zermürbender Stille. Jedenfalls zu Hause. Genau jetzt und hier brauchte er eine Auszeit. Dienstliche Einsamkeit.

»Fahrt schon vor ins Büro. Ich komme nach.« Was zu tun war, lag auf der Hand, darüber musste er keine Worte verlieren.

Er sah zu, wie der leblose Körper vorsichtig in den Zinksarg gelegt wurde. Jener Mann aus der Grünanlage war etwa im gleichen Alter wie Domenech. Zu jung, um einfach tot zu sein.

Dem ersten Augenschein nach gab es keine Anzeichen für Gewalt von außen. Aber die hatte es bei Antonio Cruz auch nicht gegeben.

Umgeben von geschäftiger Betriebsamkeit, versenkte Jaume sich in sich selbst, schloss die Augen, spürte dem eigenen Atem nach. Je lauter die Welt um ihn agierte, desto tiefer glitt er in die Stille. Eine instinktive Vorgehensweise, die er erst allmählich verstand, seit Paloma versuchte, ihn mit fernöstlicher Meditation vertraut zu machen. Seine wiederkehrenden Kopfschmerzen ließen sich damit zwar nicht heilen, doch zuweilen auf ein erträgliches Maß reduzieren. Besonders gut gelang das, wenn Paloma ihn anleitete. Ihre reine Anwesenheit linderte all seine Beschwerden. Ein flüchtiges Lächeln strich vorbei, zerschellte am Zuschlagen einer Heckklappe. *Leichenwagen. Ein Toter im Gebüsch.* Sein Puls legte einen kurzen Spurt ein, veranlasste ihn, seinen Standort zu wechseln. Rauf oder runter? Er entschied sich für runter, folgte kurz der Staubwolke hinter dem Leichenwagen, dann der Steintreppe bis zum *Passatge de les Bateries*. Die gesamte Grünanlage hatte bessere Zeiten gesehen, zeigte Zeichen von Verwahrlosung und Vandalismus. Linker Hand führte der Fußweg weiter in ein Wohnviertel, rechter Hand strömte der Verkehr am *Montjuïc*-Massiv vorbei aus der Stadt. Wie auf einer Insel saßen einige Gebäude inmitten des nie endenden Getöses. Jenseits der Straßen reihten sich die Kreuzfahrtterminals aneinander. Jedes Jahr schienen es mehr zu werden. Nahezu unsichtbar lag dahinter das Meer. Eine Ahnung nur, gespeist aus dem gelegentlichen Schrei einer Möwe und dem Geruch von Schiffsdiesel.

Woher war der Mann gekommen, der sich nun auf dem Weg ins rechtsmedizinische Institut befand? Parkte sein Auto in der Nähe? Gab es jemanden, der zu Hause auf ihn wartete und ihn längst vermisste? Was hatte ihn am Abend hergeführt, an diese wenig einladende Stelle? Weshalb war er über den Zaun gestiegen, um sich dort niederzulassen, statt sich auf eine Bank zu setzen oder weiterzugehen bis zu den Aussichtspunkten, Blumenrabatten und Springbrunnen?

Schritt für Schritt wanderte Jaume in umgekehrter Richtung am Fundort vorbei, bis er oberhalb die Weggabelung zum Kakteengarten erreichte. Er fixierte die Kräne des Containerhafens, die für ihn eine ähnliche Kontinuität ausstrahlten wie das Meer selbst. In stumpfem Stahlblau lag es unter einem fahlen Himmel. Keine Sonne, kaum Wind. Stillstand. Ruhe.

Mauersteine mit steifbeinigen Eidechsen, die auf Wärme warteten, eine streunende Katze, Polizisten, die Mülleimer und Unrat durchsuchten. Hinter erneut geschlossenen Lidern visualisierte Jaume seine vorherigen Wahrnehmungen.

Toter Mann, in entspannter Sitzhaltung, beide Hände auf den Oberschenkeln, die Nägel frisch geschnitten und auffallend sauber für jemanden, der ansonsten nach körperlicher Arbeit aussah. Es konnte keinen Kampf gegeben haben, nicht einmal eine Rangelei. Seine Wäsche wies keine Verschmutzungen auf, weder Gras noch Erde, nur gleichmäßige Querfalten an den Ärmeln, wie sie beim Hochschieben entstanden. Wenn er ausgeraubt worden war, dann nach seinem Tod und mit zielsicherer Taschendurchsuchung, ohne seine Lage zu verändern. Die Ratte war skrupelloser gewesen, hatte einfach ein Loch in den Stoff genagt. Dies war in der Tat ein seltsamer Ort, um sich hinzusetzen und zu sterben. Dort, wo es Ratten gab. Ein versteckter Platz, eine Kuhle, ein Nest …

Ein heller Ton scheuchte die kleinen Nager aus seinen

Gedanken ins Dunkel und riss Jaume aus dem grünen Dickicht. Wie viel Zeit war vergangen? Sein Mobiltelefon zeigte eine SMS von Domenech an. Name und Adresse des Toten, ein Satz, keine Schnörkel. So sollte eine Kurznachricht sein. Identität geklärt. Der Bursche war gut und verdammt schnell. Eigenheiten, die man als Chef gerne sah. Jaume schmunzelte und tippte eine ebenso kurze Antwort.

Weit draußen auf den Wellen blitzten Reflexe wie Blinklichter, verrieten die durchbrechende Sonne. Der Dunstschleier verflüchtigte sich, gewährte ihm klare Sicht.

Zuerst brauchte er einen *cafè amb llet* und etwas Süßes, dann würde er der Adresse einen Besuch abstatten.

Anschließend konnte er immer noch herausfinden, wie Domenech das gemacht hatte.

*

Der Vormittag hüllte sich in Halbdunkel. Selbst im Sommer beim höchsten Stand der Sonne fiel in der schmalen Gasse kaum Tageslicht bis zum Boden. Die Häuser standen dicht, die Hälfte war von Baugerüsten hinter grünen und orangefarbenen Netzen verdeckt. Viele der Schilder an den Läden konnte Jaume nicht lesen. Nur manchmal mischten sich bekannte Worte unter arabische Schriftzeichen. Ohrenbetäubender Lärm und feiner Staub füllten die Luft. Vor den Fenstern in den oberen Stockwerken baumelte trotzdem Wäsche. Ein Presslufthammer machte einem maroden Gebäude den Garaus. Der Putz hatte bestimmt seit vierzig Jahren keine Farbe mehr gesehen. Tapeten und Badezimmerkacheln an der Außenwand des Nachbarhauses zeugten von der sparsamen Bauweise, die sich wenig um Brandschutz gekümmert hatte. Notdürftig aneinandergeknotet hingen dicke Kabelbündel über mehrere Meter frei bis zum nächsten Verteilerkasten.

An der Hausnummer 104 wurde nicht gearbeitet. Jaume klingelte, schob die Holztür auf, bis sie auf den gewürfelten Fliesen verkantete, und drückte sie hinter sich wieder zu, was den Geräuschpegel ein wenig abmilderte. Sogar im Haus roch es nach zerriebenem Beton und bröselndem Mörtel. Die Frage nach einem Aufzug erübrigte sich. Dann also eine weitere Trainingseinheit für sein Fitnessprogramm. Von Stockwerk zu Stockwerk gelangte mehr Sonne durch die schmutzigen Flurfenster.

Am letzten Treppenabsatz hielt Jaume kurz inne. Auf der Fußmatte vor der Dachwohnung saß ein kleiner dicker Hund mit schwarzem Fell, abstehenden Ohren und aufgerissenen Augen und hechelte keuchend. Letzteres versuchte Jaume gerade selbst zu vermeiden. Ein kräftiger Mann in lockerer Sporthose und Unterhemd erwartete ihn, die Augen ebenso geweitet wie die des Hundes.

»Ist es wahr, was die Polizisten gesagt haben, Comissari?«

Jaume drückte die angebotene Pranke. »Ja, tut mir leid, Señor Uribe.« Eine Streife hatte die Nachricht also wie besprochen überbracht und ihn angekündigt. »Guillermo Vargas war Ihr Untermieter?«

Luis Uribe nickte, wischte sich über Nase und Augen und führte Jaume in ein spärlich ausgestattetes Zimmer gleich neben dem Eingang. Ein Teppich vor dem Bett setzte den einzigen Farbakzent; am Fußende befand sich ein tragbares Fernsehgerät aus dem vergangenen Jahrzehnt, wenn nicht aus dem letzten Jahrhundert. Die verbogene Antenne sprach für lausigen Empfang und eine minimale Senderauswahl. Im Regal dienten halbierte Pappkartons als Schubladen. Wäsche, ein Ordner, eine geschnitzte Maria mit Rosenkranz. Jaume hob hier und da den Inhalt einer Schachtel an. Alles wirkte gut sortiert. Was fehlte, waren Bücher oder Zeitschriften. Nur zwei Pornohefte älteren Datums lagen herum. Auf Kleiderbügeln lüfteten am gekippten Fenster eine Latzhose und ein Arbeitshemd. Jaume öffnete die Tür zu dem kaum zwei Fuß tiefen Balkon. Grobe Arbeitsstiefel mit Farb- und Gipsspritzern klemmten zwischen den Gitterstäben, getragene Wollsocken hingen zu beiden Seiten heraus, in der Mitte festgestopft, um nicht weggeweht zu werden.

»Das ist alles?« Jaume wandte sich ab, ein blinder Fleck mit den Umrissen der Glastür tanzte auf seiner Netzhaut, verstärkte die Dunkelheit im Raum und er stolperte.

»Guillermo hat nicht viel.« Uribe bückte sich und hob einen Gummiball auf. »Der gehört Rambo. Hatte, meine ich. Nur das Zeug hier im Zimmer. Bad und Küche haben wir uns geteilt.«

»Darf ich die auch sehen?«

»Von mir aus.« Uribe zuckte die Schultern, ging voraus, wartete an der Badezimmertür und bot Jaume in der Küche einen Platz an. Es roch nach Essensresten und Hund. »Was ist eigentlich passiert?«

»Wissen wir noch nicht.« Jaume legte die Hände in den Schoß. »Wann haben Sie ihn zuletzt gesehen?«

»Gestern. Morgens vor der Arbeit.«

»Er ist danach nicht nach Hause gekommen?«

»Doch. Aber da habe ich ihn nicht gesehen. Nur gehört. Ich war in meinem Zimmer, er in seinem. Er ist kurz mit dem Hund raus, hat geduscht, dann ist er irgendwann weg. Gegen neun oder so.«

Geduldig machte Jaume weiter, hangelte sich Stück für Stück durch die üblichen Fragen. Dass er keine Notizen anfertigte, gab ihrer Unterhaltung einen fast vertraulichen Anschein. Ein normales Gespräch, bei dem Uribe sich zusehends entspannte.

»Einen wie Guillermo werde ich nicht mehr finden. Der hat mir echt viel geholfen.« Seine Brust hob sich schwer. »Seit einem halben Jahr sitze ich hier, hab das Bein kaputt, und das will nicht heilen.« Luis Uribe zog die Hose ein Stück hoch und legte einen breiten Verband frei. »Fünfzehn Jahre muss ich noch auf dem Bau buckeln, bis zur Rente. Will ich auch. Jeder will doch arbeiten, solange er kann. Aber wie, wenn die Knochen kaputt sind? Ich jammere nicht. Nein. Wollte nur erklären, wieso Guillermo eingezogen ist. Allein reicht es einfach nicht. Deshalb brauche ich wieder einen Untermieter. Woanders kann ich nicht hin. Weil billiger als in *Raval* zu wohnen ist nur sterben. Nicht wahr, Rambo?« Auf seinen Knien hockte der Hund und ließ sich die Nackenfalte kraulen. »Guillermo hat es hinter sich. Und du musst nun auch weg.«

Herzlose Worte, die Uribes Gesichtsausdruck widersprachen. »Ist sonst noch was, Comissari? Eigentlich wäre ich jetzt ganz gern allein.«

Jaume erhob sich, klopfte Uribe kurz auf die Schulter und wich der schlabbernden Hundezunge aus. »Ich finde allein raus. Bleiben Sie sitzen.«

Sonntag, 01. Oktober, 15:30 Uhr
– Montse Soler Martí –

Aus den Boxen im Kulturzentrum der Nachbarschaftsinitiative schepperte »Hasta siempre, Che Guevara«. Sehr programmatisch. Montse rollte die Augen. Unreflektierte Heldenverehrung lag ihr fern, auch wenn es um *El Comandante* ging. Doch mit Carlos über die dunkle Seite von Ernesto zu diskutieren, konnte sie sich getrost sparen. Nichtsdestotrotz mochte sie es, wenn er sein Shirt mit dem Konterfei des Revolutionärs trug. Ärmellos und tief ausgeschnitten zeigte es viel von Carlos' Haut und den kräftigen Muskeln. Sie seufzte und grinste zugleich. Für so was war sie leider viel zu empfänglich. Leise sang sie den Refrain mit und begrüßte ihn mit einer Umarmung und zwei Küsschen.

»Hola Guapo!« Auf dem Tisch stapelten sich Plakate und bunt bedruckte Flugblätter. Montse schnappte sich eins davon. »Die sind gut geworden.« Sie hatte sich bereit erklärt beim Verteilen zu helfen. In zwei Wochen sollte in mehreren Stadtteilen eine Demonstration stattfinden mit einer abschließenden gemeinsamen Kundgebung an der *Plaça de Catalunya.* Richtig groß und alle Kräfte gebündelt gegen Mietwucher und Immobilienhaie. Dabei spielte es ausnahmsweise mal keine Rolle, wer für die Unabhängigkeit der Region eintrat und wer ein geeintes Spanien vorzog. Wohnen mussten alle, und das zu bezahlen wurde immer schwieriger. Lieber heute als morgen hätte sie ihre Sachen gepackt, um bei Ignacia auszuziehen.

Unter dem Tisch lugte ein Rucksack voll Sprayer-Zubehör heraus, Farbdosen, Aufsteckdüsen und Schablonen. Montse schubste mit der Schuhspitze dagegen. »Heute noch was vor?«

»Pst!« Carlos legte einen Finger vor die Lippen und zwinkerte.

»Pass auf, mit wem du dich anlegst.«

»Es trifft die Richtigen. Die können es verkraften. Damit die was spüren, muss es schon ordentlich wehtun.«

Sie ahnte, was er meinte. Vor einigen Wochen war ein Sightseeing-Bus voller Touristen gestoppt, die Reifen zerstochen und rundum Parolen aufgesprüht worden. Abgesehen vom Fahrzeug war niemand zu Schaden gekommen. Videos davon kursierten im Internet, und die marxistische Jugendvereinigung *Mateix* hatte den »unbekannten« maskierten Tätern ausdrücklich Sympathie bekundet. Diesmal gab es sicher ein neues Ziel.

»Es wird scheißteuer, wenn sie dich erwischen.«

»Verpfeifst du mich?«

»Ich leugne höchstens, dich zu kennen. Im Ernst: Solche Aktionen finde ich bescheuert und kontraproduktiv. Wir sollten uns auf die Demo konzentrieren und den Politikern damit ordentlich einheizen. Sachbeschädigung setzt uns ins Unrecht.«

Im Nebenzimmer ertönte ein abfälliges Lachen und Rosina kam durch die rot lackierte Verbindungstür. »Bist du sicher, dass du bei uns noch richtig bist, Montse?« Ihren herablassenden Blick kaschierte sie mit einem Schulterzucken. »Ich meine ja nur: Du hörst dich manchmal an, als wolltest du selbst in die Politik. Echt spießig.«

»Stopp – nicht beißen!« Carlos hob die Hände. »Spar dir deinen Zorn für die auf, die ihn wirklich verdienen. Montse ist unsere Stimme der Vernunft.«

Stimme der Vernunft. Montse schluckte. Damit sagte er

das Gleiche wie Rosina, die an seiner Seite klebte wie Fliegenpapier. Nur in nettere Worte verpackt. Sie war zu alt, um noch richtig zu den jungen Linken von *Mateix* zu gehören.

»Von mir kriegst du jederzeit ein Alibi, Carlos. Egal wofür. Verleugnen ist Verrat.« Rosinas geflochtene und auf dem Kopf verknotete Zöpfe wippten in alle Himmelsrichtungen, wenn sie sich bewegte. Ihre Blicke versprühten Gift. Sie war zwanzig, voller Tatendrang und Ideale. Im Vergleich schnitt Montse beschissen ab, eine desillusionierte Greisin von vierunddreißig Jahren.

»Das war ein Witz!« Montse stöhnte, griff sich ein Bündel Flugblätter und warf Carlos im Gehen eine Kusshand zu.

»Einheizen finde ich übrigens ziemlich gut!«, rief er ihr hinterher und zwinkerte wieder, als sie sich noch mal umdrehte. Wie er das meinte, ließ sie im Augenblick lieber offen und musste trotzdem grinsen. Nein, komplett desillusioniert war sie noch lange nicht.

Sonntag, 01. Oktober, 20:30 Uhr
– Jaume Soler Martí –

Ein feiner, fruchtiger Duft strömte Jaume entgegen, verursachte ein vorfreudiges Prickeln an seinem Gaumen. Er nahm die Nase aus dem Rotweinglas und streckte sich auf dem Liegestuhl aus. Feierabend. Die Aussicht auf das kleine Buffet, das er sich aufgebaut hatte, stimmte ihn versöhnlich. Sein Mobiltelefon behielt er griffbereit in der Hand, für den Fall, dass Paloma sich meldete. Er schloss die Augen. In der zu dieser Jahreszeit täglich kühler werdenden Brise glaubte er das harzige Aroma von Pinienzapfen und die salzige Frische des Meeres zu riechen. Pure Einbildung, denn das Meer war viel zu weit weg, und dennoch ein gedanklicher Genuss mit reinigender Wirkung. Seit er die Obduktion von Guillermo Vargas in voller Länge miterlebt hatte, kämpfte er gegen Übelkeit. Seine eigene Entscheidung. Durchzuhalten war ihm schwerergefallen, als er sich eingestehen wollte. Eine Leichensektion am Sonntag ließ sich nicht ohne Weiteres erwirken. Es sei denn auf ausdrücklichen Wunsch des Polizeichefs. Ein kleines Wunder, dass sich Selvanegras Paranoia einmal positiv auf die Arbeit auswirkte, und das genau in der Art, wie von Jaume beabsichtigt.

Rotwein kreiste auf seiner Zunge.

Kerngesund, Mitte dreißig und tot. Identifiziert von einem Streetworker, der in ihm einen ehemaligen Obdachlosen wiedererkannt hatte. Ungelernter Hilfsarbeiter auf dem Bau, mal hier, mal dort beschäftigt, wo eben Arbeit anfiel.

Rissige und leicht verschorfte Haut an den Händen, dem ungeschützten Umgang mit Zement geschuldet. Braungebrannt an Oberkörper und Unterschenkeln, auf der Brust ein Tattoo, der Rest weiß. Unglaublich weiß.

Wie der in Würfel geschnittene Ziegenkäse auf seinem Teller. Rosmarinnadeln von den mit Zitrone eingelegten Oliven klebten daran. Statt zu essen, sah Jaume Leberflecken und Muttermale. In einem davon ein Einstich. Sehr viel feiner als bei Cruz. Jede Pore hatte er sehen können. Müssen. Vom Rechtsmediziner mit dem Gesicht unmittelbar vor die verdächtige Stelle gezwungen.

Jaume saugte den nächsten Schluck Wein durch die Zähne. Immerhin hatte er dem Mediziner glaubhaft, wenn auch nicht ganz wahrheitsgemäß versichert, dass er seine Meinung teilte und Selvanegras Eile für übertrieben hielt. Natürlich wäre auch Montagfrüh genug für die Obduktion gewesen, und sie beide hätten sich den Sonntagseinsatz ersparen können.

Ein kluger Schachzug, der ihm einen neuen Verbündeten und einen ersten Bluttest im Blitzverfahren verschafft hatte.

Seit einer Viertelstunde kannte er nun das Ergebnis: kein Ketamin. Danach hatte er ausdrücklich suchen lassen. Mit dem nächsten Satz des Rechtsmediziners war seine Erleichterung zunichtegemacht worden. Guillermo Vargas' Tod war durch ein starkes Schlafmittel eingetreten. Schmerzlos und friedlich. Das, so sagte er, dürfe Jaume zumindest annehmen.

Er schluckte den Wein und suchte im Dunkel hinter den Lichtern der Stadt vergeblich nach dem Horizont. Das letzte Blau war längst verflogen. Sein Telefon blieb stumm.

Schmerzlos und friedlich. Ihm fehlte der Glaube daran, dass sich dahinter eine gute Nachricht verbarg.

Montag, 02. Oktober, 10:30 Uhr
– Jaume Soler Martí –

Im Luftzug raschelte in der Tür ein Vorhang aus bunten Plastikstreifen. Gelegentlich blitzte der Garten durch. In der Küche standen Schüsseln mit Gemüse, ein Teil geputzt und geschnitten, der andere noch erdig auf Zeitungspapier. Fliegen summten. An der Wand tickte eine Uhr neben einer Galerie aus Familienbildern und einem Fotokalender. Ein Kanarienvogel trällerte unbeeindruckt in seinem Käfig.

Die dritte Leiche innerhalb von vier Tagen unterschied sich in jeder Hinsicht von den ersten beiden.

»Antigo … Nein, Angio-Irgendwas.« Calderon schüttelte eine Schachtel, eingepackt in eine Asservatentüte. »Ist ein Herzmedikament, soll täglich genommen werden. Habe ich aus dem Schlafzimmer. Eine war rausgedrückt. Hat sie wohl morgens vergessen zu schlucken.«

»Hast du auch in der Nachttischschublade nachgesehen und im Bad, ob da noch mehr Tabletten sind?« Jaume füllte den leeren Wasserspender auf. Der Vogel hüpfte auf der Stange näher.

»Hab ich. Da ist nichts. Nur diese Packung. Wieso?«

Ja, wieso? Weil ihm die Gesamtkonstellation unlogisch vorkam. Nicht schlüssig. Und damit war er nicht allein, sonst wären sie überhaupt nicht vor Ort.

»Dann sehe ich mich einfach weiter um«, brummte Calderon, als Jaume schwieg, und kletterte erneut die schmale Stiege zum Obergeschoss hinauf. »Ist ja auch egal, wieso.«

Jaume verharrte unter dem bogenförmigen Wanddurchbruch zum Wohnzimmer. Dort fotografierte Carolina Nippes und Ordner, die sich im Regal drängten, Blumentöpfe und zwei Plastiknäpfe auf dem Boden, den Fernseher, die Ablage, den Fußschemel. In der Totalen und im Detail. Martinez hantierte mit Puder und Markierungsschildern. Dabei geriet man den beiden besser nicht in die Quere.

Bis vor wenigen Minuten hatte eine Tote im Sessel gesessen. Scheinbar altersbedingt und aufgrund einer Herzerkrankung verstorben. Asunción da Silva, 73 Jahre, alleinstehend. Gefunden von ihrer Nachbarin, die sie bei ihrer morgendlichen Kaffeerunde in der Frühstücksbar um die Ecke vermisst hatte. Tot war sie bereits seit Sonntag, darauf hatte der Arzt sich festgelegt. Und darauf, dass sich ein genaueres Hinsehen lohnte. Denn einige Hautverfärbungen passten nicht ins klassische Bild der zu erwartenden Leichenflecken.

*

»Darf ich mir einen Fall aussuchen?« Calderon knallte die Schreibtischschublade zu. »Jetzt haben wir endlich für jeden einen eigenen. Wenn das kein Luxus ist!«

»Nur zu.« Jaume durchforstete seine Anrufliste, erst den Dienstapparat, dann seine Privatnummer. Fünfmal Selvanegra, viermal Ignacia. Ein Kopf-an-Kopf-Rennen – Pest gegen Cholera –, das knapp zugunsten der Pest ausgegangen war. Nichts von Paloma. »Du kannst zuerst wählen.«

»Willst du mich auf den Arm nehmen?«

»Keineswegs. Wären wir mehr Ermittler, müssten wir uns streiten. So geht es genau auf. Ein Fall für jeden. Eckdaten, Lebenslauf, Besonderheiten, wir spulen das ganze Programm ab. Familiäres Umfeld, Arbeitskollegen soweit vorhanden oder auch ehemalige, Freunde und Nachbarn. Bindet ein, wen ihr kriegen könnt. Señor Selvanegra hat es überraschenderweise eilig.« Seinen sechsten Anruf hatte er direkt entgegengenommen und die Kollegen mithören lassen. Die dritte Leiche in Folge kam gar nicht gut an, sie schien Selvanegra geradezu persönlich zu beleidigen. Personelle Unterstützung gab es trotzdem keine – sämtliche Abteilungen waren überlastet –, stattdessen eher zweifelhaften Zuspruch. »Was seine Forderung ›Schafft mir diese Leute unauffällig und sauber vom Tisch‹ angeht: die vergesst ganz schnell.« Anständige Arbeit war eine Selbstverständlichkeit. Und wenn unauffällig bedeutete, den Toten nicht gerecht werden zu können, dann würden sie Wirbel machen. Solange wie er, Jaume Soler Martí, es für richtig hielt. Er hatte einen Schuttberg durchwühlen lassen, leider ergebnislos, eine Sonntagsobduktion durchgesetzt und sich schon vor dem neusten Leichenfund selbst zum morgendlichen Einsatz im *Park Güell* eingeteilt, um den Personalnotstand abzufangen. Und er hatte auch weiter nicht vor, den Schwanz einzuziehen, wenn Selvanegra geiferte. »Also, wer kümmert sich um welchen Fall?«

Eher resigniert als wütend zuckte Calderon die Achseln, und auch Domenech winkte ab.

Lethargie konnten sie sich angesichts des Arbeitspensums nicht leisten. Sie brauchten ein klares Bild, um dann Prioritäten zu setzen. Jaume fragte kein zweites Mal und warf jedem eine Akte auf den Tisch. Guillermo Vargas für Domenech, wegen des ähnlichen Alters und weil viel Laufarbeit zu erledigen war. Asunción da Silva für Calderon, da die Obduktion noch lief und sich somit Wartezeiten ergaben, die der am besten mit Schreibtischarbeit aussitzen konnte. Antonio Cruz übernahm Jaume selbst – und damit auch die frisch verwitwete Lidia Alvarez.

»Das ist eine vorläufige Zuweisung, Stand heute. Nur damit das ganz klar ist. Es geht rein um die Beschaffung von Fakten, die wir anschließend im Team besprechen und abgleichen. Keiner steht alleine da, wir bearbeiten die Fälle weiter gemeinsam.«

Drei Fälle. Dabei sollte es bitte unbedingt bleiben.

*

Die Wäsche war vom Balkon verschwunden. Jaume schaukelte von den Zehenspitzen auf die Fersen, die Hände auf dem Rücken ineinandergelegt. Schritte klapperten über Fliesen heran, Wasser floss gluckernd in Gläser. Erst als hinter ihm das Sofa knarrte, verließ er den Platz am Fenster und setzte sich Lidia Alvarez gegenüber. Im Kastanienbraun ihrer frisch getönten Haare schimmerten rote Reflexe, kontrastierten mit der Müdigkeit ihrer Augen.

»Danke, sehr freundlich.« Er trank einen Schluck. »Sind die Mädchen wieder in der Schule?«

»Nein. Nur leise. Ausnahmsweise. Und ganz bestimmt nicht mir zuliebe. Vielleicht aus Rücksicht auf ihren kleinen Bruder.« Sie lachte bitter. »Stellen Sie einfach Ihre Fragen, Comissari. Auch wenn ich nicht verstehe, was es noch zu fragen gibt. Wir dürfen Antonio morgen bestatten. Da sollte doch alles klar sein, oder nicht?«

Ein weitverbreiteter Irrtum.

»Die rechtsmedizinischen Untersuchungen sind abgeschlossen«, bestätigte er. »Aber die Ermittlungen nicht.« Er hatte ihr eine Schonfrist eingeräumt, damit sie sich ihren Töchtern annähern und mit diesen auf die veränderte Situation einstellen konnte. Wenn sie glaubte, er sei in der Zwischenzeit untätig gewesen, täuschte sie sich. Bei ihrer letzten Unterhaltung hatte er den Augenblick der Erkenntnis in ihrem Gesicht ablesen können, der die anschließende Lüge entlarvte. Lidia Alvarez war viel zu leicht bereit gewesen, einen Unfall zu akzeptieren und einen Suizid auszuschließen.

Domenech war noch am Freitag tätig geworden und hatte eine ganze Serie von Anfragen gestellt, auf die heute die ersten Rückmeldungen eingetroffen waren. Diese bestätigten einen beachtlichen Schuldenstand sowie eine Lebensversicherung auf Antonios Namen, die Lidia begünstigte. Lidia, die er immer noch liebte, aber nicht zurückhaben konnte. Ein einsamer und überforderter Mann, der die letzte Konsequenz zog.

»Sie wollten die Scheidung«, sagte er. »Um einen klaren Schnitt zu ziehen. Fertig mit ihm, bereit für die Zukunft.«

Sie schob die Hände zwischen ihre Knie. Kein Ring am Finger. Aber Antonio Cruz hatte seinen immer noch getragen. Klare Zeichen. Genau wie die große Distanz, die sie zwischen sich und ihn gelegt hatte. Eine zweite Chance für Antonio hatte es nie gegeben.

»Jetzt wird alles anders – allein mit den Kindern und den Schulden. Allerdings war Ihr Mann versichert, was Sie finanziell deutlich entlasten könnte.«

»Das bedeutet nicht, dass ich froh bin über seinen Tod.«

»Es bedeutet auch nicht automatisch, dass die Versicherung zahlt. Aber das wissen Sie. Ein Selbstmord würde das ausschließen.« Wodurch es sich erübrigte nachzuhaken, ob Antonio Andeutungen gemacht oder eine klare Absicht erklärt hatte. Wahrheitsgemäße Antworten zu bekommen, erforderte eine Strategie, über die er erst nachdenken konnte, sobald der angeforderte Verbindungsnachweis der Telefongesellschaft vorlag. Ein verändertes Anrufverhalten, lange Telefonate, eine verstärkte Frequenz – all das ließ Rückschlüsse zu. Genau wie die Einstichstelle am Oberarm, die Jaume zunächst merkwürdig vorgekommen war. Sie konnte leicht übersehen werden. Mit etwas Glück sogar ganz unentdeckt bleiben. War das die Hoffnung dahinter gewesen, die Cruz veranlasst hatte, durch den Ärmel zu stechen? Ein heldenhaftes Opfer für seine Familie, für das er sich Mut angetrunken hatte. Vielleicht der erste Schluck nach langer Abstinenz, um eine aufkeimende Schwäche zu überwinden. Und sein Hund sorgte unwissentlich dafür, dass jede Rettung zu spät kommen musste. Es passte zu den Überlegungen, die Jaume im Park angestellt hatte. Zu der Inszenierung im Sonnenaufgang, samt planmäßig verschwundener Spritze. Selvanegra würde begeistert sein. Aber wie plausibel war der Selbstmord wirklich?

»Hören Sie, Señora Alvarez … oder – darf ich Sie Lidia nennen?«

»Was will der denn schon wieder?« Aus dem Nichts stand die älteste Tochter im Zimmer. Barfuß, was die Geräuschlosigkeit erklärte, ein bauchfreies Shirt über einer weiten Hose, reichlich Schminke im Gesicht, Smartphone in der Hand. »Gräbt der dich an?«

»Maria!«

»Können Sie sich schenken. Die hat schon einen Neuen. Dort, wo sie jetzt ohne uns wohnt, in Sagunt.« Maria richtete die Kameralinse ihres Smartphones aus. »Stimmt doch, Mama.«

»Hör auf damit und nimm das Ding runter!«

»Aber vielleicht ist ihr das ja egal. Papa war ihr auch egal. Und wir sowieso. Also graben Sie mal schön weiter an Lidia – oh Lidia! Ganz bestimmt ist es ihr recht, wenn Sie sie beim Vornamen nennen.«

Jaume schluckte Ärger und ein nervöses Lachen herunter und grüßte in die Kamera. »Kann ich mit dir reden, Maria? Ohne Videomitschnitt.«

»Nein.«

»Nur eine Frage.«

»Nein!«

»Euer Hund ist nicht da. Vermisst du ihn?«

Ihre Augen huschten suchend durchs Zimmer, ihre Deckung wackelte. Lidia wendete sich ab.

»Lupo hat deinen Vater bewacht, Maria. Ihn beschützt. Kannst du mir sagen, ob dein Vater in den letzten Tagen anders war, ob er etwas Besonderes …«

»Lassen Sie das!«, fuhr Lidia ihn an. »Ich will nicht, dass Sie meine Tochter ausfragen. Du musst ihm nicht antworten.«

Marias Mundwinkel bebten. »Er hatte manchmal gute Laune. Ganz plötzlich.« Sie ließ die Arme hängen. »Dann hat er gelächelt. Einfach ohne Grund gelächelt.« Sie riss die Arme vors Gesicht und rannte in ihr Zimmer.

»Gehen Sie jetzt, Comissari.«

»Gleich, Señora Alvarez. Sagen Sie mir nur noch, was Sie derzeit beruflich machen. Ihre Nachbarin meinte …«

»Ich muss mich um meine Kinder kümmern.«

Widerstandslos ließ Jaume sich zum Ausgang führen.

»Es war übrigens eine Injektion«, sagte er schon halb auf dem Flur. »Nur für den Fall, dass es Sie interessiert.« Lidia Alvarez hatte auch heute nicht nach Details zum Tod ihres Mannes gefragt. Oder welches Medikament ihn getötet hatte. Ihm stieß das sauer auf.

»Raus! Sofort.«

Seit einigen Wochen besaß er ein ausgeprägtes Talent sich unbeliebt zu machen, besonders bei Frauen. Doch es gab nur einen Fall, in dem er das bedauerte.

Montag, 02. Oktober, 22:20 Uhr
– Montse Soler Martí –

Über dem Tomatenbeet des Nachbarschaftsgartens in Poblenou schaukelte eine provisorische Leinwand, auf der noch die letzte Grafik zu sehen war. Ein unbezwingbares Gähnen renkte Montse beinahe den Kiefer aus. Wenigstens hielt der unbequeme Klappstuhl sie einigermaßen wach. Der Vortrag über Gifte in der Landwirtschaft war durchaus interessant gewesen, nur der Referent leider nicht. An irgendeiner Stelle war sie geistig ausgestiegen und hatte den Faden verloren oder sogar ein Nickerchen gemacht. Carlos schaltete den Projektor aus. Straßenlampen leuchteten über den Zaun in den Gemüsegarten, ein paar Fackeln flackerten. Montse schloss den Reißverschluss ihrer Jacke bis unters Kinn. Positiv denken. Vielleicht wurde der Abend ja noch spannender. Die Diskussion war jedenfalls in vollem Gange, hatte sich teilweise schon weit vom Ursprungsthema entfernt und in Einzelgespräche zerfasert, was für einige verschlafene Minuten sprach. Nahtlos vollzog sich der Schwenk von Glyphosat und Bienensterben zu einem Onkel mit Lungenkrebs, der jahrzehntelang auf den Feldern Almerias im Spritzmittelnebel gearbeitet hatte. Es folgten eine Reihe scheußlicher Krankheitsgeschichten mit vielen Details, auf die Montse gern verzichtet hätte. Mein Gott, wer wollte denn so was wissen?

»Die einen nehmen zu viele Tabletten und bringen sich um, die anderen zu wenig. Ein Jammer ist das.«

Montse beugte sich zu ihrer Sitznachbarin, die sich die Augen wischte. »Was ist los, Pilar?«

»Ach, albern ist das, dass ich heule. Ich habe sie gar nicht wirklich gekannt. Felipe hat erzählt, dass Asunción da Silva tot ist. Bist du ihr mal begegnet?«

»Asunción, die Standhafte«, half Felipe weiter. »Die hat den Immobilienhaien wie eine Gräte quer im Hals gesteckt.«

Langsam formte sich ein Bild vor Montses Augen. »Sie hat eine Hotelkette ausgebremst, oder?«

»Genau wie wir.« Felipe nickte gewichtig und Montse widersprach ihm nicht, obwohl sie ihrem *Horta ocupada* langfristig kaum Chancen einräumte. Sie spielten auf Zeit, buhlten um Aufmerksamkeit von Presse und Politik. Nur die konnten ein Wunder bewirken. Dass ein Großkonzern sich von ein paar Kleingärtnern die Lust am Profit verderben ließ, war kaum anzunehmen. Zumal die Eigentumsverhältnisse gegen sie sprachen. Ihr Garten war besetztes Land.

»Asunción war im Grunde eine von uns«, sagte Pilar und seufzte. »Es trifft immer die Falschen.«

»Manchmal auch nicht.« Rosina wechselte einen Blick mit Carlos, der kaum merklich den Kopf schüttelte. Das war ganz bestimmt kein guter Moment, um mit einer dämlichen Sprayer-Aktion anzugeben. Wenigstens er schien das zu begreifen. War Rosina dabei gewesen oder war sie nur stolz auf seinen Heldenmut?

»Jeder muss sterben«, setzte Rosina trotzig nach. »Auch die, die sich auf unsere Kosten die Taschen vollschaufeln, können sich das ewige Leben nicht kaufen. Sollen sie verrecken, ersticken an ihrem vergifteten Geld!«

Irgendwer lachte.

»Anderen den Tod zu wünschen gehört sich nicht«, schimpfte Pilar. »Auch wenn es unsere Gegner sind.«

Rosina hob die Augenbrauen. »Oh Mann. Geht doch

selber sterben«, zischte sie. »Hier sind echt viel zu viele alte Leute.«

Wie war die denn drauf? Offensichtlich völlig unempfänglich für diskrete Signale. »Woran ist Asunción gestorben?«, fragte Montse laut, in der Hoffnung, die letzte Bemerkung zu übertönen.

»Das Herz«, seufzte Pilar. »Das gute, schwache Herz.«

Rosina äffte sie stumm hinter ihrem Rücken nach.

»Habe ich jedenfalls so gehört.« In Felipes faltigem Gesicht zeichneten sich Zweifel ab. »Angeblich war aber auch die Polizei da.«

Pilar stieß einen kurzen Schrei aus und fasste sich nun selbst an die Brust. »Das hast du vorhin nicht gesagt!«

»Die Polizei wird oft ganz umsonst angerufen.« Beruhigend senkte Montse die Stimme. »Das muss nichts bedeuten und …«

»Nein, was soll das schon bedeuten! Die *Mossos* haben einfach nichts anderes zu tun.«

Im Fackelschein konnte Montse nicht ausmachen, von wem der Zwischenruf kam. Der Sarkasmus fiel jedenfalls auf fruchtbaren Boden, brachte Applaus und Gelächter.

»Asunción war ja *nur* eine von uns. Genau wie Pilar gesagt hat. Und das bedeutet denen nichts. Wenn irgendwo ein armer Schlucker verreckt, dann kommen sie, die *Mossos*, weil sie müssen. Aber es interessiert sie einen Dreck, was vorgefallen ist. Im *Jardin de Poble Sec* lag auch einer vor ein paar Tagen. Und was war? Drei Männer sind rumgelaufen, haben ein bisschen im Gras gestochert, ein paar Löcher in die Luft geguckt. Nach einer Stunde: alle weg.« Klatschend wischte der Unbekannte seine Hände aneinander ab, hob die leeren Handflächen hoch. »Erledigt. Wetten, dass wir davon kein Wort in der Zeitung lesen? Aber wenn es einen Touristen erwischt – oder dort etwas passiert, wo die sich rumtreiben –, ja, dann kommen sie mit einem Großaufgebot und schlagen Saltos!«

Die Anspielung auf den Toten aus dem *Park Güell* kam gut an. Von überall murmelte es Zustimmung. Besonders laut von Rosina, die inzwischen bei Carlos auf dem Schoß saß. Nicht mal das reichte aus, um sie zu besänftigen.

Ziemlich pauschal, was der Typ von sich gab. Stark vereinfacht auf die Formel: die gegen uns. In Montse regte sich Ärger. »War das ein Freund von dir, der im *Jardin de Poble Sec*? Warst du dabei? War sein Tod ein Verbrechen?«

»Was soll das denn jetzt?«

»Mich interessiert das eben. Sind doch ganz normale Fragen, wenn du das so genau weißt.«

Unangenehm vertrautes Lachen fuhr ihr dazwischen, und sie ahnte den kommenden Hieb, ehe Rosina den Mund aufmachte.

»Normal für eine Bullen-Schwester. Ich würde aufpassen, was ich sage.«

»Den Eindruck habe ich nicht.« Dieses kleine Biest ging ihr zunehmend auf die Nerven. Es tröstete ein wenig zu sehen, dass Carlos sie von seinen Knien schob und in eine eigene Diskussion verwickelte. Im allgemeinen Durcheinander stand Montse auf. Für heute hatte sie genug. Eigentlich liebte sie das Zusammensein im Gemeinschaftsgarten, die Arbeit, die allen Nachbarn zugutekam, Junge und Alte vereinte. Sie liebte den gemeinsamen Widerstand gegen Massentourismus und Wohnungsnot und den Einsatz für soziale Gerechtigkeit von *Mateix*. Der Übergang zwischen all diesen Gruppen war kaum auszumachen, so viele Überschneidungen gab es, zumindest hier im Viertel. Und alle trafen sich im Kulturzentrum und im *Horta ocupada*. Hier waren alle gleich. Eigentlich.

Am Rande zwischen Schatten und Licht erkannte sie den Mann, der ihr noch Antworten schuldete. Sie erinnerte sich, ihn einige Male bei größeren Treffen der Tourismuskritiker getroffen zu haben. Einer von uns? Das hätte sie bei ihm nicht unterschrieben. Der stammte nicht aus *Poblenou.* »Also, sag schon – wer war das, der im *Jardin de Poble Sec* gestorben ist?«

Er deutete das Verschließen seiner Lippen an. »Frag doch deinen Bruder, wenn du was wissen willst.«

Dienstag, 03. Oktober, 8:20 Uhr
– Niña –

Es kitzelte in der Handfläche. Tausend kleine Härchen bogen sich hin und her, wenn sie das rosa Büschel anpustete. Mindestens tausend. Vielleicht auch hundertfünfzig oder eine Trillion. Von dem Kitzeln konnte sie gar nicht genug kriegen.

»Was hast du da?«

Erschreckt zuckte sie zusammen und ihr wunderbares Fundstück glitt ihr aus der Hand. Mit einem Schrei fing sie es auf, bevor es auf dem Boden zerspringen konnte. Ein kleiner Blutstropfen quoll aus ihrem Finger und sie schrie erneut.

»Vorsicht! Hast du dir wehgetan? Lass mich mal sehen.«

Hartnäckig umschlossen ihre Finger den durchsichtigen Glaskörper und sie schüttelte den Kopf.

»Komm schon: Ich will doch nur mal gucken!«

Widerwillig öffnete sie die Faust. »Es gehört mir.«

»Woher hast du das?«

»Gefunden.«

»Wo hast du es gefunden?«

Er hörte nicht auf zu fragen und kam mit seinem Gesicht immer näher. »Das ist gefährlich, Niña. Weißt du das?«

Natürlich wusste sie das. Sie war ja kein Baby. Beim Doktor hatte sie etwas Ähnliches gesehen, als der sie geimpft hatte: eine Spritze. Und einmal auf der Straße, aber ganz dreckig und kaputt. Ein so lustiges Büschel hatten die aber beide nicht gehabt.

»Ich verrate deiner Mama nicht, dass du das eingesteckt

hast. Und meiner Mama sag ich es auch nicht. *Vale?* Dann haben wir ein Geheimnis, du und ich. Also, von wo ist das?«

»Aus dem Drachenpark«, sagte sie und zögerte. »Ich will es aber behalten.«

»Das geht nicht. Obwohl es echt hübsch ist.« Er sträubte die bunten Härchen. »Du könntest dich verletzen.«

Erst erschreckte er sie und jetzt wollte er ihren Schatz wegnehmen? Das war gemein.

»Ich habe bestimmt etwas anderes, was dir gefällt. Dann können wir tauschen.« Vorsichtig legte er ihren Schatz auf ein Taschentuch. »Erzählst du mir mehr darüber, wie du es entdeckt hast?«

»Wir waren bei der Baustelle.« Einmal hatte sie in seinem Zimmer eine Schneekugel gesehen. Weiße Flocken stoben darin durcheinander, wenn man sie schüttelte. »Wo sie alles aufgegraben haben. Meine Freundin hat gesagt, da ist ein versteinerter Drache eingemauert. Aber das ist Quatsch. Ich hab auf dem Zaun geschaukelt, bis Mama mich gerufen hat.« Zögernd kaute sie an ihrer Lippe. Konnte sie ihm trauen? Ihre Nase bebte, die Augen öffneten sich weit und sie flüsterte. »Es lag einfach auf dem Boden, hinter einer Bank und auf der anderen Seite hat etwas ganz schreckliche Geräusche gemacht. Da bin ich weggerannt.« Sie versuchte, die Laute nachzuahmen. Ein knurrendes, stöhnendes Fauchen.

»Das war ein Drache, ganz klar. Aber du warst ja auch im Drachenpark.« Er nickte ernst, wischte einen Blutstropfen von ihrem Finger und pustete über die gepikste Stelle, die schon gar nicht mehr wehtat. »Weißt du, was ich denke? Was sie da ausgraben, sieht aus wie ein Nest mit riesigen Eiern. Bestimmt ist einer ausgeschlüpft.«

Sie riss die Augen auf, dann zog sie eine Schnute. »Das geht doch gar nicht, wenn die Eier schon ganz alt sind.«

»Hm, stimmt natürlich. Wann ist das denn gewesen?«

»Weiß nicht.« Das war ganz schön schwierig. »Morgens.« Ob er ihr wirklich die Schneekugel geben würde? Oder gehörte die seiner Mama? Sie legte die Stirn in Falten, damit er sehen konnte, wie angestrengt sie überlegte. Seine Mama war Señora Muñoz, obwohl die so alt war wie eine Oma. Aber er war ja auch alt und ging schon nicht mehr zur Schule. Und Señora Muñoz musste hundert sein – oder eine Trillion Jahre alt – wie ein Drache. Sie kicherte wieder und klatschte in die Hände. »Jetzt ist es mir wieder eingefallen!«

Dienstag, 03. Oktober, 12:45 Uhr
– Jaume Soler Martí –

Vom Whiteboard war kaum noch etwas zu sehen. Domenechs Schema ging in der Informationsflut unter, die ihm von allen Seiten zugetragen worden war. »Die Toten kamen alle aus eher einfachen Verhältnissen, aber das war es auch schon an Gemeinsamkeit«, fasste er zusammen. »Alter, Geschlecht und Wohngegend differieren.«

Zur allgemeinen Erleichterung war Selvanegra bei der heutigen Besprechung nicht anwesend. Ihm hätte der Stand der Ermittlungen kaum gefallen.

»Antonio Cruz steckte in einer schwierigen Lebensphase: Schulden, Arbeitslosigkeit und eine drohende Scheidung. Er war zuletzt in einer Druckerei angestellt, die Insolvenz anmelden musste und nach und nach alle Mitarbeiter freigesetzt hat.« Domenech richtete seine Ansprache vor allem an den Neuen in ihrer kleinen Runde. Der Streetworker, den alle nur *El Frente* nannten, hatte freiwillig angeboten sich einzubringen, nachdem er Guillermo Vargas am Samstag identifiziert hatte. Carolina und Martinez von der Spurensicherung sollten nur bei dringendem Bedarf später dazustoßen.

Jaume hörte kaum hin. Antonio Cruz' Geschichte war ihm hinlänglich bekannt, die hatte er selbst zusammengetragen. Über Domenechs Kombinationsgeschwindigkeit staunte er dagegen immer noch. Ein Blick über die Schulter des Mediziners, während der am Fundort den Leichnam untersuchte, hatte ihm genügt. Schon waren die Rädchen in seinem Kopf losgerattert und an der richtigen Stelle wieder eingerastet. Domenech hatte das Foto des noch unbekannten Toten großzügig an sämtliche Dienststellen und Behörden verschickt und den Streetworker mit auf den Verteiler gesetzt. Nur wegen eines eintätowierten Hundeportraits auf der Brust. Ein verstorbenes Lieblingstier auf diesem Weg zu ehren, war ein verbreitetes Phänomen unter Obdachlosen, wie El Frente später bestätigte. Woher Domenech das wusste, blieb sein Geheimnis. Innerhalb weniger Minuten war die Rückmeldung eingetroffen, dass El Frente den Mann kannte. Im Gegensatz zum äußeren Anschein war er bestens organisiert und verfügte über ein hervorragendes Gedächtnis. Kurz darauf hatte er den Namen und die Adresse nachgereicht, obwohl Vargas keiner seiner aktuellen Klienten war.

»Guillermo kam vor rund fünf Jahren nach Barcelona, stammte aus einer Kleinbauernfamilie und war praktisch Analphabet. Er stand zeitweilig auf dem Bauarbeiter-Strich – da wo die Subunternehmer der Subunternehmer nach Tagesbedarf ihre Hilfskräfte rekrutieren, um sie auf den Großbaustellen die niedersten Drecksarbeiten machen zu lassen. Von der Hand in den Mund, ohne jede Sicherheit. Er war immer mal wieder ohne festen Wohnsitz. Daher kannte ich ihn«, sagte El Frente jetzt. »Luis Uribe hat ihn dort aufgesammelt und unter seine Fittiche genommen. Danach habe ich ihn ein bisschen aus den Augen verloren. War echt ein netter Kerl. Keiner von denen, die sich hängen lassen oder mit der Situation abfinden.«

»Kontakt nach Hause gab es nur sporadisch«, ergänzte Domenech und wischte ein unleserliches Wort vom Whiteboard. »Keine feste Freundin oder sonstige Beziehungen. Einziger Besitz, wenn man das so nennen will, waren ein älteres Mobiltelefon und ein Hund. Das Telefon fehlt. Nummer und Anbieter haben wir inzwischen, Verbindungsliste liegt auch vor. Seit Freitag wurde es nicht benutzt. Es war zuletzt in der

Nähe seines Fundortes eingeloggt, wurde aber vor seinem Tod ausgeschaltet und ist auch aktuell nicht an.«

Jaume nickte. Aus Altersgründen aussortiert und weggeworfen, weil unverkäuflich oder mit neuer Karte wieder in Betrieb. Die Wahrscheinlichkeit, das Handy zu finden und daraus nützliche Erkenntnisse zu gewinnen, ging gegen null.

»Abhaken«, entschied er. »Das Ding zu suchen verbraucht nur sinnlos Ressourcen.« Wie das Durchwühlen der Schuttsäcke im Park Güell. Die dort vermutete Spritze blieb verschwunden. Auch bei Vargas hatten sie keine gefunden, die zum Einstich passte. »Was ist mit den letzten Kontakten?«

»So weit unauffällig. Kein Gespräch am Todestag. Insgesamt war es wohl eher für Notfälle gedacht und damit sein Chef ihn erreichen konnte. Er selbst hat kaum jemanden angerufen. Arzt, Tierarzt, einmal im letzten Monat seine Mutter. Da hatte sie Geburtstag.«

El Frente hob die Hand. »Ich habe mich mal unverbindlich umgehört bei den Jungs, mit denen er früher auf der Straße abgehangen hat. Die haben mir bestätigt, dass er den Absprung geschafft hatte und seit Monaten an keinem Treffpunkt mehr war. Na ja, sie haben es etwas anders ausgedrückt.«

»Wie?«, fragte Jaume, obwohl er es sich vorstellen konnte.

»Dass er sich wohl zu fein sei, seine Freunde vergisst, sich für was Besseres hält. Ist aber nur Geschwätz. Die hätten alle sofort getauscht und sich nicht umgedreht beim Gehen. Das ist normal. Solidarität auf der Platte gibt es, aber die hat enge Grenzen.«

»Also keine offene Feindschaft, der wir nachgehen sollten?«

»Nein.«

»Gut. Dann zurück zum Telefon. Haben wir jemand, der die Anruflisten von allen drei Opfern abgleicht?«

»Ist schon erledigt. Carolina hat einen Praktikanten drangesetzt und ihm über die Schulter geschaut. Das ging ganz fix. Bei Guillermo Vargas gab es wie gesagt nur eine Handvoll Nummern und Asunción da Silva hatte kein eigenes Telefon.«

»Ungewöhnlich, oder?« Jaume stieß sich vom Fensterbrett ab und ging zu seinem Schreibtisch. Sein eigenes Telefon hatte er seit einer halben Stunde nicht mehr angefasst. Schon die kurze Spanne fiel ihm im Augenblick schwer.

»Schon, aber in dem Fall leicht nachzuvollziehen, *Jefe*.« Calderon packte eine Plastikbox aus. »Die Frau hatte einen Computer und hat lieber Nachrichten geschrieben. Vor allem an ihren Sohn und die Enkelkinder. Die wohnen nämlich in Argentinien, da muss man immer auf die Zeitverschiebung achten, wenn man telefonieren will. Außerdem war sie so schwerhörig, dass sie am Telefon sowieso kaum noch was verstanden hat. Wenn es doch mal sein musste, hat ihre Nachbarin das für sie erledigt.«

»Die gleiche Nachbarin, die sie auch gefunden hat?«

»Genau.«

»Wer ist jetzt diese Asunción?« El Frente rutschte im wippenden Drehstuhl immer tiefer. »Habe ich euch schon mal gesagt, wie bequem diese Dinger sind? Ich sollte euch öfter besuchen.«

»Asunción da Silva ist das dritte Opfer«, erwiderte Domenech mit leichtem Zögern. »Wurde tot in ihrem Wohnzimmersessel gefunden. Sie lebte allein – von einer bescheidenen Rente, aber im schuldenfreien Haus. Sie hatte einige kleinere gesundheitliche Beeinträchtigungen.«

»Die sie aber weder umgebracht haben noch hätten.« Calderon sah aus, als ob er ihr das übelnahm und wedelte mit dem ausgedruckten Obduktionsergebnis. Vom papierlosen Büro war er Lichtjahre entfernt. Jaume feierte es bereits als Erfolg, dass er nicht jede einzelne Mail ausdruckte. »Die machen immer noch Tests im Labor. Von diesem Zeug, das die beiden Männer intus hatten, wurde keins gefunden, weder das eine noch das andere, das haben sie gleich feststellen können. Es gibt auch nirgends Einstiche.«

Schon wieder hob El Frente die Hand. »Kann ich noch mal reingrätschen?« Er fuhr sich über die hohe kahle Stirn, der er seinen Spitznamen verdankte, und zupfte an seinem dünnen Zopf im Nacken herum. Eine regelmäßige Übersprungshandlung, wenn ihm irgendetwas unangenehm war. Ob es an seinem vorzubringenden Einwurf lag oder an der von Calderon zu erwartenden Reaktion auf die Unterbrechung?

»Nur zu.« Das Gefummel nervte Jaume, aber wegen seiner möglichen Einfälle aus anderer Perspektive saß El Frente schließlich hier. Die Zusammenarbeit hatte sich in der Vergangenheit bereits bewährt.

»Wegen dieser Drogensache und dem Einstich wollte ich nur sagen: Guillermo war kein Junkie. Im Innern ist der ein Landei geblieben.«

»Du bist ja ein Witzbold«, raunzte Calderon. »Legst du für den Spruch die Hand ins Feuer? Das Landei war schon lange raus aus deiner Kindergartengruppe.«

»Ich behaupte ja nicht, dass er nie irgendwas ...«

»Ah, da haben wir es doch schon!« Calderon haute die Plastikbox dreimal auf den Tisch. »Also hat er doch was genommen und du weißt davon. Willst du uns verarschen?«

»Guillermo war nicht abhängig und er hat nie gedrückt. Klar? Aber auf der Straße ist die Versuchung riesig, sich mal für eine Weile aus der Realität zu schießen.«

Jaume stoppte Calderon mit einer knappen Handbewegung, bevor der weiter nachtreten konnte. Aus irgendeinem Grund konnte er El Frente nicht leiden. »Wir nehmen deinen Hinweis zur Kenntnis. Domenech, vermerk das in der Akte. Und du, Calderon, hast du noch was zu Asunción?«

»Ihr Sohn meinte, sie sei ziemlich angespannt gewesen. Das Haus und der Garten machen halt viel Mühe. Ist nicht so leicht im Alter, ganz allein. Aber weg wollte sie auf keinen Fall. Kann sein, dass sie ihr Herzmittel doch genommen hat, obwohl eine Pille lose herumlag. Vielleicht sogar zu viel? Unter Stress verliert man schon mal den Überblick. Oder sie hat sich den Blutdruck planmäßig bis zur Nulllinie runtergefahren. Was weiß ich.«

»Selbstmord?« Domenech verzog das Gesicht. »Die Passage habe ich im Bericht wohl überlesen.« Der kleine Seitenhieb prallte an Calderon ab, dem es an Ehrgeiz fehlte, jedes verfügbare Schriftstück persönlich durchzuarbeiten.

»Steht drin, dass es keiner war?« Calderon klappte die Box auf, schnupperte am Inhalt und klappte sie mit mürrischem Gesicht wieder zu. »Du kannst in keinen Kopf reingucken. Schon gar nicht in den einer Frau. Darum wirst du nie verstehen, was die sich denken und warum die plötzlich irgendwelche Sachen tun.«

Ein Selbstmord war möglich, wenn auch unwahrscheinlich. Jaume lief Runden durchs Büro. Bereits am Fundort hatte der Arzt ihnen Druckstellen an Asunción da Silvas Wangen, Hals und Oberarmen gezeigt. Gewöhnliche Blutergüsse, für den Laien leicht mit Leichenflecken zu verwechseln, die aber bereits vor ihrem Tod entstanden waren, verursacht durch festes Zupacken. Als habe sie jemand in eine bestimmte Haltung gezwungen und ihr gewaltsam den Mund geöffnet. Doch das ließ mehrere Interpretationsmöglichkeiten zu.

»Jemand könnte versucht haben, sie zum Erbrechen zu bringen, um ihren Tod zu verhindern«, murmelte er. »Wenn sie zu viel von irgendwas genommen hat.«

Domenech lief rot an und presste die Lippen aufeinander. Es passierte ihm selten, dass er eine Möglichkeit übersah, die Calderon bemerkt hatte.

»Und dann hat er sie in den Sessel gesetzt, statt Hilfe zu holen?« El Frente stutzte. »Ist das logisch?«

»Als sie in den Sessel gesetzt wurde, war sie mit hoher Wahrscheinlichkeit bereits tot oder zumindest nicht bei Bewusstsein. Das belegen verwischte Schleifspuren auf dem Boden und in der Küche. Martinez hat Haare und geringe Rückstände von Körperflüssigkeiten gefunden, mehr davon im Sessel. Es gab keine verlagerten Leichenflecken, was bedeutet, dass sie innerhalb der ersten sechs Stunden transportiert wurde. So lange können sich neue Flecken bilden und die alten verschwinden. Wir können also mit Sicherheit festhalten«, Jaume deutete auf Domenech und dann zum Whiteboard, »dass sie nicht allein oder zumindest nicht unbemerkt verstorben ist. Und der Mensch, der in ihren letzten Augenblicken anwesend war oder danach ankam, hat sich Mühe gegeben, diese Tatsache zu vertuschen, um ihr Ableben wie einen natürlichen Tod aussehen zu lassen.« Mit auf dem Rücken gekreuzten Armen nahm Jaume seine Wanderung wieder auf. Hatte Asunción da Silva einen Besucher empfangen oder vielleicht sogar zwei nacheinander? »Ihre Nachbarin hat einen eigenen Schlüssel. Der Dame solltest du morgen noch mal auf den Zahn fühlen, Calderon. Und wir haben keinen Abschiedsbrief«, sagte er zum Fenster gewandt. »Das solltest du bei den Übereinstimmungen eintragen, Domenech.« Es war der erste Punkt, der auf alle drei Toten sicher zutraf. Das war wenig. Sehr wenig.

Er weigerte sich in Erwägung zu ziehen, dass sie es mit einer Serie unabhängiger Selbstmorde zu tun hatten, mit einem dummen Zufall. Jaume schaukelte langsam vor und zurück. Lidia Alvarez hatte in der Vergangenheit in einem Pflegeheim, einem Hospiz und einem Krankenhaus gearbeitet. Ein abenteuerlicher Einfall, sie könnte Vargas und da Silva dort begegnet sein.

Mittwoch, 04. Oktober, 10:15 Uhr
– Jaume Soler Martí –

Auf dem Stuhl vor Domenechs Schreibtisch reckte sich ein Hintern in die Höhe. Eindeutig weiblich. Ein Bein untergeklemmt und der Oberkörper über die Platte gebeugt. Eindeutig unerwünscht. Auf der anderen Seite des Tischs saß niemand. Die Sitzfläche drehte sich gemächlich hin und her.

»Was machst du da, Montse?«

»Auf dich warten, was denn sonst?« Sie setzte sich auf ihre Ferse und drehte den Stuhl mit Schwung herum, ohne ein Zeichen von Verlegenheit. »Calderon hat mich reingelassen. Reiß ihm nicht den Kopf ab, ja? Immerhin sind wir Geschwister. Er musste dringend weg und meinte, du wärst gleich da. Und das bist du ja nun.«

»Und du hast die Gelegenheit genutzt, um herumzustöbern.«

»›Schön dich zu sehen, liebe Schwester, willst du einen Kaffee?‹« Montse breitet die Arme aus. »Das wäre mal eine Ansprache nach meinem Geschmack.«

Jaume packte den Drehstuhl an der Lehne, gab ihr eine Sekunde, den zweiten Fuß hochzuziehen, und schob sie in die Mitte des Büros. Außer Reichweite jedweder Akten und mit dem Gesicht zum Fenster, an das er sich wie üblich anlehnte.

»Was willst du, abgesehen von einem Kaffee, den du nicht bekommst?«

»Es gibt Gerüchte – und damit meine ich nicht die, dass Paloma dich verlassen hat oder dich verlassen will. Denen widerspreche ich höchstpersönlich. Also lobpreise meinen Namen, denn ich halte dir Alba Ruiz vom Hals, es sei denn, du gibst das Signal, dass ich sie von der Leine lassen darf. Was ich nicht hoffe.«

Montse duckte sich, als er zum angedeuteten Schlag ausholte. Dieses Biest. Er gab sich blasiert, statt zu lächeln. Hauptsache, sie kam nicht in Ignacias Auftrag. Mit allem anderen konnte er umgehen. Selbst mit ihrer aberwitzigen Neugier.

»Du bist an dem Todesfall aus dem *Park Güell* dran. Das weiß jeder. Aber da ist noch mehr. Noch zwei Tote, hab ich gehört.« Sie deutete über ihre Schulter. »Komisch nur, dass davon an eurer Zauberwand nichts zu finden ist und auch nichts in den Zeitungen steht. Ich wollte es nicht glauben, als mir jemand genau das prophezeit hat. Aber es stimmt. Ich habe gestern und heute alle einschlägigen Blätter durchforstet. Nichts. Darum trage ich die Worte des Propheten zu dir, die da lauteten: Frage deinen Bruder.«

Jaume verzog keine Miene. An der Wand waren nach der gestrigen Besprechung nur rudimentäre Angaben übrig. Nicht einmal ein Name. Aus datenschutzrechtlicher Sicht ein Glücksfall.

»Erstens: Wer starb im *Jardin de Poble Sec* und warum? Zweitens: Was wollte die Polizei im Haus der standhaften Asunción? Drittens: Warum gibt es keine Informationen?«

»Hm«, machte er vage. »Du hast doch offensichtlich Informationen.«

»Von Mund zu Mund weitergetragen. Zufällig aufgeschnappt. Niemand weiß etwas Genaues, es gibt nichts Offizielles. Ernsthaft, Jaume, auch tote Junkies kriegen sonst wenigstens einen Zweizeiler, den eure Presseabteilung freigibt. Und jetzt zwei – *mindestens* zwei – Tote, die ihr unter den Teppich kehrt? Die Gerüchte sprechen von selektiver Ermittlungsarbeit. Ist da was dran? Das kann ich nicht glauben! Wird von euch nur der öffentlichkeitswirksame Fall bearbeitet? Tourismus zuerst, weil dahinter Geld und Arbeitsplätze stehen? Genau das wird nämlich behauptet. Dass den *Mossos* die eigenen Leute egal sind.«

»Hm«, machte er wieder. Diesmal ohne einen weiteren Satz anzuschließen. Wohl wissend, dass sie das auf die Palme brachte, konzentrierte er sich auf seine Schuhspitzen. War da etwa ein Fleck? Er beugte sich vor. Zum Glück kein Wasser, das war Gift für weiches Leder. Erleichtert wischte er über den Slipper. Staub – kein Staub. Eine Erinnerung streifte ihn, sein Herz schlug schneller, der flüchtige Impuls rauschte in seinem Kopf und verstummte. Irritiert klopfte er sich an die Schläfe, dann seufzte er. Nichts zu machen, der Gedanke war weg. »Du hörst neuerdings also auf einen Propheten.«

»Seine Worte haben mich ins Grübeln gebracht. Das ist alles. Ich kenne ihn nicht. Es war eine zufällige Begegnung.«

»Und genauso zufällig hast du dir Einsicht in unsere Akten genehmigt. Nachdem er dich hergeschickt hat. Zu deinem Bruder.«

»Nein.« Sie rollte die Augen. »Ja! Ein paar Bilder habe ich mir angeguckt. Aber weder im Auftrag noch um irgendwas herumzutratschen. Asunción war eine aus dem Widerstand gegen die Großinvestoren, die unsere Stadt an sich reißen. Und jetzt machen Zweifel die Runde, ob mit ihrem Tod irgendwas nicht stimmt. Weil davon Leute profitieren, hinter denen rein wirtschaftliche Interessen und eine Menge Geld stehen. Da kochen die Emotionen schnell hoch. Wie fies das weitergehen kann, brauche ich dir nicht zu erzählen, Jaume. Vielleicht siehst du meinen Besuch mal unter einem anderen Gesichtspunkt.«

»Als Warnung?«

»Wenn du so willst.«

»Vor wem und was genau?«

»Dein Job, Comissari Soler.« Sie drehte den Stuhl hin und her, verzog bei jedem Quietschen das Gesicht und machte trotzdem weiter. »Ich bin weder Informant noch Denunziant. Nur deine Schwester. Und als Schwester vermute ich, dass ihr eure Prioritäten verschieben solltet. Im eigenen Interesse. Es ist kein Geheimnis, wie euer großer Meister Selvanegra tickt. Und das schadet eurem Image.«

Am Ende des Flurs klappte die Tür zum Treppenhaus, dynamische lange Schritte kamen näher, unverkennbar Domenech. Montse drückte sich aus dem Sitz und fasste Jaume an den Schultern.

»Alle Menschen sind gleich, nicht wahr?«

»Bei uns landet niemand unter dem Teppich.« Mehr als dieses Zugeständnis konnte er ihr nicht geben. Aber das meinte er ernst.

Sie deutete auf ihre Augen, dann auf ihn. Als die Schritte das Büro erreichten, trat Montse den Rückzug an.

»Hola!« Domenech wich aus, als sie sich vorbeidrängte. »Alles in Ordnung?«

»Bei mir schon.« Sie bremste kurz ab und gewährte ihm sogar ein flüchtiges Lächeln, wie Jaume überrascht feststellte. Für ihn blieb ein letzter drängender Blick, dann war sie weg.

»Wie hat sie das gemeint?«

Jaume hatte nicht vor, ihre Vorwürfe zu wiederholen. »Warst du bei Carolina?«

»Gerade eben. Soweit die Analysen schon vorliegen, gibt es keine übereinstimmenden Fingerabdrücke oder DNA-Spuren an Gegenständen, die bei den Toten oder im Umfeld gefunden wurden. Was gemäß Martinez kein Wunder ist, bei zwei Freilandleichen. Mit den chemischen Auswertungen sind sie weitgehend durch. Wir sollen vorbeikommen, sobald Calderon zurück ist. Dem hat Carolina noch einen Spezialauftrag mitgegeben, bevor er losgefahren ist. Hatte irgendwas mit dem Garten zu tun.« Vor seinem Schreibtisch runzelte Domenech die Stirn. »Hast du was gesucht?«

Schon wieder wünschte Jaume sich zu schweigen. Aber wem nutzte das?

»Nein.« Andererseits brachte die Wahrheit sie auch nicht weiter. »Was genau liegt da überhaupt?«

»Das gesammelte Bildmaterial von den Fundorten, den Toten und aus den Wohnungen. Eigentlich wollte ich die als Nächstes nebeneinanderhängen. Parallelen testen. Analog zu dem, was wir gestern ausprobiert haben, und auf rein optische Ähnlichkeiten oder Gegensätze bezogen.«

»Und das willst du jetzt nicht mehr?«

»Doch.« Domenech blätterte durch einen der Fotostapel, sortierte um, stapelte kopfschüttelnd neu.

»Dann lass sehen, was du dir an Konstellationen überlegt hast, während wir auf Carolinas Anruf warten. Die Idee ist gut.« Jaume griff sich ein Tuch und wischte die letzten Notizen von der Wand. Seine Schwester schaffte es mit unschöner Regelmäßigkeit, ihn in Stress zu versetzen. Ihm war klar, dass Domenech ahnte, wer für die gestörte Ordnung auf seinem Tisch verantwortlich war. Calderon dafür die Schuld zu geben, hätte zu kurz gegriffen. Nachlässigkeit, Schlamperei, Unaufmerksamkeit, das traf sie alle irgendwann. Was selbstverständlich sein sollte, geriet im allgemeinen Tagesgeschäft schleichend in Vergessenheit. Wessen Fehler es diesmal gewesen war, spielte daher keine Rolle. Es durfte sich nicht wiederholen. Jaume musste handeln und damit letztlich den Vorfall eingestehen. »Solange der Raum mit Material gepflastert ist, warten Besucher draußen. Das gilt für alle. Gespräche werden – sofern die Person nicht zur unmittelbaren Einsatzgruppe gehört – anderswo geführt. Du gibst am Empfang Bescheid, ich erinnere Calderon daran. Wenn keiner aus dem Team da ist, wird die Tür konsequent abgeschlossen.« Er fürchtete jetzt schon die Beulen, die er sich einhandelte, wenn er dagegen rannte.

Domenech hängte kommentarlos die ersten Bilder an die Magnetwand. Antonio, Guillermo, Asunción.

»Was haben die Analysen denn nun ergeben, woran sie gestorben ist?« Jaume rückte das Foto von Asunción, der Standhaften, gerade, deren Tod Montse auf den Plan gerufen hatte.

»Weder an Ketamin wie Cruz noch an Pentobarbital wie Vargas. Die Details kriegen wir nachher.«

*

Eine gute Stunde später fand sich das komplette Team im Labor der Spurensicherung ein, wo sie mit Ungeduld erwartet wurden. Carolina brannte darauf, ihre neusten Entdeckungen zu teilen. »Wir haben es mit einer dritten Substanz zu tun, diesmal oral aufgenommen über Mund- und Magenschleimhaut: Glykosid. Ein Stoff, der in der Natur vorkommt, mit denen sich Pflanzen beispielsweise vor Fressfeinden schützen. In kleiner Dosierung hat er durchaus positive Wirkung und wird in der Medizin eingesetzt.«

»Hierfür?« Calderon klopfte sich auf die Brust.

»Richtig: als Bestandteil von Herzmedikamenten. Nur das, was eure Asunción umgebracht hat, stammt anderswoher. Ganz pur aus dem Garten und mit einiger Wahrscheinlichkeit aus ihrem eigenen Anbau. Dem Nachweis bin ich mit Calderons Hilfe schon ein Stück näher gekommen.« Carolina hielt ein lanzettenartiges dunkelgrünes Blatt in die Höhe. »Darf ich vorstellen: *Nerium Oleander*, Rosenlorbeer – wunderschön und brutal giftig. Wenn man davon isst, kann das im schlimmsten Fall zum Totalkollaps führen. Erst Herzrhythmusstörungen, dann Tod durch Lähmung des Herzmuskels und der Atmung.«

»Das Zeug wächst bei Señora da Silva hinterm Haus. Zwischen Gemüse, Kräutern und anderem Grünzeug.« Calderon kramte ein Plastiktütchen aus der Hosentasche. Leuchtende rosa Blüten. »Hab ich vorhin vergessen.«

»Danke!« Carolina schnappte zu. »Eine teuflische Schönheit.«

Jaume beschlich ein ungutes Gefühl. Wuchs dieses Zeug nicht überall in Kübeln vor Restaurants oder als Zierstrauch in Parks? »Das heißt, sie kann es aus Versehen eingenommen haben, weil es ihr zwischen die Kräuter und mit ins Essen geraten ist? Oder sie hat es einfach verwechselt?«

»Habe ich auch gedacht, *Jefe*! Dafür hat mich die Nachbarin fast gelyncht. Die gute Asunción war zwar körperlich leicht angeschlagen, aber geistig angeblich voll auf der Höhe. Und in ihrem Garten hätte sie selbst blind keine Fehler gemacht.« Calderon stieß ein genervtes Zischen aus. »Geschwätz, wenn ihr mich fragt und Lobhudelei einer Toten gegenüber. Nur weil ich die typischen Demenzzeichen abgefragt habe.«

Martinez lachte trocken. »Ein echter Charmeur, unser Calderon. Wie alt ist denn die Nachbarin? Wahrscheinlich hat die sich von dir gleich mit als senil abgestempelt gefühlt.«

»Demenz kommt nicht vom Alter.«

»Der Demenzansatz ist interessant«, hakte Carolina ein. »Normalerweise verhindern gesunde Reflexe, dass man die Pflanzenteile runterschluckt. Die sind dermaßen bitter, dass man sie sofort wieder ausspuckt. Bei alten Menschen und auch bei Demenzpatienten ist allerdings oft der Geruchssinn und entsprechend auch die Fähigkeit zu schmecken beeinträchtigt. Inwieweit das hier eine Rolle spielen kann, müsstet ihr mit einem Facharzt klären. Das übersteigt mein Wissen. Fakt ist aber auch: Señora da Silva hatte keine Pflanzenteile im Magen, sie hat das Gift als Aufguss zu sich genommen, wie einen Tee. Einige Tropfen fanden sich auf der Kleidung.«

Jaume stieß Calderon an, der schon wieder vor sich hin grummelte. »Die Nachbarin schließt Demenz also aus. Was hast du sonst aus ihr herausbekommen?« Er war schließlich nicht nur zum Blätterpflücken dort gewesen.

»Sie war mies gelaunt und hat rumgejammert. Wie schlecht die Welt ist und um wie viel ärmer ohne ihre Freundin. Aber irgendwer freut sich ja immer, wenn einer stirbt, denn dann gibt es was zu erben. In dem Ton. Die ganze Zeit. Das Thema Selbstmord hat mich dann zum zweiten Mal fast den Hals gekostet. Nie hätte sie – *nie!* Was ich mir einbilden würde. Unglaublich, wie die mich zurechtgestutzt hat, und im nächsten Moment die Kehrtwende. Da wollte sie mir den Hund andrehen, damit ich den ins Tierheim bringe, weil sie nur den Vogel behalten kann. Als ob die noch einen Vogel bräuchte!« Vielsagend tippte er sich an die Stirn. »Dann hat mir der Mistköter noch auf die Hose gepinkelt.«

»Also hat sie sich durchgesetzt.« Martinez feixte. »Ist das dieser Minikläffer, den sie auf dem Arm hatte, als wir dort waren?«

»Genau, ich dachte die ganze Zeit, das ist ihr eigener.«

»Warum behältst du ihn nicht einfach? Markiert hat er dich schon. Der wäre doch bestimmt was für deine Frau.«

»Halt bloß die Schnauze, Martinez. Ganz sicher nicht.«

»Meine Frau wäre begeistert. Wir sind aber schon ausgelastet.« Carolina hob zwei Finger. »Doppelt.«

»Wieso glaubt in dieser Stadt eigentlich jeder, er müsste einen Hund haben oder besser gleich mehrere?«

Es war unvernünftig, dass in Barcelona so viele Hunde gehalten wurden. In dem Punkt gab Jaume Calderon recht. Zu wenig Platz, zu wenig Zeit, von artgerechter Haltung konnte oft keine Rede sein. Warum also? In einer Statistik hatte er gelesen, dass sich – eingerechnet einer erheblichen Dunkelziffer – an die Hunderttausend Hunde in der Stadt tummelten.

Nur ein Drittel davon war angemeldet und über siebenhundert wurden jedes Jahr von ihren Besitzern ausgesetzt. Nun erwartete gleich drei weitere ein ungewisses Schicksal. Wenn er an Lupo, den Labradormischling, dachte, wurde es ihm eng in der Brust. Er war fast sicher, dass Lidia Alvarez ihn nicht aus der Auffangstation abgeholt hatte.

»Zurück zum Thema.« Jaume räusperte sich. Kaum zu fassen, dass er inzwischen sogar die beiden Chihuahuas vermisste. Er studierte die chemischen Kürzel auf Carolinas Monitor, von denen er keines verstand. »Kannst du feststellen, ob sie sich mit Blättern von genau diesem Strauch vergiftet hat?«

»Wir«, maulte Martinez. »Theoretisch könnten *wir* das. Ein entsprechendes Verfahren gibt es – DNA-Analyse analog zu der beim Menschen. Ist aber unverhältnismäßig teuer und aufwendig. Steht uns deshalb nicht zur Verfügung. Das botanische Institut der Hochschule könnte die nötige Ausrüstung haben.«

»Und was untersucht ihr dann?«

»Den Glykosidgehalt in den Blättern, denn der schwankt von Pflanze zu Pflanze. Neuere Züchtungen sind zum Beispiel weniger toxisch als alte oder Wildformen. Anhand der Giftkonzentration lässt sich eingrenzen, ob der Oleander aus dem Garten als Übeltäter im Rennen bleibt oder ausscheidet.«

»Dafür habe ich das Giftzeug angepackt?« Calderon streckte Carolina die mit kleinen Pusteln gesprenkelten Hände vors Gesicht. »Damit ihr es *eingrenzen* könnt – das ist alles?«

»Ach, komm schon. Das ist besser als nichts!«

»Hättest mal besser Handschuhe getragen«, sagte Martinez mitleidlos. »Du kannst dich nicht mit Demenz entschuldigen, wenn du das vergisst.«

Mit einem Tritt gegen Martinez' Stuhl drehte Calderon sich um und stieß eine üble Verwünschung aus.

»Wo willst du hin?« Jaume hielt ihn fest.

»Den Köter im Tierheim abliefern, der ist noch im Auto.«

Carolina stieß langsam die Luft aus, und Martinez nahm die Probentütchen an sich. Domenech schwieg. Keiner machte Anstalten, den Hund in letzter Sekunde vor diesem Gang zu bewahren. Jaume überlegte nicht lange.

»Lass mal. Ich mache das.«

Mittwoch, 04. Oktober, 15:30 Uhr
– Ignacia Martí Jiménez –

Sorgfältig malte sie Worte aufs Papier, zog am Lineal entlang exakte Linien und trug die ersten Namen ins Raster ein. Das linke Bein hatte sie auf einen Stuhl hochgelegt und rieb sich von Zeit zu Zeit den Knöchel. ›Wassereinlagerung‹, behauptete Nicol, und dass das vom vielen Stehen hinter der Theke kam. Na, die musste es ja wissen, wo sie doch immer schön hatte sitzen dürfen, als sie noch arbeiten gegangen war. Manchmal führte Nicol sich auf, als sei sie keine Sprechstundenhilfe gewesen, sondern die Frau Doktor höchstpersönlich. Das kam davon, wenn man unzufrieden durchs Leben ging, dann hatte man es nötig sich aufzuspielen. Ignacia seufzte. Sie ging im Moment nicht, sie schleppte sich. Humpelte durch *La Pausa* und ächzte und stöhnte, solange Montse nicht in der Nähe war. Sobald ihre Tochter kam, biss sie die Zähne fester aufeinander. Sonst kam die ihr gleich wieder mit dem Orthopäden, Chiropraktiker, Osteopathen und wie sich diese ganzen Knochenverdreher schimpften. Schlimmer als Nicol. Ja, viel schlimmer war dieses Mädchen.

Ein Schatten verdunkelte ihre Liste. Hände legten sich auf ihre Schultern und ein Kuss streifte ihre Wange.

»Hallo, Mama.«

Diesmal seufzte Ignacia wohlig und tätschelte den dunklen Schopf, der sich kurz an sie drückte.

»Tut der Fuß weh?«

Sie winkte ab. »Setz dich, Junge. Hast du Hunger? Bestimmt hast du Hunger.«

»Mach dir keine Mühe, ich bin auf dem Sprung.« Er hinderte sie, das Bein vom Stuhl zu nehmen, und rückte stattdessen einen anderen heran, blieb aber stehen. »Ist Montse da?«

»Nein. Sie arbeitet. Nehme ich zumindest an.« Seit einer Woche schien Montses Schichtplan gänzlich über den Haufen geworfen zu sein. Sie kam und ging zu sonderbaren Zeiten, war wortkarg und noch schlechter gelaunt als sonst.

»Fein«, sagte Jaume und nickte. »Dann haben wir ja Ruhe. Ich mache uns einen *cafè amb llet.* So viel Zeit habe ich.«

Ignacia ließ ihn gewähren und wandte sich wieder ihrer Liste zu. Der Kaffeeautomat zischte.

»Was schreibst du da?«

Jaume balancierte zwei Tassen herüber und schwappte ein Fußbad auf die Unterteller.

»*El Gordo* steht an und alle machen mit. Wie jedes Jahr. Ich habe ein zweites Los gekauft.«

»Dann gibt es die Tippgemeinschaft also immer noch?«

»Natürlich. Solange es *La Pausa* gab und solange es *La Pausa* geben wird, bleibt es dabei.« Gleich in der ersten Woche nach der Eröffnung hatte ihr Mann mit seinen Freunden und Kollegen den *círculo* aus der Taufe gehoben. In einen gemeinsamen Topf zahlten sie regelmäßig ein, der nicht eingesetzte Überschuss wurde am Ende des Jahres gespendet. Mit großer Freude. Einen Hauptgewinn hatten sie nie gelandet, aber viele kleine über all die Jahre verteilt. Für die große Weihnachtslotterie lief der Verkauf schon Monate vorher. Ein geliebtes Ritual, bei dem jeder im Land mitmachte. Fast jeder.

»Du solltest auch ein *décimo* nehmen. Oder zwei. Wenigstens für jedes Kind ein Zehntellos.«

Jaume schüttelte den Kopf und ließ Zucker in seine Tasse rieseln. »Nein danke.«

»Wieso nicht? Du kannst es dir doch leisten. Sogar Montse macht mit.«

»Die sollte ihr bisschen Geld lieber zusammenhalten, statt es zum Fenster rauszuwerfen.«

»Du bist ein Geizhals.« Ignacia schlürfte genüsslich an ihrem Kaffee. »Und das war das vierte Päckchen Zucker. Das gönne ich dir, auch wenn es schlecht für dich ist. Du setzt Fett an. Keine Frau mag das. Wir lügen, wenn wir das behaupten. Wo sind deine Gedanken?«

»Bei der Arbeit«, brummte er und hob die Schultern. »Nicht so wichtig.«

»Was wolltest du von Montse?«

»Hm? Überhaupt nichts.« Konzentriert zählte Jaume die aufgerissenen Tütchen nach. »Tatsächlich: vier.«

»Dann wolltest du etwas Bestimmtes von mir?«

»Ich musste heute ins Tierheim. Dort ist es deprimierend. Danach wollte ich ein freundliches Gesicht sehen, Mama. Nur das. Ob du es glaubst oder nicht.« Er grinste schief.

Nein, sie glaubte ihm nicht. »Du warst dienstlich dort?«

»Hm. Einen Hund abliefern, von einer kürzlich verstorbenen Frau. Nettes kleines Tier, hat mich an Lola und Eli erinnert. Im Moment haben wir dauernd mit Hunden zu tun. Verrückt ...«

Irgendetwas stimmte nicht.

»Wie mit dem aus dem *Park Güell*?« Mitten in der Frage stand sie auf und klapperte mit dem Löffel herum. »Was war das denn für einer?«

»Labradormischling.« Jaume zeigte die Höhe an. »Auch ein lieber Kerl. Wird aber wohl genauso im Tierheim enden, die Familie hat zu viel mit sich selbst zu tun.« Er nahm ihr den Löffel ab. »Du solltest doch sitzen bleiben, Mama. Ich räum das weg.«

»Gut. Stell es in die Spüle.«

Ignacia beobachtete ihn weiter. Ihr Sohn kam nie einfach so vorbei, und er sprach auch nie über seine Fälle. Und jetzt hatte er direkt auf ihre Frage geantwortet. Ein kleiner Triumph. War er wirklich so angeschlagen, dass er sich austricksen ließ?

»Alle drei sind schwer vermittelbar. Der Kleine, den ich eben weggebracht habe, ist zu alt, der Labrador zu groß und der dritte ...«

Sie zuckte die Schultern und ließ ihn reden. Was interessierten sie die Kläffer? Ihr Junge hatte einfach ein zu weiches Herz. Schon immer. Kümmerte sich um alle, statt an sich selbst und an seine Ehe zu denken. Himmel, war sie blind! Das war ein Ablenkungsmanöver, damit sie nicht wieder danach fragte. Oder ... »Versuchst du gerade, mir einen Hund aufzuschwatzen?«, fiel sie ihm ins Wort. »Einen Hund, der am laufenden Band kostet? Nachdem du gerade von Geld verschwenden gesprochen hast? Montse könnte einen Gewinn gut brauchen und ich auch. Jeden Cent, jawohl. Aber ein Haustier brauchen wir ganz bestimmt nicht!«

Jaume zog das Genick ein und deutete mit gespreizten Fingern eine kompakte Form an, ließ sie zentimeterweise schrumpfen.

»Nein!«, schimpfte Ignacia. »Auch kein kleines Hündchen.«

Mittwoch, 04. Oktober, 18:30 Uhr
– Jaume Soler Martí –

Zweistimmiges Kläffen jagte seinen Blutdruck in die Höhe, noch bevor er den Schlüssel ins Schloss gesteckt hatte. Die Chihuahuas tobten um seine Beine, hopsten und kreiselten vor Freude. Beiläufig tätschelte er ihnen die Köpfe, bis sie nach wenigen Sekunden abgelenkt von irgendeinem Geräusch nach draußen auf die Terrasse rasten. Jaumes Kiefer verkrampfte. Da stand sie, kaum drei Schritte entfernt. In Jeans und barfuß, mit einer lässig weiten Bluse und ihren dunklen Locken. Mitten im Wohnzimmer, als wäre sie nie weg gewesen.

Ein Schritt, ein zweiter. Wortlos ging er vor Paloma in die Knie, lehnte die Stirn an ihren Bauch und schloss die Augen. Er atmete, fühlte ihre Wärme und ihre Hand auf seinem Nacken, die seinen Herzschlag wieder einsetzen ließ.

»Fast zwei Wochen lang habe ich mir angehört, was für ein dummes Ding ich bin«, sagte sie. »Selbst schuld an allem Elend, weil ich ja unbedingt einen Katalanen heiraten musste. Stur und stolz – worauf auch immer diese katalanischen Quertreiber stolz sein mögen. Nur an einem Punkt waren meine Eltern komischerweise genau der gleichen Meinung wie mein sturer, provinzieller Ehemann – denn alle Nicht-Madrilenen sind in ihren Augen provinziell, wie du weißt: dass ich auf gar keinen Fall die Stelle im Gefängnis annehmen dürfe.« Sein kopfschüttelndes Murmeln an ihrem Nabel entlockte ihr ein Schnauben. »Sag lieber nichts dazu, Jaume. Ich habe es auch nicht kommentiert. Sie haben vorgeschlagen, dass ich bei ihnen einziehe.

Mit den Kindern. Zurück in die Hauptstadt, dorthin, wo sie ihre Beziehungen spielen lassen können. Und weißt du, was ich dazu gesagt habe?« Sie bog seinen Kopf nach hinten. Ihre Augen funkelten, schwarz wie Kohlestücke. »Noch mal genau das Gleiche: nichts. Weil ich nicht eine Sekunde vorhatte, dich zu verlassen. Stattdessen habe ich meinen Koffer und unsere Kinder in den Wagen gepackt.«

»Ich liebe dich.«

»Das will ich hoffen.« Sie ließ seine Ohren los.

Er blieb auf den Fersen sitzen. Seine Angst bei dem Gedanken, dass sie wieder als Kunstpädagogin mit Straftätern arbeiten wollte, war in ihrer Abwesenheit nicht verschwunden, sondern eher gewachsen. Und doch war alles anders. Paloma kannte die Gefahr, der sie sich damit aussetzte, besser als jeder andere: das Risiko eines erneuten Übergriffs. Nur sie allein konnte und durfte entscheiden, ob das der richtige Weg war. Was sie brauchte, war seine Unterstützung, und die sollte sie bekommen.

»Die Kinder sind bei Eva. Wir haben noch zwei Stunden.«

Er ergriff ihre ausgestreckte Hand und stand auf. »*Vale*. Dann lass uns reden.«

»Wir haben zwei Stunden ohne Kinder«, wiederholte Paloma langsam und hob die Augenbrauen. »Ich habe dich vermisst, Comissari Jaume Soler Martí.«

»Dann reden wir später?«

Ihr Lächeln zog ihm die Kleider aus und badete ihn in Glück. Sollte er je an dessen Existenz gezweifelt haben, in diesem Moment war er sicher: Es stand ihm unmittelbar gegenüber. Sein Glück schlang die Arme um seinen Hals, als er es hochhob. Blind taumelte er vorwärts Richtung Schlafzimmer, eingehüllt in ihr Lachen und ihr Parfum.

»Später«, stimmte er zu. Viel später.

Donnerstag, 05. Oktober, 8:45 Uhr
– Jaume Soler Martí –

Alles hatte einen Preis. Doch das Glück des gestrigen Abends wankte nicht. Es festigte seinen Stand. Andernfalls hätte ihn der Aufmacher in der Tageszeitung *Matutino* wohl mehr geärgert. Oder Selvanegras Gebrüll, das er äußerlich ungerührt über sich ergehen ließ.

»Wie kann es sein, dass die Presse mehr weiß als wir? Wieder einmal.«

Das Blatt klatschte auf den Schreibtisch, wurde hochgerissen und geschüttelt, dann bohrte Selvanegra seinen Finger mit dem Siegelring in die abgedruckte Fotografie, während er die Schlagzeile aufsagte und den Inhalt zitierte. Als könne Jaume nicht selbst lesen und hätte es nicht schon längst getan.

»›Was verschweigt die Polizei? Müssen wir alle um unser Leben fürchten, oder galt der Anschlag eigentlich einem Touristen?‹ Da sehen Sie es, Soler: einem Touristen! Ich bin nicht der Einzige, der sich um das Wohlergehen und den Schutz unserer Gäste sorgt.«

Tourismus – Selvanegras Lieblingsthema. Jaume schaukelte langsam von den Fersen auf die Zehen, verschränkte die Arme hinter dem Rücken. Er hatte nicht vor, das Schmierblatt anzufassen. »Mir scheint es nicht, als wüsste der Verfasser des Artikels viel.« Abgesehen von der Detailfotografie einer Art Kanüle, die der Redaktion angeblich zugespielt worden war, enthielt der Beitrag in erster Linie Mutmaßungen. Wenigstens hatten sie darauf verzichtet, Antonio Cruz' vollständigen

Namen abzudrucken, und zeigten ihn stattdessen lächelnd auf einem kleinen Portrait. Familienvater zur falschen Zeit am falschen Ort? Zufallsopfer eines feigen Giftmordes? Fragezeichen über Fragezeichen, die schnell den Übergang zu polemischen Phrasen vollzogen.

»Ach, es scheint Ihnen nicht viel? Die Spritze zu haben, die wir – *Sie* – nicht finden konnten, ist also nicht viel? Korrigieren Sie mich, wenn ich mich irre. Mir war die Mordwaffe bislang nicht bekannt, Soler. Ihnen etwa?«

»Das ist in der Tat interessant«, gab Jaume zu. »Zumal wir bisher gar nicht zwingend von einem Mord ausgegangen sind. Es handelt sich bei der Abbildung übrigens nicht um eine gewöhnliche Spritze, sondern um einen Blasrohrpfeil.«

»Das weiß ich, Soler, das steht hier drin.« Wieder hieb Selvanegra auf die Zeitung ein. »Was gedenken Sie zu unternehmen?«

»Wir haben bereits Kontakt mit der Redaktion aufgenommen, die sich allerdings weigert, das Objekt auszuhändigen oder Auskünfte zu erteilen. Daher werden wir als Nächstes einen entsprechenden Antrag stellen, um die rechtlich einwandfreie Herausgabe zu erwirken und …«

»Herrgott noch mal, Soler! Seien Sie doch nicht so begriffsstutzig und betrachten Sie das große Ganze. Wir brauchen Taten, die das Sicherheitsempfinden der Bevölkerung verstärken, sichtbare Handlungen, die der Welt zeigen, dass es keinen Grund gibt, sich in Barcelona zu fürchten, wenn wir schon keine Ergebnisse vorweisen können.«

Verordnete Augenwischerei also. »Gut. Wen soll ich verhaften?« Jaume verzog keine Miene. »Schlagen Sie mir jemanden vor.«

»Wie bitte? Also, konkret …« Selvanegra wand den Hals im Hemdkragen hin und her, um diesen zu lockern. Die Sehnen spannten sich straff zum Schlüsselbein, was ihm etwas

Schildkrötenhaftes gab. »Na ja, Sie müssen nicht unbedingt gleich jemanden verhaften. Ich denke eher an eine Razzia in den einschlägigen Kreisen.«

Eine medienwirksame Aktion. Jaume verlagerte seinen Schwerpunkt auf die Fersen, spürte der Erdanziehung nach. Er vertrödelte wertvolle Zeit vor diesem protzigen Schreibtisch, hinter dem sein Vorgesetzter längst sein Urteil gefällt und sich dem des Redakteurs angeschlossen hatte, der wiederum eins zu eins die Meinung des Zeitungseigentümers vertrat. Aus der Kritik am Massentourismus wurde innerhalb zweier Halbsätze eine Kritik an den Kritikern. Und aus der Protestbewegung wurden Randalierer, Unruhestifter und potenziell kriminelle Linke. Sollte der Frust über die haltlosen Anschuldigungen demnächst zur Entladung kommen, lachte sich irgendwer ins Fäustchen. Dann wurde die Behauptung zur selbst erfüllenden Prophezeiung. Aufstand aus der Gosse, hatte der *Matutino* vor Kurzem erst getitelt. Mit der marxistischen Jugendorganisation *Mateix*, die der Bewegung voranschritt, lag der Eigentümer ohnehin im Dauerclinch. Kein Wunder, gehörten zu seinem Imperium doch auch diverse Immobilien, Hotels und Luxusappartements. Jaume verbiss sich ein Grinsen beim Gedanken an die letzten Graffitis: stilisierte Haifischmäuler, die kleine Häuser und Menschen verschlangen. Gut gemacht und klar in der Aussage.

»Bei allem Respekt, Señor Selvanegra, wir haben keinerlei Anzeichen dafür, dass eine der Thesen dieser Zeitung stimmt oder dass weitere Opfer zu befürchten sind.« Ein Mord mittels Blasrohr eröffnete völlig neue Perspektiven, die sie noch nicht ansatzweise durchdacht hatten. Sogar die, dass die Presse richtiglag. Selvanegra war jedoch der Letzte, mit dem Jaume diese Option im Augenblick diskutieren wollte. Er musste mit seinen knappen Ressourcen haushalten. Was er brauchte, war zuallererst einen Beweis, dass es wirklich lohnte, sich damit auseinanderzusetzen, und den konnte ihm nur der Pfeil liefern. »Woher die Presse mehr weiß – wenn sie denn mehr weiß –, möchte man dort sehr gern für sich behalten.« Auf Redaktionsebene hatte er auf Granit gebissen, und weiter oben in der Hierarchie war niemand für ihn zu sprechen gewesen. Sein kleines Licht reichte nur bis in die mittleren Etagen. »Ich fürchte, eine Razzia in den Redaktionsräumen wird uns niemand genehmigen. Aber ich kann es gern versuchen.«

»Sind Sie übergeschnappt, Soler?«

»Ich versteh nicht?« Jaume unterbrach sein Wippen und klappte die Hacken zusammen. »Verzeihung, dann habe ich Sie wohl missverstanden. Mein Fehler. Schönes Bild übrigens.« Er deutete auf eine Fotografie zwischen Auszeichnungen und Belobigungen an der Wand. Ein Golfplatz, zwei Männer auf dem Grün, freundschaftlich Arm in Arm. Weiß gerahmt. »Ist das neu?«

»Treiben Sie es nicht zu weit.« Selvanegra griff zum Telefon und hielt die Sprechmuschel zu. »Machen Sie, dass Sie rauskommen.« Winkend scheuchte er Jaume aus dem Raum und schwenkte den Ledersessel zur Seite, als das Gespräch entgegengenommen wurde.

»Hugo, mein Bester, wie geht es dir?«

Der Golfpartner und Zeitungseigner persönlich, sieh an. Jaume zog diskret die Tür ins Schloss. Die große Leuchte funktionierte auf Knopfdruck.

*

Treppen, Geländer, Mauervorsprünge. Vor den kleinen schnellen Rollen war keine Fläche sicher. Mit verblüffender Leichtigkeit sprangen und drehten die Skater sich in der Luft, hielten das Board mit einer Hand oder balancierten es auf der Fußspitze. Ein Antippen genügte, um es hochzuschleudern oder seitwärts zu rotieren, dann landeten sie in unterschiedlichen Eleganzstufen, aber mit überraschender Treffsicherheit auf ihren Füßen. Oder rollten sich geschickt ab, falls etwas schiefging. Überall in der Stadt verwandelten sie jede Kante in eine Sprungschanze. Seit Jaume sich auf dem Pflaster am *MACBA* – dem Museum für zeitgenössische Kunst – niedergelassen hatte, war keiner richtig gestürzt. Die akrobatischen Leistungen nötigten ihm Respekt ab, obgleich er sich in dem Trubel fehl am Platz fühlte.

El Frente kauerte in seiner obligatorischen Schlabberhose neben ihm. Den Rücken an der Hauswand, ein Bein angewinkelt, mit dem anderen Fuß rollte er sein eigenes Brett zentimeterweise vor und zurück. »Du musst da sein, wo deine Leute sind«, erklärte er. »Mittendrin. Und du musst an ihrem Leben teilnehmen. Damit meine ich keine Anteilnahme im Sinn von Mitleid oder so. Und spiel ihnen nichts vor. Das merken sie, die sind nicht doof. Tu niemals so, als wärst du einer von ihnen.«

»Schon kapiert.« In der Theorie leuchtete es Jaume ein. In der Umsetzung sah es für ihn anders aus. El Frente hatte sich seinem Klientel aus Obdachlosen, Lebenskünstlern aus aller Welt und Jugendlichen ohne Perspektive so weit angeglichen, dass er regelmäßig Münzen aus seinem Kaffeebecher fischen musste, wenn er längere Zeit an einer Stelle saß. Die Leidenschaft für den Sport verband ihn mit den Skatern weit über das Berufliche hinaus. Während ihres Gesprächs stand er mehrfach auf und drehte selbst ein paar Runden.

»Wenn du mich fragst, ist es Blödsinn, was sie in der Zeitung schreiben. Wie kaputt müsste man denn sein, einen wildfremden Menschen zu töten, um auf soziale Probleme aufmerksam zu machen? Zumal es wenig Sinn ergibt, wenn der Zusammenhang tagelang unbemerkt bleibt.«

Das sah Jaume grundsätzlich genauso. Wer zu so drastischen Maßnahmen bereit war, um gehört zu werden, hätte sich anschließend auch zu Wort gemeldet. Doch es gab kein Bekennerschreiben, keine Videobotschaft. »Du kennst viele Leute. Auch aus der Hausbesetzerszene?«

El Frente nickte. »Die sind friedlich, tun keiner Fliege was.«

»Wie die meisten Mörder, ehe sie die Nerven verlieren«, brummte Jaume und hob sofort entschuldigend die Hand. »Wir müssen der Sache nachgehen. Selvanegra nimmt die Angelegenheit sehr ernst. Mir wäre es auch lieb, wir könnten pauschal sämtliche Aktivisten für unbedenklich erklären.« Er verstummte. Besser war es, sich weder zu einem politischen Statement hinreißen zu lassen noch über seine wahren Gründe zu reden. Seine Schwester stand den Leuten in Selvanegras Fokus nahe, sowohl in der sozialistischen Grundhaltung und ihrer Kritik am Verdrängungswettkampf um Wohnraum zwischen Einheimischen und Touristen als auch, was die katalanischen Separatismusbestrebungen anging. Die zahllosen Untergruppierungen waren eng verflochten, und einer ihrer Treffpunkte lag nur einen Steinwurf von *La Pausa* entfernt im Kulturzentrum *Poblenou*. Montses merkwürdiger Besuch in seinem Büro stieß ihm weiter bitter auf. Er wollte sie ungern mitten in der Schusslinie haben. Doch er ahnte, dass ihm genau das bevorstand. Mehr noch, er wusste es.

*

Aus der Küche duftete es nach Hühnchen in sahniger Soße mit Pflaumen und Mandeln. Im Kinderzimmer giggelten Gabriela und Rafael. Jaume schlang die Arme um Palomas Mitte und rieb die Nase an den zarten Locken, die sich unter ihrem Zopf im Nacken ringelten. Dieses Essen deutete er als weiteres Zeichen ihrer seit gestern neu gefestigten Beziehung.

Ein gemeinsames Lieblingsrezept aus ihrem ersten Urlaub in Sevilla. Wie gut er das heute gebrauchen konnte!

Ja, er trug eine Teilschuld an der dicken Luft, die sich zwischen seinem Team und der Chefetage staute. Selvanegras Arroganz brachte ihn zur Weißglut, und der Handel, den dieser mit seinem millionenschweren Kumpel eingefädelt hatte, stank gewaltig. Hatten sie um sein Beweismittel eine Partie Golf gespielt, und bei Wein und Zigarren ausgeschachert, wie weiter vorzugehen war? Solange der Blasrohrpfeil, der im Grunde aussah wie eine gewöhnliche Spritze, nicht untersucht und zweifelsfrei mit Antonio Cruz' Tod in Verbindung gebracht werden konnte, warf er seine Ermittlungen garantiert nicht komplett über den Haufen. Und er stellte erst recht niemanden unter Generalverdacht.

»Kannst du drüber reden?«

Er schüttelte den Kopf, legte die Stirn auf Palomas Schulter. Ihre Lippen streichelten seine Schläfe.

Es gab drei ungeklärte Todesfälle. Drei! Und je länger er darüber nachdachte, desto sicherer war er, dass keiner sich in Luft auflösen würde. Auf seine Anweisung hin blieb ihre Arbeitsstrategie unverändert. Lebensgeschichten der Opfer, Umfeld, Querverbindungen prüfen. Niemand kam ›unter den Teppich‹. Sein Unbehagen bei der Erinnerung an diese Bemerkung machte ihn mürbe. Wütend und hilflos. Wieso war Montse noch vor der Pressemeldung, die ihre linken Freunde diskreditierte, bei ihm aufgetaucht? Sie hatte sich auf Asunción da Silva bezogen. Eine aus dem Widerstand gegen Immobilienspekulanten. Und Montse hatte eine Drohung ausgesprochen, eine Andeutung möglicher Eskalation. Sein Magen zog sich zusammen. Welche Wahl hatte er? Wenn er in zwei Fällen über die gleichen Fäden stolperte, durfte er das nicht ignorieren. Deshalb streckte El Frente nun in seinem Auftrag die Fühler aus. Der Gedanke war in der Welt. Auch wenn sich sein Verstand weigerte ernsthaft in Betracht zu ziehen, es könne sich bei Antonio Cruz' Tod um einen symbolischen Anschlag auf den Tourismus handeln, nur weil der an einem touristischen Hotspot getötet worden war. Andererseits war seit seinem Tod bereits eine Woche vergangen, ohne dass sich ein anderer Ansatz belegen ließ. Er konnte sich nicht erlauben, eine Option ungeprüft auszuschließen. Auch die nicht, dass Antonio einer Verwechslung zum Opfer gefallen war. Oder einem Fehlschuss, der irgendeinem ausländischen Besucher gegolten hatte.

Donnerstag, 05. Oktober, 18:45 Uhr
– Montse Soler Martí –

Mehrere flache, schachtelartige Gebäude aus unverputzten Hohlblocksteinen reihten sich nebeneinander. Grau mit kleinen Fenstern, die sich alle zur Freifläche in der Mitte ausrichteten. Auf dem kargen Sandboden standen ein paar mickrige Bäume in den Ecken, dünn und fast kahl, ohne nennenswerten Schatten zu spenden. Der zwei Meter hohe Maschendrahtzaun rundum verstärkte die Knastatmosphäre.

Montse folgte dem Angestellten von Raum zu Raum, vorbei an Gittertüren und Käfigen. In bedrückender Enge waren Hunde zusammengepfercht, teils apathisch, teils hysterisch überdreht. Sie schluckte. Das Gewimmel überforderte sie.

»Chronisch überbelegt«, erklärte ihr Begleiter. »Es kommen dauernd neue nach. Wonach genau suchst du?«

»Weiß nicht«, murmelte sie. Einfach nach irgendeinem Hund für Ignacia. Egal wie sehr die sich über Jaumes Vorschlag aufgeregt hatte. Ein Haustier brauchte Aufmerksamkeit, die von ihr ablenkte. Montse hatte den Nutzen für sich sofort erkannt und war spontan hergekommen. Ohne weiteren Plan. Nur mit der vagen Idee, Ignacia zu überrumpeln. »Nicht so groß, nicht so stürmisch. Keinen, der viel Bewegung braucht.«

»Hattest du schon mal einen?«

»Nein. Meine Mutter muss mit ihm klarkommen, wenn ich arbeite. Er müsste also …« Ein Terrier kniff den Schwanz ein, ein gefleckter Mischling knurrte und schnappte in ihre Richtung. Sie zuckte zurück.

»Schnauze halten – krieg dich ein!« Der Pfleger schlug die Faust ans Gitter und lachte entschuldigend. »Der natürlich; nicht du.«

Montse stieß die Tür ins Freie auf und atmete tief ein. Die Luft war frischer als in den Gebäuden und doch vermischt mit einer säuerlich-scharfen Note, beißend wie Ammoniak.

Er schloss hinter ihnen ab und fischte ein Päckchen Zigaretten aus der Tasche.

»Auch eine?«

Stumm verneinte sie und lehnte sich an die noch sonnenwarme Mauer. Das Ganze hier war eine Scheißidee. Sie schloss die Augen. In der Stadt hatte die Verwaltung Hundestatuen aufgestellt, die angeleint an Laternen und Bänken saßen, um auf das Schicksal ausgesetzter Tiere aufmerksam zu machen. Jetzt verstand sie langsam, welches Ausmaß die Folgen der oft kurzlebigen Liebe angenommen hatten.

In ihrer Hosentasche vibrierte das Handy, das sie seit geraumer Zeit ignorierte. Jaume und Ignacia nervten und Carlos hatte drei Kurznachrichten geschickt, wegen eines außerplanmäßigen Treffens von *Mateix* am Abend. Sie ahnte, worauf es hinauslaufen würde, wenn sie teilnahm, schließlich las sie Zeitung.

Der Tabak roch würzig. Die Wolke kam näher. Sie öffnete ein Auge, als sie seine Schulter neben sich spürte.

»Ich zeig dir noch unsere Neuzugänge. Die haben zumindest noch keine Käfigneurosen. Bevor du dich entscheidest, spiel mit dem Tier, geht spazieren, lernt euch kennen. Ein paar Dates und du weißt, ob es passt.«

»Werde ich machen.« Ein merkwürdiges Pochen breitete sich in ihrem Bauch aus. »Erfahrt ihr auch etwas über die früheren Besitzer, wenn die Tiere von der Polizei abgeliefert werden?«

»Manchmal.«

Langsam drehte Montse den Kopf. Den würde sie nicht daten, aber einen Zug von seiner Zigarette nahm sie nun doch.

Freitag, 06. Oktober, 9:15 Uhr
– Jaume Soler Martí –

»Dazu kann ich nichts sagen, wurde uns anonym zugespielt.«

Trotz Selvanegras Intervention zeigte sich der Redakteur des *Matutino* bockig und machte aus seiner Abneigung gegen die Polizei kein Geheimnis. Der schlechte Ruf der *Mossos* eilte ihnen allzu oft voraus und verdarb schon im Vorfeld das Klima. Mit persönlicher Ablehnung wäre Jaume besser klargekommen. Niemand musste ihn leiden können. Er mochte schließlich auch nicht jeden. Doch in der Vergangenheit hatte es üble Verfehlungen innerhalb der Truppe gegeben, und jeder neue Vorfall war einer zu viel. Müßig, sich darüber zu ärgern oder die ungerechtfertigte Verallgemeinerung zum Thema zu machen. Gerade in diesem Augenblick. Es hätte dem Gespräch eine falsche Wendung gegeben und ihn im schlimmsten Fall in die Defensive gezwungen. Eine ganz schlechte Position vor einem Reporter und eine, die sich rächen konnte. Deal hin oder her.

»Anonym bedeutet wohl kaum, dass dieses Objekt morgens auf Ihrem Schreibtisch lag und Sie eine Vision empfingen, was es damit auf sich hat.« Die kleine Spitze konnte er sich dennoch nicht verkneifen. »Wir müssen alles über den Ablauf der Übergabe wissen.«

Der Blasrohrpfeil lag seit dem Morgen in der KTU und wurde unter Hochdruck untersucht.

»Wollen Sie mich etwa zwingen?«

»Davon ist keine Rede.« Jaume verschränkte die Finger ineinander. So kam er nicht weiter. »Auf dem ersten Foto haben Sie nur eine Detailansicht der Pfeilspitze gezeigt, nicht den ganzen Pfeil. Wieso?«

»Verschießen Sie alles Pulver auf einmal?«

Touché. Ein bisschen Geheimniskrämerei um die genaue Größe und Form heizte die Neugier der Leser an. »Es spricht nichts dagegen, dass Sie Ihre Bilder weiterverwenden. Und von Ihrem Pulver interessiert mich der Teil, den Sie vermutlich ohnehin nicht zünden wollen. Zumindest noch nicht: Ihr Material zur Kontaktaufnahme. Sie sind ein Profi.« Es mussten Aufzeichnungen existieren, Tonmitschnitte oder Schriftstücke. Auf den Namen der Quelle konnte er verzichten. Es sei denn, die Umstände deuteten auf Täterwissen hin, was er jedoch anzweifelte. Der große böse Psychopath, der mit der Polizei sein Spielchen spielte, ein nahezu allmächtige Mörder, hochintelligent und am besten noch in eine perfide persönliche Fehde mit dem Kommissar verstrickt und dazu die Presse als Helfershelfer, über die der tumbe Ermittler vorangetrieben wurde, weil es dem genialen Kopf dahinter sonst zu langweilig würde – das gab es im normalen Leben kaum. Er gluckste leise.

»Was amüsiert Sie, Comissari Soler?«

Stereotyp folgte in solchen Geschichten ein Wettlauf mit der Zeit.

»Gar nichts. Mord ist nicht witzig. Und ich mache damit keine Scherze.« Im verfluchten Wettlauf mit der Zeit befanden sie sich nämlich immer. Mindestens einen Schritt hintendran, zum Reagieren verurteilt, nachdem das Verbrechen geschehen war. Einen Psychopathen als Gegner zu haben, erschien ihm mit einem Mal fast als wünschenswerte Abwechslung. Denn in dieser Art erzwungenem Spiel läge das Potenzial aufzuholen und schneller zu sein. Wenigstens ein einziges Mal.

»Helfen Sie uns«, sagte er jetzt. »Bitte. Wenn Sie mit Ihren Annahmen richtigliegen – und für die werden Sie sicher gute Gründe haben –, besteht akute Wiederholungsgefahr. Das können Sie nicht wollen. Dann wären Sie ein Kollaborateur des Bösen, kein Aufklärer.« Schlechte Neuigkeiten verkauften sich leider so viel besser als gute. Er hätte nicht darauf gewettet, dass der Mann vor ihm das Zeug zum Helden hatte. Noch stellte er eine ablehnende Leidensmiene zur Schau. Trotzdem war Jaume sicher, dass er anbeißen würde. Ihm tat es nicht weh, sollte die Zeitung sich damit brüsten, der Polizei auf die Sprünge geholfen zu haben. Letztlich zählte das Ergebnis. Was die Wahrheit anbelangte, machte er sich wenige Illusionen. Heute glaubte doch jeder, was er wollte, oder dem, der sein Mantra am hartnäckigsten und am lautesten herausbrüllte.

»Wie kam der Kontakt zustande? Welche Motivation steckte dahinter? Gab es eine Botschaft, die Sie – wem auch immer – noch nicht überbracht haben?« Jaume beugte sich vor. »Wir gehen derzeit nicht davon aus, dass Ihr Informant der Täter ist. Wenn Sie das vielleicht an ihn weiterleiten möchten?«

Der Redakteur zierte sich einen letzten Moment, dann öffnete er eine Schublade. »Zwei Anrufe. Nicht aufgezeichnet. Eine männliche Stimme. Gedämpft, aber ohne Sprachverzerrer. Hörte sich mehr nach einem Tuch vorm Mund an. Er machte ein Angebot, darauf folgte die Übergabe eines Geldbetrages. Im Gegenzug erreichte uns die Spritze. Wurde am Empfang von einem Fahrradkurier abgegeben.«

»Welche Summe?«

»Nicht der Rede wert.«

»Also eher dilettantisch?«

»Kann ich bestätigen.« Der Redakteur reichte ihm den Karton und eine Klarsichthülle mit einem Notizblatt. »Das lag dabei.«

Jaume nahm beides mit spitzen Fingern entgegen und stand auf. Er hatte hier genug Zeit vergeudet. Auf dem von Hand beschrifteten Karton klebte keine Marke. Er drehte ihn einmal rundherum.

»Was habe ich davon, Comissari?«

»Nichts«, murmelte er.

»Ist das Ihr Ernst?«

»Der Karton. Da ist nichts drauf. Kein Stempel. Keine Kennzeichnung des Versandunternehmens.« Vielleicht hatten sie es doch nicht mit einem Dilettanten zu tun. »Wer kann mir den Fahrradkurier beschreiben?«

Freitag, 06. Oktober, 9:30 Uhr
– Montse Soler Martí –

»Warum bist du gestern nicht gekommen?«

Montse fegte Unrat und trockene Blätter zusammen und kippte die Schaufel in den Sammelbehälter. Staub wirbelte auf und sie hustete. Ein Kollege war ihr ein Stück voraus und leerte die Mülleimer, zwei weitere hingen etwas nach. Jorge fuhr den Wagen, auf den sie alles abluden.

»Du hättest mir wenigstens antworten können.«

»Ich hatte zu tun. Habe ich jetzt auch.« Sie schaute Carlos nicht an, der neben ihr herlief und offenbar vorhatte, ihr ein schlechtes Gewissen einzureden, weil sie dem *Mateix*-Treffen am Vorabend ferngeblieben war. Ihr Besuch im Tierheim war einer der Gründe gewesen. Vornehmlich ein kleiner, dicker Hund, der zwar nicht von der Polizei abgeliefert worden war, aber seinen Besitzer durch einen plötzlichen Todesfall verloren hatte. Angesichts der großen Kulleraugen, der geknickten abstehenden Ohren und der rosa Zunge, die sie durch die Gitterstäbe abgeschleckt hatte, waren die Details nebensächlich geworden. Seine Rasse lag im Trend, Französische Bulldogge. Wirklich schön konnte man das Kerlchen trotzdem nicht nennen. Es sah aus wie eine *croqueta negra*, eine Tintenfischkrokette, nur mit Beinen.

»Wir haben dich vermisst.«

»Vor allem Rosina, vermute ich?« Auf deren spitze Zunge konnte sie gut verzichten, was sicher auf Gegenseitigkeit beruhte.

Carlos wich dem zweiten Streich ihres Besens aus, der ihm über die Füße fuhr. »Wir müssen zusammenhalten, Montse. Gerade jetzt. Wenn die *Mossos* ernst nehmen, was die Zeitungen schreiben …«

»Ich bin kein Spitzel. Weder für die eine noch für die andere Seite.«

»Schön. Dann hast du also wenigstens kapiert, dass wir auf verschiedenen Seiten stehen.«

Montse hieb den Besen aufs Pflaster und baute sich vor Carlos auf, der ihrem Blick nicht auswich. Nur ein leichtes Zucken seiner Augen verriet, dass er sich unwohl fühlte.

»Ging es nur darum bei dem Treffen, dass die *Mossos* alle Schweine sind? Dann habe ich wohl nichts verpasst.«

»Sonntag geht die *Dreamstar* vor Anker. Morgens um elf.«

Ein Luxusliner mit Platz für fast fünftausend Passagiere und mindestens fünfzehnhundert Crewmitglieder.

»Was habt ihr vor?«

»Komm einfach hin.«

Im Müllwagen drückte Jorge auf die Hupe. Aus dem Augenwinkel sah sie sein aufforderndes Handzeichen.

»Verstehe. Keine Details. Ihr vertraut mir nicht mehr.«

»Ich schon.« Carlos rieb sich den Nacken.

»Soll das ein Test werden, ob ich euch verpfeife? Wenn ihr wieder so eine Scheiße vorhabt wie das mit dem Bus, kommen die *Mossos* sowieso, das ist dir doch klar?«

»Ich hab dir Bescheid gesagt«, brummte er. »Was willst du noch? Hab echt keine Lust, mich dafür von dir anschnauzen zu lassen. Vielleicht solltest du dich mal fragen, wie es um *dein* Vertrauen steht.«

Vertrauen. Das war ein schwacher Punkt in ihrem Leben. Mit dem Stiefel stieß Montse den Müllkübel vorwärts. Daran trug Carlos keine Schuld. »Tut mir leid. Ich werde sehen, wie ich es einrichten kann.« Sie lächelte vage, während eine undeutliche Idee, der sie in den letzten Tagen noch ausgewichen war, immer konkretere Gestalt annahm. »*Mateix* und der Tote aus dem *Park Güell* …«

»Haben nichts miteinander zu tun.« Carlos legte eine Hand aufs Herz. »Ich schwöre.«

Genau das hatte sie von ihm hören wollen. Was nicht bedeutete, dass sie es ohne Weiteres glaubte.

Freitag, 06. Oktober, 14:00 Uhr
– Jaume Soler Martí –

Keine Fingerabdrücke auf dem Blasrohrpfeil, aber Rückstände im Inneren des Glaszylinders. Das eine hatte Jaume erwartet, das andere erhofft, in gewisser Weise auch befürchtet. Die Spritze war also benutzt worden. Wofür genau, galt es nun für Carolina und Martinez herauszufinden.

Auf seinem Computer hing das unscharfe Standbild einer Überwachungskamera zur Auswertung bereit. Ein Halbprofil des angeblichen Fahrradkuriers, dessen Gesicht unter einer Schildmütze wenig Aussicht auf Identifizierung bot und somit Aufgabe für einen unterbezahlten Praktikanten.

Er spürte die Blicke der Kollegen, die ihm förmlich unter die Haut krochen, und schwieg. Wer kam für die Benutzung dieser ungewöhnlichen Waffe infrage? Wer verfügte über Zugang zum verwendeten Material und Sachkenntnis bezüglich der Handhabung? Fragen, denen er sich noch verweigerte. Es gab anderes zu tun, solange sie auf den Anruf aus der KTU warteten. Warteten. Warteten …

Im Aufstehen griff er den Autoschlüssel und deutete an, sie könnten ihn anrufen. Kaum ein Begriff auf dem Whiteboard war nicht durchgestrichen, die Personenbefragungen im Umfeld ihrer drei Toten vorläufig abgeschlossen. Es gab einfach keine Verbindung zwischen ihnen. War das nun gut oder nicht? Er musste raus, weg von den Notizen, der Tafel, die das Nichtwissen deutlicher dokumentierte als das Wissen. Über Seitenstraßen und immer kleiner werdende Gassen fuhr er drauflos, zog Kreise und Schleifen. Eng, verworren, unberechenbar, wie seine Gedanken und dieser verdammte Fall. Diese Fälle. Er hieb aufs Lenkrad, traf die Hupe und hob entschuldigend die Hand, als vor ihm ein Radfahrer erschrak. An der nächsten Kreuzung trat er aufs Gas. Überblick, das war es, was ihnen fehlte.

An der Flanke des *Montjuïc* schlängelte er sich höher, am Miró Museum vorbei und am olympischen Schwimmbad. Unvergesslich die Wettbewerbe vom Sprungturm, die um die Welt gegangen waren. Menschliche Körper in höchster Präzision, die abhoben wie Vögel, sich in die Luft schraubten, schwebten vor blauem Himmel, vor der Kulisse der tiefer liegenden Stadt und dem Meer, ehe sie nach scheinbar endlosem Flug ins Wasser tauchten. Spektakulär und magisch. Damals war er gerade so kein Kind mehr gewesen und die Welt, diese große, weite Welt, hatte begonnen, sich für ihn zu öffnen. Seine Träume flogen wie Möwen übers Meer, und doch landete er wie die Turmspringer stets im sicheren Becken. Gut behütet. Seitdem war sein Blick schärfer geworden und er hatte sich immer weiter aus dem Becken herausbewegt. Über Klippen und in die Tiefsee. So tief, wie er nie hatte untertauchen wollen. Ein Mann auf dem Boden, eine Verhaftung. Und ein Graben, der sich nie wieder ganz schließen würde. Das Bad wurde im Rückspiegel kleiner, verschwand in der nächsten Kurve. Seine Handflächen schwitzten.

Schließlich stieg er aus. Trotz aller Logik missfiel ihm ihre Fokussierung auf Antonio Cruz und den Park Güell. Dieser Fall drängte sich durch die Spurenlage auf, zwang sie, unabhängig von Selvanegras Intervention, am intensivsten dranzubleiben. Bei seinen Rundgängen am Tatort hatten ihm mehrere Personen bestätigt, Antonio Cruz regelmäßig begegnet zu sein – immer mit Hund, aber nie in Gesellschaft einer anderen Person. Seit Montag war Jaume täglich vor dem Frühstück dort gewesen. Und er wusste, dass er weiter hingehen würde, bis er ganz sicher war, nichts übersehen zu haben. An jedem Morgen verbraucht er so eine zusätzliche Stunde nur für Cruz! Er war drauf und dran, Montses Prophezeiung zu erfüllen und ein Opfer den anderen vorzuziehen. Besonders Guillermo Vargas lief Gefahr, vernachlässigt zu werden. Das durfte nicht sein.

Vor ihm öffnete sich die Sicht zwischen den Bäumen zum Horizont. Er erhöhte sein Tempo, bog ab zur Gartenanlage um die *Placa de l'Armada*, ging weiter bis zur Seilbahnstation. Überblick verschaffte man sich von oben.

Er brauchte ein Gefühl für diesen Mann. Eine Vision, wie er sie für Antonio Cruz empfangen hatte, beim Versuch, dessen letzte Minuten zu rekonstruieren. Auch wenn ihm die Bezeichnung ›Vision‹ an sich widerstrebte. Abgesehen davon, dass sie möglicherweise falsch gewesen war. Ziemlich sicher sogar. Mit einem Blasrohr konnte man schlecht auf sich selbst schießen. Er seufzte. Telepathie aus dem Jenseits konnte er als Hilfestellung wohl vergessen.

Was wusste er über Guillermo Vargas?

Zu seinen Füßen wirbelte ein Windstoß Blätter im Kreis, trieb sie langsam über den Weg voran. Sätze aus der Akte und Eindrücke aus der Wohnung wirbelten hinterher. Jaume folgte ihnen. Staub und Mörtel, Beton und Farbspritzer, rissige Haut und saubere Hände. Luis Uribe mit Tränen in den Augen.

Der Weg zur *Forestier*-Treppe war breit, von Bänken gesäumt und kinderwagentauglich. Ein weiteres fast hundertjähriges Relikt, das Barcelona der Weltausstellung verdankte. Ein unvollendetes Projekt, von denen es in der Stadt ebenfalls eine ganze Menge gab. Er setzte sich auf die oberste Stufe.

Domenech hatte alle Baustellen abgeklappert und ihm den Bericht noch am gleichen Abend vorgelegt. Eine gut strukturierte und vollständige Datei. Seine Kollegen hatten Guillermo als zurückhaltend bis gehemmt beschrieben, freundlich, ohne dass ihn einer als Freund bezeichnet hätte. An Spannungen untereinander oder mit einem Vorarbeiter erinnerte sich niemand. Und Privates? Hatte keiner je gehört. Nur Luis Uribe natürlich. Das Zusammenleben der beiden Männer sorgte für Sticheleien der schmierigen Art, die hinterher keiner ernst gemeint haben wollte. Genau wie die Andeutungen dazu gegenüber Domenech. Alles nur Spaß, das habe Guillermo schon verstanden. Das war zu wenig für einen Verdacht gegen die Kollegen, und auch dünn im Hinblick auf einen Selbstmord. Eine gewisse gegenseitige Abhängigkeit innerhalb der Notgemeinschaft in der engen Wohnung ließ sich jedoch kaum bestreiten. Ein Mord aus Eifersucht oder weil Guillermo andere Pläne für seine Zukunft schmiedete, als ewig Küche und Bad mit Luis Uribe zu teilen? Ihm waren schon absurdere Motive untergekommen.

Jaume prüfte die Einstellung seines Telefons – Vibrationsalarm, keine entgangenen Nachrichten. Und immer noch keine Vision. Er klopfte sich den Hosenboden sauber. Ewig konnte er nicht bleiben. Er musste näher ran an den Tatort.

Der Platz hinter dem Zaun an der Mauer bot von Gebüsch verdeckt so etwas Privatsphäre. Störrisches Gras strich über Jaumes Hosenbeine. Er trat an den Zaun. Graue Steine, trockenes Laub, leises Rascheln von einem aufgeschreckten Vogel. Ein Liebesnest für ein intimes Treffen? Er stellte sich eine Frau an Guillermos Seite vor, Flüstern, Küsse, Haut auf Haut. Nein, halt, der Rechtsmediziner hatte sich klar ausgedrückt: keine Küsse, keine Anzeichen für den Austausch von Zärtlichkeiten, nur ein paar Tropfen Sperma. Wenn Guillermo begleitet worden war, um Sex zu haben, dann womöglich für Geld. Das passte auch deutlich besser zur Umgebung. Eine schnelle Nummer, nach der man das Kondom einfach fallen ließ. Garniert mit einem Papiertuch, ein paar Kippen und Bierflaschen.

Zum Geschlechtsverkehr war es jedoch nicht gekommen. War der Moment gestört worden? Und wenn ja, von wem? Uribe mit seiner schwärenden Wunde am Bein konnte Guillermo unmöglich bis in die Grünanlage am Hafen gefolgt sein. Oder hatte die Frau es sich anders überlegt und war gegangen? War sie überhaupt da gewesen? Oder hatte sie …?

Ihr Schatten räkelte sich im Gebüsch, strich im Aufstehen ein Kleid glatt … War das Lidia Alvarez? Lidia, die angeblich gerne flirtete. Jaume blinzelte. Nein, nur schaukelnde Äste und dazwischen ein Aufblitzen von Helligkeit im Halbdunkel.

Es versetzte ihm einen Stich, welche Scherze sein Unterbewusstsein sich erlaubte. Neben all den offenen Fragen und Ungereimtheiten war das inzwischen bestätigte Alibi für Lidia Alvarez doch eigentlich ein Lichtblick. Auch ihr neuer Freund schied als Täter aus. Sie hatte in Sagunt gearbeitet, mehr als dreihundert Kilometer von Barcelona entfernt, als ihr Mann im *Park Güell* gestorben war. Nachtschicht im Krankenhaus bis morgens um sechs, wo es mehrere dokumentierte Einsätze mit ihrer Beteiligung gegeben hatte. Keine Chance, sich unbemerkt vor Dienstende davonzumachen. Die unschöne Vorstellung, sie könne ihren Mann selbst aus dem Weg geräumt haben, war damit vom Tisch. Und nichts verband sie mit Guillermo Vargas oder Asunción da Silva. Lidia Alvarez war kein Todesengel in Schwesterntracht. Obwohl sie natürlich über die notwendigen Kenntnisse zu Ketamin und Pentobarbital verfügte. Und den Zugang? Ja, über den möglicherweise auch. Ein Narkosemittel und ein Schlafmittel, das wegen seiner starken Wirkung bei Menschen nicht mehr eingesetzt wurde.

Im Laub hüpfte immer noch der Vogel herum, hielt wachsam inne, pickte auf dem Boden, stets eins seiner Knopfaugen auf Jaume gerichtet.

Auf dem Schwarzmarkt war beides zu haben. Ermittlungen in diese Richtung hatte er Domenech übertragen, der sich zur Recherche in die Welt der Händler und Konsumenten begeben musste. Eine Welt, die Jaume auf ewig fremd bleiben würde. Was hatte Guillermo Vargas sich erhofft? Pentobarbital rief keinen berauschenden Effekt hervor. Verschaffte es stattdessen tiefe Entspannung?

Es konnte tatsächlich Zufall sein, ohne Bezug zueinander, nichts weiter als ein gemeiner Doppelschlag des Schicksals, dass sowohl Cruz als auch Vargas einem Dealer in die Hände geraten waren, der Stoff in falscher Dosierung vertickte – oder den falschen Stoff – und den Tod der eigenen Kunden in Kauf nahm. Aus Unwissenheit oder Bosheit. Also zwei Drogentote und ein ›Unfall aus Unachtsamkeit‹ – wie Lidia es formuliert hatte – bei Asunción da Silva? Von deren Oleanderaufguss waren keine Reste im Müll gefunden worden. Die hatte jemand verschwinden lassen, genau wie die verwendeten Spritzen. Er seufzte. Nein, er war kein Freund der Zufallstheorie. Drei völlig unterschiedliche Menschen hatten innerhalb kurzer Zeit unter merkwürdigen Umständen ihr Leben verloren. Schloss er die Option Unfall aus, blieb Vorsatz übrig. Zwei Drogentote, ein Suizid …

Sein Telefon vibrierte. »Ja?«

»Die KTU bestätigt Ketamin im Blasrohrpfeil«, raunzte Calderon ohne Einleitung. »Was jetzt?«

Jaume verpasste dem Zaun einen Fausthieb, und der Vogel suchte das Weite. Ein Mord. Der zumindest erschien nun sicher.

»Bin gleich da.«

Drei Tote, drei Abläufe, drei Motive – drei Täter.

Oder sein schrecklicher Wunsch nach einem kreativen Serienmörder – einem Psychopathen –, der ihm in der Zeitungsredaktion in den Sinn gekommen war, war Wirklichkeit geworden.

Freitag, 06. Oktober, 14:30 Uhr
– Montse Soler Martí –

Montse bemühte sich um festen Stand und einen harmlosen Gesichtsausdruck.

»Das ist sehr spontan, ich weiß. Weil ich den Nachmittag kurzfristig frei habe. Da dachte ich, ich kann dir einen Gefallen tun und endlich mein Versprechen einlösen. Aber wenn es dir jetzt nicht passt, dann verschieben wir es eben, und ich nehme die Kinder ein andermal mit.«

»Nein!« Rafael und Gabriela tanzten mit ausgelassenem Geschrei um sie herum. »Wir wollen heute in den Zoo!«

»Mein Fehler.« Mit scheinheiligem Grinsen zuckte Montse die Achseln. »Ich hätte natürlich zuerst *dich* fragen sollen. Nun kommen wir aus der Nummer wohl nicht mehr raus.«

»Wohl nicht.« Palomas Miene ließ keine Rückschlüsse auf ihre Stimmung zu.

»Fein. Du hast sicher noch viel zu erledigen, nachdem ihr gerade erst aus Madrid zurück seid. Wetten, mein Bruder steckt wie üblich bis zur Hutkrempe in Arbeit und ist dir keine Hilfe?«

»*Tia, Tia!*« Gabriela erhöhte die Tonlage.

»Habe ich recht?«, bohrte Montse noch mal nach. Sie schwankte unter dem Ansturm der Kinder, die es eilig hatten, mit ihrer Tante das Haus zu verlassen. »Egal wie viele Fälle« – sie zog sich symbolisch die Handkante über die Kehle – »auf seinem Tisch liegen und ihm Kopfzerbrechen bereiten, dein Mann gibt keine Silbe preis und ist kaum ansprechbar. Ignacia stellt sich ziemlich an wegen der Sache im Park Güell. Weil die Zeitungen das so hochkochen und ihr fast nebenan wohnt.« In ihrer Umhängetasche steckte ein halbes Dutzend aktueller Ausgaben. Die Spekulationen ärgerten sie maßlos. Sie ahnte, wie hart es Pilar und den alten Felipe traf, wenn ihr friedlicher Widerstand mit einem möglichen Mordanschlag in Verbindung gebracht wurde. All die anständigen Mitstreiter, die sich gegen Mietwucher und Massentourismus engagierten, gerieten im Handstreich in Verruf. Und wer profitierte? Sie biss die Zähne aufeinander.

»Bring sie nicht zu spät nach Hause und sag mir vorher Bescheid, ob sie etwas gegessen haben.« Mit einem gekonnten Griff fing Paloma beide Kinder gleichzeitig ein und drückte ihnen einen Kuss auf die Stirn. »Schuhe anziehen, Jacke holen«, ordnete sie an und wandte sich wieder an Montse. »Dein Bruder macht seinen Job gut. Dazu gehört, dass er schweigt.«

»Schade.« Ihre Schwägerin war ebenso korrekt wie Jaume und wirkte ziemlich unnahbar. Trotzdem ahnte Montse, dass hinter der Fassade etwas schlummerte, was sie bei genauerer Betrachtung mögen konnte.

*

Sie ließ sich treiben und folgte ihrem Bauchgefühl. Bei der Erwähnung eines Blasrohrpfeils in den Zeitungsberichten war ihre Fantasie förmlich heiß gelaufen. Montse assoziierte damit südamerikanischen Urwald und Jäger in der afrikanischen Savanne. Und dann war ihr dieser andere Gedanke gekommen, hatte sich mit ihrem Ärger über die Berichte und den unerträglichen Zweifeln an ihren Gefährten vermischt. Ihren eigenen Zweifeln, wohlgemerkt, die umso bitterer schmeckten, je länger sie darüber nachdachte. Oder über die Frage nach ihrem Vertrauen in andere.

Montse blinzelte in die Nachmittagssonne. Gabriela und Rafael hatten eine halbe Ewigkeit bei den *Titis*, den Springaffen, verbracht und dann auf dem Spielplatz getobt. Jetzt beugten sie sich so weit wie möglich über das Geländer vorm Gehege der Komodowarane. Weil die so wunderbar gefährlich waren und aussahen wie Dinosaurier. Früh übte sich, wer im Leben Mutproben bestehen wollte. So sah Vertrauen aus, das noch nie erschüttert worden war.

Ein Tierpfleger schob gemächlich seine Schubkarre um die Ecke. Geschätzte sechzig Jahre, Lachfalten, wettergegerbte Haut. Der war perfekt.

»Da kommt jemand, den ihr fragen könnt«, rief sie den Kindern zu.

Beide Köpfe flogen herum, die Warane waren vergessen, und der arme Mann mit den gutmütigen Augen wusste nicht, wie ihm geschah. Sie überschrien einander und bombardierten ihn mit ihren Fragen. Wie zog man einem Löwen einen Zahn, behandelte Ohrenentzündungen bei einer Giraffe oder das tränende Auge eines Krokodils?

Die Antworten würden Montse auf die richtige Fährte führen und es hatte keine Mühe gemacht, die Überlegungen in die kleinen Köpfe zu pflanzen. War der Stein erst einmal am Rollen, brauchte es wenig Energie, ihn weiterzutreiben.

Der Pfleger schaute sie hilfesuchend an, und sie hob die Schultern. »So geht das den ganzen Tag, Señor.«

Er schwankte und kratzte sich den Nacken, dann breitete sich ein Lächeln über seine Falten. »Dort, Kinder. Der Herr mit der grünen Weste ist unser Tierarzt.«

Gabriela ließ seine Hand los, krähte ein Dankeschön und rannte los, um ihr nächstes Zielobjekt zur Strecke zu bringen. Eine Kleinigkeit bei ihrem Charme. Rafael konnte beim Tempo seiner Schwester nicht mithalten.

Montse folgte ihnen mit den Augen und wechselte noch

einige Sätze mit dem Pfleger, der sich allmählich entspannte. Dann schlenderte sie hinterher. Der Stein rollte und die Entwicklung gefiel ihr. Eleganter Kinnbart, dezentes Grau in den Haaren, große Hände mit schlanken Fingern. Grundsätzlich gepflegt, trotz der Arbeitsbedingungen. In seinem Gesicht las sie Belustigung, doch in seinen Worten lag die gleiche Ernsthaftigkeit, mit der Gabriela ihn ausfragte.

»Er weiß alles!«, verkündete die Kleine beeindruckt.

»So weit würde ich nicht gehen.« Er reichte ihr die Hand. »Rodrigo Díaz. Ich weiß zum Beispiel nicht, wer Sie sind.«

»Montse Martí«, gab sie zurück. »Die Tante der beiden Welterforscher. Verlassen Sie sich drauf, wir werden testen, ob Sie sonst alles wissen.«

Beim Wort ›Tante‹ spitzte er ganz leicht die Lippen und drückte ihre Hand, die er länger als nötig festhielt. »Der Tag ist noch jung. Ich stehe Ihnen gern zu Verfügung.«

Samstag, 07. Oktober, 10:15 Uhr
– Jaume Soler Martí –

»Ich stehe Ihnen gern zu Verfügung.« Dem sparsamen Nicken des Zootierarztes folgte ein Blick zur Uhr. »Wenn es nicht allzu lange dauert.«

»Das kann ich leider nicht versprechen.« Jaume blieb stehen. Es gab nur einen einzelnen Hocker auf Rollen, der vor einem überladenen Schreibtisch stand, auf dem sich Papierkram und mehrere halb ausgepackte Schachteln türmten. Auf der Computertastatur lag eine Art Blutdruckmessgerät, das eine Kolonne gleicher Buchstaben auf dem Monitor hinterlassen hatte. Verschlossene Medizinschränke an den Wänden, ein Metalltisch mit Waagen und Messvorrichtungen, zwei Waschbecken. Über eins davon beugte sich Rodrigo Díaz, schäumte sich Unterarme und Hände ein. »Die wollen Sie nicht schütteln und auch nicht wissen, was ich gerade gemacht habe. Also, nur zu. Ich höre«, sagte er über die Schulter gewandt.

Jaume öffnete eine Bilddatei auf dem Smartphone und hielt es seinem Gegenüber hin. Er wischte mehrere Aufnahmen hin und her, während der Doktor sich weiter abschrubbte. »Wir brauchen eine Expertenmeinung. Was können Sie mir dazu sagen?«

»Sieht nach einem üblichen Pfeil aus: Stabilisator, mittlerer Zylinder, recht große Kanüle. Blasrohre scheinen derzeit in aller Munde. Neuer Trend?« Díaz lachte trocken und griff nach dem Handtuch. »Das ist der aus dem Park Güell, nehme ich an?«

Jaume nickte.

»Und Sie wollen von mir wissen, wer außer mir damit umgehen kann? Also zunächst mal, ja, ich kann. Und ja, ich mache das auch. Im Zoo zählt das für Veterinäre zum normalen Tagesgeschäft, die entsprechende Ausrüstung gehört zu meinem Handwerkszeug wie für Sie ... ein Kugelschreiber. Aber die Anwendung eines medizinischen Blasrohrs ist nicht auf Großtiere oder Wildtiere beschränkt, auch Nutzvieh wird gelegentlich aus der Distanz betäubt. Für die sichere Handhabung ist eine gewisse Übung erforderlich. Nicht jeder Schuss ist gleich ein Treffer.« Er hängte das Handtuch zurück an den Haken und machte sich daran, eine Tasche mit Verbandsmaterial aufzufüllen. »Letzten Endes ist der Gebrauch aber reine Übungssache, dank Internet auch für Laien kein Geheimnis, und mit etwas Geschick autodidaktisch erlernbar. Talent hilft. Wie wäre es mit einem Workshop für Ihre Einheit?«

»Darauf komme ich zurück.«

Überrascht blieb Díaz für eine Sekunde still, dann schüttelte er leicht den Kopf. »Das war ein Scherz.«

»Von mir nicht. Machen Sie für Montag einen Termin mit meinem Kollegen Domenech und zeigen Sie ihm im Detail, worauf beim Schuss zu achten ist.« Ein Praxistest für die Umsetzung von theoretisch erworbenem Wissen, das Domenech sich am Sonntag aneignen würde. Wovon er bislang noch nichts wusste. Wenn einer die nötige Geschicklichkeit mitbrachte, dann er. Sie brauchten ein genaues Bild, ob Díaz' Behauptung zutraf, und eine ebenso genaue Anleitung, um den Ablauf des tödlichen Schusses im *Park Güell* zu rekonstruieren.

»Dann sind wir jetzt fertig?«

»Nein.« Jaume starrte auf die Liste in seinem Smartphone.

»Was denn noch, Comissari?«

»Ein üblicher Pfeil, sagten Sie. Ketamin und Pentobarbital

sind ebenfalls Standard in Ihrem Repertoire?« Er deutete auf die Schränke, ohne aufzusehen oder eine Antwort zu erwarten und las die nächste Notiz einfach ab. »Gibt es Zugangsbeschränkungen – intern oder gesetzlich – zur Benutzung oder bezüglich der Beschaffung dieser Medikamente, Dokumentationspflichten, Auflagen, Kontrollen?«

»Selbstverständlich. Und wenn Sie mich fragen, viel zu viele.« Ungehalten sah Díaz wieder zur Uhr. »Meine Tiere warten, ich muss jetzt wirklich los. Ein paar Klicks im Netz, dann haben Sie Lesestoff für Wochen. Gesetzestexte und Verordnungen, viel Spaß damit.«

»Danke.« Jaume mochte es nicht, wie Díaz den Blick zum Himmel richtete. Höchstwahrscheinlich war es leichter, illegal an die Medikamente zu kommen, als sie legal zu verwenden. Aber diese Vorschriften hatte er nicht gemacht. »Wird nicht nötig sein. Mir reicht es völlig, wenn Sie das ebenfalls am Montag mit meinem Kollegen durchsprechen.«

Sonntag, 08. Oktober, 11:45 Uhr
– Jaume Soler Martí –

Asche und Flocken von angesengtem Papier wehten über den Kai an der *Moll Adossat*, einige Pappschilder lagen auf dem Boden. »Tagesbesucher raus«, las er, »Barcelona ist kein Freizeitpark« und »Viva Asunción«. Mehrere Mannschafts- und Streifenwagen blockierten die Zufahrt zu den Kreuzfahrtterminals, Sanitäter, Kameraleute, Taxis und Hafentransferbusse verstopften die Straße. Ein dünner schwarzer Rauchfaden kräuselte sich vor malerisch blauem Himmel, stieg rebellisch bis zuletzt aus einem abgelöschten Haufen Unrat auf. Es roch verkokelt und zugleich stank es erbärmlich nach Fäkalien und verdorbenem Fisch. Jaume machte einen großen Schritt über einen matschig aufgeweichten Klumpen undefinierbaren Ursprungs. In kurzer Entfernung sah er einen jungen Mann auf dem Boden liegen, die Arme auf dem Rücken verdreht, das Knie eines Beamten im Kreuz. Zwei andere standen mit erhobenen Händen und gespreizten Beinen an einen Mannschaftswagen gestützt, daneben wilde blonde Zöpfe über einer Latzhose und nackte Füße, die um sich traten. Straßenkampfatmosphäre. Sätze flogen hin und her, gebrüllt wie Befehle, gezischt, gebellt. War das das Ende der Eskalation oder erst der Anfang? Seit ihn der Anruf erreicht hatte, waren kaum zehn Minuten vergangen. Leuchtendes Rot auf dem Asphalt jagte ihm einen Schreck durch die Glieder. Eine blutrote Lache, von zahlreichen Schuhen auseinandergetreten, weitergetragen in verblassenden Abdrücken, die sich mit einer weiteren Pfütze mischte. Daneben ein unvollendeter Schriftzug: *Tourismus tötet …*

»Comissari Soler!«

Jaume atmete auf, als er seinen Irrtum erkannte. Fischblut und Farbe. Das war alles. Er wandte sich um, ging auf den Kollegen und seinen archaisch anmutenden Wagen zu. Massive Bügel als Stoßfänger, vergitterte Scheiben vorn, kleine getönte Scheiben hinten und an den Seiten. Sein Puls beschleunigte unmäßig, doch behielt er sein Gesicht unter Kontrolle.

»Bon dia.« Mit knapper Geste wies er auf das Durcheinander. »Alles im Griff?«

»Passt schon.« Sein Gegenüber löste die angespannte Haltung, machte einen Schritt weg von der Tür. Auf seiner Wange hatte er einen frischen Kratzer. »Sie ist da drin.«

Jaume straffte die Schultern und nickte. Der Kollege zog mit einem Ruck die Schiebetür zur Seite. Aus dem halbdunklen Innenraum hörte er zuerst ein zorniges Fauchen und asthmatisches Röcheln, dann erkannte er Einzelheiten.

»Was willst du denn hier?« Auf Montses Schoß saß ein Hund, schaute sabbernd aus dem Fenster und nun zu ihm. Der dicke Hintern wackelte vor Begeisterung beim Wedeln.

Sprachlos starrte Jaume auf das Tier, stieg ein und ließ die Seitentür wieder ins Schloss einrasten. Er mochte sich täuschen, aber der kleine Kerl erinnerte ihn fatal an Guillermo Vargas' Miniaturbulldoge, von den geknickten Ohren bis zur stummeligen Schwanzspitze. Wenn das der gleiche Hund war, bedeutete das, dass seine Schwester sich schon wieder eingemischt hatte. Ihre Nase konnte er wahrlich nicht in seinen Angelegenheiten gebrauchen. Oder sollte das nur ein subtiler Hinweis sein, wie gut sie über seine Fälle informiert war? Sie und ihre Genossen, die dort draußen eine hanebüchene Aktion abgezogen haben mussten, eine Provokation mit der Absicht … ihn in Schwierigkeiten zu bringen?

»Die Frage gebe ich an dich zurück: Was treibst du hier? Geht das persönlich gegen mich? Weil du – oder ihr – immer noch glaubt, ich mache meine Arbeit nicht richtig?«

»Du spinnst wohl. Nimm dich mal nicht so wichtig, Jaume.« Montse lachte düster. »Hier geht es darum, ein Zeichen zu setzen. Eins, das gehört und gesehen wird.«

»Und gerochen«, ergänzte er. Ihre Worte klangen halbherzig, wie auswendig gelernt. »Findest du das gut?« Eine Inszenierung, die auf Schockwirkung setzte. Und er war darauf reingefallen. Auf den ersten Blick sah es draußen wie nach einer blutigen Schlacht aus. Schöne Fotos gab das allemal, gut geeignet, die Lager weiter zu spalten. Dabei stand die Bürgermeisterin klar auf der Seite der Tourismuskritiker, hatte seit Amtsantritt zahlreiche Hotelbauprojekte gestoppt und sich damit Klagen eingehandelt; sie sprach sich zudem dafür aus, den Kreuzfahrtverkehr einzudämmen. Das allerdings lag außerhalb ihres Zuständigkeitsbereichs und brachte neue Konflikte mit der Landesregierung in Madrid, die dem Tourismus als Wohlstandsquelle ungern Schranken auferlegte.

»Weißt du, eigentlich will ich gar nicht mit dir reden. Ich will da raus, zu den anderen, mit der Nase aufs Pflaster, wo man Tritte und Stockschläge kassiert.« Montses Stimme bebte. »Da gehöre ich hin.«

»Was ist schiefgelaufen?« Er hätte sie gern beruhigt, ihr etwas Nettes gesagt, aber dazu war sie zu aufgewühlt. Stellvertretend kraulte er dem Hund die Ohren, der sich nicht dagegen wehrte, und sein Handgelenk ableckte.

»Frag das deine Kollegen. Woher soll ich wissen, weshalb sie uns getrennt haben?«

Langsam schüttelte er den Kopf. »Vielleicht wollte dir jemand eine Chance geben.«

»Wohl eher dir! Deine Schwester ist sicher nur ›zufällig im Hafen spazieren gegangen‹, Kollege Soler. Aber nein, ich war mittendrin, als die Kreuzfahrer mit der Realität konfrontiert wurden. Sie zerstören unsere Stadt, sie vergiften das Meer und hinterlassen überall Dreck. Tod und Scheiße, lieber Bruder.«

»Von mir aus.« Jaume öffnete die Schiebetür. »Du kannst gehen, nach drüben zu deinen Mitstreitern und eine Anzeige einsacken oder eben nach Hause. Deine Entscheidung.«

»Wir standen nur friedlich da mit unseren Transparenten, einem Haufen Flugblättern, Trillerpfeifen und zwei Kübeln voll ... Na ja. Einer der Touristen hat nach den Schildern geschlagen und dabei eine Frau verletzt. Es gab eine Rangelei.« Sie zuckte die Achseln. »Kann sein, dass er was von den Fischabfällen abgekriegt hat.« Ihre unruhigen Hände verrieten ihm ihren inneren Zwiespalt. Sie wollte mehr sagen, aber sie tat es nicht. Eine Sache verstand Jaume auch so: Wenn die Eskalation geplant gewesen war, dann ohne ihre Beteiligung. Ihre Solidarität ehrte sie, auch wenn er sie in diesem Moment für falsch hielt.

»Was soll das mit dem Hund?«, fragte er unvermittelt.

»Kommt aus dem Tierheim und wird eine Überraschung für Ignacia, wenn alles glattgeht«, antwortete sie ohne zu zögern. »Ausnahmsweise finde ich eine deiner Ideen gut.«

»Montse.« Er fasste ihren Oberarm, als sie an ihm vorbei aus dem Wagen kletterte. »Lass mich meine Arbeit machen und halt dich aus meinen Fällen raus.«

»Ich weiß nicht, was du meinst. Das hier ist nicht dein Fall.« Sie stellte den Hund auf die Füße, schlang das Ende der Leine um ihren Gürtel und ging mit erhobenem Kopf und erhobenen Händen.

Sonntag, 08. Oktober, 21:45 Uhr
– Montse Soler Martí –

Eine schöne Umgebung, ein schöner Mann – und sie bekam den Kopf nicht frei, um beides zu ungestört zu genießen. Rodrigo Díaz sprühte vor Energie, seine Augen leuchteten und er war ein ausgesprochen unterhaltsamer Gesprächspartner, dem die Themen offenbar nie ausgingen. Montse nippte an ihrem zweiten Aperitif und genoss die sanfte Berieselung, der er in regelmäßigen Abständen kleine Komplimente beimischte. Ein Charmeur mit Vorsatz und Hintergedanken, die sie gern in Kauf nahm. Warum sollte er anders ticken als sie? Gerade heute hatte sie es sich verdient. Diese verfluchte Demo und ihr dämlicher Bruder, der sie gegen ihren Willen hatte herausboxen wollen. Dabei war es ihr gerade recht gewesen, mit in die Polizeiaktion zu geraten. Was hätte Carlos und den anderen besser beweisen können, dass sie keine Verräterin war? Aber nein, sie erhielt eine Sonderbehandlung und musste darum betteln, mit den anderen aufs Revier gebracht zu werden. Feststellung der Personalien, Aussage abgeben und jetzt auf eine Anzeige warten. Das war der Preis. Und der konnte echt teuer werden. Die nicht angemeldete Demo war etwas, mit dem sie gut umgehen konnte, das angerichtete Chaos jedoch … Kein Wunder, dass Carlos ihr vorher keine Einzelheiten genannt hatte. Wenn man einen Eimer mit verdorbenem Fisch und Blut mitbrachte, wurde es schwierig, sich auf eine spontane Versammlung herauszureden. Der andere Eimer … Sie schüttelte sich.

»Ist dir kalt?«

»Nein, nein.« Sie lächelte über ihr Wermutglas hinweg und fischte aus der bernsteinfarbenen Flüssigkeit eine salzige Olive, die sie beim Trinken lutschte. Letztlich war ihr schlechtes Gewissen daran schuld, dass sie in die ungeschickte Inszenierung an der *Moll Adossat* geraten war. Der unsinnige Eindruck, etwas gut machen zu müssen, weil sie ihr Engagement vernachlässigte und lieber einen Hund verhätschelte, statt sich Rosinas Genörgel beim Vorbereitungstreffen anzuhören. *Zwei Fliegen mit einer Klappe*, hatte sie gedacht und Croqueta mitgeschleppt. Wo sie mit dem Hund herumspazierte, war schließlich egal. Und der Besuch am Hafen hatte dem kleinen Dickerchen großen Spaß gemacht, genau wie das Geschrei der Touristen, die Prügelei und der Polizeieinsatz. Sie fuhr mit der Zunge über ihre geschwollene Lippe, die ihr als Andenken sicher noch ein paar Tage erhalten blieb. Der kleine Kratzer an ihrer Stirn war von Rodrigos sanften Händen mit Wundsalbe versorgt worden. Unnötig, aber süß. Ein wunderbarer Auftakt für die Fortführung ihres diskreten Flirts vom Freitag und ihres Telefonats am Samstag. Niemand würde ihr diesen Abend verderben. Gedankenverloren rieb sie ihre Unterarme. In den letzten Minuten hatte sich die Luft tatsächlich merklich abgekühlt, doch sie fröstelte lieber ein wenig, als die Enge des Lokals zu ertragen.

Rodrigo sprang auf, holte ein Plaid vom Stapel neben dem Eingang und legte es ihr um die Schultern. Sehr süß, schon wieder.

»So ist es besser.« Er rutschte mit seinem Korbsessel dicht an ihre Seite. »Weißt du eigentlich, dass du es gerade mit einem gefragten Mann zu tun hast? Ja, wirklich. Wegen des Mordfalls im *Park Güell* hat mich die Polizei als externen Spezialisten um Hilfe gebeten. Ohne mich tappen die im Dunkeln. Ob du es glaubst oder nicht: Die Mordermittler haben genauso wenig Ahnung wie deine Kleinen. Ich bin den beiden wirklich äußerst dankbar für ihre vielen Fragen, denn sonst säßen wir jetzt nicht zusammen hier. Und morgen werde ich einem aus Solers Truppe beibringen, wie man ein Rohr bläst.«

Montse verschluckte sich an der nächsten Olive, hustete und lachte zugleich. »Wie man ein Rohr bläst?« Mit einem Mal wurde ihr wieder warm. Diese Vorlage konnte sie nicht ungenutzt lassen. Obwohl es eigentlich ihr Plan gewesen war, für heute alle Grübelei einzustellen und auf weitere Recherche zu verzichten, mit der sie am Freitag in Gegenwart der Kinder nicht weit gekommen war. »Du meinst, du zeigst der Polizei, wie man eine tödliche Blasrohrattacke ausführt?« Tausend neue Fragen tanzten vor ihren Augen. Von der Handhabung war es ein kleiner Schritt mitten hinein zum Kern der Ermittlungen. Wenn sie da ran wollte …

»Neugierig?«

Montse wandte sich dem gerade servierten Teller mit *chicharrónes* zu. Die knusprig frittierte Schweineschwarte knackte zwischen den Zähnen. »Ein ganz kleines bisschen«, sagte sie und gab das Maß mit wenigen Millimetern zwischen Daumen und Zeigefinger an. Über die offensichtliche Lüge lachten sie gemeinsam und wechselten vom Aperitif zum Rotwein und zu einer weiteren Portion *tapas*, die Rodrigo mit medizinischen Feinheiten des Pfeileinsatzes würzte. Montse verschlang jedes Wort seiner ausschweifenden Schilderungen. Zum Hauptgang filetierte er gekonnt einen Fisch, setzte präzise Schnitte, wie bei einer Operation. Fasziniert sah Montse ihm zu. Schnelle Finger, geschickt und sensibel, dazu ein kluger Kopf; das schmeckte ihr wie Wermut mit Olive. Der ungewohnte Wein machte sie träge. Halt dich aus meinen Fällen raus, hatte Jaume gesagt. Halt dich raus – wenn das kein Ansporn war, was denn sonst? Ihre Befürchtung, Rafael und Gabriela könnten ihm zu viel von ihrem Ausflug in den Zoo erzählt haben, war längst verflogen. Er hatte Rodrigo ihr gegenüber nicht erwähnt. Demnach wusste ihr Bruder rein gar nichts von ihrem Treffen. Und Rodrigo wusste nichts von ihrer Verwandtschaft mit dem Comissari. Für ihn war sie schlicht *Montse Martí*.

Auf der Promenade umtanzten sich schnüffelnd zwei Hunde.

Irgendwann später musste sie einige Hirnzellen darauf verwenden, weshalb Jaume so abweisend auf Croqueta reagiert hatte. Aber nicht jetzt und vielleicht nicht mal mehr heute.

Sonntag, 08. Oktober, 23:55 Uhr
– Jaume Soler Martí –

Vorm Fenster klapperte die Holzjalousie, die Paloma am Abend heruntergelassen und locker über die Kante des Balkongeländers gehängt hatte. Ausgebreitet wie im Sommer, wenn die Hitze unerträglich über der Stadt hing. Er mochte die Lichtstreifen, die zwischen den Lamellen hindurch ihr Muster auf den Boden zeichneten.

Aus Montse würde er wohl niemals schlau werden. Manchmal glaubte er fast, Ignacia könne recht haben. Einsamkeit tat niemandem gut. Dann stürzte man sich ersatzweise in wilden Aktionismus und lief Gefahr, sich zu verzetteln, falschen Freunden zu folgen oder zu viel auf einmal zu wollen. Er stand auf, um das Fenster zu schließen, obwohl er wusste, dass das nichts brachte. Er würde weiter dem nun leiseren Klappern lauschen und sich dabei dann anstrengen müssen, was ihn erst recht am Schlafen hinderte. Blumenkübel, in denen es üppig wucherte, versperrten die Sicht zur Straße. Jaume lächelte. Paloma verstand es, alles am Leben zu erhalten und selbst hoffnungslosen Fällen neues einzuhauchen. Auf ihrer Terrasse wuchsen sogar Tomatenpflanzen, fast wie in einem richtigen Garten. Er bückte sich und hob ein Blatt auf. Schmal, dunkelgrün, lanzettenförmig, wie Oleander. *Viva Asunción.* Leise stieß er zwischen zusammengebissenen Zähnen den Atem aus, warf das Blatt zurück auf den Balkon, suchte seine Wäsche zusammen und schlug sich ein Bein am Bettpfosten an.

»Was ist los?« Schlaftrunken wälzte Paloma sich herum.

»Nichts. Träum weiter, Liebste.« Er hielt ihre Hand auf, bevor sie den Lichtschalter erwischte, und küsste sie zart. Er musste etwas überprüfen, jetzt sofort.

»Gehst du fort?«

»Hm. Dauert nicht lange. Es ist alles in Ordnung.«

»Lügner«, brummte sie und küsste ihn ebenfalls. Dann zog sie sich die Decke über die Ohren. Ihre ruhigen Atemzüge begleiteten ihn hinaus.

*

Selbst in den frühen Nachtstunden zwischen Wochenende und Wochenbeginn pulsierte der Verkehr auf der *Litoral* aufgeregt und rastlos. Wie das Blut eines Süchtigen bei einsetzender Wirkung seiner Droge oder in jenem vorfreudigen Augenblick unmittelbar zuvor. Dabei war dies die stillste Zeit, die Barcelona kannte. Jaume hatte einen Umweg gewählt, der ihn zunächst weiter von seinem Ziel entfernt hatte. Viel weiter, um seine Gedanken zu sortieren. Er fuhr zu schnell, wie so oft. Angetrieben von den Lichtern. Der Tunnel verschluckte ihn, jagte ihn unter der Stadt hindurch – ein Blutstropfen im Adrenalinrausch – und spuckte ihn in *Poblenou* wieder an die Oberfläche. Aus der taghell flirrenden Röhre in den gelblichen Schein von Laternen unter schwarzem Himmel. Rechts der Straße erstreckten sich Sportanlagen und die Promenade bis zum Meer. Unsichtbar und doch präsent durch seine tiefe Finsternis.

Für den letzten Teil des Weges ließ er den Wagen stehen. Jeder Pflasterstein unter den Sohlen fühlte sich vertraut und zugleich fremd an. Er presste die geballten Fäuste in die Jackentaschen. Wenn ihn jemand beobachtete, war Montse die Leidtragende. Er tat also gut daran, sich zu beeilen und unbemerkt zu bleiben.

In der Deckung des Bauzauns schritt er zügig voran, bis er das improvisierte Tor des *Horta ocupada* erreichte. Es ließ sich leicht aufdrücken. Ein Garten für die Allgemeinheit brauchte kein Schloss. Er quetschte sich durch einen schmalen Spalt, das Zaunelement schaukelte und vibrierte blechern. Unmittelbar vor ihm war es ziemlich dunkel. Blinzelnd stellte er seine Augen auf die veränderte Beleuchtung um, realisierte zunächst nur einzelne Konturen, bis mehr und mehr Details hervortraten. Gartengeräte und eine Handvoll Klappstühle standen für jeden bereit, der sich solidarisierte. In den Beeten zeichneten sich guter Wille und die Tücken der Basisdemokratie ab, gepaart mit einem fröhlichen Akzent aus Anarchie und Übermut. Windräder und Wimpelketten verliehen der Anlage einen naiven, fast kindlichen Charme. Sogar jetzt, wo es an Farben fehlte und alles grau wirkte. An den umliegenden Hauswänden beschworen Graffitis eine Revolution herauf, mit erhobenen Fäusten und Parolen der ultralinken Jugend von *Mateix*. Im Viertel gab es viele Anhänger. Hier war kein Platz für Rassismus, Sexismus oder Intoleranz jeglicher Art. Große Worte, große Werte, denen Jaume mit Melancholie gegenüberstand. Wie wunderbar musste es sein, hier dazuzugehören. Wie beglückend, wenn es funktionierte. Aber tat es das wirklich?

Suchend tastete er sich über das Gelände voran. Früher hatten hier kleine verwinkelte Häuser gestanden, ähnlich jenem von Asunción da Silva in *Sant Gervasi*. Vorsichtig folgte er den Unebenheiten des Bodens, die noch Reste der Grundmauern erahnen ließen. Tonscherben knirschten, er trat auf Plastik und glaubte, eine Maus fiepen zu hören. Aus dem Dunkel schälten sich die nächsten Büsche. Lanzettenförmige Blätter, duftende weiße Blüten. Montse ging hier ein und aus, nannte die Gartenbesetzer Freunde. Es gab keinen Anhaltspunkt, dass jemand aus dem *Horta ocupada* einen Grund gehabt hätte, Asunción zu vergiften. Doch der hässliche Gedanke, etwas zu übersehen, gar nicht sehen *zu wollen*, saß wie ein Stachel in seinem Fleisch.

Er streifte Einweghandschuhe über und nahm eine Probe. Wenn Carolina mit ihrer Analyse Vergiftungsursachen eingrenzen konnte, konnte sie andere ausschließen.

Montag, 09. Oktober, 9:15 Uhr
– Jaume Soler Martí –

Sämtliche Hörer lagen ausgehängt neben den Telefonen, die Handys waren auf Jaumes Anweisung ausgeschaltet. Er wollte jegliche Störungen ausschließen, allen voran Anrufe von Selvanegra. Angesichts der Kooperation durch die Zeitung erwartete der noch einen Kniefall von ihm, und zwar dank der neusten Entwicklung inklusive Entschuldigung und Füße küssen. Weder Calderon noch Domenech waren darauf eingegangen, dennoch war er sicher, dass sie über Montses Beteiligung an der spektakulären Hafendemo bestens im Bilde waren. Bis zum Mittag würde das gesamte Haus darüber tuscheln.

Nach seinem nächtlichen Ausflug war Jaume in einen kurzen Schlaf gefallen. Den Sonnenaufgang hatte er wieder im *Park Güell* erlebt und von Antonios Bank aus beobachtet, wer kam und ging, und Notizen angefertigt. Trotz allem. Um Viertel nach sieben war er an seinem Schreibtisch in der *Travessera de les Corts* eingetroffen. Vor ihm breiteten sich die Fälle wie ein löchriger Teppich aus, bei dem Farben und Muster partout nicht zusammenpassen wollten. So ein Teppich konnte ein wahres Kunstwerk sein, bestehend aus Millionen von Schlingen. Doch die boten viel Raum für die Wahrheit, um sich zwischen ihnen zu verstecken. Es galt, die richtigen Knoten zu lösen und neue zu knüpfen. Darum hatte er Carolina allein abgepasst und ihr die Probe aus dem Garten zur Untersuchung ausgehändigt. Sie würde sich schnell und diskret darum kümmern, dafür brauchte sie keine lange Erklärung. Wenn doch nur alles so reibungslos funktioniert hätte wie die Zusammenarbeit mit ihr.

Eine Randbemerkung des Veterinärs ließ ihn nicht los. Jeder, der im weiteren Sinne in der Tiermedizin arbeite, könne sich das nötige Grundwissen zum Blasrohreinsatz sozusagen nebenbei aneignen, sei es als Teil der Ausbildung, durch Beobachtung oder auf Seminaren, bei denen er dieses sogar selbst unterrichtete. Damit hatte Díaz eine neue kahle Stelle an ihrem Teppich offenbart. Nacktes Gewebe, Hunderte fehlende Fasern. Eine ganze Personengruppe, die sie außer Acht gelassen und weder als Zeugen noch als Täter in Betracht gezogen oder in ihren Reihen danach gesucht hatten. Damit einher ging ein weiteres Versäumnis: Ketamin und Pentobarbital waren bislang nur in Bezug auf den Missbrauch als Droge oder die Verwendung in der Humanmedizin berücksichtigt worden. Dabei wurden mit Pentobarbital Tiere eingeschläfert. Es ärgerte ihn, obwohl er zugleich wusste, dass sie gar nicht die Kapazitäten gehabt hätten, auch diesem Ansatz von Beginn an nachzugehen. Er würde Calderon darauf ansetzen, mit sämtlichen Tiermedizinern samt Personal, allen öffentlichen und privaten Auffangstationen und Zuchtbetrieben Kontakt aufzunehmen, und ihm irgendeinen Helfer zur Seite stellen. Den Praktikanten aus der KTU vielleicht, wenn der endlich die Recherche bezüglich des Fahrradkuriers abgeschlossen hatte – oder abgebrochen. Großen Illusionen gab Jaume sich nicht hin. Nur eins war sicher: dass er den Burschen noch eine Weile für seine Abteilung beanspruchen würde. Ein komplettes Team, an das sie normalerweise einen Fall hätten abgeben können, lag mit einem Virus flach, dazu kamen Kollegen im Urlaub, mit Burn-out und aus Altersgründen frei gewordene und unbesetzt gebliebene Planstellen. Er massierte sich die Schläfen. Die richtige Vorgehensweise bereitete ihm Kopfzerbrechen. Zuerst mussten sie sich einen Überblick verschaffen, wie viele Einrichtungen infrage kamen und einen klaren Schwerpunkt ihrer Fragen definieren. Zeugen durften nicht beeinflusst, ein möglicher Täter nicht zu sehr aufgescheucht werden.

Eine Herausforderung für Calderons mangelndes diplomatisches Geschick, das er hoffentlich durch Erfahrung kompensierte.

Jaume sehnte sich nach einer Kopfschmerztablette, während Domenech seine ernüchternden Ergebnisse aus den Untiefen des Internets präsentierte. Wie erwartet erwies es sich als schier unerschöpfliche Quelle, um sich mit Drogen jeglicher Art zu versorgen.

»Unter den Suchbegriffen ›Pentobarbital‹ und ›Ketamin‹ führen etliche Links zu Suizidforen und von dort zu diversen Anbieterseiten. In den Gruppen wird ganz offen diskutiert, welche Mittel und Methoden eine sichere Wirkung versprechen, bevorzugt schmerzarm, aber noch wichtiger: irreversibel. Die meinen es ernst mit dem Sterben.«

In seinem ohnehin blassen Gesicht warf die zusätzliche Sonntagsschicht dunkle Schatten. Der Pförtner hatte Jaume verraten, dass Domenech bis morgens um drei im Büro gewesen war. Um kurz nach acht war er wieder zum Dienst erschienen.

»Informationen gibt es dort in erschlagender Menge und Genauigkeit – wenn man weiß, wo man suchen muss. Inklusive Pflanzenkunde, für die, die sich lieber eine eigene Mixtur zubereiten wollen.«

»Oleander?« Das hartnäckige Blinklicht an seinem Telefon markierte den nächsten vergeblichen Anrufversuch. Die Liste der entgangenen Gespräche füllte sich, doch er hatte nicht vor, auch nur eine Nummer zurückzurufen.

»Ja, Oleander wird mit erwähnt. Allerdings ist bei Pflanzen das Risiko generell hoch, wirklich qualvoll einzugehen. Die meisten Beiträge raten dringend davon ab.«

»Señora da Silva und das Darknet?« Calderon gab einen ungläubigen Laut von sich. »Eher unwahrscheinlich.«

»Stimmt. Totale Fehlanzeige auf ihrem Rechner, sagt Martinez. Außer einer Nachrichtenseite und dem Wetterbericht hat sie kaum etwas abgerufen.«

»Es gibt andere Wege, sich schlauzumachen.« Wenn Jaume an seine Mutter dachte, musste er nicht lange überlegen. Sobald es kompliziert wurde, setzte sie ihn oder Montse darauf an. Und Asunción hatte durch den Widerstand häufig mit jüngeren Leuten zu tun, die ihr geholfen haben konnten. Theoretisch betrachtet. Aber hätte sie die um Rat gefragt, um aus dem Leben zu scheiden? Jaume starrte auf das hypnotische Blinken. Friedliche Aktivisten, denen manchmal die Emotionen durchgingen. Die ihre Forderungen mit Blut und toten Fischen sichtbar machten, die eigenen Flyer, Schilder, Spruchbänder in Flammen setzten. Oder Reifen zerstachen. Was, wenn Asunción in einem schwachen Moment nicht hatte sterben, sondern das Kaufangebot des Immobilieninvestors unterschreiben wollen? Konnte es sein, dass sie jemandem davon erzählt hatte, dem daraufhin die Sicherung durchgebrannt war? Jaume rieb sich die Nasenwurzel. Dieser Jemand hätte allerdings sicher keinen Tee gekocht. Nicht im Affekt. Doch wie stand es mit den Leuten, von denen die »spontane« Hafendemo geplant worden war? Akribisch und provokant, womöglich inklusive des Handgemenges bis hin zum Einschreiten der Polizei. Zogen sie aus Asuncións Tod irgendeinen Nutzen? Er verwünschte den Verdacht, der ihn in der Nacht in den *Horta ocupada* getrieben hatte, um nach Oleander zu suchen, und er verwünschte den Busch, den er dort entdeckt hatte. Am meisten wurmte ihn, dass er sich damit auf Selvanegras Linie begab. Vorerst würde er diese Gedanken für sich behalten und persönlich an der Sache dranbleiben.

»Cruz und Vargas sind auch nicht die typischen Internet- oder sogar Darknet-User, passen aber deutlich besser«, führte Domenech weiter aus. »Es gibt selbstverständlich auch suizidal ausgerichtete Communities, die im realen Leben interagieren und genauso effektiv sind. Nur die Koordination läuft auch da meistens online.«

Calderon fuchtelte mit einer Hand. »Ja, ja, Domenech, wir wissen alle, dass an dir ein Gelehrter verloren gegangen ist. Musst dich nicht immer so hochtrabend ausdrücken.«

»Spricht der Blasrohrpfeil nicht klar gegen einen Selbstmord?«

Domenech gähnte verhalten. »Der schräge Eintrittswinkel der Spritze ist nicht besonders aussagekräftig und ließe sich auch damit erklären, dass Cruz sich das Ding selbst in den Arm gerammt hat. Wie das mit dem Kraftaufwand in Bezug zur Nadeldicke harmoniert, wollten unsere Kollegen noch berechnen. Außerdem werde ich nachher Doktor Díaz fragen, wie er das sieht.«

Jaume verließ sich auf Domenechs Intuition, welche Fragen über die reine Blasrohranwendung hinaus wichtig waren. Trotz dessen Müdigkeit vertraute er ihm, auch in Bezug auf seine Menschenkenntnis. Seine eigene machte ihm jedoch Sorgen. Er verstand weder Lidia Alvarez noch Montse, und seine Versöhnung mit Paloma beruhte ebenfalls weniger auf dem Begreifen ihrer Bedürfnisse als auf Instinkt und der Angst, sie zu verlieren.

»Unser Kleiner geht also beim Doktor im Zoo mit Pfeilchen Indianer spielen. Und was mache ich, *Jefe*?«

»Spezialauftrag«, sagte Jaume gedehnt und nahm Calderon ernst ins Visier. »Da muss ein alter Haudegen dran, unsentimental und ergebnisorientiert.« Das war nicht mal gelogen. Ihm war beim Besuch im Tierheim so elend gewesen, dass er den kleinen Hund von Asunción da Silva am liebsten behalten hätte. Dabei hatten sich die Verhältnisse in den *perreras* schon gewaltig verbessert. Noch vor wenigen Jahren waren viele davon regelrechte Tötungseinrichtungen gewesen, mit einer Woche Gnadenfrist für eingefangene Tiere. Wer danach nicht abgeholt worden war, bekam eine tödliche Injektion verpasst. Eine Praxis, die noch immer nicht ganz verschwunden, nun aber illegal war. Dabei würde es bleiben, solange niemand die Einhaltung der Vorschriften regelmäßig und umfassend kontrollierte. Kein Kläger, keine Strafe.

Darüber hinaus verließ er sich bei Calderon darauf, dass der sich bei den Befragungen nach dem vorgegebenen Plan richtete und niemanden durch zusätzliche eigene Fragen irritierte. Seine Liste würde lang sein, seine Motivation mäßig. Es missfiel Jaume, so über seinen Kollegen zu urteilen, doch Calderons Art empfand er immer häufiger als anstrengend.

In knappen Worten umriss er den Arbeitsauftrag, stellte Unterstützung in Aussicht und suchte zeitgleich seine Autoschlüssel. Er brauchte Luft und eigentlich einen kühlen, dunklen Raum, um das Ende seiner Kopfschmerzen abzuwarten. Doch daran war nicht zu denken.

»Glaubst du das, *Jefe*, dass einer von den Demonstranten dahintersteckt? Bei Cruz, bei Señora da Silva oder vielleicht bei allen dreien?«

»Ich nicht«, antwortete Domenech an seiner Stelle. »Die Opferauswahl, die wechselnden Methoden – vom Motiv ganz abgesehen –, das ist unlogisch.«

»Als ob es logisch wäre, was die Randalierer da am Hafen veranstaltet haben«, brummte Calderon und tippte sich an die Stirn. »Touristen mit Fisch bewerfen. Die sind doch alle verrückt.«

»Nicht verrückt genug.« In schneller Frequenz glitt die

Druckmine aus Domenechs Kugelschreiber rein und raus. Ein seltenes Zeichen seiner Emotionen. »Wenn es ein und derselbe Täter ist, dann hat er andere Gründe.«

Jaume behielt seine Meinung weiter für sich. »Soll ich dich mitnehmen?«, fragte er, obwohl der Zoo nicht auf seiner Strecke lag.

Domenech verneinte zögernd. »Bin noch nicht so weit.«

Schade, den Gedanken hätte er trotz Kopfschmerzen gern mit ihm weitergesponnen, auch wenn er nicht neu war. Ein Tourismuskritiker oder ein Psychopath? Jaume seufzte. Wer sagte eigentlich, dass das eine das andere ausschloss?

Schon halb auf dem Flur hörte er Calderon sagen: »Gut aus der Affäre gezogen, Domenech. Niemand ist jemals bereit für eine Autofahrt mit unserem *Jefe*.«

*

Durch die dünnen Sohlen spürte er die unterschiedliche Beschaffenheit des Pflasters, jede Unebenheit, jede Rille, jedes Muster. Paloma zog ihn manchmal auf, wenn er sich am Abend die brennenden Füße massierte, weil er zu viele Stunden mit seinen einsamen Wanderungen verbracht hatte. An seinem Verhalten änderte es nichts. Seine Fußmärsche gehörten zu den Ermittlungen, wie der Abschlussbericht und die Debatten mit Selvanegra – wie der *cafè amb llet* zum Morgen und gelegentliche Strafzettel zum Autofahren. Ungeachtet seiner sonstigen Bequemlichkeit, die ihn in seiner Freizeit von jeglichem Sport fernhielt. Es war, als erneuere er damit im wörtlichen Sinne seine Bodenhaftung, Schritt für Schritt. Dabei hörte er das Flüstern der Stadt, den Widerhall der Geschichten, die sich zwischen ihren Mauern zugetragen hatten. Er lauschte der Vergangenheit, aus der die Gegenwart geboren wurde. Im Gegenzug gab er der Stadt sein Versprechen, ihr zu dienen, jenen Geschichten nachzugehen, die in Gewalt mündeten, und ihre Rätsel zu lösen. Ein stummer Pakt. Fast schämte er sich vor sich selbst, so zu denken. Zu viel Pathos und Melodram. Und doch gefiel es ihm, seine Stadt wie eine eigenständige Person zu sehen.

Er passierte die Stadtteilbibliothek und durchquerte eine Gartenanlage mit einem Wasserbecken in der Mitte. Auf den Bänken dösten alte Männer in der Vormittagssonne. In den Cafés an der *Placa de la Bonanova* saßen Leute, telefonierten geschäftig oder tippten auf ihren Handys, lasen Zeitung und rauchten. Unter fast jedem Tisch lag ein Hund, oder es hüpfte eine Horde Spatzen dort herum, die eifrig Krümel pickten. Aus einem Fenster drang das unverkennbare Zischen von heißem Fett, als wenn etwas durch Schwenken in einer schweren Pfanne gewendet wurde. Eine Spur von Zitrone lag in der Luft und er fühlte sich jäh an den *Plaça de Prim* versetzt mit seinen knorrig verwachsenen Ombu-Bäumen, umgeben von schmalen Gassen und weißen Häusern. Letzte Zeugen jenes Fischerdorfes, das *Poblenou* einst gewesen war. Schon fast vergangen in den Tagen seiner Kindheit und für ihn mit seinem Vater endgültig gestorben. Untergegangen in rauer See.

Das Viertel *Sant Gervasi* war nie zum Meer ausgerichtet gewesen, und jegliche Ähnlichkeit zur *Plaça de Prim* verschwand mit den hinter ihm leiser werdenden Geräuschen aus der Küche, bis sie gänzlich verpuffte. Dem Platz gegenüber lag imposant ein Kirchenportal, unmittelbar an einer stark befahrenen Straße. Er bog ein weiteres Mal ab, schlug einen Haken um Kran und Abrissbagger vor einem leerstehenden Gebäude mit eingeschlagenen Scheiben. *Wenn wohnen Luxus ist.* Spruchbänder der ehemaligen Hausbesetzer klammerten sich an Fensterkreuze, ließen kein gutes Haar am Räumungseinsatz durch die Polizei, für die es nicht an kreativen Beschimpfungen mangelte. Eine riesige Tafel, einige Meter nach hinten versetzt in einem bereits planierten Bereich, gab Auskunft über das Bauvorhaben, bestehend aus mehreren Ladenlokalen und Eigentumswohnungen. Mit leichter Hand skizziert wirkte die Fassade luftig und einladend, auf begrünten Balkonen lächelten glückliche Menschen. Soweit sich das unter den Farbbeutelspritzern erkennen ließ.

Auf dem angrenzenden Grundstück trotzte Asunción da Silvas Haus den Veränderungen wie ein Miniaturleuchtturm in Dottergelb. Rebellisch sah es aus, herausfordernd und wehrhaft hinter der Gartenmauer, wie aus der Zeit gefallen. Auf der Türschwelle stand ein Glas mit Blumen.

Jaume seufzte und schüttelte ein Steinchen aus seinem Slipper. Asunción, die Standhafte. Seine Fragen würden ihre Freunde verärgern und womöglich dazu beitragen, die Fronten weiter zu verhärten und sie in den Status einer Märtyrerin zu erheben, unabhängig davon, was tatsächlich passiert war.

Montag, 09. Oktober, 10:30 Uhr
– Rodrigo Díaz –

Comissari Solers Abgesandter verfolgte seine Erläuterungen, ohne Rückfragen zu stellen. Füße auf Schulterbreite auseinander, Hände hinter dem Rücken verschränkt, wie beim Appell auf dem Exerzierplatz. Seine Konzentration wirkte geradezu albern auf Rodrigo Díaz. Als ob es diesen Domenech interessierte, welche Verlängerung für welche Entfernung an das Basisblasrohr geschraubt werden musste. Der war zu diesem sinnlosen Treffen verdonnert worden, genau wie er. Schnell und unmotiviert warf Rodrigo Schlagworte zu Länge, Größe und Druck in den Raum, während er die Schritte vorführte, mit denen sein Arbeitsgerät einsatzbereit gemacht wurde. Er vermied den Begriff ›Waffe‹ ganz bewusst.

»So weit alles klar? Dann können Sie es gerne testen.« Rodrigo reichte das zerlegte Blasrohr an Domenech, dessen dichte Augenbrauen sich noch etwas stärker zusammenzogen, ehe er nickte. Nie im Leben hatte der auch nur die Hälfte behalten. Rodrigo grinste spöttisch.

»Die Funktionsweise des Pfeils ist simpel«, erklärte er weiter. »Er besteht aus zwei Kammern. In der einen befindet sich das Medikament, in der anderen Luft. Sobald die Haut des Tieres durchbohrt ist, sorgt dieser Überdruck dafür, dass das Medikament austritt. Eine unmittelbare Entladung, im Idealfall innerhalb weniger Sekunden abgeschlossen. Bis die Wirkung einsetzt, kann es dagegen einige Minuten dauern.«

Domenech nickte wieder. »Männlicher Wasserbüffel, gut

eine Tonne, im Zoo auf … zehn Metern?« Seine Finger drehten die Rohrstücke wie asiatische Essstäbchen, dann fischte er Glaskörper, Nadel und Stabilisator aus dem bereitliegenden Sortiment. Mit der Präzision und Schnelligkeit eines Scharfschützen fügte er alle Teile zusammen, setzte einen Stopfen auf die Kanüle, pumpte das für die Simulation bereitgestellte Wasser in die hintere Kammer, wählte den richtigen Aufsatz, um die Flugbahn zu stabilisieren. Ohne Zögern führte er den Pfeil ein und legte das Rohr probeweise an. »Es wäre gut, wenn ich zum Test einmal schießen könnte.«

Rodrigo biss die Zähne aufeinander. Bei dem Kerl musste er aufpassen, was er sagte, wenn der alles so genau im Kopf behielt. »Es heißt pusten«, korrigierte er und verzog die Mundwinkel. »Wir schießen nicht mit einem Blasrohr.«

Montag, 09. Oktober, 15:30 Uhr
– Jaume Soler Martí –

An einem Kranhaken schaukelte ein Fenster vorbei. Auf der Scheibe spiegelten sich Schutzhelme, die einige Zentimeter über ihren Köpfen zu schweben schienen. Doch der Plastikriemen saß eng, erhöhte den Druck auf Stirn und Schläfen und presste ihm garantiert eine Kerbe ins Ohr. Eine Bohrmaschine jaulte, fraß sich im Beton fest.

An diesem Standort waren die Arbeiten weit vorangeschritten und in luftiger Höhe einige Modell-Appartements mit sensationellem Rundblick bezugsfertig hergerichtet. Hinter der Pressesprecherin des internationalen Investorenkonsortiums kletterte Jaume über das Baugerüst eine Ebene weiter nach oben. Er hätte das Treppenhaus im Innern bevorzugt, massive Stufen statt schaukelnder Bretter und vibrierender Leitern. Aber heute war eindeutig kein Tag, an dem sich seine Wünsche erfüllten.

»Es tut mir außerordentlich leid, dass sie gestorben ist, ehe wir uns einigen konnten«, betonte die Pressesprecherin zum wiederholten Mal. »Unsere Offerte hätte Señora da Silva einen entspannten Lebensabend garantiert. Und seien Sie versichert: den hätten wir alle ihr von Herzen gegönnt. Viele glückliche Jahre.«

Jaume lugte hinter eine Abdeckfolie. »Italienischer Marmor?«

»Ja. Und Eichenparkett. Ich weiß, was Sie davon halten. Unnützer Luxus für einige wenige Bessergestellte, dem eine gewachsene Gemeinschaft im Viertel weichen muss. Wenn ich mir den Einwand erlauben darf, diese Sichtweise ist einseitig und greift zu kurz. Wir leben in Zeiten der Veränderung, und wir müssen mitgehen. Dabei haben wir die Wahl, dem Alten nachzutrauern oder das Kommende zu begrüßen und als Chance zu betrachten. Bleiben wir bei der vermeintlich übertrieben luxuriösen Ausstattung. Ist das Verschwendung? Ich sage: nein. Hochwertige Materialien sind mehr als hübsch anzuschauen, sie sind beständig und dadurch auch nachhaltig. Außerdem fließt durch die neuen Eigentümer und Mieter frisches Kapital ins *Barri*. Wir schaffen Arbeitsplätze, die allen zugutekommen – erst beim Bau, dann in der aufstrebenden Geschäftswelt. Es war nie unsere Absicht, Señora da Silva oder irgendjemanden aus der Nachbarschaft zu enteignen, wie es gerne behauptet wird. Ganz im Gegenteil, das ist nicht unsere Art und widerspricht der Denkweise des Unternehmens.«

»Gewinnorientiert.«

»Ah, der übliche Vorwurf von links.« Missbilligend verzog sie die Lippen.

»Nur eine Feststellung.« Geld war eine Sprache, die fast jeder verstand, und eine Notwendigkeit. An die Käuflichkeit des Einzelnen zu appellieren war somit ein logischer Schritt. Jaume blätterte durch eine Hochglanzbroschüre. Fast 90 Prozent der Fläche hatten einen Abnehmer gefunden, wer noch dabei sein wollte, musste sich beeilen. Und tief in die Tasche greifen. »Es ist Teil des Systems, dass Investoren Erträge fordern.« Er hatte weder vor über das System noch über seine private Meinung zu diskutieren.

»Keiner, der an uns verkauft hat – weder hier noch für das Projekt, das Señora da Silvas Grundstück betrifft –, wurde von uns in irgendeiner Weise genötigt oder finanziell über den Tisch gezogen.«

Sofern man das Wedeln mit einem Batzen Geld bei der Definition von Nötigung ausnahm. Der Teufel fand bei jedem den wunden Punkt und den passenden Preis im Tausch gegen die Seele – ausgenommen bei Asunción da Silva. Deren Nachbarin hatte auch heute vehement bestritten, sie könne auch nur ansatzweise einen Verkauf in Erwägung gezogen haben. Niemand besaß das Recht, an ihrem Status zu rütteln. Jaume hatte es sich trotzdem genommen, was gar nicht gut angekommen war.

»Ich wünschte, ich könnte einen unterschriebenen Vertrag hervorzaubern und behaupten, es wäre mir gelungen, Señora da Silva umzustimmen. Aber dem ist nicht so.«

Ihre Miene spiegelte Bedauern, das Jaume ihr nicht abnahm. Mit den Erben in Südamerika, die kein Interesse an einer dauerhaften Rückkehr nach Barcelona hatten, verhandelte es sich leichter. Der Weg zum Baubeginn würde nun in Kürze frei sein. Die kleine gelbe Trutzburg war bei genauerer Betrachtung mehr als sanierungsbedürftig, Wasserrohre und Regenrinnen leckten, die elektrischen Leitungen erinnerten fatal an den unsäglichen Kabelsalat in *La Pausa*. Und genau wie bei seiner Mutter fehlte das Kapital, um dringend nötige Reparaturen zu erledigen. Das wusste auch die loyale Nachbarin. Sie hatte für Asunción diverse Besorgungen erledigt und fürchtete nun, auf den vorgelegten Ausgaben sitzen zu bleiben. Das war ihr herausgerutscht und sichtlich peinlich. Jaume war kommentarlos darüber hinweggegangen. Aber vergessen würde er es nicht. Im Gegenteil.

»Sie haben Señora da Silva persönlich getroffen?«

»Mehrfach. Eine bemerkenswerte Frau.«

»Ein Fossil, das sich dem Fortschritt und den Realitäten verweigerte, hat einer Ihrer Anwälte gesagt.« Unvorsichtigerweise in der Nähe einer laufenden Kamera. Die Aufnahme hatte Martinez besorgt.

Die Pressesprecherin verzog das Gesicht wie unter heftigen Zahnschmerzen. »Ein denkbar peinlicher Vorfall. Leider nicht aus der Welt zu schaffen.« Sie hob die Achseln. »Sie kennen das gesamte Video? Da stellt sich diese kleine alte Frau auf ein Podium und spricht. Ihre Stimme kann man trotz Mikro kaum hören, aber sie kling absolut entschlossen. Sie steht kerzengerade und verkündet, dass sie ihr Haus nicht verkaufen wird. Niemals. Und jeder, der das gehört hat, wusste im gleichen Augenblick, dass diese zierliche Person uns gewaltig …«

»… ärgern würde?«, ergänzte Jaume diplomatisch. Das Mordmotiv stand unausgesprochen im Raum.

»In Atem halten, hätte ich gesagt. Wenn Sie mich fragen, hat man sie instrumentalisiert und gegen ihren Willen zu einer Ikone des Widerstands gemacht.«

Nach Aussage der Nachbarin war ihr der Rummel zu Anfang tatsächlich eher unangenehm gewesen. Und doch hatte sie die Rolle angenommen. Aufmerksamkeit und ein Heiligenschein statt Geld, war das ihr Preis gewesen? Eitelkeit war eine Tugend, die der Teufel liebte.

»Eine rührende alte Dame«, fuhr die Pressesprecherin fort, »ergibt in der Außenwirkung ein unschlagbares Bild, einen nahezu unbesiegbaren Gegner.«

Viva Asunción. Der Schriftzug war auf die Mauer um ihr Haus gesprüht, wie auch das Haifischmaul-Graffiti. Eine Galionsfigur, angefeuert von jungen Idealisten, die sie zu Versammlungen und Presseterminen abholten und ihr auch sonst zur Hand gingen. Freundschaftsdienste nach Meinung der Nachbarin oder doch eher Manipulation und Kontrolle?

»Ich sehe, Sie teilen meine Meinung, Comissari.«

»So weit würde ich nicht gehen.« Zwar stimmte er ihr zu, was den unschlagbaren Gegner anbelangte, doch genau jetzt begriff er, dass Asunción nicht schwach gewesen sein musste.

Manipulation war keine Einbahnstraße. An diesem Punkt war ihnen wohl beiden ein Denkfehler unterlaufen. Oder nur ihm, um ein Haar, wenn er dem Märchen von der ausgenutzten alten Dame erlegen wäre, das ihm die Pressesprecherin aufgetischt hatte. Wollte sie von irgendetwas ablenken? Menschen aufgrund ihres Alters, ihrer Körpergröße oder des Geschlechts kleinzudenken, war eine mehr als schlechte Angewohnheit. Da nahm er sich nicht aus.

Frauen durfte man nie unterschätzen. Keine von ihnen.

Montag, 09. Oktober, 16:30 Uhr
– Montse Soler Martí –

Bäuchlings lag Montse neben Gabriela und Rafael auf dem Boden im Kinderzimmer. Sie baute nach Anweisung eine Eisenbahnlinie auf, verlud Zootiere in Waggons und ließ sich zwischendurch von den angehenden Forschern beklettern, als sei sie ein Fels oder eine Insel. Ihr Anruf bei Paloma war diesmal tatsächlich einer spontanen Laune entsprungen, aber genauso berechnend wie ihr Besuch am Freitag. Jaumes Reaktion auf Croqueta lag ihr im Magen, und den Grund dafür musste sie klären. Zur Not auch mithilfe unlauterer Methoden. Einen Hund für Ignacia zu beschaffen, war seine Idee gewesen. War er etwa sauer, weil ihm ihre Wahl missfiel? Eine Situation, die sie nur allzu gut kannte. Nur war ihr Streit bisher immer um Männer entbrannt. Sollte ihr Bruder dahinterkommen, dass sie Rodrigo traf, drohte diesem das gleiche Schicksal wie fast allen anderen zuvor. Damit konnte sie umgehen, aber Croqueta stand nicht zur Debatte. Das war allein ihre Entscheidung – und keiner seiner Fälle. Seine Kinder waren jedenfalls von ihren Handyschnappschüssen begeistert und noch viel mehr vom Namen ihres Lieblings. Während Gabriela kichernd das Display streichelte, stand Rafael auf und kletterte auf sein Bett.

»Was machst du da, Rafi?«

Mit einem gut bemessenen Hopser landete er wieder zwischen den Eisenbahngleisen und zeigte ihr seinen Wandkalender. »Da ist auch ein *Croqueta-negra*-Hund drin«, verkündete er. »Aber eigentlich heißen die anders, auch wenn sie wie Kroketten aussehen oder wie Würstchen.« Mit wichtiger Miene blätterte er Seite für Seite um und nannte Montse jede einzelne Hunderasse. Nur beim Kalenderblatt für den August kam er kurz ins Straucheln, doch da konnte Gabriela aushelfen.

Mit jeder Hundeschnauze wurde Montse nervöser, fühlte sich merkwürdig ertappt. Sie richtete sich auf, lauschte ins Wohnzimmer, wo Paloma irgendetwas arbeitete. Am Ende nahm sie den Kalender selbst zur Hand, las laut die abgedruckten Namen der Hunde vor und überlegte fieberhaft. Ein Windhund im September, ein Dobermann im Oktober. Woher kannte sie die, und warum stellten sich ihr beim Betrachten sämtliche Haare an den Unterarmen auf? Gabriela drängte sich an sie, knutschte das Maimodell, die Französische Bulldogge, die Croqueta tatsächlich entfernt ähnelte. War es nur die Ähnlichkeit zu den Hunden, die ihr im Tierheim begegnet waren, was sie irritierte? Wieder starrte Montse abwechselnd den Windhund und den Dobermann an. Nein, ihr Gedächtnis funktionierte einwandfrei. Die beiden hatten nichts mit dem Tierheim zu tun. Echte Rassehunde waren dort kaum vertreten gewesen. Und auch unter Croquetas Vorfahren konnte durchaus ein Fremdgänger gewesen sein. Seine Schnauze war etwas weniger kurz und zerknautscht als üblich.

Gabriela nahm ihr Spiel mit der Eisenbahn wieder auf. Die Räder quietschten. Wie der Drehstuhl in Jaumes Dienstzimmer. Montse schnappte nach Luft. Sie wollte verdammt sein, wenn sie die Hunde nicht von Domenechs Schreibtisch kannte! Hinter geschlossenen Lidern sah sie deutlich die Fotos aus den Wohnungen der Toten vor sich – und dort den gleichen Kalender an der Wand: einmal mit dem Windhund, einmal mit dem Dobermann. Was, wenn sich Jaumes Anweisung, sie solle sich raushalten, gar nicht auf die Demonstration mit den Tourismuskritikern, sondern auf Croqueta bezogen hatte? Weil Jaume mit seinem Geplauder über Tierheimhunde mehr verraten hatte, als ihm lieb war? Ihre Gänsehaut schickte ein neues Signal, und ihre Nervosität verwandelte sich in kribbelnde Vorfreude. Dann war sie auf eine interessante Spur gestoßen, und die würde sie genauso wenig aufgeben wie Croqueta!

Sie fotografierte die beiden Monatsübersichten und das Werbelogo in der Ecke. Rafael beobachtete mit gerunzelter Stirn, wie sie aufstand.

»Schau nicht so finster, mein Hübscher!« Sie wuschelte über seinen Lockenkopf und machte auch von ihm ein paar Schnappschüsse. »Ich will nur rasch deine Mama etwas fragen, dann bin ich wieder ganz für dich da.«

Unter den veränderten Voraussetzungen musste sie die Lage neu bewerten. Doch egal, ob sie eine Ausrede brauchte, ihrem Bruder nun doch auszuweichen oder nicht, eine kleine Weile konnte sie noch bei den Kindern bleiben.

Paloma saß auf der Couch, über einen Berg Papier gebeugt, den sie mit Klebezetteln und Textmarkern bearbeitete. Ihr Arbeitseifer passte nicht zu dem Bild der dekorativen Vorzeigefrau, das Montse sich gerne von ihr machte. Das Studienfach Kunstpädagogik dagegen schon, dessen Nutzen sich Montse bis heute nicht erschlossen hatte.

»Wohin gehst du, wenn Yoda und E.T. mal krank sind, Flöhe haben oder so was? Kannst du mir jemanden empfehlen?« Sie zeigte auf die Adresse neben dem Logo auf dem Kalender. »Die da? Ist ein schickes Werbegeschenk.«

»Lola und Eli«, korrigierte Paloma gewohnheitsmäßig und nickte. »Ja, in der Praxis waren wir ein oder zwei Mal, die ist ganz in der Nähe. Unsere Chihuahuas sind aber robuster, als man denkt, im Gegensatz zu Französischen Bulldoggen … Du solltest dir besser einen Arzt in eurem Viertel suchen.«

»Langfristig schon«, stimmt Montse zu. »Mir kam nur gerade der Gedanke, das Kerlchen noch einmal von einer unabhängigen Stelle durchchecken zu lassen, bevor ich mich endgültig entscheide. Und die sollte dann auch zuverlässig sein.«

Paloma hob eine Augenbraue. »Du traust meiner Meinung?«

»Eure Gremlins sind kerngesund und gut drauf.« Sie grinste. »Also ja, ich traue deiner Meinung.«

»Gut«, sagte Paloma knapp und wandte sich wieder ihrer Arbeit zu. »Ich weiß nicht, was du im Schilde führst, aber die Idee mit einem Hund für Ignacia gefällt mir. Doch falls es dir noch um etwas anderes geht: Lass unsere Kinder da raus.«

Schon wieder ein Treffer.

»Dein Mann sollte mehr Zeit mit ihnen verbringen«, sagte Montse ernst und war versucht, das aufgeschlagene Bild des Dobermanns für Jaume liegen zu lassen. Aber dann tat sie es nicht und gab auch Paloma keine Nachricht für ihn. Was wusste sie denn schon? Solche Kalender wurden zuhauf verschenkt, und was ihr wichtig erschien, konnte ein schlichter Zufall sein, der ihr nur neuen Ärger einbrachte.

Dienstag, 10. Oktober, 7:30 Uhr
– Jaume Soler Martí –

Ihre Autos standen unmittelbar an der *Carreta del Carmel*, am Parkeingang fast in Sichtweite seiner Wohnung. Inzwischen war Jaume jede Pflanze und jeder Pfosten auf der Strecke zur *Plaça de la Natura* vertraut. Sogar einige der *Manteros*, die Souvenirs und Wasserflaschen verkauften, erkannte er wieder, obwohl die meistens erst ankamen, wenn er morgens seinen Beobachtungsposten wieder verließ. Er grüßte sie im Vorbeigehen. Der *Park Güell* schien fest in pakistanischer Hand zu sein. Selten hörte er ein Lachen. Die Männer wirkten stiller und introvertierter als die Schwarzafrikaner an der Hafenpromenade.

»Warum müssen wir alle dabei sein? Kannst du mir das erklären? Weißt du eigentlich, wie lang die Liste ist, die ich abzuarbeiten habe?«

Jaume ignorierte Calderons Fragen und dirigierte ihn und Domenech zur Bank, auf der sie Antonio Cruz gefunden hatten. »Sie haben den Bauzaun verschoben, von hier aus gesehen nach links. Das müssen wir beachten, wenn wir die Sichtachsen prüfen.« Er bedeutete Calderon, sich zu setzen.

»Ich bin das Opfer? War ja klar.«

Jaume legte sich einen Finger auf die Stelle am Oberarm, an der Antonio Cruz getroffen worden war. »Viele Möglichkeiten kann es nicht geben. Halt das mal.« Er reichte Calderon den Computerausdruck einer Lageskizze mit markierten Positionen. Theorie, die sie mit den realen Gegebenheiten der

Baustelle abgleichen mussten, und das unter Berücksichtigung des ›Faktors Mensch‹, wie Carolina es ausgedrückt hatte.

»Der kann doch von überall geschossen haben.« Calderon fuhr mit dem ausgestreckten Arm durch die Luft und peilte wahllos Punkte an.

»Nicht ungesehen«, sagte Domenech. »Da ihn der Treffer links erwischt hat, kann der Täter nur von dieser Seite aus gepustet haben.«

»Gepustet! Wie nett.« Calderon verdrehte die Augen. »Deine Annahme stimmt nur, wenn Cruz gesessen und sich nicht bewegt hat. Ansonsten kann dein Links«, wieder wies er kreuz und quer ins Gelände, »eben doch *überall* gewesen sein.«

Es war eindeutig Zeit für Calderons Frühstück, das auf dem Beifahrersitz lag, um es während der Fahrt zur Tierklinik zu verspeisen. Leider musste es dort bis nach ihrem Ausflug in den Park warten.

»Auch wenn er sich zur Seite gedreht hat, kommt für den Standort des Täters maximal eine Halbkreisfläche in Betracht.«

»Und nach dem Schuss kann Cruz sich nicht hingesetzt haben, weil …?«

»Nur eine Frage der Wahrscheinlichkeit.« Domenech warf einen Blick auf die mitgebrachten Tatortfotos und schritt dann die ehemalige Begrenzung des Bauzauns ab, die er mit dem Absatz auf dem Boden nachzog. »Passt das so?«

Jaume bestätigte mit einem Kopfnicken und wandte sich an Calderon. »Du stehst vor der Bank und plötzlich sticht etwas in deinen Arm. Was machst du? Du siehst nach, ziehst die Spritze raus, schaust dich um, läufst vielleicht in die Richtung, aus der du den Angriff vermutest oder gehst in Deckung. Natürlich könntest du dich in der Situation auch einfach setzen und deinen Kaffee auspacken.«

Schnaubend stand Calderon auf, und Jaume erwartete fast, dass er sich arbeitsverweigernd davonmachte. Stattdessen guckte er pfeifend in die Luft, packte sich theatralisch an die Schulter, vollführte eine schwankende Drehung, bei der er den imaginären Pfeil entfernte, und plumpste zurück auf die Bank. Er vollendete seine Pantomime, indem er eine unsichtbare Flasche aufschraubte, ansetzte und mit Schwung einen Schluck kippte. »Wodka«, brummte er und kippte noch mal nach. »Einen doppelten auf den Schreck.«

Hinter dem gedachten Bauzaun zielte Domenech mit einem Holzstab auf ihn, der das Blasrohr ersetzte. »Wir haben keine Flasche gefunden.«

»Übern Zaun in den Schutt. Sollte ja keiner mitkriegen, dass er zum Saufen hier war.« Calderon deutete den Wurf an. »Du hast in den Säcken nicht nach Glasscherben suchen lassen, *Jefe*. Nur nach der Spritze. Aber die hat der Täter mitgenommen.«

»Um Spuren zu beseitigen und später die Presse damit zu füttern?« Domenech änderte die Ausrichtung um einige Millimeter. »Dann muss er sich sehr sicher fühlen.«

»Kann er ja wohl auch, so blind wie wir herumrennen.«

»Um das zu ändern, sind wir hier. Du auch, Calderon. Zum Mitdenken. Dein Ansatz ist gut.« Anerkennend nickte Jaume ihm zu. Dass er trotzdem zumindest teilweise falschlag, würde Calderon bald von selbst merken. Der Eintrittswinkel des Pfeils machte eine stehende Position des Opfers unmöglich, egal ob der Täter sich hinterm Zaun oder hinter dem Stamm einer Palme befunden hatte. Ein Versteck in den Büschen am gut sechs Meter oberhalb des Platzes gelegenen Weg schied aus den gleichen Gründen aus.

»Was will der Mörder?« Jaume ließ den Blick über den Bewuchs und die gemauerten Bögen gleiten. Eine Kulisse aus Stein und Beton mit Stahl im Innern, organischen Strukturen fantasievoll nachempfunden. Nur größer und mächtiger, als wandelte man in den Säulengängen zwischen den Rippen eines Drachen oder unter baumhohen Blumenstängeln. Ein eigenständiger Kosmos, der die Natur in verklärtem Licht zu etwas Neuem machte. Doch es blieb eine Kulisse. Und die bröckelte an allen Ecken und musste ständig ausgebessert werden, um nicht auseinanderzufallen. »Welche Absicht steckt dahinter?«

»Der lässt uns gezielt auflaufen, um uns lächerlich zu machen. Falls er uns gerade beobachtet – und wir werden von einigen Leuten beobachtet, falls ihr das noch nicht bemerkt habt –, hat er bestimmt Spaß daran, wie unser Kollege mit seinem Zauberstab herumjongliert.«

Domenech ließ sich nicht aus der Ruhe bringen. »Jedenfalls war der Sichtschutz durch den Bauzaun unzureichend. Er hätte den Schützen zwar aus der Perspektive des Opfers verdeckt, nicht aber aus der der anderen Parkbesucher.« An den meisten Zaunelementen gab es keine Planen, damit der Baufortschritt von den Passanten beobachtet werden konnte. »Falls etwas schiefgeht, hätte er außerdem quer durch die Baustelle flüchten müssen.« Ein Hindernislauf über Baumaterial und Maschinen mit wenig Spielraum. Er wies zum geschlossenen Restaurant einige Meter weiter, dessen Essensausgabe sich unauffällig in das Mauerwerk einfügte. Versorgungs- und Technikräume sowie die Toilettenanlage erstreckten sich wie Höhlen ins Innere des Hügels. Erst auf den zweiten Blick erkannte man schmale Nischen, gebildet aus üppigen, teils leicht überhängenden Pflanzen und Mauervorsprüngen. Nicht gerade komfortabel, aber durchaus denkbar, dass der Schütze unter den Zweigen einer purpurn leuchtenden Bougainvillea hindurch freie Bahn gehabt hatte – oder vorbei an den orangefarbenen Blüten einer Kletterpflanze, die ihre trompetenförmigen Trichter zur Sonne reckten. Sonderbar, diese filigranen Schönheiten als Teil einer Mordinszenierung zu betrachten, bei der sie buchstäblich Schützenhilfe leisteten.

»Mehr als fünf Minuten kann er sich nicht für die Vorbereitung gelassen haben. Auch wenn er eine Stunde früher hier war als wir, wenn noch weniger los ist.« Jaume hatte die Besucherfrequenz in den letzten Tagen genauestens protokolliert.

»Viel schneller geht es kaum. Das Rohr muss so zerlegt gewesen sein, dass es unsichtbar transportiert werden konnte, sich aber ohne Aufwand auspacken und montierten ließ, der Pfeil vorher geladen. Wenn der Typ nicht völlig eiskalt und abgeklärt ist. Trotzdem bleiben eine Menge Handgriffe zu erledigen: Teile rausnehmen und zusammensetzen, Mundstück anfügen, Pfeil aus einer Extrabox holen, Schutzkappe von der Nadel abziehen, einlegen, anlegen«, zählte Domenech auf. »Und dann: Puls runterfahren, flach atmen, voll konzentrieren – wenn man ausschließen will danebenzuschießen.«

»Ich dachte, das Ding wird ›gepustet‹.« Calderon grunzte und winkte ab. »Ja, ja. Ein Nachschuss war sicher nicht vorgesehen.«

Domenech probierte mehrere Büsche aus, simulierte den eben beschriebenen Ablauf und legte das improvisierte Blasrohr an, während Jaume und Calderon überprüften, von wo aus er gesehen oder nicht gesehen werden konnte. Dabei stoppten sie die Vorbereitungszeit, bis sie sich schließlich einig waren. Es gab genau eine Stelle, von der aus jene Bank perfekt getroffen werden konnte, auf der Antonio Cruz bei seiner Runde um die immer gleiche Zeit Platz genommen hatte.

Jaume lehnte sich an die Mauer, stemmte einen Fuß gegen den schräg auslaufenden Säulensockel, schloss die Augen, fokussierte dann unter schaukelnden Blüten und Blättern hindurch die Bank. Der Schütze hatte abgewartet, als Antonio seine Thermoskanne auspackte, als er Kaffee in den Becher goss, als er den Becher zum Mund führte, und mit dem ersten Schluck den Pfeil losgeschickt. Im Moment der größtmöglichen Ablenkung.

Jaume lief los.

Der Treffer führte zum Zusammenzucken und Überschütten des Kaffees. Der Schmerz der Verbrühung auf Antonios Brust überdeckte den des Stichs, erforderte eine sofortige Reaktion. Zeit genug für den Pfeil, sich zu entladen und das Ketamin freizusetzen. Die unverschlossene Thermoskanne kippte, unter der Bank jaulte der Hund. Noch mehr Stress. Antonio zerrte an seinem Hemd, wischte mit Taschentüchern, redete Lupo zu oder verpasste ihm einen Tritt.

Jaume setzte sich. Wischte. Spürte.

Bemerkte Antonio die Spritze überhaupt, war sie abgefallen, zog er sie heraus? Der Schreck ließ sein Herz schneller schlagen, pumpte das Blut unter Hochdruck durch den Körper, pumpte das Ketamin, das aus dem Muskel in die Blutbahn drang. Pumpte und pumpte, während Antonio seltsame Hitze fühlte – und dann Gleichgültigkeit. Er ließ die Tücher fallen und schaute über die *Plaza de la Natura* und die Stadt bis aufs Meer in die aufgehende Sonne. Weich tauchte sie aus dem Dunst über den Wellen auf, unscharf, wie mit einem Filter versehen. Sie wuchs, dehnte sich aus, glühte, bedeckte den ganzen Himmel … und sein Leben erlosch.

Jaume räusperte sich und schüttelte Antonios Schatten ab. So konnte es gewesen sein. Damit stand fest, dass der Täter die Gegebenheiten im Park genau studiert haben musste und seine Waffe beherrschte. Oder das genaue Gegenteil war der Fall. Und der Pfeil in Antonio Cruz' Oberarm hatte das Gesäß eines jener vereinzelten Touristen verfehlt, die frühmorgens durch den Park joggten. Eingemietet in einem privaten Appartement. Einer von denen, die dringend benötigten Wohnraum blockierten und den Tourismuskritikern ein besonderer Dorn im Auge waren. Missmutig räusperte sich Jaume erneut.

Dienstag, 10. Oktober, 11:40 Uhr
– Montse Soler Martí –

Über dem Empfangstresen der Praxis schaute der Dobermann mit stolzem Blick vom Kalender auf sie herab. Montse strich über Croquetas Nacken, was beruhigend wirken sollte, wobei sie das wohl nötiger hatte als er. Links vom Eingang befand sich der Wartebereich, rechts führte ein schmaler Flur mit mehreren Türen nach hinten. Sie setzte den Hund auf den Boden, wo er ein Tänzchen aufführte.

»Guten Tag.« Eine junge Frau lächelte ihr mäßig interessiert entgegen. »Haben Sie einen Termin?«

»Nein, erst mal nur eine Frage.« Montse lächelte entschlossen zurück. Direkt abwimmeln lassen würde sie sich nicht. »Ich habe vor, diesen Hund bei mir aufzunehmen und wollte ihn vorher durchchecken lassen. Er kommt aus dem Tierheim. Ich finde das Kerlchen total perfekt, was mir ein bisschen Sorgen macht. Denn Liebe macht blind, wie man weiß.« Eilig versuchte sie Croqueta einzufangen, eher der auf die Idee kam, sein Bein zu heben. »Sind Sie Doktor Bazo?« Ein bisschen Schmeichelei konnte nicht schaden.

»Nein, aber Frau Doktor kann Ihnen garantiert weiterhelfen. Vorausgesetzt, Sie machen einen Termin aus.« Die Brünette neigte sich seitlich am Tresen vorbei, um den strampelnden Hund zu betrachten, der gerade gar keine Lust hatte, wieder auf den Arm genommen zu werden. »Croqueta ist ein«, sie stutzte, »außergewöhnlicher Name.«

Jemand lachte. »Vor allem für einen Rüden.«

Montse drehte sich um, folgte dem Blick der Tierärztin und grinste breit. Das kleine dicke Hinterteil, das vor ihrer Brust zappelte, ließ keine Zweifel offen. »Kann ich nicht leugnen.«

Doktor Bazo trug einen Kittel mit aufgedrucktem Praxislogo, der um ihre runden Hüften spannte. »Kastrationen führen wir nur montags durch. Vielleicht passt es kommende Woche? Schick mir den nächsten Patienten rein, Francisca.«

Croqueta riss sich los und rannte auf die Ärztin zu.

»Na, du bist ja ein ganz Stürmischer!« Sie beugte sich zu ihm runter. »Das gibt es ja nicht – dich kenne ich doch! Francisca, schau doch mal.« In ihren Augen spiegelte sich Verwirrung, als sie sich aufrichtete. »Der gehört Ihnen?«

»Ja. Also nein, noch nicht.«

»Aber, Francisca, er sieht doch genau aus wie …«

»Stimmt schon, Frau Doktor, das dachte ich erst auch.« Francisca warf einen raschen Blick auf ihr Handy, das sie dann in der Hosentasche verschwinden ließ, kam mit einem Hundecracker hinter dem Tresen heraus und lockte Croqueta zu sich. »Aber das kann er nicht sein. Die Dame hat den Kleinen aus dem Tierheim.«

»Tierheim? Ach, der arme Kerl.« Hermosa Bazo fuhr sich über die Stirn, kramte in ihrer Kitteltasche und schüttelte dann den Kopf. »Kein Leckerchen mehr, Schatz. Wir haben einen Patienten, der sieht dir wirklich sehr, sehr ähnlich. Aber sein Besitzer würde sich nie von ihm trennen.« Sie lächelte und tätschelte den Hundekopf, den sie gleichzeitig von allen Seiten eingehend betrachtete. »Verblüffend. Was wollten Sie jetzt gleich?«

»Nur einen Gesundheitscheck, keine Kastration, aber ich komme noch mal wieder.«

»Gut. Sehr gut. Francisca? Wir müssen weitermachen. Dringend. Wann kommt noch dieser Herr, du weißt schon, der vorhin angerufen hat? Das passt mir heute gar nicht.«

»Erst kurz vor der Nachmittagssprechstunde. Den übernehme ich, Frau Doktor, soweit das geht. Machen Sie sich keine Sorgen.« Francisca drückte ihr eine Akte in die Hand und winkte dem nächsten Patienten, der mit der Ärztin im Behandlungsraum verschwand. Geschäftig wälzte sie hinterm Tresen den Terminplan und reichte ohne aufzusehen ein Formular an Montse weiter. »So vollständig wie möglich ausfüllen und wieder mitbringen. Wissen Sie etwas über die Vorgeschichte des Hundes, den früheren Halter, die Umstände, wie er ins Tierheim gekommen ist?«

»Nein, nur dass es keine Abstammungsurkunde gibt und er vorher nicht gemeldet war.« Die Sache mit der großen Ähnlichkeit beschäftigte Montse. Konnte es sein, dass Croqueta mit falschen Angaben abgegeben worden war? Möglicherweise gestohlen, um mit ihm zu züchten, schließlich war er noch zeugungsfähig, wie die Ärztin gerade eben festgestellt hatte. Rassehunde verkauften sich gut. Und im Tierheim war er wegen seiner kleinen Schönheitsfehler gelandet. Besitzer verstorben, hatte der Typ dort gesagt. Das konnte stimmen, musste aber nicht. Wenn der ursprüngliche Besitzer sich meldete, nahm man ihr Croqueta womöglich wieder weg. »Vielleicht ist mein Kleiner ja mit Ihrem Patienten verwandt. Wie heißt der denn?«

»Datenschutz.« Francisca hob die Achseln. »Darf ich Ihnen nicht sagen.«

Die Tür des Untersuchungsraums öffnete sich. Doktor Hermosa Bazo blieb auf der Schwelle stehen, schaute ihre Angestellte an, dann auf Montse und Croqueta und machte kopfschüttelnd kehrt.

Wie eigenartig. Die war ja wohl von einem anderen Stern. Unter normalen Umständen hätte Montse sich diese Ärztin sicher nicht ausgesucht. Andererseits war sie ihr nicht unsympathisch. »Ist Ihre Chefin immer so – zerstreut?«

»Das sieht nur so aus. Sie kann besser mit Tieren als mit Menschen, das ist alles. Wollen Sie den Termin jetzt haben oder nicht?«

»Will ich.« González fraß ihr derzeit aus der Hand und ließ sie ihren Dienstplan nahezu selbst bestimmen. Heute eine frühe Mittagspause und am Abend zeitig Schluss, damit sie vor ihrem Treffen mit Rodrigo nicht hetzen musste. Ewig würde das schlechte Gewissen ihres Chefs nicht anhalten. Aber bis dahin gedachte sie, die Situation so gut es ging für sich auszunutzen. »Wann ist fast egal.«

Wenn sie etwas herausfinden konnte, dann hier. Francisca gab sich reserviert, aber das konnte sich ändern. Sie war neugierig, auch wenn sie versuchte, das zu verbergen, und höchstens fünf Jahre jünger als Montse. Ein guter Ansatz, um sich gegebenenfalls zu verbünden. Vielleicht hatte sie es mit einer Art Züchtermafia zu tun. Wo, wenn nicht in einer Tierarztpraxis, ließen sich die passenden Kandidaten unauffällig aufspüren? Ob das mit Jaumes Mordfällen zu tun hatte, erschien ihr im Augenblick unerheblich. Es ging schließlich um ihren vierbeinigen Liebling, den sie in Kürze ihrer Mutter vorstellen wollte. Montse lächelte und ignorierte, dass Croqueta nun doch sein Revier markierte.

Dienstag, 10. Oktober, 14:15 Uhr
– Jaume Soler Martí –

»War gar nicht so leicht, Sie zu finden.« Jaume drehte den Monitor, damit sein Gegenüber die Aufnahme der Überwachungskamera aus der Zeitungszentrale gut erkennen konnte. Carolinas Praktikant hatte richtig gute Arbeit geleistet. »Ich bin wirklich froh, Sie hier zu haben, denn wir brauchen Ihre Hilfe.« Die Freude erschien ihm einseitig. »Wie alt sind Sie, Pepe?«

»Neunzehn.«

»Und wie lange schon als Kurier unterwegs?«

Pepe nagte an der Nagelhaut seines Daumens. Sein Versuch locker zu bleiben war kläglich gescheitert, obwohl Jaume ihn lediglich mit in ein Büro genommen hatte. Den Druck durch die karge Ausstattung eines Vernehmungszimmers zu erhöhen, war ihm unnötig vorgekommen. Pepe war ein Zeuge, wenn überhaupt. Doch schon die simple Frage nach seiner Arbeit brachte den jungen Mann in Schwierigkeiten, statt die Stimmung aufzulockern. Jaume schenkte ein Glas Wasser ein, schob es ihm zu. »Ist nicht so wichtig, ich brauche kein Datum.«

Pepe trank hastig. »Schon eine ganze Weile«, sagte er dann.

»Kommt es häufiger vor, dass Sendungen nicht markiert sind?« In der Firmenzentrale war das bestritten worden, was nicht viel zu sagen hatte. Unregistrierte Lieferungen gegen Barzahlung fanden sicherlich auf Kundenseite Anklang und sparten außerdem Steuern, genau wie nicht registrierte Fahrer. Pepe bewegte sich auf dünnem Eis, egal wie er antwortete, konnte er seinen Job verlieren.

»War eine Ausnahme«, murmelte er. »In meiner Freizeit.«

»Hm«, machte Jaume und wartete, bis Pepe den nächsten Schluck getrunken hatte und wieder seinen Daumen malträtierte. Der Junge setzte also auf Loyalität, was das Gespräch verkomplizierte. »Das müssen Sie mir erklären, waren das Überstunden oder eine private Gefälligkeit?«

»Ja. Das. Eine Gefälligkeit.«

»Für wen?«

»Für … äh, das weiß ich nicht, also keinen Namen.«

»Ach? Nur, damit ich das richtig verstehe: Sie erweisen also fremden Menschen in Ihrer Freizeit Gefälligkeiten?«

Pepes Blick zuckte hoch zu Domenech, der sich als stiller Beobachter im Hintergrund hielt und keinerlei Reaktion zeigte. Eine bewundernswerte Fähigkeit.

Jaume bewegte den Cursor über den Bildschirm, machte ein paar Klicks. Statt des Standbildes liefen nun einige Sekunden des Videos ab, zeigten, wie Pepe ein Päckchen am Einlass abgab.

»Da!« Er hielt das Bild an und vergrößerte den Ausschnitt. Langsamer als nötig zoomte er in mehreren Etappen. »Sehen Sie das?« Sein Zeigefinger umkreiste die fragliche Stelle. »Fast hätte ich es übersehen, aber da schiebt die nette Dame am Empfang Ihnen etwas zu. Noch ein privater Gefallen, oder ist der Umschlag für Sie?« Ein kleines Zugeständnis an den kooperativen Redakteur, dass er es als Zufall darstellte, diesen Moment bemerkt zu haben. Man konnte nie wissen.

Pepe blinzelte den Monitor an.

»Nein, nicht für mich«, sagte er zögerlich und machte wieder eine Pause. »Der war für den Mann.«

»Sie sind Kurier und das war einfach ein Geschäft. Schon in Ordnung.« Er brauchte diesen Mann. Dafür war er bereit, entgegen seiner ursprünglichen Absicht einen gewissen Druck aufzubauen. Auch wenn er etwas anderes vorgab. Der Junge war seine einzige Verbindung und er war nervös. »Entspannen Sie sich. Was er Ihnen gezahlt hat, interessiert mich nicht. Ob Sie gerade Pause hatten oder mitten in der Schicht waren, ist mir egal. Können Sie Ihren Auftraggeber beschreiben?«

Pepe wechselte beim Kauen vom Daumen zum kleinen Finger und war sich sicher nicht bewusst, welch merkwürdig verrenkte Haltung er dabei einnahm. Schließlich nickte er.

»Gut, dann lasse ich gleich unsere Kollegin kommen, die mit Ihnen zusammen ein Phantombild erstellen wird.« Während er zum Hörer griff, legte Jaume ihm beiläufig ein Formular und einen Stift hin. »Wenn Sie mir in der Zwischenzeit noch mal Ihre Daten notieren würden?« Wie erwartet hinterfragte Pepe die Bitte nicht, obwohl die gleichen Angaben schon zu Beginn des Gesprächs protokolliert worden waren. Und er bemerkte auch nicht, dass Jaume jedem Schriftbogen folgte, statt zu telefonieren. Stress trieb mitunter merkwürdige Blüten. Wie tief steckte der Bursche in der Sache drin?

»Danke.« Ohne ihn aus den Augen zu lassen, griff Jaume in die Schreibtischschublade und legte die Verpackung des Pfeils neben den ausgefüllten Zettel. »Tja, Pepe Moreno Muñoz, ich würde sagen, das ist Ihre Schrift. Wie kommt das?«

»D-d-das hatte ich ganz vergessen.« Seine defensive Verwirrung wich einem plötzlichen Anflug von Aufmüpfigkeit. »Der wollte, dass ich die Adresse draufschreibe! War nicht meine Idee. Er hat gezahlt, ich hab es gemacht. Ist das verboten? Was wollen Sie denn überhaupt von mir?«

Jaume gab Domenech einen Wink, nun die Kollegin anzurufen.

»Informationen, Pepe. Ich will nur Informationen. Sie haben Ihren Auftraggeber zwei Mal getroffen. Einmal haben Sie das Päckchen angenommen, einmal den Umschlag übergeben. Ich brauche Angaben zu seinem Aussehen, dem Ort und der Zeit, so genau wie möglich. Denken Sie in Ruhe nach. Es ist wichtig, dass Sie diesmal kein Detail vergessen.«

Mithilfe ihres Computers war die Spezialistin in der Lage, Bilder in Fotoqualität anzufertigen, wenn ihnen eine entsprechend genaue Beschreibung vorlag. Damit konnten sie die im System gespeicherten Bilddateien von Straftätern abgleichen. Und mit etwas Glück weitere Überwachungskameras einbeziehen.

Carolinas Praktikant würde seine helle Freude daran haben.

Dienstag, 10. Oktober, 15:45 Uhr
– Calderon –

Gelegentlich meinte es das Schicksal doch gut mit ihm. Calderon lehnte am Tresen der Praxis und schlürfte einen *cortado*, den ihm die adrette Arzthelferin zur Überbrückung der Wartezeit angeboten hatte. Sogar einen Keks gab es dazu. Nach der Tierklinik am Morgen und einer ausgesprochen erbärmlichen Auffangstation für Straßenhunde war dies die vierte Kleintierpraxis, in der er persönlich vorsprach. Eigentlich war es die erste auf seiner Liste gewesen, doch wegen anstehender Operationen hatte er seinen Besuch nach hinten verschieben müssen. Zum Glück hatte er morgens angerufen. Er hasste es, Wege umsonst zu machen. Im Augenblick war die Praxis geschlossen; eine weitere angenehme Abwechslung, nicht mit tierischen Patienten und gestressten Tierhaltern um die Aufmerksamkeit des Personals kämpfen zu müssen. Der Keks zerbröselte beim Abbeißen und krümelte über den Terminplan neben der Tastatur.

»Entschuldigung«, nuschelte er hinter vorgehaltener Hand und erntete dafür ein flüchtiges Lächeln.

»Macht nichts, *Comissari*, wir sind hier einiges gewohnt. Frau Doktor ist sicher gleich für Sie da. Tut mir leid, dass das so lange dauert. Kann ich Ihnen irgendwie weiterhelfen?«

Eine hübsche Person und hilfsbereit. Die langen braunen Haare trug sie zu einem wippenden Zopf nach hinten gebunden und ihre noch viel längeren Beine brachten ihn zum

Seufzen. Wie seine Maria vor dreißig Jahren. Er tupfte einige Krümel mit der Fingerspitze auf.

»Den meisten Bürokram erledige sowieso ich. Wenn es also keine medizinischen Fragen sind, kann ich Ihnen vielleicht sogar besser antworten.« Sie hob die Schultern. »Solang es keine vertraulichen Daten betrifft, versteht sich. Ich habe zwar Zugriff auf die Patientenakten und mache die Eintragungen, aber Informationen rausgeben darf ich natürlich nur mit Genehmigung der Chefin.«

Statt die Krümel abzulecken, nahm Calderon die Hand herunter und wischte sie unauffällig ab. Warum eigentlich nicht? Er warf sich ein wenig in die Brust und fühlte einen fast vergessenen Stolz. »Gab es in den letzten Wochen oder Monaten Unregelmäßigkeiten in der Praxis – einen Einbruch vielleicht oder einen Einbruchversuch? Unabhängig davon, ob etwas abhandengekommen ist. Hat jemand versucht, sich Zugang zu Medikamenten zu verschaffen?« Ehe sie etwas erwidern konnte, hob er den Zeigefinger. »Bedenken Sie, dass auch Kleinigkeiten relevant sein können. Es ist unerheblich, ob Sie einen Vorfall an die Polizei gemeldet haben.«

Sogar wie sie die Stirn beim Zuhören in Falten legte, erinnerte ihn an Maria.

»Das kann ich Ihnen sofort sagen: Da war nichts. Absolut sicher. Sehen Sie, ich bin morgens die Erste, bereite alles vor für den Tag und schließe auf, wenn die Sprechstunde beginnt. Einbruchsspuren hätte ich bemerkt. Außerdem kümmere ich mich auch um das Bestellwesen. Wenn Sie mir etwas mehr verraten könnten? Sie suchen sicher nicht nach abhandengekommenen Wurmkurpillen oder Läuseshampoo.«

»Ketamin«, sagte er. »Und Pentobarbital. Spritzen und Zubehör. Sie wissen schon, Kanülen, Injektionsnadeln auch für größere Kaliber.«

Sie atmete tief ein, ihre Lippen öffneten sich, dann schüttelte sie den Kopf. »Bei den Kleinteilen kann mal was verloren gehen. Passiert mir aber selten. Ich führe sehr genau Buch. Und gefährliche Medikamente halten wir immer unter Verschluss. Das ist Vorschrift. Den Schlüssel hat Frau Doktor, ohne ihre Anweisung komme ich da gar nicht dran. Alles andere könnte ich sofort nachprüfen.«

»Wunderbar. Aber die potenziell letalen Präparate reichen mir.« Calderon notierte eifrig mit und freute sich darüber, wie flüssig ihm all die Begriffe über die Lippen kamen, die ihn an Domenech so auf die Palme brachten. Hier machte es Sinn, sie zu verwenden, denn hier machte es Eindruck.

»Kennen Sie einen Antonio Cruz?«, fragte er, ohne zu überlegen. »Er könnte ein Patient sein, oder …« Calderon stockte, als sie loslachte. Eigentlich hatte er den Namen gar nicht nennen wollen. »Was ist?«

»Entschuldigen Sie bitte, Comissari, aber nach einem unserer Patienten klingt das nicht. Eher nach einem Besitzer. Wie war der Name?« Wieder zeigte sie die charmanten Stirnfalten, dann riss sie die Augen auf. »Ist das etwa der, über den sie in der Zeitung geschrieben haben? Antonio C., der Tote aus dem *Park Güell*?«

Er schwieg, was einer Bestätigung gleichkam. Was sollte es schaden? Es verlieh seinen Fragen mehr Gewicht, und früher oder später wurde der Name ohnehin bekannt.

»Also spontan sagt Antonio Cruz mir leider nichts.« Sie lächelte wieder und ihr Blick huschte an ihm vorbei. »Ihnen auch nicht Frau Doktor – oder?«

Calderon drehte sich um. Auf der Schwelle stand eine ältere Frau in einem schief sitzenden Kittel, aus der Kurzhaarfrisur ragten seitlich einige zerknautschte Locken wie Hörner heraus.

»Ich – wer?«

»Na, der aus dem Park.« Im Plauderton redete die Helferin weiter. »Stimmt das eigentlich mit dem Giftpfeil, Comissari

Calderon? Manchmal geh ich in meiner Pause rüber, sind ja nur ein paar Schritte von hier, man sitzt da so schön, gerade im Sommer. Aber seitdem gruselt es mich schon.«

»Was haben wir denn mit diesem Mord zu tun?« Die Ärztin zupfte an ihrem Kittel, bis sie den Fehler erkannte. »Haben Sie auf mich gewartet, oder konnten Sie alle Fragen mit Francisca klären? Ich dachte ...«

»Antonio Cruz«, wiederholte Calderon lauter. Seine Geduld wankte. »Schon mal gehört?«

»Nein. Ich glaube nicht.« Sie knöpfte den Kittel auf, der am Ärmel einige Flecken aufwies, und fing von oben an ihn wieder zu schließen. »Im Übrigen höre ich noch gut, Sie müssen nicht schreien.«

»Würden Sie – können Sie das sein lassen mit den Knöpfen? Ich brauche es genau. Kann es sein, dass Antonio Cruz einer Ihrer Patienten war?« Er fühlte einen Blick im Nacken und verbesserte sich. »Ein Tierbesitzer. Und wenn Sie es nicht wissen, dann könnten Sie Ihre nette Helferin darum bitten, im Computer nachzusehen und mir die Information zu geben.« Er ballte die Hände hinterm Rücken zu Fäusten, während die Tierärztin nickte und sich gleichzeitig weiter an ihrer Knopfleiste zu schaffen machte.

»Ja, das ist eine gute Idee.« Sie hob den Kopf und lächelte vage. »Mein Namensgedächtnis ist eine Katastrophe, wenn es nicht um Tiere geht. Schaust du bitte mal?«

»Habe ich schon längst gemacht, Frau Doktor. Den Mann haben wir nicht in unserer Kundendatei. Wenn Sie sich selbst überzeugen wollen, zeige ich es Ihnen gern, Comissari Calderon.«

Na bitte. Er hob den Daumen. Die war gut und fix.

»Ich soll auch unseren Medikamentenbestand prüfen, ob etwas von den Narkosemitteln oder Ex-Präparaten fehlt. Da bräuchte ich den Schrankschlüssel, Frau Doktor.«

»Ja … ja, natürlich. Wir helfen gern. Wenn ich auch immer noch nicht ganz verstehe, worum genau es geht.«

»Wer hätte das gedacht«, murmelte er. »Das ist nur eine allgemeine Untersuchung, nichts Persönliches.« Er leierte seine Fragen herunter und schrieb die erwarteten Antworten mit. Keine besonderen Vorkommnisse, was auch sonst. Ein Einbrecher hätte schon die Tür rausreißen oder die Praxis komplett ausräumen müssen, damit diese Ärztin etwas registriert hätte. Er versuchte nicht hinzusehen, wie die Lockenhörner jedes Mal widerborstig wippten, wenn sie sich durch die Haare fuhr. Eine nervtötende Übersprungshandlung, nachdem sie endlich mit den Knöpfen fertig war. Er kritzelte eine Randbemerkung in seine Unterlagen. Unglaublich, dass diese Person als Vertretung für den Zootierarzt auf seiner Liste stand. Die und ein Blasrohr, exakte Planung, eine ruhige Hand? Nie und nimmer. Es sei denn, der Aufwand, den Domenech am Morgen im Park getrieben hatte, war reiner Affenzirkus und Angeberei gewesen. Er atmete auf, als er sie entlassen konnte.

»Sie sind heute meine Glücksfee, Señora Acosta!« Dankbar nahm Calderon einen zweiten *cortado* entgegen und sonnte sich in ihrem Lachen. Maria, Maria … Wie lange war es her, dass er so mit ihr gelacht hatte? Er folgte dem hypnotisch schaukelnden Zopf der Arzthelferin und schob den neuen Keks komplett in den Mund, um auf dem Weg zum Medikamentenschrank keine Krümelspur zu hinterlassen.

»Das bin ich gern. Und Sie werden sehen, dass Sie nichts sehen. Keine Abweichungen von den Bestandslisten und jede Entnahme ordentlich in den vorgeschriebenen Nachweisblättern vermerkt.« Ihre Augen blitzten, als sie ihm die Hand hinstreckte. »Wollen wir wetten?«

Dienstag, 10. Oktober, 17:35 Uhr
– Jaume Soler Martí –

Diesmal war alles viel schneller gegangen. Carolinas Praktikant schwankte bei seinem Anruf hörbar zwischen Stolz, Frustration und Unsicherheit. Einer der Treffpunkte von Pepe Moreno Muñoz und seinem ominösen Auftraggeber lag im direkten Sichtbereich einer Kamera vor einem Geschäftsgebäude, der andere wurde zumindest teilweise von der Kamera eines Bankautomaten erfasst. Sämtliche Bänder waren ihnen umgehend ausgehändigt worden. Außerdem hatten sie die Verkehrsüberwachung der umliegenden Straßen angezapft. Nur tauchten zur angegebenen Zeit weder Pepe noch der Mann vom Phantombild auf. Selbstredend war dieser auch in der Täterdatenbank ein Unbekannter. Eine vage Ähnlichkeit streifte Jaume, und er pflückte den Ausdruck von der Wand.

»Wir haben noch Material mehrerer Stunden vorher und nachher, die ich auswerten könnte. Vielleicht hat er sich in der Zeit vertan.«

Abwechselnd legte Jaume eine Hand über die Augen des Phantoms, dann über Mund und Nase, verdeckte die Frisur. Kannte er den nicht? Mit einem dicken schwarzen Filzstift zog er einige Linien, dann hängte er das Bild wieder auf.

»Wenn Sie wollen, mache ich weiter, Comissari Soler«, schlug der Praktikant vor.

»Nicht nötig«, presste Jaume heraus und schaffte es noch,

ein Danke anzufügen. Das war der Moderator einer Quizshow. Freitagabend im Vorabendprogramm. Ignacia verpasste keine Folge. Er drückte das Gespräch weg und fluchte.

»Schafft mir diesen kleinen Scheißer her. Auf der Stelle!«

Dienstag, 10. Oktober, 21:15 Uhr
– Hermosa Bazo –

»Ich bin fertig, Frau Doktor. Kann ich noch etwas helfen?«

Überrascht sah Hermosa Bazo von ihrem Schreibtisch auf. Durch den Türspalt lugte Francisca Acosta herein. Normalerweise konnte sie gar nicht schnell genug verschwinden, sowohl abends als auch in die Pause und begnügte sich mit einem kurzen Ruf zum Abschied. »Nein. Geh nach Hause. Es ist sowieso schon wieder später geworden als geplant.«

»Was ist mit Ihnen?«

»Nur noch ein bisschen Bürokram, ich bin gleich durch mit den Abrechnungen.« Ihr Lächeln verkrampfte unter Franciscas skeptischem Blick und sie klopfte auf einen kleinen Papierstapel. »Du weißt doch, um manche muss ich mich persönlich kümmern, die brauchen Sonderbehandlung. Nun verschwinde endlich. Du hast Feierabend!«

»Also gut. Es war ein anstrengender Tag und dieser Comissari Calderon, was der alles gefragt hat …« Francisca verstummte und blieb stehen. Ihre flachen Schuhe hatte sie gegen Sandalen mit hohem Absatz getauscht und die praktische Arbeitskluft abgelegt. Ein Hauch von Parfum wehte herein und der Zipfel eines luftigen Spitzenschals. Wahrscheinlich ging sie noch aus. Wie fast jeden Abend.

Hermosa wartete. Was wollte Francisca denn noch? Wenn sie etwas anzufügen hatte, dann sollte sie das tun. Sie selbst wollte dieses Thema ungern aufgreifen. Schlimm genug, dass die Polizei hier gewesen war.

»Machen Sie nicht mehr so lange, ja?«

»Versprochen.«

Francisca ließ die Tür angelehnt und Hermosa lauschte regungslos dem Klappern ihrer Schritte. Raus aus der Praxis und über die Straße.

Mit einer sachten Berührung weckte sie ihren Computer aus dem Energiesparmodus, und die Bildschirmbeleuchtung färbte die Ärmel ihres Kittels blau. Hermosa öffnete einige unter Tiernamen abgespeicherte Dateien. Es war keine Lüge, dass sie sich die besser merken konnte. Menschen waren so viel komplizierter, so unbelehrbar und undankbar. Sie scrollte die erste Akte durch bis zu den persönlichen Daten des Tierhalters. Antonio Cruz. Ein böser Traum. Sie klickte und atmete durch, als er von ihrem Bildschirm verschwand. Ein sehr böser Traum, der sie in große Schwierigkeiten bringen konnte. Irrtum ausgeschlossen. Der Cursor blinkte im nächsten Dokument zwischen dem Hundenamen ›Rambo‹ und der Rassebezeichnung ›Französische Bulldogge‹. »Bis bald, Kleiner.«

Hermosa Bazo klickte erneut auf löschen.

Mittwoch 11. Oktober 8:25 Uhr
– Jaume Soler Martí –

Entlang des *Port Olympíc* reihten sich Fischrestaurants und Bars und seit einiger Zeit auch Fastfood-Läden aneinander. Im Wasser schaukelten wendige Boote, Seite an Seite vertäut, die dünnen Masten in den Himmel gereckt. Die Kleinen im inneren Bereich, die größeren außerhalb des Hafenkarrees, im Schutz eines vorgelagerten höheren Wellenbrechers. An der *Moll de Marina*, wo der Hafen und der Strandabschnitt *Somorrostro* zusammentrafen, glitzerte zu Füßen zweier imposanter Hochhaustürme weithin sichtbar der Goldene Fisch – leicht, fast schwerelos, trotz seiner enormen Größe. Dorthin ging, wer mehr Action suchte, tanzte die ganze Nacht zu wummernden Beats in den Diskotheken und Clubs oder flirtete bei bunten Cocktails, eingehüllt in Shisha-Duft.

Tagsüber trafen sich Beachvolleyballer und Sonnenhungrige am breiten Strand. Gerade jetzt war es dort jedoch noch empfindlich frisch.

Am Ende der Treppe nahm Jaume die Slipper in die Hand, schlug den Saum seiner Hose hoch und ging barfuß durch den Sand weiter zum nahe gelegenen *Chiringuito*. Nichts außer dem Namen *Somorrostro* erinnerte an das Elendsviertel an gleicher Stelle, das in den 1960er-Jahren vor einem Besuch General Francos abgerissen worden war. Malerisch blähten sich weiße Vorhänge zwischen den Pfosten, wischten träge die Holzplanken des schlichten Bodens. Dichte Wolken trieben über dem Meer heran, bleigrau über tintendunklem Wasser, die Luft schwer von Salz. In der typischen offenen Strandhütte, die ohne Wände nur für den Sommerbetrieb ausgelegt war, standen nur wenige Tische und Korbstühle. Im Laufe des Monats würde ein *Chiringuito* nach dem anderen schließen.

Zwischen seinen Zehen spürte Jaume kühle Feuchtigkeit, unter den Sohlen feinen Quarz und Muschelschalen. Er umrundete die Strandbar zur Hälfte. Eine Tür zum inneren Barbereich war meerseitig geöffnet, die Klappläden vor der Theke jedoch rundherum geschlossen. Normalerweise war der Tresen bunt dekoriert mit frischen Früchten und Snacks beladen. Musik und der Geruch nach Kaffee und Toast animierten von neun Uhr morgens bis Mitternacht zum Bleiben. Heute nicht. Das Personal stand mit den Händen in den Taschen oder rauchend herum und diskutierte.

Zwischen zwei Palmenkübeln kletterte Jaume über das provisorische Absperrband. Die Begrüßung mit Domenech beschränkte sich auf ein gegenseitiges Zunicken, dann dirigierte dieser die Anwesenden aus dem Weg.

Die vierte Leiche warf all ihre bisherigen Gedankenspiele über den Haufen. Das zu erkennen dauerte nur Sekundenbruchteile. Jaume streifte Handschuhe über und ging in die Hocke. Hier war alles anders.

Muskulöse Brust und Oberarme, strohblonde Haare, ein eher breites Gesicht mit markanten Kiefer- und Wangenknochen. Er öffnete den Reißverschluss an der Umhängetasche des Toten, deren Riemen diagonal über Brust und Schulter verlief: billige Souvenirs, typische Touristenware, die Markenstatus vorgaukelten, genau wie die Rolex am Handgelenk. Auch im Ausschnitt blitzte es golden. Ein Arm war fast rundherum tätowiert. Unter dem kurzen Ärmel auf der anderen Seite lugte ein größeres Portrait heraus. Jaume stutzte. Diesmal kein Hund wie bei Guillermo Vargas. Vladimir Putin? Dann waren die Buchstaben darunter wohl kyrillisch. Russen liebten Gold. Er sah genauer hin, blieb aber unschlüssig. Ob die Uhr doch echt war, mussten andere klären. Das Messer war es auf jeden Fall. Ein archaisch anmutendes Ding, dessen breiter Griff unterhalb der Rippen aus dem Bauch ragte, darunter mit der Klinge an den Körper gepinnt ein Stück Papier. Und jede Menge Blut, großflächig verteilt.

»Wo zum Teufel bleibt die Spurensicherung?« Jaume biss die Zähne aufeinander und faltete vorsichtig die umgeschlagenen Ecken des durchweichten Zettels auseinander. Ein Datum und einige gedruckte Worte sprangen ihn an, ein Aufruf zum Widerstand und zur Demonstration am Wochenende. Er schloss die Augen, atmete gegen den einsetzenden Kopfschmerz an, sah wieder hin. Alles unverändert. Tiefrotes Flugblatt, mit Blut getränkt und unten links unterzeichnet. Von *Mateix*.

Er presste die Zehen aufs Holz und drückte sich hoch.

»Wer hat die Leiche gefunden, Domenech?«

»Der Mann dort drüben mit der Glatze und dem Bart. Er arbeitet im *Chiringuito*, hat aufgeschlossen und eine Kiste mit Lebensmitteln reingetragen. Dann wollte er außen die Klappen aufmachen und ist fast über den Toten gestolpert.«

»Hast du mit ihm gesprochen?«

»Ja. Der kennt ihn nicht und hat ihn auch noch nie hier gesehen. Gleiches gilt für die Kollegin. Sie sind beide gestern den ganzen Tag da gewesen.«

»Wissen wir sonst noch irgendwas?«

»Eine ganze Menge.« Domenech wischte über sein Smartphone, zeigte ihm einen Reisepass, erst außen, dann innen, und vergrößerte die Aufnahme. »Hilft enorm bei der Identifizierung, auch wenn die natürlich offiziell noch aussteht. So wie es aussieht heißt er Rostislaw Sorokin, ist Tourist und russischer Staatsbürger.« Name und Staatsangehörigkeit waren sowohl in kyrillischer als auch in lateinischer Schrift angegeben.

»Woher hast du das?« Auf dem Foto war der Tote ziemlich

eindeutig zu erkennen, trotz der geschlossenen Augen und der erschlafften Muskulatur, durch die sich Gesichter merklich verwandelten, lange bevor der stoffliche Zerfall einsetzte.

»Kam mit einer Suchmeldung über die Hotline. Er wird auf einem Kreuzfahrtschiff vermisst. Ist nach dem gestrigen Landgang nicht wieder an Bord gekommen, obwohl das die ganze Nacht über möglich gewesen wäre. Die haben alle Dokumente ihrer Gäste gescannt vorliegen und das hier gleich mitgeschickt.«

Normalerweise hatten die Passagiere einfach Pech, wenn sie sich zu lange in der Stadt herumtrieben. Das kam immer wieder vor; dann legten die Schiffe ohne sie ab, und sie mussten auf eigene Kosten hinterherreisen.

Von der Treppe her sah Jaume die mit Koffern beladenen Kriminaltechniker durch den Sand stapfen. Ganz in Zivil, noch ohne ihre weißen Schutzanzüge. Er konnte Martinez schon von Weitem fluchen hören. Es würde nicht eine Spur geben, die nicht auf die eine oder andere Art verunreinigt war.

»Sorokins Frau hat sofort Alarm geschlagen und der Crew Druck gemacht, weil sie ihren Mann nicht erreichen konnte und zumindest einen Unfall befürchtete.«

»Zumindest?«

»Was genau sie damit meinte, weiß ich nicht. Vermutlich einen Raubüberfall. Hast du die Halskette und die Uhr gesehen? Gelohnt hätte es sich.«

Zur Schau gestellter Reichtum gefiel nicht jedem. Bei manchem weckte er Gier, bei anderen nur Neid und Missgunst.

»Was für ein Mist ist das denn schon wieder?« Martinez zielte mit seinem Koffer haarscharf neben Jaumes nackten Fuß. »Habt ihr gar kein Mitleid? Meine Ausrüstung mag weder Salz noch Wasser, und von dem Dreckswind krieg ich ständig Sand ins Getriebe.« Er klapperte mit den Zähnen aufeinander. »Hört ihr? Das knirscht jetzt schon!«

»Er müsste nur die Klappe halten. Oder den hier tragen.« Carolina wedelte vor der Nase ihres Kollegen mit einem Mundschutz. »Schmückt ungemein und bringt die Augen wunderbar zur Geltung.« Angesichts der Leiche und der zahlreicher werdenden Beobachter jenseits des Flatterbandes, verkniff sie sich ein Lachen. »So Jungs, dann hopp zur Seite. Das ist jetzt unser Spielplatz.« Im Gegensatz zu Martinez blühte sie auf, je widriger die Umstände sich zeigten, unter denen sie zu arbeiten hatte. Nur stören durfte sie dabei niemand. Sie packte einen eingeschweißten Overall aus, hüllte sich in den knisternden Stoff und schob akribisch jede Haarsträhne unter den Gummizug der Kapuze. Mit dem Verschließen der letzten Klebelasche über dem Reisverschluss fing sie an zu summen. Und damit würde sie erst wieder aufhören, wenn sie die allerletzte Spur bestäubt und eingetütet hatte.

»Fahr ins Büro, Domenech. Wir brauchen eine weiße Wand und viel Kaffee. Klär mit dem Kapitän oder wer sonst dafür zuständig ist, von wem Sorokins Frau informiert wird und wie lange das Schiff noch im Hafen bleibt. Calderon soll alles andere ruhen lassen und dir helfen, bis ich da bin. Wir müssen die Liste mit den Landgängen einsehen, Befragungen in die Wege leiten.«

Und sie brauchten weitere Leute, um alle anfallenden Schritte erledigen zu können. Er hatte keine Wahl. Diesmal musste er den Gang zu Selvanegra vorziehen, statt ihm auszuweichen.

Sein Blick glitt hinaus aufs Meer und er wünschte sich weit fort.

*

»Das ist also das Ergebnis Ihrer Arbeit! Diesen Toten verdanken wir Ihren laxen Methoden, Ihrem viel zu zögerlichen Umgang mit diesem linken Pack. Räumen Sie endlich auf, Soler!«

Jaume presste die Lippen zusammen. Er ließ Selvanegra brüllen, außerstande zu einem sofortigen fundierten Widerspruch.

»Erst die Sache im *Park Güell* und nun das!«

Schuldig, weil er sich geweigert hatte, ernsthaft in den Reihen der Aktivisten zu suchen. Für Selvanegra war die Lage klar. Beide Morde gingen aufs Konto des gleichen Täters. Einen Beleg brauchte er dafür offenbar nicht. Außerdem schuldig, weil er die Botschaft des ersten Mordes ignoriert hatte. Eine Botschaft, die in Jaumes Augen nicht da gewesen war. Hatte er sich geirrt? Hatte der Täter seinetwegen die Geduld verloren und Fakten geschaffen, die sich auch ohne Bekennerschreiben nicht mehr missdeuten ließen? Ein toter Kreuzfahrttourist, blutig angerichtet wie die Fischleiber bei der Demonstration im Hafen.

»Wie gedenken Sie weiter vorzugehen und die Lage zu entschärfen?«

»Wir bearbeiten insgesamt drei ungeklärte Todesfälle«, sagte Jaume beherrscht. »Mit Sorokin sind es vier, und nunmehr zwei eindeutige sowie zwei mögliche Morde.« Schuldig – und diesen Schuldspruch akzeptierte er –, weil er sich immer noch weigerte, Ungereimtheiten unter den Tisch fallen zu lassen. Das viele Blut bei Sorokin irritierte ihn am meisten. Entweder markierte es eine neue Eskalationsstufe oder eine neue Handschrift. Egal, ob er nur zwei Morde in einen Topf warf oder gleich alle Toten. Ja, warum nicht alle? »Antonio Cruz, Guillermo Vargas, Asunción da Silva. Es gibt gewisse Überschneidungen, aber auch große Unterschiede. Mein Kernteam besteht aus drei Personen – mich eingerechnet. *Drei*, Señor Selvanegra! Darüber hinaus stehen mir nur eine Handvoll Mitarbeiter zur Verfügung, ein paar andere leihweise zwischendurch für einige Stunden. Damit kann ich umgehen – bei *einer* Leiche. Wir spannen seit mehr als einer Woche Streifenbeamte in die Untersuchungen ein und auch den Praktikanten aus der KTU. Was glauben Sie, wie …«

»Sie setzen einen Praktikanten aktiv für Ermittlungen ein?«

»Ich würde den Hausmeister einsetzen, wenn ich ihn haben könnte.« Er verschwieg wohlweislich, wie viele Gefälligkeiten bereits versprochen oder eingelöst und dabei Dienstvorschriften umgangen worden waren, um überhaupt zu irgendwelchen Ergebnissen zu gelangen. »Es ist höchste Zeit, unseren beschaulichen Kreis endlich aufzustocken und in den Status einer richtigen Sonderkommission zu überführen.«

»Sagten Sie nicht gerade, es sind vier Fälle? Und nun wollen Sie eine Sonderkommission *für alle*?«

»Ja«, sagte Jaume. Dabei war er keineswegs sicher, was irgendeinen der Bezüge betraf, schon gar nicht bei Sorokin. Aber so ließ sich am besten argumentieren. »Ja, allerdings. Sonst werden die zweitausend Touristen auf der *Blue Lady* wohl eine Weile im Hafen festsitzen, bis wir das Schiff freigeben können. Denn sehen Sie, Calderon ist an der Sache mit dem Giftpfeil aus dem *Park Güell* dran, den kann ich davon unmöglich abziehen. Der Park ist Weltkulturerbe, das habe ich nachgelesen, weil Sie es erwähnt hatten. Schon seit dem Jahr 1984, bemerkenswert. Das war mir vorher gar nicht bewusst, und ich gebe Ihnen recht: Damit ist dieser Fall von großer Bedeutung im Hinblick auf die öffentliche Sicherheit und den Tourismus, genau wie der Fall Sorokin.« Er bemühte sich um ein ausgewogenes Verhältnis zwischen Provokation und Arschkriecherei. »Domenech habe ich auf Señora da Silva angesetzt. Ihr Tod kommt dem Investor gelegen; das ist keine

Wertung, nur ein Fakt. Wir wollen allen Gerüchten entgegenwirken, auch um den Vorwurf der Vertuschung auszuräumen, ehe sich in der Szene etwas festsetzt. Sie wissen schon – wegen der möglichen Aufmerksamkeit, die das für verschiedene Bauprojekte nach sich ziehen kann.« Scheinbar beiläufig streifte sein Blick das Golfplatzfoto an der Wand. Wer sich tatsächlich um welchen Fall kümmerte, scherte ihn im Augenblick wenig. Hauptsache, er bot Selvanegra ein denkbares Szenario und die passende Entscheidungsgrundlage gleich dazu. »Folglich bleibe nur ich für die *Blue Lady*, und selbstverständlich werde ich zuerst persönlich mit Señora Sorokina sprechen. Dafür muss ich wohl einen Dolmetscher beschaffen. Keine Ahnung, wie lange das dauert. Oder sprechen Sie zufällig Russisch? Ich hoffe, die kleine Verzögerung bringt keine diplomatischen Verwicklungen mit sich und die Presse …« Bedeutungsvoll wiegte er den Kopf und wappnete sich gegen den nächsten Ausbruch, doch Selvanegra nickte plötzlich.

»Was brauchen Sie, Soler? Sagen Sie es mir. Sorokin hat absolute Priorität. Und um die Presse machen Sie sich mal keine Gedanken. Die werden sich eine Weile zurückhalten.«

Düster lachte Jaume auf. Köder geschluckt. So gut ihm der Sinneswandel und das Angebot gefielen, der Auslöser schmeckte fad. »Geben Sie mir eine Hundertschaft«, forderte er. Selvanegra war so leicht auszurechnen, sogar sein Luftschnappen bei der viel zu hoch gegriffenen Zahl hätte Jaume vorhersagen können. »Dann eben fünfzig oder vierzig Leute mehr. Dreißig? Ich nehme alles, was geht.« Schon bei fünf zusätzlichen Mitarbeitern konnte er sich glücklich schätzen.

»Ich werde sehen, was ich tun kann. Sie bekommen jede mögliche Unterstützung. Wir sollten beten, dass Sie diesen Fall schnellstmöglich klären und Sorokins Mörder fassen. Dafür werden alle Kräfte eingesetzt.«

Antonio Cruz, Guillermo Vargas, Asunción da Silva, fügte

Jaume stumm hinzu. Bürger ihrer Stadt, einfache Leute. Er würde dafür sorgen, dass Selvanegra keinen dieser Namen vergaß. Das Gesicht seiner Schwester stand ihm deutlich vor Augen, ihre erhobenen Hände am Kai, ihr erbostes Zischen. Er fühlte sich ihr mit einem Mal sehr verbunden. Doch es nützte niemandem, wenn er wegen Befangenheit suspendiert wurde. An *Mateix* führte beim Mord an Sorokin tatsächlich kein Weg vorbei. Sie würde ihn hassen, für das was daraus folgte. Jaume wandte sich zum Gehen.

»Ich bete grundsätzlich nicht.«

Aber manchmal hätte er es gern getan.

*

Eine Streife hatte Pepe Moreno Muñoz vom Kurierfahrrad geholt und aufs Revier gebracht, nachdem er am Abend nicht zu Hause angetroffen worden war. Dieser dämliche kleine Amateur, der geglaubt hatte, sie anlügen zu müssen und ihnen auch jetzt wieder Zeit und Kapazitäten raubte, die sie nicht hatten. Der Bengel kostete ihn den letzten Nerv. Ausgerechnet jetzt zeigte er wieder seine bockige Seite. Ein Unschuldslamm, das sich ständig in neuen Geschichten verstrickte und nun plötzlich schwieg. Leider war seine Aussage immer noch wichtig. Verdammt wichtig sogar.

Jaumes Telefon steckte in der Freisprechanlage am Armaturenbrett. Es konnte noch dauern, bis die in Aussicht gestellte Hilfe eintraf. Bis dahin ähnelten ihre Maßnahmen weiter der Aufführung eines Improvisationstheaters: Laienspielgruppe *Mossos de Barcelona*. Und er gab den Souffleur, der Calderon per Lautsprecher Anweisungen für die Befragung erteilte, weil Domenech Onlinerecherchen betrieb und zeitgleich fast pausenlos auf einer anderen Leitung telefonierte.

»Was soll das heißen, es gab vielleicht keinen Auftraggeber? Mit ›vielleicht‹ kann ich nichts anfangen. Wenn du meinst, dass Pepe den Deal mit der Zeitung auf eigene Rechnung eingefädelt hat, von mir aus, kann stimmen. Dann hake da weiter nach. Irgendwo muss der Pfeil ja hergekommen sein. War Pepe am Tatort, hat er was gesehen?« Er drückte auf die Hupe, statt zu blinken, scherte ein Stück nach links aus und wieder ein, wünschte sich ein Sondersignal auf dem Autodach und die anderen Verkehrsteilnehmer zum Teufel. Er hätte sich vierteilen müssen, um überall gleichzeitig zu sein. Gerade jetzt war er auf dem Weg zu Sorokins Witwe. Er hupte noch mal und klemmte sich in die kaum vorhandene Lücke. »Der Kerl bleibt, bis er alles ausgespuckt hat, was er weiß. Und wann es genug ist, entscheidet nicht er, auch nicht du, das entscheide ich.«

»Klar, *Jefe*«, brummte Calderon. »Geh mal vom Gas, ja? Sonst kratzen dich die Sanis irgendwann von der Wand.«

Das roch nach Ironie oder Doppeldeutigkeit, die er Calderon eher selten unterstellte. Jaume knirschte mit den Zähnen, um nicht sofort zurückzubeißen. Sein Tempo behielt er bei.

»Mach Pepe klar, dass er ein echtes Problem hat. Wenn er keinen Auftraggeber präsentieren kann, ist es vorbei mit seiner Rolle als Zeuge. Mal sehen, wie es ihm schmeckt, in den Status eines Verdächtigen aufzusteigen.« Eine Ampel, ein Kreisel, er ordnete sich ein, um gleich zum Hafen abzubiegen.

»Du glaubst nicht wirklich, dass er mit dem Blasrohr …«

»Es interessiert niemanden, was wir glauben. Nur Fakten zählen vor Gericht.« Pepe war im Besitz des tödlichen Pfeils gewesen und hatte Geld dafür kassiert. »Du gehst jetzt wieder zu ihm und nimmst ihn mit diesem Ansatz auseinander. Bietet er kein absolut dichtes Alibi – und Mamas Schwur, dass er zu Hause in seinem Zimmer war, wird nicht akzeptiert –, dann schläft er die nächste Nacht in einer Zelle. Und wenn du es nicht auf freundlich-väterliche Tour kannst, lass ihn alleine schmoren und kümmere dich um etwas Sinnvolleres.«

»Da wüsste ich so einiges.«

»Ich auch.« Den Wachmann an der Zufahrt grüßte Jaume durchs heruntergelassene Fenster mit gezücktem Dienstausweis, wurde durchgewinkt ohne anhalten zu müssen. »Sollte Pepe reden, gib ihm Spielraum, brems ihn nicht.«

»Ich soll ihn einfach labern lassen?«

»Ja. Das erhöht die Wahrscheinlichkeit, dass er aus Versehen die Wahrheit ausplaudert.« Wie ein schneebedeckter Berg ragte das Schiff über der Mole in den Himmel, wuchs mit jedem Meter, den er sich näherte. »Vielleicht lässt er sich ein bisschen steuern.« Er nahm das Telefon aus der Halterung und stieß die Autotür auf. Sie durften keine Möglichkeit ausschließen, nur weil er die Vorstellung hasste. »Wir müssen wissen, ob Pepe Beziehungen zu organisierten Tourismuskritikern hat.« Er legte den Kopf in den Nacken, zählte fünf Decks mit Kabinen, darüber mindestens zwei weitere. Rettungsboote baumelten neben Balkonen. An der Gangway standen oben und unten Blumenkübel. Weiße Keramik mit Golddekor, darüber sattgrüne Blätter, klein und rund, höchstwahrscheinlich ungiftig. Ein bitterer Geschmack legte sich auf Jaumes Zunge. »Und wenn nicht direkt zu denen, dann zu *Mateix* – oder zu einer anderen Widerstandsgruppe«, fügte er hinzu und schluckte. Sein Instinkt hielt es für Unsinn, aber der zählte nicht. Wenn er die Morde als Einheit betrachtete, gab es kein Argument auszuschließen, dass Pepe mit beiden Fällen zu tun hatte. »Ich muss Schluss machen.«

Er drückte Calderon weg, ging am Rande der Kaimauer entlang zu den Pollern, um die armdicke Taue lagen – mehrfach geschlungen, Sinnbild von Sicherheit und zuverlässigem Halt –, und wählte die Nummer der KTU.

Carolina nahm den Hörer vor dem ersten Freizeichen ab. »Wenn du schon wieder einen Toten hast, leg ich auf.«

»Kein Toter. Was ist mit dem Sonderauftrag vom Montag?«

»Du meinst das Grünzeug? Erledigt, wie gewünscht. Liegt mir seit etwa einer Viertelstunde vor. Du wirst mich jetzt hoffentlich nicht jeden einzelnen Busch in dieser Stadt überprüfen lassen, oder? Die Dinger wachsen an jeder Straßenecke. Ich schick dir die komplette Analyse rüber, sobald ich wieder am Rechner bin.«

»Mir reicht vorerst das Ergebnis, mündlich.«

»Sofort und ohne Details, nehme ich an? Ja, es passt. Die zweite Oleanderprobe weist die gleiche Glykosidkonzentration auf wie die erste. Diese Blätter kommen also als Giftquelle für den Tod von Asunción da Silva infrage.«

Seine nachts im *Horta ocupada* gepflückten Blätter.

»Deiner Begeisterung nach ist das keine gute Nachricht.«

»Nein.« Er schaute am Schiffsrumpf empor bis zur Brücke mit den getönten Scheiben, in denen sich Wolken spiegelten, grau und regenschwer. »Nicht besonders gut.«

»Ich kann mir die Analyse noch mal vornehmen und tiefer gehen, was Abweichungen oder Übereinstimmungen betrifft. Es ist nur eine Möglichkeit, kein Beweis.«

Für den hätten sie die DNA-Analyse der Pflanzen gebraucht. Aber dazu war es zu früh. Wenn er die beantragte, musste er vorher sicher sein, auf wessen Spur ihn das führte. War das ein Zeichen für Befangenheit oder nur kostenbewusster Umgang mit finanziellen Mitteln?

»Nein, lass es. Vorerst.«

»Wie du willst. Dann lege ich es ab. Gib mir nur ein Stichwort, damit ich das richtig einsortiere. Einen Namen, einen Ort … Ich soll die Ergebnisse doch in die Akte da Silva aufnehmen?«

Ihr kurzes Zögern versetzte ihn in Unruhe. Zweifelte auch sie bereits an seiner Integrität? »Natürlich. Pack es als Anhang zur ersten Auswertung. Deklaration: Vergleichsanalyse außerhalb, Probeneinlieferung Soler.« Sein Name, seine Verantwortung zu reden oder zu schweigen. »Das war es für den Moment. Danke.«

Über Asunción da Silva würde er später in Ruhe weiter nachdenken. Über ihre heißblütigen jungen Freunde, ihre Nachbarin und das letzte Angebot des Immobilienkonzerns. Und darüber, weshalb das Haifischmaul an ihrer Mauer aufgesprüht worden war, das normalerweise die Hotelkomplexe ihrer Gegenspieler verunzierte.

Entschlossen schritt er auf die Gangway zu, an der er bereits erwartet wurde.

Im Schnellverfahren ließ er sich die Abläufe beim Betreten und Verlassen des Schiffes erklären. Solange eine Landverbindung per Brücke hergestellt war, blieb der Kontrollposten am Passagierzugang rund um die Uhr besetzt. Jeder Gast wurde über ein elektronisches Lesegerät erfasst, und auch Jaume erhielt einen Kurzzeit-Besucherausweis. Für die Crew sowie Lieferanten und Entsorgungsunternehmen galten die gleichen strengen Sicherheitsvorkehrungen. Separate Rampen zu den Laderäumen der unteren Decks wurden nur zu festgelegten Ladezeiten kurzfristig ausgeklappt. Niemand sollte unbemerkt an Bord gelangen oder das Schiff verlassen können. Ein Ermittlungsvorteil, der die Anzahl notwendiger Befragungen drastisch reduzieren konnte. Seinem Wunsch nach einer zeitgenauen Auflistung sämtlicher Personenbewegungen des vergangenen Tages und der Nacht wurde umgehend entsprochen. Wobei der Chefrezeptionist mit unverkennbar britischem Akzent auf Datenschutz und Diskretion sowie auf die Berufsbezeichnung *Concierge* pochte. Jaume zeigte sich entgegenkommend, aber grundsätzlich unbeeindruckt. Dieser Butlertyp hinter seinem sieben Meter breiten Mahagonitresen konnte sich nennen, wie er wollte, solange er ihm alle Unterlagen beschaffte. Es dauerte keine drei Minuten, bis der Concierge ihm die Liste aushändigte. In Papierform, um eine kurzfristige Manipulation auszuschließen. Jaume überflog die Daten, mehr demonstrativ als effektiv und ohne genaue Vorstellung, welche Abweichung ihm hätte auffallen können. Die Innentasche seines Sakkos erwies sich als zu klein, um die Liste gefaltet darin unterzubringen. Jaume drehte sie zu einer schmalen Rolle. Ein kostbares Gut, und es brannte in seiner Hand. Dreizehn Stunden bis zum Auslaufen, das er nicht ohne Weiteres verzögern konnte. Letztlich musste er es als Glücksfall betrachten, dass ihm überhaupt noch so viel Zeit zur Verfügung stand und die *Blue Lady* erst nach einem zweiten Tag im Hafen zur Nachtfahrt in See stach.

Einhändig fummelte er sein Telefon heraus. Er wollte Carolinas Praktikanten hier haben, auf der Stelle, wenn es sein musste, per Streife mit Blaulicht abgeliefert. Der blasierte Concierge ertrug es mit Fassung, dass er einen Raum einforderte, den sie vorübergehend für dienstliche Zwecke in Beschlag nehmen konnten. Exterritoriales spanisches Hoheitsgebiet sozusagen. Der junge Kollege war umgehend zu ihm zu bringen, um die Liste abzuholen und dann in diesen Raum zu geleiten. Jaume fühlte einen Anflug von Stolz. Wenn er damit durchkam, konnte das einiges beschleunigen und brachte eine deutliche Entlastung. Rechtlich bewegte er sich auf unbekanntem Terrain. Ihm war nicht mal klar, unter welcher Flagge die *Blue Lady* übers Meer kreuzte. Und wenn er ehrlich war, fehlte es ihm nicht nur an Muße, sondern auch am Willen, sich jetzt mit geltendem Seerecht im Hafen zu befassen. Falls der Kapitän intervenierte, war es immer noch früh genug, bei Selvanegra Alarm zu schlagen. Zuerst musste er den Kondolenzbesuch hinter sich bringen, der ihm auf den Magen drückte. Sorokins Leichnam befand sich inzwischen in der Rechtsmedizin und womöglich bereits in Arbeit. In seinem Geist verwandelte sich das Surren des Aufzugs ins Geräusch der Knochensäge, die er für sein Empfinden schon viel zu oft gehört hatte, und er öffnete den oberen Hemdknopf, als er das richtige Deck erreichte.

Ein Großteil der Gäste war auch heute an Land gegangen, dennoch begegneten ihm zahlreiche Angestellte in Livree, die geräuschlos durch die Gänge des Luxusliners huschten. Eine künstliche Welt, ein wenig steif, die bei ihm Assoziationen zum Wiener Opernball hervorrief, über den er irgendwann einen Fernsehbericht gesehen hatte. Kristalllüster, verspielte Formen mit einem Hauch Nostalgie, angelehnt an eine Epoche, deren Name Jaume so fremd war wie die Straßen Moskaus. Im Tapetenmuster glaubte er den Schnittverlauf des Pathologenskalpells zu sehen, quer über den Brustkorb und längs nach unten.

Er blinzelte den Leichnam beiseite, klopfte und trat ein.

Die Einrichtung der Kabine war weit weniger luxuriös und die Witwe noch jünger, als er erwartet hatte. Doppelbett, Kinderbett und eine Sitzgruppe drängten sich auf engstem Raum. Zwei Koffer versperrten die Tür zum Bad, überall lag Spielzeug herum. Es gab keinen Balkon, und durch das kleine Fenster waren weder die Stadt noch das Meer zu sehen. Nur eine umlaufende Galerie zur Schiffsmitte.

Alina Sorokina war höchstens fünfundzwanzig. Verheult und ungeschminkt saß sie im Sessel, auf ihren Knien ein kleiner Junge, der sich strampelnd gegen zu viel Zuneigung wehrte. Wie sollte er verstehen, dass seine Mutter sich an ihn klammerte, um Halt zu suchen? Wie ihr gequältes Lächeln deuten, in dem keinerlei Hoffnung lag? Ihre Verzweiflung machte ihm Angst. Argwöhnisch schaute er Jaume an, der einen großen Schritt über eine Kolonne Matchbox-Autos machte.

»Mein herzliches Beileid.«

»Danke, dass Sie hergekommen sind«, sagte sie langsam in einem kehligen Englisch und hob die Schultern. »Ich spreche kein Spanisch.«

Unaufgefordert nahm Jaume Platz, teilte sich den zweiten Sessel mit einem Stoffkrokodil, das er auf die Lehne legte. »Das ist in Ordnung, Señora Sorokina. Wir können auch einen Dolmetscher besorgen, wenn Ihnen das lieber ist.«

Sie schüttelte den Kopf.

Der Concierge hatte angeboten, sich darum zu kümmern, wie auch um alles andere. Flüge buchen, vielleicht ein Hotel und Kontakt mit der Botschaft herstellen. Sobald sie entschieden hatte, ob sie in Barcelona bei ihrem Mann bleiben, sofort nach Hause fliegen oder die Reise bis zum Hafen Palma fortsetzen wollte, um an Bord ein wenig zur Ruhe zu kommen, würde er alles Nötige in die Wege leiten.

»Ich werde Sie nicht lange belästigen. Wir brauchen Ihre Mithilfe, bitte. Es sind nur ein paar Fragen.« Zum Beispiel die nach der Tatwaffe. Nach erstem Augenschein eine Art Jagdmesser. Hatte es dem Toten selbst gehört?

»Nur ein paar?« Alina Sorokina lachte, unterlegt mit einem Schluchzen und tippte sich den Zeigefinger auf die Brust. Lackierter künstlicher Nagel mit Strasssteinchen, registrierte Jaume, drei Ringe an der Hand und im Ausschnitt die gleiche Goldkette, wie ihr Mann sie getragen hatte.

»Ich habe auch Fragen, Kommissar. Viele Fragen!« Sie zerrte den Jungen in ihre Arme, der empört um sich boxte. »Wer hat das getan? Und warum? Warum mein Rostja? Wie soll ich das Alexej erklären, wenn er nach seinem Papa fragt? Was werden Sie tun?« Ihre Stimme kippte und Alexej gelang die Flucht. Er riss das Krokodil an sich und kroch damit unter die Decke im großen Bett. In der Mitte rollte er sich zusammen. Ein klitzekleiner Hügel, der unter den Schluchzern seiner Mutter zuckte wie unter Schlägen.

Alina Sorokina beugte sich im Sessel nach vorn und starrte Jaume aus roten Augen an. »Was werden Sie tun?«

*

Am frühen Nachmittag hatte sich Selvanegras Einfluss erstmals positiv bemerkbar gemacht. Nach einer kurzfristig einberufenen Lagebesprechung schickte Jaume die Verstärkung zum Hafen. Die Befragungen von Passagieren und Personal auf der *Blue Lady* mussten taggleich und so effektiv wie möglich durchgeführt werden. Eine Vorauswahl auf Basis von Alina Sorokinas Angaben zu Bekanntschaften und Konflikten sowie der vom Praktikanten bearbeiteten Ausgangsliste war bereits getroffen. Diese Aufgabe ließ sich bequem delegieren. Domenech und Calderon brauchte Jaume für anderes. Vor allem Domenech.

»*Mateix*«, sagte er und befestigte ein unblutiges Exemplar des Flugblattes, mit dem Rostislaw Sorokin markiert worden war, an der Wand. »Such alles zusammen, was wir über die Leute wissen. Offizielles, Inoffizielles. Jede nachgewiesene Aktion, Videos im Netz, Forderungen, Mitglieder, Straftaten, erkennungsdienstliche Behandlung.«

»Fingerabdrücke und andere Spuren leite ich zum Abgleich direkt an Carolina weiter. Kopie geht an dich – Namen und Adressen auch?«

Jaume nickte langsam. Alexej und sein Krokodil verfolgten ihn. Das hilflose Beben eines Dreijährigen unter der Bettdecke, der instinktiv begriff, dass die Welt um ihn sich auflöste, hatte seine Prioritäten verschoben.

Mittwoch, 11. Oktober, 16:30 Uhr
– Montse Soler Martí –

Nieselregen färbte die Fassade von *La Pausa* in trostlosem Grau, das sich im Innern fortsetzte. Noch war es Ignacia zu hell, um mehr als das Licht hinter der Theke einzuschalten. Der schwache Schimmer reichte nicht weit. Aus der kaputten Regenrinne plätscherte ein schmales Rinnsal auf den Gehweg, und der Stoff der zugeschnürten Sonnenschirme saugte sich langsam voll. An der Straßenecke ging Montse in die Hocke. Nicht gerade die schönste Perspektive auf Croquetas neues Zuhause. Aber dem Hund war das vermutlich egal.

»Gib alles, hörst du? Verzaubere sie einfach mit deinem Charme«, flüsterte sie in sein Ohr und kraulte ihm die Nackenfalte. »Komm!« Gemeinsam spurteten sie über das Pflaster und schüttelten sich fast synchron auf der Schwelle die Tropfen ab. Im Fernseher über der Tür flimmerte ein Liebesfilm, und im Nebenraum stieß ein Queue gegen eine Kugel, jemand lachte, dann klirrten Flaschen aneinander.

Auf dem Bildschirm beteuerte ein Mann seine Unschuld, eine Frau flog in seine Arme, und Ignacia seufzte.

»Hola, Mama. Hast du einen *solo* für mich?«

»Der Hund bleibt draußen.«

»Draußen regnet es.«

»Na und?« Ignacia schaltete die Kaffeemaschine ein. »Was an der Tür steht, gilt auch für dich. Setz dich dort vorn hin und mach keine Pfützen.«

An der Scheibe klebte ein schief geschnittenes Stück Pappkarton, von Hand beschriftet. ›Keine Hunde, keine Raucher‹. Drei Ausrufezeichen, unterstrichen mit rotem Filzstift.

Kritisch inspizierte Ignacia den Boden rund um den Tisch am Eingang, als sie das kleine Glas mit dem starken Kaffee abstellte. Unter dem Stuhl schnaubte Croqueta und wedelte euphorisch. »Der ist hässlich und fett. Und er ist nicht draußen.« Sie deutete in den Regen. »Da gehört er hin. Und der Kerl da soll auch draußen bleiben.«

Auf der gegenüberliegenden Straßenseite stand Carlos, eng an die Hauswand gepresst unter einem schmalen Vordach. Auf Hüfthöhe hob er die Hand und grüßte.

»Ich liebe ihn, Mama.«

Ignacia griff sich ans Herz. »Himmel, Montse! Du machst dich lächerlich. Er ist ein Taugenichts und viel zu jung!«

»Ich dachte, er ist zu fett und zu hässlich?« Montse nippte an ihrem heißen *solo*, schlang die Leine ums Stuhlbein und schlug den Kragen hoch. »Bin gleich zurück.«

»Montse! Nimm das Tier mit!«

Der keifende Tonfall löste den unmittelbaren Wunsch nach einer Zigarette und nach wildem öffentlichem Knutschen aus. Egal mit wem. Auf dass Ignacia einen echten Grund bekam, sich aufzuregen und ihr Blutdruck durch die Decke schoss. Dabei wäre es leicht gewesen, sie zu beruhigen. Eine schlimme Tochter war sie, und Carlos süß wie Zuckerwatte. Sehr verlockend, doch sie wollte etwas Gehaltvolleres zum Naschen.

»Was willst du?«

»Sehen, wie es dir geht. Kommst du zum Treffen? Kannst den Hund gern mitbringen.« Strähnig klebten die nassen Haare in seinem Gesicht, und auf seinen Lippen lag ein Lächeln. »Mag deine Mutter eigentlich irgendjemanden?«

Ignacia unterlegte ihre Verwünschungen mit Gesten, dann verschwand sie, um die Billardspieler mit neuem Bier zu versorgen. Croqueta folgte, den Stuhl im Schlepptau, der quietschend über die Fliesen holperte.

»Mich mag sie jedenfalls gerade nicht.« Montse verzog das Gesicht, als der Stuhl krachend kippte. Der Hund fiepte erschrocken. »Was sollte ich vor dem Treffen noch wissen?«

»Rosina war bei Asunción zu Hause und hat sich umgehört. In der Nachbarschaft heißt es, dass die Polizei ihren Tod verschleiern will. So ein unfreundlicher alter Bulle hat behauptet, sie wäre nicht mehr ganz richtig im Kopf gewesen und hätte sich aus Versehen selbst umgebracht. Mit Gift. Was natürlich Quatsch ist. Die pure Verleumdung. Und sie stellen merkwürdige Fragen. Nach uns. Also, nicht namentlich nach uns, aber nach den Aktivisten, mit denen Asunción Kontakt hatte, besonders nach den jüngeren.« Er knetete an seinen Fingern. »Das stinkt doch, oder nicht? Rosina meint, jemand will uns – der Bewegung – was anhängen. Egal wie.«

»Und was denkst du?«

Achselzuckend wischte er sich einen Tropfen von der Nase.

»Carlos, halt mich nicht für blöd. Du kommst zum zweiten Mal kurz nacheinander und informierst mich vor einem Treffen. Wenn Rosina das spitzkriegt, bist du bei ihr so was von unten durch.«

»Bin ich sowieso, fürchte ich.« Von seinem Lächeln war nichts übrig. »Sie ist nicht fair und wird dir das alles vorwerfen. Als wäre es deine persönliche Schuld. Genau wie der Polizeieinsatz bei der Demo. Wenn du keine blauen Flecken vorweisen kannst, spricht das als klarer Beweis gegen dich. Sie zeigt ihre überall rum.«

»Und was spricht gegen dich?«

»Nichts.«

Seine Lüge war offensichtlich, doch sie ließ ihm seinen Stolz. Rosina hatte ausgeteilt, da fiel für jeden eine Ohrfeige ab. Irgendwie tat er ihr leid.

»Wenn ich Ignacias Zorn besänftigen kann, komme ich.«

Die Chancen standen gut. Auf dem gewürfelten Fliesenboden in *La Pausa* saß Croqueta platt auf dem Hintern. Ignacia gab ihm einen Wink und er lief neben ihr her zur Theke. Sein dickes Hinterteil schaukelte auf krummen Beinen, und Montse biss sich auf die Lippen. Der watschelte genau wie ihre Mutter. Ein perfektes Team.

»Ich werde vorbereitet sein. Und noch mal danke der Nachfrage, mir geht es gut.« Sie drückte Carlos einen raschen Kuss auf die feuchte Wange, der keinerlei Kribbeln verursachte, und dachte dabei an Rodrigo. Eigentlich ging es ihr besser als nur gut.

Mittwoch, 11. Oktober, 18:45 Uhr
– Jaume Soler Martí –

Mit gemessenen Schritten ging Doña Martina den Flur auf und ab und telefonierte über ihr Headset. Während sie die Hotline betreute, hatte sie nebenbei das Büro bewacht, in dem Pepe Moreno Muñoz seit Stunden vor sich hin schmorte. Jaume bedankte sich im Vorbeigehen, und sie tippte auf ihre Armbanduhr. Ihr Feierabend nahte, dann musste ein anderer den Job übernehmen, aber so weit wollte Jaume es nicht kommen lassen. Ihm ging die Geduld aus, in vielerlei Hinsicht, und der Berg an Aufgaben wuchs schneller, als sie ihn abtragen konnten. Nicht mal Sorokins Obduktionsbericht würde er morgen in Ruhe lesen können, was er eigentlich immer machte. Komplett, bis ins letzte Detail, weil sich darin harmlos erscheinende Kleinigkeiten verstecken konnten, die sich erst beim zweiten Blick als aufschlussreich entpuppten. Aber das setzte nun mal einen ersten Blick voraus. Eine mündliche Zusammenfassung erzielte nicht den gleichen Effekt. Geschriebene Worte prägten sich ihm bei Weitem besser ein.

Trotz aller Arbeit hatte er Calderon und Domenech eingeschärft, spätestens in einer Stunde Schluss zu machen, auch wenn es für keinen von ihnen einfach sein würde abzuschalten. Am Morgen brauchte er frische Köpfe, ausgeschlafene und aufnahmebereite Gehirne. Am Morgen, wenn der vorbereitete Zugriff auf die vorderen Reihen von *Mateix* erfolgen sollte und auf all jene aus dem Umfeld der Tourismusgegner, die in der Vergangenheit bereits auffällig in Aktion getreten waren. Wie Montse bei der Hafendemo. Selvanegra machte das glücklich, und Jaume tröstete sich damit, dass zumindest niemand nachts von Bewaffneten aus dem Bett gezerrt wurde. Routineeinsatz am helllichten Tag, den die meisten Beteiligten trotzdem als Schikane gegen Linke betrachten würden: Vernehmungen, Alibiüberprüfungen, erkennungsdienstliche Behandlung. Was auch immer sich daraus ergeben mochte. Pepe Moreno Muñoz schien keiner von ihnen zu sein, doch der Anschein konnte täuschen.

Jaume ließ die Tür offen stehen, zog einen Stuhl direkt neben den Jungen und setzte sich. Von Pepes Fingernägeln konnte kaum noch etwas übrig sein, wenn er den ganzen Tag so daran gekaut hatte wie bei seiner ersten Befragung. Auch jetzt biss er an der Nagelhaut herum.

»Du kannst gehen. Hat meine Kollegin dir das noch nicht gesagt?«

Doña Martina hob die Augenbrauen und nahm den nächsten Anruf entgegen.

»Deine Mutter vermutlich«, behauptete Jaume. »Bestimmt hat sie schon hundert Mal angerufen. Na ja, jetzt kannst du ihr gleich alles selbst erklären. Ich meine es ernst, du darfst nach Hause. Wir können dich nicht ewig hierbehalten.«

In Zeitlupentempo hob Pepe den Hintern vom Sitz.

»Andererseits«, Jaume packte eine der schmalen Schultern und drückte ihn wieder zurück, »bist du mein einziger Mordverdächtiger. Wenn ich dich jetzt laufen lasse, habe ich niemanden mehr.« Er drehte den Kopf zur Tür. »Martina!«

»Was gibt es, Comissari?«

»War das eben wieder seine Mutter?«

»Nein.« Sie registrierte sein Zwinkern und schaltete sofort. »Soll ich ihr beim nächsten Mal etwas ausrichten?«

»Ja, dass alles nach einer Mordanklage aussieht, in mindestens einem Fall. Er war im Besitz der Tatwaffe und er hat kein

Alibi.« Jaume hob die Achseln. »Wenn sie will, lass sie kurz mit ihm sprechen. Mehr kann ich nicht für sie tun.«

»Nein!« Pepe versuchte aufzuspringen, kam aber unter Jaumes Griff nicht hoch.

»Du willst also nicht mit deiner Mutter reden? Hm ... klar, deine Entscheidung. Aber sie könnte dir einen Anwalt besorgen. Und ich fürchte, du wirst einen brauchen. Oder wolltest du sagen: Nein, ich bin kein Mörder?«

Pepes Unterlippe bebte. »Bitte, Señora, sagen Sie ihr nichts.« Er wischte sich übers Gesicht, zitternd wie das hohe Gras auf der Düne am Strand vor *Poblenou* im auffrischenden Wind. »Wenn ich eine Aussage mache, können Sie mir dann helfen, Comissari?«

»Wir werden sehen.« Jaume gab Martina ein Zeichen, die sich mit einem Schmunzeln auf den Lippen verzog. Ja, der fürchtete seine Mutter mehr als eine Mordanklage. In Jaume regte sich vages Verständnis. »Überzeug mich, dann lege ich ein gutes Wort für dich ein.« Er schaltete das Tonband an, verschränkte die Hände im Schoß und lauschte mit halb geschlossenen Augen.

Ein paar Gerüchte, ein Blasrohrpfeil, ein Halbwüchsiger, der eins und eins zusammenzählte und von einem kleinen Geschäft träumte. Und eine Fünfjährige am Tatort, die bei Pepes Mutter ein und aus ging. Ein Kind, das ihrer Aufsicht und Fürsorge anvertraut war. Pepe hatte das Vertrauen beider aus egoistischen Gründen missbraucht und wissentlich die Arbeit der Polizei behindert. Es konnte schwieriger werden als erwartet, ihm vor seiner Mutter beizustehen, zumal er es in keinster Weise verdiente. Nur Jaumes Erinnerung an eigene Jugendsünden und die folgenden Konfrontationen mit Ignacia sorgten dafür, dass er bereit war, ihm eine kleine Hilfestellung zu gewähren.

»Mittwoch, 11. Oktober, 19 Uhr und drei Minuten, Comissari Jaume Soler Martí, Befragung des Zeugen Pepe Moreno Muñoz beendet.« Er drückte die Stopptaste. »Du wirst morgen Nachmittag herkommen und das Protokoll unterschreiben. Ohne gesonderte Aufforderung. Und jetzt steh auf, ich bringe dich nach Hause.«

Pepe leistete keine Gegenwehr. Langsam schien er zu begreifen, dass seine Mutter das kleinste seiner Probleme darstellte. Ihm drohten eine Anzeige wegen des unterschlagenen Beweismittels und der Verlust seiner Arbeit als Fahrradkurier. Kein Arbeitgeber nahm es klaglos hin, wenn Angestellte im Dienst von der Polizei einkassiert wurden. Während der Fahrt schwieg er fast durchgehend und wechselte die Gesichtsfarbe von weiß nach grün.

Jaume nahm darauf keine Rücksicht. Sein Fahrstil entsprach seiner augenblicklichen Laune und würde sich erst nach Dienstschluss entspannen. Vorausgesetzt, die Nachbarin, der er spontan auf den Anrufbeantworter gesprochen hatte, sagte kurzfristig zu, die Kinder zu hüten.

Er nutzte seinen Sonderstatus und den an der Scheibe klebenden Ausweis zum regelwidrigen Parken und folgte Pepe ins Haus. Siebter Stock, da war ein Verzicht auf sein Treppentraining drin. Mit dem Fahrrad, das geradeso ins Auto gepasst hatte, quetschten sie sich in die enge Aufzugskabine.

Pepe nestelt den Wohnungsschlüssel aus der Tasche und schloss auf. »Mama?«

Señora Muñoz nahm sie noch auf der Schwelle in Empfang. Ihren wachen Augen blieb nichts verborgen, und Jaume spürte erneut einen irrationalen Anflug von Solidarität.

»Ihr Sohn hat eine Aussage gemacht«, erklärte er lapidar und unterbrach Pepes gestammelten Erklärungsversuch. »In dem Zusammenhang benötige ich die Adresse des Mädchens, auf das Sie aufpassen, um die Angaben zu bestätigen.«

»Eine Aussage?« Sie legte eine Hand auf ihr Dekolleté, ihr

Busen in der bunt bedruckten Bluse wogte unter einem tiefen Atemzug. »Zu dem Mord im Park?«

»Lediglich als Zeuge, was die Informationen von dritter Seite betrifft.« Eine wohldosierte Antwort. Wahrheitsgemäß, aber unvollständig. Aus polizeilicher Sicht bestand keine Notwendigkeit, Pepe vor ihr bloßzustellen, indem er den Blasrohrpfeil und dessen Weg zur Presse erwähnte. Dieser Bumerang würde ihn auf anderem Weg einholen, und wenn Pepe ausnahmsweise seinen Grips richtig gebrauchte, nahm er sein Geständnis ihr gegenüber vorher selbst in die Hand.

Knappe zehn Minuten später saß Jaume der nächsten Mutter gegenüber. Jung und voller Selbstvorwürfe angesichts der Eile, mit der sie durch den Park gerannt war, telefonierend und ohne auf ihre Umgebung zu achten. Weil es so viel zu organisieren gab, seit der Vater der Kleinen sich aus dem Staub gemacht hatte.

»Ich habe nichts gesehen. Gar nichts. Sonst wäre ich doch zur Polizei gegangen! Und sie hat mir kein Wort gesagt.«

Ihr Unterbewusstsein hatte trotz aller Gerüchte und Zeitungsartikel gründlich ausgeblendet, dass sie am Morgen der Tat im *Park Güell* in unmittelbarer Nähe des Toten vorbeigekommen sein mussten. Manche Menschen verfügten über bewundernswert effektive Verdrängungsmechanismen.

Jaume gab ihr die Gelegenheit, den Schreck zu verdauen und den Stich, den es verursachte, dass ihre Tochter sich Pepe anvertraut hatte statt ihr. Er fühlte es nach, leichter als er wollte, folgte ihrem Blick zu dem Mädchen, das auf dem Boden saß und spielte. Vor ihr ausgebreitet lag ein Sammelsurium an kleinen Gegenständen und an ihrer Seite saß ein Hund aus Plüsch. Fast ein Wunder, dass er nicht echt war. Überhaupt gab es ihm im Umfeld dieser Mordfälle zu viele Hunde und Kinder. Kleine Kinder, die ihn an seine eigenen erinnerten, und große, die ihm einen Ausblick darauf gewährten, was ihm in der Pubertät blühte, wenn er die Verbindung abreißen ließ. Am Wochenende würde er sich freimachen und mit Rafael und Gabriela etwas unternehmen. Wann waren sie zuletzt gemeinsam am Strand gewesen und hatten Sandburgen gebaut? Das liebten sie beide, und zwar bei jedem Wetter, auch mit Schal und Gummistiefeln. Liebten sie es noch? Es war ein Privileg, die eigenen Kinder aufwachsen zu sehen, anders als Antonio Cruz und Rostislaw Sorokin. Aus dem Leben gerissene, verblassende Erinnerungen. Für Alexej wohl nicht mal das. Ihm blieb langfristig nur das dumpfe Gefühl von Verlust. Und die Geschichten seiner Mutter über Rostja, der klug und mutig und stark gewesen war und sich ohne Waffe verteidigen konnte – mit reiner Muskelkraft. Ihr Mann, von dem Alina Sorokina sich in Begleitung einer psychologisch geschulten Kollegin verabschiedet hatte. Dann war sie zusammengebrochen. In Absprache mit Kapitän und Schiffsärztin war man übereingekommen, dass sie an Bord besser aufgehoben war als ohne Sprachkenntnisse in einer fremden Stadt. Ihre medizinische Versorgung war auf der *Blue Lady* vollumfänglich gewährleistet, wie auch die Betreuung ihres Sohnes. Bei den Formalitäten zur Überführung des freigegebenen Leichnams würde ihr der Concierge behilflich sein, für den Rostislaw Sorokin zwar das erste Mordopfer, aber nicht der erste tote Passagier auf Landgang war.

Jaume löste den Blick von dem Stofftier auf dem Boden.

Hunde und Kinder, Väter und Mütter.

»Es ist sehr wichtig, dass ich mich kurz mit Ihrer Tochter unterhalte. Sie können selbstverständlich dabei sein. Nur wäre es gut, wenn Sie nicht eingreifen. Noch besser, wenn Ihre Tochter Sie nicht als Beteiligte wahrnimmt und sich ganz auf mich konzentriert. Verstehen Sie?«

Unverfälschte Antworten zu erhalten zählte zu den schwierigsten Vorhaben im Umgang mit minderjährigen Zeugen.

Erst recht, wenn Eltern sich einmischten, sei es, um ihr Kind zu schützen oder der Polizei zu helfen. Auf ihr Nicken hin erhob er sich und ging neben dem Mädchen in die Hocke.

»Hola, Niña.«

Durch das dicke Glas einer Taucherbrille sah sie ihn an. »Ich bin eine Forscherin«, sagte sie. »Und wer bist du?«

Mittwoch, 11. Oktober, 19:40 Uhr
– Niña –

»Ich heiße Jaume«, sagte der Mann und lächelte. »Was erforschst du denn?«

»Alles.« Skeptisch zog sie die Nase kraus. Sie wusste, dass er mit ihrer Mama über sie geredet hatte. Und jetzt guckte Mama ganz komisch. »Am liebsten das, was versteckt ist, unter der Erde oder im Meer.«

»Darum die Taucherbrille, klar. Kannst du gut tauchen?«

Nicht gut genug. Richtig tauchen konnte man nur mit einer Sauerstoffflasche. Aber dafür war sie noch zu klein.

»Mein Sohn Rafael ist genauso alt wie du. Ich habe versprochen, ihm das Schnorcheln beizubringen. Aber mir fehlt die Zeit.« Er seufzte. Seine Haare wellten sich wie Wasser, und am Kinn hatte er eine kleine Narbe. »Weißt du, ich bin bei der Polizei, das ist ganz ähnlich, wie ein Forscher zu sein. Du wärst bestimmt eine gute Polizistin. Wir suchen nämlich auch nach versteckten Dingen oder nach verlorenen, und manchmal ist es wie beim Memory spielen. Das kennst du, oder? Da werden Karten mit Bildern umgedreht und du musst dir merken, wo zwei gleiche liegen. Bei deinen Schätzen ist keiner wie der andere. Die sind einzigartig.«

Vorsichtig nahm er eine Muschel hoch, dann einen Stein, eine rostige Schraube und einen geknickten Kronkorken. Zum Schluss deutete er auf ihr Lieblingsstück, das unter ihrem linken Bein klemmte.

»Darf ich das auch sehen, bitte?«

Widerwillig gab sie die Schneekugel heraus.

Jaume ließ die Flocken in einem Wirbel aufstieben und lachte. »Sieh nur, wie das glitzert und wimmelt. Toll! Schade, dass so was nicht einfach im Meer schwimmt, auf der Straße herumliegt – oder im Park. So was Hübsches bekommt man nur geschenkt, oder …«

Sie ballte die Hände zu Fäusten. Wollte der Polizist ihr die Kugel wegnehmen? Dachte er, sie hätte sie gestohlen?

»Oder man tauscht es ein.« Er stellte die Schneekugel nach einem letzten Schütteln vor ihr hin. »Keine Angst, das ist deine Kugel. Aber an Pepes Stelle hätte ich sie nicht hergegeben. Obwohl du ja auch etwas Besonderes für ihn hattest: deinen Schatz aus dem Park.«

Unter der Taucherbrille wurde es mächtig heiß. Warum wusste er, dass sie die Kugel von Pepe hatte? Und von ihrem Schatz aus dem Park? Das war ihr Geheimnis!

»Kannst du mir mehr von dem Ding erzählen, das du mit Pepe getauscht hast? Ich bin nur neugierig, wie und wo du es entdeckt hast. Und ich verspreche, dass keiner deswegen mit dir schimpfen wird.«

Wenn sie keinen Ärger bekam, bekam dann Pepe welchen? Sie blinzelte und nagte an ihrer Lippe. Das war so blöd. Pepe war doch nett zu ihr. Meistens jedenfalls. Und er hatte sich Sorgen gemacht, weil sie sich in den Finger gepiekt hatte, und weil es gefährlich war und … er hatte ihr geglaubt. Vielleicht glaubte der Polizist Jaume ihr ja auch.

»Da war ein Drache«, sagte sie entschlossen. »Hinter der Bank, wo die Spritze gelegen hat.« Sie reckte das Kinn vor. ›Glasding‹ sagten nur Babys, die es nicht besser wussten, aber sie war eine Forscherin und später würde sie wirklich tief ins Meer tauchen oder Polizistin werden. Oder beides.

Mittwoch, 11. Oktober, 20:30 Uhr
– Montse Soler Martí –

»Was geht uns dieser Typ vom Strand an? Ist doch völlig egal, wer das gemacht hat. Die *Mossos* sollten sich besser um unsere Leute kümmern.« Rosina lehnte am Fensterkreuz im ersten Stock des Kulturzentrums. Einige Teilnehmer des Widerstandstreffens im *Horta ocupada* hatten sich hierher zurückgezogen, die meisten der älteren waren nach Hause gegangen. Nur Felipe und Pilar hockten mit betretenen Gesichtern auf dem einzigen Sofa unter einem bunten Gemälde, das die Kinder der Nachbarschaft zur Einweihung gestaltet hatten. In der Zimmerecke flackerten drei Windlichter und verbreiteten warmes Licht, das nicht zur Stimmung passte. Draußen prasselte ein Schauer herab.

»Scheint aber, dass sie glauben, es war jemand von uns. Also geht es uns sehr wohl was an.« Carlos saß im Lotussitz auf dem blanken Boden, so weit entfernt von Rosina wie es ging. Oder umgekehrt. Montse war nicht sicher, wer seinen Platz zuerst gewählt hatte.

»Ist mir immer noch egal, solange sie nichts beweisen können.«

»Als es um Asunción da Silva ging, hast du das anders gesehen.«

»Na und? Ich habe meine Meinung eben geändert, zumindest was den Strandtoten betrifft. Das ist mit Asunción nicht zu vergleichen. Außerdem ist es im Grunde super, wenn sie uns verdächtigen.«

»Bist du irre?« Sonia, Yogalehrerin und ehrenamtliche Leiterin des Zentrums, teilte sich eine Gymnastikmatte mit zwei anderen Frauen. »Was soll daran gut sein?«

»Es bringt Aufmerksamkeit. Sie werden deshalb über uns schreiben. Auch schlechte Presse ist gute Presse, sagt man doch. Der ganze Kleinkram, den wir machen, hat keinen Effekt.«

»Was redest du denn da, Rosina!« Felipe scharrte sprungbereit mit den Füßen. »Der Mann wurde umgebracht. Was ist nur los mit dir, dass dich das kaltlässt?«

Seine Frage war ihr lediglich ein wegwerfendes Schnauben wert.

»Ich find die Kleine gut.« Im Halbdunkel neben dem Türrahmen lachte der Mann, den Montse für sich immer noch den *Prophet* nannte. »Ich sehe es genauso, das gibt eine fette Schlagzeile und wir stehen groß auf der ersten Seite. Vielleicht hören sie dann mal genauer hin, was wir eigentlich wollen.«

Montse verstärkte ihren Griff um die Lehne des Stuhls, auf dem sie rittlings saß. Wer war denn dieses ›Wir‹ überhaupt? Wer war dieser Kerl, von dem sie nur wusste, dass er sich Nurio nannte, und was wollte er seit Neustem dauernd hier? Ihr fehlt jetzt schon Croquetas speckiger Nacken, dessen samtig kurzer Pelz unter den Fingern so beruhigend auf sie wirkte. Ignacia hatte weiter so getan, als sei der Hund eine Zumutung, doch Montse wusste es besser. Höchstens noch ein oder zwei Besuche, dann war ihre sture Mama weichgekocht und Croqueta musste nie wieder ins Tierheim zurück. Sie schloss die Augen, lauschte dem Streit, der sich minutenlang im Kreis drehte. Rede von links, Gegenrede von rechts, Geschwafel, Gezeter – am lautesten immer wieder Rosina. Als sie die Augen öffnete, waren Felipe und Pilar gegangen. Kein Wunder, in diesem Wortgemetzel spielte der Erhalt ihres geliebten Gartens längst keine Rolle mehr.

»Was haben wir denn bei unserer Demo am Hafen gewonnen? Anzeigen kassiert und Knüppel eingesteckt – manche von uns – zugegeben: nur manche. Ich habe haufenweise blaue Flecken! Und was kam sonst noch heraus? Eine müde Randnotiz über angebliche Randale und Fischblut. So schnell vergessen, wie sie die Graffitis von den Häusern waschen. Ein bisschen Farbe reicht einfach nicht.«

Carlos reagierte nicht auf ihre Spitze und schaute weg, als Rosina demonstrativ ihre inzwischen bräunlichen Hämatome herumzeigte. Montse war versucht ihm zuzuzwinkern, weil er recht behalten hatte. Aber letztlich war an Rosinas Auftritt nicht das Geringste komisch.

»Erinnert ihr euch, was ich euch zu Asunción gesagt hatte und zu dem Toten vom *Jardin de Poble Sec*?«, warf Nurio ein. »Wer hat je etwas darüber gelesen, hm? Bis heute kein Wort!« In seiner Miene lag Triumph. »Davon abgesehen hätte ich schon erwartet, dass die Fische mehr Wirbel machen.«

»Vielleicht musste es doch Menschenblut sein – und zwar vom *richtigen* Mensch –, damit die *Mossos* in Wallung kommen? Erst drei Verlierer des herrschenden Systems. Tja, leider ziemlich egal. Und nun ein Gewinner.«

»Ein toter Tourist am Strand, das können sie nicht vertuschen. Für den werden sie sich ins Zeug legen und sich die Finger wund schreiben.«

»Was nicht heißt, dass er es verdient hat.«

»Heißt aber auch nicht unbedingt das Gegenteil. Also auf seinen Tod bezogen.«

Das Gehabe, mit dem die beiden einander Stichworte gaben und sich hochschaukelten, ging Montse mächtig gegen den Strich. »Ihr freut euch über einen Mord! Niemand wird euch ernsthaft zuhören, wenn das bekannt wird.«

»Sieh an, jetzt hast du dich verraten«, zischte Rosina. »›Euch zuhören‹, sagt sie, nicht: uns. Was willst du noch hier, wenn das nicht mehr auch deine Sache ist? Lauf zu deinem Bruder und erzähl ihm alles. Wie sonst sollte bekannt werden, was wir hier intern diskutieren? Verpiss dich endlich!«

»Seit wann entscheidest du, wer hierbleiben darf?«, gab Montse gepresst zurück.

Auf der Gymnastikmatte wurde getuschelt, aber niemand gewährte ihr Unterstützung. Ein leichtes Zittern überfiel sie, als Sonia ihrem Blick auswich und sich Nurio zuwendete, der ungerührt bei seiner Linie blieb.

»Die *Mossos* pflastern uns den Weg auf die Titelseiten. Es wäre unhöflich, wenn wir die Einladung nicht annehmen.«

Nervös wie schon am Nachmittag knetete Carlos seine Finger. »Kapiert das doch endlich: Es ist ein Irrtum, dass das irgendjemandem nützt. *Mateix* wird an den Pranger gestellt und auseinandergenommen, weil unser Demo-Flyer bei der Leiche gefunden wurde.«

»Was?« Das Mattentuscheln wurde lauter.

»Woher weiß er das wohl?« Rosina flüsterte überlaut und starrte Montse feindselig an. »Und woher weiß sie das? Ach – halt, das wissen wir ja alle: *Bofia.*«

»Ich weiß gar nichts.« Bisher hatte Montse den Verdacht gegen die Aktivisten im Zusammenhang mit der Hafendemo und als rein hypothetisch angesehen. Kreuzfahrtgegner als Mörder eines Kreuzfahrers. Auch ohne Beleg klang das für sie angesichts der geäußerten Gedankenspiele zu Fisch- und Menschenblut beunruhigend genug. »Welcher Flyer?«

»Bo-fi-a!«, säuselte Rosina weiter. »Glaubt ihr nicht eine Silbe.«

Bofia – na klar, sie gehörte zu den Bullen, weil ihr Bruder einer war. Montse biss die Zähne zusammen.

»Lass sie in Ruhe. Sie hat nichts damit zu tun«, sagte Carlos und wechselte vom Boden aufs frei gewordene Sofa. »Irgendein Flyer mit unserem Namen und unserem Logo. Nach

Details müsste ich Nacho fragen. Der liegt immer noch mit Gipsbein zu Hause. Ich soll euch von ihm grüßen. Er meinte, unsere Internetseite hatte heute extrem viele Aufrufe. Gilt übrigens auch für einige Privatprofile von *Mateix*-Aktivisten. Den Ursprung konnte er bis zum Polizeiserver zurückverfolgen und …«

»Die Schweine bespitzeln uns auf allen Wegen, wie es scheint.«

Was auch immer Carlos noch hatte sagen wollen, ging im nächsten Tumult unter, und Montse kam es so vor, als sei er erleichtert. Nacho war ein ausgewiesener Nerd, dem sie zutraute, dass er deutlich weiter als bis zum Server gekommen war. So was sprach man nicht gern aus, wenn man einen Spitzel in den eigenen Reihen vermutete. Hatte Carlos deshalb so lange damit gewartet, das Thema anzuschneiden, in der Hoffnung, dass sie Rosinas Angriffen vorher ausweichen und gehen würde? Sicher hatte er erst nach seinem Besuch vor *La Pausa* mit Nacho gesprochen.

»Stimmen wir uns ab, wie wir am besten vorgehen. Nur ein paar Kleinigkeiten, damit keiner …« Sonia unterbrach sich und guckte betreten auf ein Bodenbrett unmittelbar vor Montses Stuhl. Sie kannten einander ewig. Demos, Yoga und manchmal am Sonntag die *Sardana* tanzen, die ihr als Kind verstaubt vorgekommen war, bis sie begriffen hatte, welche Bedeutung in dieser lange verbotenen katalanischen Tradition steckte: unbeugsamer Stolz und ein tiefes Gemeinschaftsgefühl.

»Nicht solange sie da ist.«

Es war nicht Sonia, die den Satz aussprach, aber Sonia ließ ihn stehen wie alle anderen. Wortlos ging Montse zur Tür, an Nurio vorbei, der überraschend auf eine Schlusspointe verzichtete. Der Kreis tanzte ohne sie weiter.

»Montse, warte. Warte!« Carlos rannte hinter ihr die Treppe

herunter und holte sie im Vorraum ein. Eine Glühbirne baumelte von der Decke, machte die Fehler ihrer dilettantischen Renovierung sichtbar. Auf der roten Holztür erkannte man jeden einzelnen Pinselstrich im Lack. »Hör nicht auf sie.«

»Lass gut sein. Ich geh ja nicht für immer.« Sein Sprint versöhnte sie ein bisschen, und grundsätzlich konnte sie das Misstrauen der anderen sogar nachempfinden. Wer, wenn nicht sie! Und einem misstraute sie ganz besonders. »Nur eine Frage noch, Carlos: die Fische und das Blut – wessen Idee war das?«

Zögernd spähte er nach oben, zur angelehnten Tür am Ende der Treppe. Nichts rührte sich.

»Nurios Idee«, sagte er leise. »Er hat es vorgeschlagen, und Rosina war sofort dafür.«

Mittwoch, 11. Oktober, 21:25 Uhr
– Jaume Soler Martí –

Es verschlug ihm die Sprache, sie lachen zu sehen. Wie sie die Haare über die Schulter wischte, die einen zarten Duft verströmten – blumig, ohne schwer zu sein oder zu süß –, und wie ihre Augenbrauen tanzten, wenn sie erzählte. Schon ihre freudige Überraschung, dass er nach Hause gekommen war, bevor die Kinder schliefen, aller Arbeit zum Trotz, hatte Jaume bestätigt, wie wichtig dieser Abend war. Zu zweit, während die Nachbarin ein Auge auf Gabriela und Rafael hatte, und die *Blue Lady* den Hafen hinter sich ließ und Kurs auf Mallorca setzte. Er war Comissari der *Mossos,* aber er war auch ein verheirateter Mann. Seine Frau und die Kinder bedeuteten ihm alles, und er durfte nicht zulassen, dass sich dort, wo das Leben kleine Schlagschäden verursachte, ein Riss bildete. Sonst genügte irgendwann ein Staubkorn, um ihre Beziehung in Scherben zerspringen zu lassen. Palomas Ausflug nach Madrid war ein Warnschuss gewesen, den er so schnell nicht vergessen würde.

Bei all den Fehlern, die er machte, stand es ihm im Grunde nicht zu, über andere zu urteilen. Vielleicht war es sogar kleinkariert, wenn er es für grundsätzlich falsch hielt, dass Rostislaw Sorokin Frau und Sohn auf dem Schiff allein gelassen hatte, um sich ohne sie in der Stadt zu amüsieren. Für Alina Sorokina war es normal gewesen. Ihr Rostja arbeitete hart, darum konnten sie sich eine Kreuzfahrt leisten. Er war ein guter Mann, der seine Freiheiten verdiente. Und es war ihr gleich, ob er dann Bars oder Stripshows besuchte. Männer machten so was eben.

Jaume strich durch Palomas Locken. Ihr wäre es sicher nicht gleich gewesen. Sie hätte ihn zur Rede gestellt, geteert, gefedert, gevierteilt. Vielleicht auch in anderer Reihenfolge. Er grinste und schüttelte leicht den Kopf, als sie ihn fragend ansah. Nein, das war übertrieben, aber sie hätte es nicht schweigend hingenommen. Und er liebte sie dafür.

Hand in Hand schlenderten sie über die *Ramblas* und durch die bunten Gassen des Gotischen Viertels mit seinen zahllosen Geschäften. Kreuz und quer, kichernd wie Teenager, zwischen all den Gedanken, die er von ihr fernhalten wollte. Auf dem Heimweg würde er den Arm fester um sie legen, wenn die dünne Jacke nicht mehr ausreichend wärmte und die Straßen sich leerten. Dann zeigte die Stadt ein anderes Gesicht aus geschlossenen und graffitibesprühten Rolltoren. Kein Schild gab Auskunft, ob sich dahinter ein Laden, eine Werkstatt oder eine Bar befand, und Fremde verloren leicht die Orientierung.

»Ich bin keine Fremde mehr.« Paloma verschränkte die Arme vor der Brust. »Wenn wir von hier aus nach links gehen, kommen wir zur Kathedrale und dort entlang ist der Laden mit den Keramiktassen. Mit den Katzenmotiven. Und wenn du mir nicht glaubst, dann werde ich dich nachher aus diesem Labyrinth herausführen, mein kleiner katalanischer Minotaurus. Auch ohne ausgelegten Wollfaden! Die dunklen Ecken und versteckten Winkel können mir nichts anhaben. Ich kenne den Weg. Und jetzt habe ich Hunger!« Sie packte sein Handgelenk und deutete auf einen Eingang. »Weinfass vor der Tür, rote Schrift und direkt an der Straßenecke Cardenal Casanyes, hier wollen wir hin.«

Auf der langen Theke im vorderen Bereich des *Irati* türmten sich in zwei Etagen Platten voller Köstlichkeiten.

Weißbrotscheiben so üppig belegt, dass man diese darunter manchmal nur erahnen konnte. Jaume ließ sich zwei Teller geben und bestellte zum Aperitif einen leichten Weißwein. Für den Hauptgang hatte er im hinteren Teil des Restaurants einen Tisch reserviert, eingedeckt mit weißen Tüchern und Stoffservietten. Gegrillter Steinbutt oder Entenbrust mit Pfirsichen? Es würde eine schwere Entscheidung werden. Ihre Vorspeise nahmen sie im Stehen an der Bar ein und bedienten sich an den *Pintxos*, die sie sich teilten, um eine größere Auswahl essen zu können. Ein eingespieltes Ritual, das keiner Absprache mehr bedurfte.

Paloma drehte ihre Locken zu einer Rolle im Nacken zusammen und neigte sich tief über den Teller, um abzubeißen. Genüsslich kostete sie das zarte Krebsfleisch, wischte Mayonnaise vom Mundwinkel und balancierte den Rest mit einem Finger auf dem Spießchen aus.

Pintxo, spitzes Hölzchen. Nadelspitz.

Nadeleinstiche waren bei Sorokin keine gefunden worden. Der Rechtsmediziner hatte ihn trotz der offensichtlichen Bauchwunde besonders gründlich daraufhin untersucht. Überhaupt alles besonders gründlich, weil Selvanegra gemeint hatte, er müsse den Mediziner persönlich mit einem Anruf motivieren. Sie hatten gemeinsam geschimpft und dann über Selvanegras Wichtigtuerei gelacht.

»Mund auf!«

Der Krebsfleisch-Pintxo schaukelte durch sein Blickfeld. Winzige Kügelchen kullerten von einem Stück roter Paprika, orangefarben und durchscheinend. Er stippte sie auf, ließ sie zwischen Zunge und Gaumen zerplatzen. Salzig herb und perfekt zur leichten Süße der Paprika. Paloma hob ihr Glas und stieß mit ihm an. Der Wein sorgte im Nachgang für eine weitere Geschmacksentfaltung, und er lächelte. Sie wusste immer, wie man aus etwas Gutem etwas noch Besseres machte.

Er schwankte, in welcher Reihenfolge er weiter probieren sollte – zuerst den Thunfisch oder die Ziegenkäsekreation –, und trank langsam einen zweiten Schluck.

Früher hatte er gern auch mal einen zu viel getrunken, schnell und auf Wirkung bedacht. Genau wie Sorokin, der in seiner letzten Nacht gefeiert hatte, und zwar nicht zu knapp. Von Aufputschmitteln und Alkohol in großen Mengen war beim Anruf des Rechtsmediziners die Rede gewesen. Und von Sperma. Jedoch kein Hinweis auf »Vollzug«, also weder Rückstände von der Beschichtung eines Präservativs noch von einer fremden Schleimhaut. Nur einige Tropfen in der Wäsche und somit voraussichtlich sein eigenes. Nichts an den Händen, was Jaume so explizit nicht hatte wissen wollen. Ein schlichtes Zeichen sexueller Erregung, kurz vor Eintritt des Todes. Strangulationen lösten das angeblich unwillkürlich aus. Er erinnerte sich an einen James-Bond-Film, in dem es so gewesen war, unter Zwang in auswegloser Situation. Natürlich war Bond davongekommen … Eine seltsame Sache, dass eine planmäßig herbeigeführte Atemnot auf manche Menschen tatsächlich luststeigernd wirkte. Aber beim Angriff mit einem Messer hielt Jaume eine spontane Erektion doch für eher unwahrscheinlich.

»Dein Thunfisch ist schon tot, Jaume.« Palomas Augenbrauen vereinten sich über der Nasenwurzel. »Wo bist du?«

Er ließ das Spießchen los, mit dem er offensichtlich im Thunfisch herumgestochert hatte.

»Hier«, behauptete er und seufzte dann. »Nur hier, ab sofort. Ich verspreche es.«

»Nein. Das genügt mir diesmal nicht. Wo bist du eben gewesen?« Sie tippte ihm an die Stirn.

»Selvanegra.« Ein einfacher Ausweg. Sie wusste von den regelmäßigen und grundsätzlichen Auseinandersetzungen mit seinem Vorgesetzten, auf dienstlicher und persönlicher

Ebene. Er schämte sich für die Lüge. Und doch gab es gute Gründe dafür. Er konnte unmöglich beim Essen mit der Frau, die er liebte, über Sperma sprechen. Das Sperma eines toten Mannes. Eines Mordopfers. Noch dazu in der Öffentlichkeit. Oder über seine James-Bond-Assoziation. Mit seltsam flauem Gefühl schob er das Thema beiseite, und Selvanegra gleich hinterher.

Die Gewitterstimmung in Palomas Gesicht hielt an, und er lenkte ein. »Lass uns an den Tisch wechseln, und die *Pintxos* dort aufessen, ja?« Er legte beide Hände hinter seine Ohren und bog sie vor und zurück. »Zu riskant.«

Schweigend stimmte sie zu und gewährte ihm Bedenkzeit, bis ihre Ellbogen das Tischtuch berührten. Mehr nicht. »*Vale*, jetzt sind nur noch meine Ohren da. Ich höre, Comissari?«

»Die Toten, mit denen wir es im Moment zu tun haben, verstehe ich nicht. Oder vielmehr den Mörder.«

Sie nahm sich des zerfledderten Thunfischs an und schob erst sich und dann ihm einen Bissen in den Mund.

»Du weißt, was sie in den Zeitungen schreiben«, nuschelte er. »Sie schieben es den Linken zu, den Tourismusgegnern.«

»Tourismus-Hassern«, verbesserte Paloma. »Weltfremde Öko-Terroristen. Und arbeitsscheu. Deshalb können sie ja auch keine Wohnung bezahlen und müssen Häuser besetzen.«

»Das ist das Bild, das sie im *Matutino* gern verbreiten.« Jaume nickte. Er konnte sich die kommenden Artikel zu Sorokins Tod lebhaft vorstellen. »Nun sag mir, welchen Sinn ergibt es, Einheimische zu ermorden, wenn ich gleichzeitig für die Verbesserung ihrer Lebensbedingungen kämpfe?«

»Moment – der im *Park Güell* war aus Barcelona und heute ein Kreuzfahrttourist, aber du verwendest die Mehrzahl. Es gibt also noch mehr Tote von hier?«

»Hm. Richtig.« Er nahm ihr ein Bröckchen Ziegenkäse

aus den Fingern. Ein Wunder, dass sie davon noch nichts erfahren hatte. Nach Ignacias panischer Reaktion auf den ersten Mord hatte er angenommen, dass sie ihre Schwiegertochter umgehend mit jeder neuen Schreckensnachricht versorgte. Da Montse von den anderen Toten wusste, wusste Ignacia es sicher auch. Wozu sollte er es dann ausgerechnet vor seiner eigenen Frau verheimlichen? »Mag sein, dass es eine Logik dahinter gibt, die wir … ich bisher nicht begriffen habe, nicht begreifen will. Alles in mir sträubt sich dagegen.«

»Weil du im Innern ein kleiner Revoluzzer bist, ein Hausbesetzer-Sympathisant.« Paloma lachte leise und ballte konspirativ die linke Faust. »Lass das bloß deine Schwester nicht wissen.«

»Nie.« Abwehrend kreuzte er zwei Finger.

»Obwohl sie seit Kurzem erstaunlich nett zu mir ist. Seit ich aus Madrid zurück bin, hat sie schon zwei Mal auf unsere Kinder aufgepasst. Wir sollten bei Gelegenheit mit ihr hier essen gehen. Königstreue und Katalanen, vereint in einer baskischen Taverne – also auf neutralem Boden.«

»Irgendwann, ja.«

Über Montse wollte er weder nachdenken noch reden. Ihre Nähe zu *Mateix* und das Wissen um die morgen bevorstehenden Vernehmungen schlugen ihm sonst wieder auf den Magen. Er trank den Wein aus und gab dem Kellner ein Zeichen, für Nachschub zu sorgen. Sodbrennen war ihm damit schon mal sicher. Eine neue Gewitterwolke huschte aus dem Nichts über Palomas Stirn und löste sich mit einem winzigen Zucken ihrer Mundwinkel auf. War ihm etwas entgangen? Sanft nahm sie seine Hand, und er verwarf den Verdacht, dass er ihrer Reaktion mehr Beachtung hätte schenken sollen.

Es tat gut, zur Abwechslung offen zu reden. »Wenn ich ehrlich bin, tappen wir völlig im Dunkeln. Es gibt mal hier, mal da eine Ähnlichkeit, aber nichts an den Fällen ist gleich.

Drei tote Männer, eine Frau. Drei von hier, einer vom Kreuzfahrtschiff. Drei einfache Leute, einer mit Geld. Vier Mordmethoden, vier unterschiedliche Ablageorte. Und mehr als zwei Meinungen, welche Prioritäten zu setzen sind. Selvanegra hat endlich mehr Personal abgeordnet und eine Sonderkommission genehmigt, unter meiner Leitung. Weil ich ihn in dem Glauben gelassen habe, dass alles mit dem heutigen Mord zusammenhängt.«

»Und das tut es nicht?«

Langsam hob er die Schultern. Asunción da Silva war finanziell keineswegs so unabhängig, wie sie zunächst gedacht hatten. Zwar lastete keine Hypothek auf ihrem Haus, doch bei Nachbarn und Freunden stand sie reihenweise in der Kreide. Kleine Beträge jeder für sich, doch in der Summe beachtlich. Ein Verkauf hätte all ihre Probleme gelöst. Es erschien ihm plausibel, dass sie darüber nachgedacht hatte. Schleppend umriss Jaume für Paloma die Umstände ihres Todes. »Niemand ist gewaltsam ins Haus eingedrungen, doch es wurden Spuren verfälscht. Der Teeaufguss erfordert Wissen, Vorsatz und Kaltblütigkeit. Eine der ehemaligen Nachbarinnen, die sich früher zum Verkauf entschlossen hatte, besaß einen Schlüssel. Bei aller Freundschaft und Bewunderung kam es mir vor, als sei sie auch verärgert gewesen.«

»Die Wartezeit treibt den Verkaufspreis in die Höhe. Sie könnte neidisch auf ein lukrativeres Angebot gewesen sein. Mord aus Missgunst?« Paloma nippte an ihrem Wein. »Oder der Investor hat die Nerven verloren. Zugegeben: Mord ist eine drastische Lösung.«

»Und unüblich. Interessanterweise gibt es keine Anzeichen für die üblichen Schikanen, die sonst beim Entmieten gern angewendet werden. Keine Manipulationen an der Strom- oder Wasserversorgung, kein Vandalismus – nichts.«

»Ihre Popularität und die öffentliche Aufmerksamkeit haben sie davor geschützt. Wenn Asunción nun doch verkaufen wollte, war das eine schwere Entscheidung, über die sie sicher mit irgendjemandem gesprochen hat.«

»Ihre Familie in Argentinien wusste von nichts.«

»Und ihre Familie hier …« Paloma atmete durch. »Das sind die Leute aus dem Widerstand, nicht mehr die alten Freunde aus der Nachbarschaft, nicht wahr? Sie fühlt sich ihnen verpflichtet und klärt sie über ihr Vorhaben auf. Ein Dilemma und Grund für heftigen Gegenwind.«

Zwischen seinen Fingern zerbrach ein Holzspießchen.

»Eine Ikone, die einknickt, schwächte die Bewegung nachhaltig. Es geht ja um weit mehr als ein einzelnes Bauvorhaben, das dann ungehindert umgesetzt werden kann.«

Hatte man ihr deshalb das Haifischmaul-Graffiti an die Mauer gesprüht? Symbolisch für ihren Verrat? »Dieses Idol fallen zu sehen, stellt den Kampf gegen Spekulanten, Hotelburgen und Gentrifizierung an sich infrage, manifestierte den Untergang.« Er sah in Palomas Augen, dass sie ihm auch beim nächsten Gedankenschritt folgte. Ob die Erben verkauften, spielte keine Rolle. Hauptsache Asunción hatte es nicht getan. *Viva Asunción*. In ihrem Tod lag Unsterblichkeit.

»Eine scheußliche Vorstellung. Ich hoffe, du irrst dich.«

»Das hoffe ich auch.« Doch wenn er es so betrachtete, und das Blasrohr mit Antonio Cruz tatsächlich den Falschen erwischt hatte … Blieb nur Guillermo Vargas, der nicht ins Bild passte. Oder sein Rahmen war zu klein. Jedenfalls nahm er das Risiko, nebenbei einen Todesfall aufzuklären, der nicht zur Serie gehörte, gern in Kauf. Und noch mehr, wenn er damit die Theorie der Serie entkräften konnte. »Leider sind sämtliche anderen Ansätze in den ersten drei Fällen bislang im Sand verlaufen. Das betrifft auch den Schriftverkehr zwischen Asunción und der Immobilienfirma, ihre E-Mails und das Alibi der neidischen Nachbarin.« Die Unterlagen hatte er nach dem Besuch auf der Baustelle am Montag ein zweites Mal durchgesehen.

Ein Tourismuskritiker als Mörder war das Allerletzte, was er am Ende in den Akten stehen haben wollte. Dass Selvanegra und der Redakteur des *Matutino* dann von Beginn an recht gehabt hätten, setzte der Angelegenheit die Krone auf. Er seufzte. »Wenn sich herausstellt, dass es unabhängige Fälle sind – was möglich ist und mir lieber wäre –, am Ende sogar noch ein Selbstmord dazwischen, dann wird Selvanegra mich eigenhändig sezieren. Ohne mir vorher eine Dosis Betäubungsmittel zu gönnen.«

»Du armer Mann.« Paloma zerbiss einen Pinienkern und strich ihm mitleidig über den Kopf. »Was hättest du denn gern, wenn es so weit ist – Opium, Kokain oder genügt ein Tuch mit Chloroform?«

Donnerstag, 12. Oktober, 9:55 Uhr
– Jaume Soler Martí –

Auf der Straße stockte der Verkehr. Ein Stummfilm, abgeschirmt durch das geschlossene Fenster, mit blassen Farben wie in einem Streifen der frühen Fünfzigerjahre. Auch heute hingen über der Stadt tiefe Wolken, die sich erst am Nachmittag auflösen sollten. Zum Wochenende war Sonne angekündigt. Mit etwas Glück würde die Temperatur noch ausreichen, um mit Rafael im Meer zu Schnorcheln. Wenigstens dieses eine Mal in diesem Jahr.

Jaume wippte auf den Zehen, die Hände auf dem Rücken ineinandergelegt. Calderons Worte versetzten ihn in eine seltsame Stimmung, ein anhaltendes Déjà-vu, das sich zur Zeitschleife auswuchs. Hatten sie das nicht alles schon tausendmal durchgekaut? Dieselbe Konstellation im Büro, die immer gleichen Fragen, auf die es keine klaren Antworten gab, nur Theorien und Möglichkeiten. Angehörige und Reporter, die ihnen gleichermaßen an den Fersen hingen wie auch an ihren Lippen. Erpicht auf Neuigkeiten oder auf ein Straucheln, das gegen die Polizei verwendet werden konnte. Der Druck ließ durch die einberufene Sonderkommission nur unwesentlich nach. Obwohl sie funktionierte. Es fiel ihm schwer, Arbeit an die neuen Kollegen abzugeben und erst recht, sich aus den Befragungen der *Mateix*-Mitglieder herauszuhalten. Die jetzt stattfanden. Genau jetzt. Darum kreiste er in der Zeitschleife und guckte aus dem Fenster.

»Wie weit ist das Bewegungsprofil, Domenech?«

»Fast komplett. Ich bin gleich mit Sorokins letzten Abbuchungen durch. Scheint alles zusammenzupassen.«

»Wir machen uns alle durchsichtig, sag ich euch.« Calderon raschelte mit Papier. »GPS auf dem Telefon und jeder Centbetrag wird elektronisch bezahlt. Bald sind es nur noch die Kriminellen, die Bargeld verwenden. Und ich.« Ein einsamer Dinosaurier, der von der Zukunft nichts wissen wollte.

»Gut für uns. Wenn wir dich sofort ausschließen können, finden wir die Täter künftig viel schneller.«

Jaume wandte dem Stummfilm den Rücken zu. Alina Sorokina hatte ihnen freundlicherweise die Zugangsdaten für das Kreditkartenkonto ihres Mannes durchgegeben, was ihnen zeitaufwendige Telefonanfragen und einen langwierigen Ringkampf um internationale Kooperation ersparte. Ihre emotionslose Stimme, schleppend vom Valium, das die Tränen unterdrückte, hatte ihm eine Gänsehaut verursacht. »Ganz lückenlos werden wir den Abend kaum rekonstruieren können. Laut seiner Frau hat Rostislaw im Lauf des Tages durchaus auch Bargeld ausgegeben. Wie viel er bei sich hatte, war aber unklar.«

»Macht nichts.« Domenech rollte mit dem Schreibtischstuhl hinter seinem Computer heraus. »Wichtiger ist, wo er sich wie lange aufgehalten hat. Und das verraten uns die Netzdaten. In der Kombination aus Funkmasten, bei denen er eingeloggt war, und der Kartennutzung kommen wir ganz dicht ran. Kommt rüber, dann zeige ich es euch. Sein Pensum am Abend habe ich fertig. Den Nachmittag, als seine Familie noch dabei war, liefere ich nach. Erscheint mir vorerst nicht so relevant.«

Jaume trat an den Schreibtisch und überflog die auf dem Stadtplan markierten Stellen. Eine Bar am unteren Ende der *Ramblas*, eine Spielhalle in *Raval*, eine Taxifahrt nach *Eixample* in einen Club mit Livemusik, eine Diskothek am

Strand von *Somorrostro*, das Casino unweit des Goldenen Fischs, noch eine Bar. Kein Tabledance, keine Stripperinnen.

Calderon fuhr mit dem Finger über den Bildschirm. »Wollte der einen Rekord aufstellen?«

»Ambitioniert war er auf jeden Fall.« Domenech veränderte die Darstellung und blendete Uhrzeiten mit ein. »Am Anfang war er im Schnelldurchlauf unterwegs, kann sich höchstens zwei Bier gegönnt haben und ist vermutlich zu Fuß weiter. In der Spielhalle hat er gemäß Kartenbeleg den ersten härteren Drink genommen, war aber schon nach einer guten halben Stunde wieder draußen. Sein Handy sagt, dass er ungefähr bis hier kam.« Einige Straßenecken entfernt beschrieb Domenech einen Kreis und schob den Mauszeiger weiter quer durch die Stadt. »Und war dann sehr schnell dort. Die Taxirechnung hat er unmittelbar vor dem Club bezahlt, zehn Minuten später den Eintritt.«

Zeit genug, eine Zigarette zu rauchen. Ein angefangenes Päckchen hatte in seiner Hosentasche gesteckt.

»Hat aber wohl auch nicht seinen Geschmack getroffen. Was theoretisch an den Bands gelegen haben könnte, aber für die Liveacts war er zu früh. Daher vermute ich, ihm war einfach zu wenig los, er wollte ja ganz offensichtlich was erleben, richtig Party machen. Die kurze Spanne bis zum Strand und die minimalen Einlogzeiten sprechen wieder für ein Taxi. Der öffentliche Nahverkehr ist zu langsam und ich schätze, dafür war er sowieso nicht der Typ. Also hat er entweder bar bezahlt oder das System bucht verzögert ab …«

»Oder er wurde mitgenommen«, vollendete Calderon. »Ich ahne zwei Dinge. Erstens: Wir werden jeden verfluchten Meter dieser Route ablaufen und Zeugen suchen. Und zweitens: Unser kleiner Streber nimmt heimlich Computernachhilfe bei Martinez.«

»Nachhilfe bei Carolina, wenn du es unbedingt so nennen

willst. Und von heimlich kann keine Rede sein. Wir tüfteln seit Monaten gemeinsam an Optimierungen für einige Programme.«

Jaume nickte anerkennend. Es gefiel ihm, dass Domenech Eigeninitiative ergriff. Und es lohnte sich offenbar.

»Deinen Punkt eins kann ich bestätigen«, sagte er an Calderon gerichtet. »Sorokin kann zu jeder Zeit an diesem Abend seinem späteren Mörder begegnet sein. In einem der beiden Clubs oder auf der Strecke dazwischen. Findet heraus, welche Taxen dort in der Gegend stehen und ob sich jemand an ihn erinnert. Wir brauchen auch den Fahrer der ersten Tour. Vielleicht war Sorokin von Anfang an nicht allein.« Dass keiner der Passagiere Rostislaw außerhalb des Schiffs gesehen haben oder mit ihm zusammen gewesen sein wollte, musste nicht der Wahrheit entsprechen. Keine Aussage musste das. Er schaute zur Uhr. Die *Aktion Mateix* war seit Stunden in vollem Gange. Zwar waren nicht alle Zielpersonen angetroffen worden, aber doch eine ganze Reihe von ihnen. Gemäß erster Rückmeldungen liefen die Befragungen schleppend, die Kooperationsbereitschaft ließ wie erwartet zu wünschen übrig. Besonders eine Frau machte massive Schwierigkeiten, verstieg sich in verbale Attacken und legte ein aggressives Verhalten an den Tag.

Ana Ortiz, eine der neu abgeordneten SoKo-Kolleginnen, hatte das weitere Vorgehen mit ihm abgestimmt. Kompetent und souverän, während ihn bei ihrem Bericht nur eine einzige Sache interessiert hatte: Die Frau war nicht Montse.

Er starrte die Markierungen auf dem Bildschirm an. »Mach mir ein neues Bild mit den Fundorten der Toten und ihren Wohnadressen. Das legst du über Sorokins Zickzack-Parcours. Danach mach noch ein drittes mit unseren Aktivisten.« Ein Muster, ein Zentrum, ein Handlungsraum – irgendetwas würde sich aus den Linien ablesen lassen.

»Mit allen?« Ungläubig hob Domenech die Stimme. »*Mateix* und Tourismusgegner von der Hafendemo? Und was ist mit …«

»Die Köpfe«, unterbrach Jaume ihn. »Beschränk dich zunächst auf Anführer, Vordenker und solche, die es werden wollen. Lass dir von Ortiz ein paar Namen nennen, die ihr heute aufgefallen sind, und nimm deine eigenen Erkenntnisse sowie alle Personen, bei denen du Überschneidungen findest, dazu. Ich meine solche Kandidaten, die auf jeder Hochzeit tanzen. Bei denen der Protest das Leben bestimmt. Denk auch an die Nachbarschaftsgärten *Horta ocupada* und so weiter. Hol dir El Frente dazu. Lass dir ausreichend Zeit. Um die Taxifahrer kümmert sich Calderon, und in den Nachtclubs erreichen wir vor 17 Uhr sowieso niemanden. Dort werde ich dich auch brauchen.«

Wieder sah er zur Uhr. Ana Ortiz musste längst mit Montse gesprochen haben. Wieso meldete sie sich nicht? Ortiz konnte unmöglich über seine Verwandtschaft mit ihr hinwegsehen.

»Meine Schwester wird vermutlich auf mehreren Listen auftauchen«, sagte er ohne besondere Betonung. »Sorg dafür, dass ihr Name dort bleibt.«

Calderon, der sich Sorokins Taxi-Stationen notierte, lachte auf. »Ein kleiner Denkzettel?«

»Ich verlass mich auf dich, Domenech.«

»Geht klar, *Jefe*. Du musst das nicht alles abschreiben, Calderon. Ich schick dir die Adressen auf dein Smartphone, inklusive GPS-Daten. Von dort kannst du sie direkt ins Navi übernehmen.«

»Von mir aus. Dann eben so.« Umständlich steckte Calderon sein Notizbuch ein, machte aber keine Anstalten aufzubrechen. »Die von *Mateix* haben einen Insiderkontakt, der sie vor unserem Zugriff gewarnt hat, richtig? Darum hat Ortiz nur ein paar von denen erwischt. Haben wir auch einen – oder eine?«

»Montse würde nie …« Domenech verschluckte den Rest des Satzes und fing neu an. »Jaume würde seine Schwester nie für so was einsetzen.«

Ausgerechnet in dieser Angelegenheit zeigte Calderon Scharfblick und seine alte Hartnäckigkeit, die ihn immer ausgezeichnet und zu einem guten Polizisten gemacht hatte.

»Nein, würde ich ganz sicher nicht«, antwortete Jaume schnell. Nur keine Pause entstehen lassen, in der sich Zweifel ausbreiten konnten. Egal in wessen Kopf. »Doch es gibt Leute, die genau das vermuten. Und ich denke gerade, dass Calderon trotzdem recht haben könnte und es irgendwo einen Insider gibt. Aber falls ihr Namen wollt: Ich weiß keinen. Weder auf der einen noch auf der anderen Seite.«

»El Frente«, knurrte Calderon. »Der wechselt dauernd hin und her.«

Das ließ sich nicht leugnen, dennoch war Jaume überzeugt, dass der Streetworker seine Grenze genau kannte – und einhielt. Ihn täuschte dessen Äußeres nicht mehr.

»Behalte deine Theorie für dich, Calderon. Bitte, das ist wichtig. El Frente ist kein Polizist. Wir dürfen nicht riskieren ihn – oder wen auch immer – ungerechtfertigt in Verdacht zu bringen oder auffliegen zu lassen. Das könnte gefährlich werden. Davon abgesehen: Hätten wir einen Maulwurf unter den Aktivisten, müsste es jemanden geben, dem er berichtet. Mir berichtet niemand. Wem also dann?«

*

Sein Besuch in den Räumen der Kriminaltechniker war gut durchdacht. Er brachte Kaffee und Süßigkeiten mit.

»Bestechung«, stellte Jesus Martinez fest und riss die Tüte

mit Fruchtgummis auf. »Wird immer gern angenommen. Macht uns nur leider nicht schneller. Was können wir für dich tun?«

»Weiß ich nicht.« Auf Jaumes Handzeichen schob Martinez ihm einen Hocker rüber, und er setzte sich mitten ins Büro.

»Können wir dann etwas *gegen* dich tun?« Carolina schnappte sich einen Becher. »Du wirst dich nämlich nicht hier breitmachen, um auf irgendein Ergebnis zu warten. Damit das klar ist.« Sie zwinkerte und pustete kleine Wellen über die heiße Flüssigkeit. »Man dankt.«

»Mit welchem Ergebnis könnte ich denn rechnen?« Ein flüchtiges Beißen streifte seine Nase, Desinfektionslösung oder Konservierungsmittel, das hier immer in der Luft lag, dem sich nun Kaffeearoma beimischte. »Ich nehme alles.«

»Alles? Ja, nehme ich auch. Zuerst eine Pause.« Carolina lehnte sich zurück und schloss die Augen.

Während die beiden schweigend tranken, ließ Jaume den Blick schweifen. Im angrenzenden Labor brummte und klackerte es. Die dort aufgestellten Gerätschaften waren ihm fast unheimlich, auch wenn er das nie zugegeben hätte. Rätselhafte Apparaturen, mit denen er nicht umgehen konnte, nur getoppt vom Reinraum, in dem DNA-Spuren unter höchsten hygienischen Anforderungen untersucht wurden. Zutritt nur für handverlesene Spezialisten. Wie in einem dieser apokalyptischen Kinofilme, wenn unvermittelt die Pest eine Millionenstadt heimsuchte, oder ein neuartiger Virus die Menschheit bedrohte. Nein, das war nicht seine Welt. Ihm waren Spuren lieber, die er ohne Mikroskop erkennen konnte, und Gegner, die am Ende ein Geständnis ablegten.

»Zum Messer könnte ich dir was sagen.« Carolina gähnte. »Die einzigen deutlichen Fingerabdrücke auf dem Schaft stammen vom Opfer. Einen Selbstmord können wir vom

Winkel und wegen der unmöglichen Durchführbarkeit eines passenden Stoßes trotzdem vergessen. Dazu habe ich lange mit dem Rechtsmediziner telefoniert. Wenn er die Klinge irgendwo befestigt und sich dann dagegen geworfen hätte – mit Schwung reingerannt wäre oder so –, hätten wir die Konstruktion und entsprechende Blutspuren finden müssen. War aber nichts. Der hat alles Blut unmittelbar am Tatort verloren.«

»Also wollte jemand den Anschein erwecken und hat Sorokins Hand nachträglich um den Griff gelegt?«

»Hm, vielleicht. Doch höchstens, um uns zu verwirren. Denk an das Flugblatt.«

Er nickte. Wie hätte er das vergessen können?

»Der Stich wurde wiederholt, um es zu befestigen, der Stichkanal dabei aber kaum erweitert. Es ist also anzunehmen, dass zwei Mal die gleiche Person am Werk war.«

»Mir liegt es fern, den Täter einen Witzbold zu nennen, aber er ist wirklich kreativ.« Endlich nahm auch Martinez die Nase aus dem Kaffeebecher. »Würde mich nicht wundern, wenn das Messer Sorokin selbst gehört hätte. Auf jeden Fall war es neuwertig. Wurde vorher kaum benutzt, wenn überhaupt. Die Klinge ist in Topzustand, keinerlei Scharten. Ein schönes Stück mit Verzierungen. Vielleicht kein Kunstwerk, aber dekorativ und sicher nicht billig.«

»Aber auch kein Luxus, wie das Messer eines Sushi-Meisters. Für eine genaue Bestimmung war noch keine Gelegenheit. Ich würde es eher im Outdoorbereich – Survival oder Jäger – einordnen. Militaria könnte auch sein, aber da fehlen, soweit ich das beurteilen kann, die typischen Symbole.«

Es gab eine ganze Reihe von Läden in Barcelona, die sich auf den unterschiedlichen Bedarf spezialisiert hatten. Das Geschäft lief krisensicher.

War in Domenechs Zeitplan für Sorokins letzten Abend

genug Luft für einen Einkauf? Das hätte erklärt, weshalb seine Frau das Messer nicht kannte.

»Wo steckt euer Praktikant?«

»Er heißt nicht ›Praktikant‹, er hat einen Namen.«

»Hm. Schicken wir ihn doch zur Abwechslung mit in den Außendienst. Er soll sich mit Domenech kurzschließen, wo er mit wem hinsoll, und er braucht Detailfotos von der Tatwaffe und eins von Sorokin zum Herumzeigen.«

»Denkst du nur laut oder soll das eine Arbeitsanweisung sein?«

»Sowohl als auch.« Jaume grinste. »Es wird ihm guttun, zwischendurch raus ans Tageslicht zu dürfen.«

»Lass dir deine SoKo mal nicht zu Kopf steigen. Wir brauchen ihn in den nächsten Stunden hier. Für Botengänge ist er zu schade.« Carolina richtete sich auf. »Es reicht, wenn du ihn dauernd wegen technischer Auswertungen abziehst.«

»Also gut. Du behältst den Praktikanten jetzt, ich kriege ihn für die nächsten Videos.«

»Er hat einen …«

»Namen. Ich weiß. Haben wir einen Deal?«

Zögernd gab Carolina nach. »Deal. Auch wenn ich das garantiert noch bereuen werde. Wo ist der Haken?«

»Sorokin hat sich rumgetrieben, in Clubs und im Casino.«

»Na super. Wie viele Überwachungskameras habt ihr?«

»Wird sich zeigen. Ich fürchte, du kannst heute den ganzen Tag allein über deinen … Wunderknaben verfügen. Morgen gehört er mir. Es sei denn, er stürzt sich freiwillig mit Domenech in eine Nachtschicht.« Der würde sicher nicht nach Hause gehen, ohne das Material zu sichten.

»Er hat dich reingelegt.« Martinez lachte. »Soler, du bist ein raffinierter Hund. Merk dir das, Carolina. Wenn er nachgibt, führt er was im Schilde.« Er häufte sich Gummifrüchte in die hohle Hand und schlenderte ans andere Ende des Büros. »Kleine Simulation zum Blasrohrfall gefällig, wenn du schon mal da bist? Wir haben ein bisschen gebastelt.«

Ein Fazit hätte Jaume genügt, aber er verbot es sich zu drängeln. Gerade nach dem eben geglückten Coup. Martinez und Carolina liebten die neue dreidimensionale und bewegte Darstellungsmöglichkeit. Und er schätzte sowohl die Kollegen als auch die erzielten Resultate. Unterschiedlichste Szenarien ließen sich in kurzer Zeit überprüfen, eindeutig bestätigen oder verwerfen, und ersparten komplizierte Modellnachbauten.

Vor seinen Augen nahm die virtuelle *Plaça de la Natura* Gestalt an. Martinez zoomte den Tatort heran: die Bänke, die Bruchsteinmauer mit ihren Verzierungen und Vorsprüngen, die Wege, der Bauzaun, sogar die Mülleimer. Ein Klick platzierte zwei Personen, ein weiterer den Hund. Martinez grinste von einem Ohr zum anderen.

»Spielerei meinst du, Soler? Aber zur Authentizität gehört das Viech dazu, und es bewegt sich nicht, sitzt nur rum, genau wie das Opfer. Versprochen.«

Carolina gluckste. Vermutlich hatte es auch andere Experimente gegeben.

»Ich beschränke mich auf das, was von der Deckung her als einigermaßen realistische Annahme durchgegangen wäre.«

Ein halbes Dutzend Täter ging gleichzeitig in Stellung, die ersten drei legten ihr Blasrohr an.

»Die Körperhaltung hatte Domenech mit Doktor Díaz geklärt. Aber siehst du hier?« Er feuerte eine Salve ab. »Die gehen alle daneben.«

»Hast du auch Treffer?«

»Sehr wohl, Comissari. Ich mach schon schneller. Wenn noch welche von den roten Gummidingern da sind, hätte ich die gern. Bevor Jaume das Zuckerbrot weg- und die Peitsche auspackt.«

Carolina kippte die Tüte aus. »Für mich grün.«

»Von den verbliebenen Kandidaten können zwei grundsätzlich Treffer landen. Aber nur einer erwischt den Oberarm genau so wie er soll. Tschüss, ihr Versager.« Er löschte die beiden Figuren und schob Gummifrüchte nach. »Und somit haben wir einen Sieger, sprich: den genauen Standort.«

»Was er weggelassen hat, sind die Blasrohrlängen, die wir einbeziehen mussten, gepaart mit der Körpergröße und damit einhergehend jedes Mal wieder die Frage, ob seine Deckung noch ausreicht.« Carolina ließ den Schützen wachsen und wieder schrumpfen. »Du kannst unserem Herrn und Meister also guten Gewissens berichten, dass wir die exakte Schussposition kennen. Genau hinter der Trompetenblume, die ihr ausgeguckt habt, knapp sieben Meter neben den Toiletten und zehn zum Opfer. Selvanegra kann es zentimetergenau haben, wenn er will. Ist nun doppelt geprüft und bestätigt. Gilt im Übrigen natürlich auch, wenn der Täter Antonio Cruz nicht treffen wollte, sondern den von dir ins Spiel gebrachten Joggerhintern. So oder so ist der Täter zwischen eins fünfundsechzig und eins fünfundsiebzig groß.«

»Also etwa unsere Größe, Jaume, oder so wie Calderon. Deutlich kleiner als Domenech. Kein Riese, eher Standardmaß. Das schließt zumindest ein paar Leute aus, was dich eigentlich freuen sollte.« Martinez verputzte auch die restlichen Gummiteile. »Kann es sein, dass er uns gar nicht zuhört, Carolina?«

»Doch, ich höre zu«, murmelte Jaume. Der Täter, die Bank, der Bauzaun. Zum ersten Mal seit zehn Tagen war er heute Morgen nicht im *Park Güell* gewesen. Er sah das Mädchen am Zaun schaukeln und herunterspringen. Auf dem Boden der Pfeil, hinter der Bank ein Drache, der knurrte und komische Geräusche machte. Lupo, der treue Hund, und Antonios letzte röchelnde Atemzüge. Jaume deutete auf die

Stelle. »Ein Kind, in der Hocke, weil es etwas aufhebt. Heimlich, weil Mama sonst schimpfen wird. Ein besonderes, verbotenes Fundstück. Was macht sie?«

»Sie beeilt sich«, sagte Carolina.

Sein Finger glitt zur angenommenen Position der Mutter, zur Bank, zum Versteck.

»Und sie sieht sich um!« Carolina schob Martinez beiseite und hämmerte auf die Tastatur. »Sekunde, das haben wir gleich.«

»Heißt das, der Mörder ist geblieben, um seinem Opfer beim Sterben zuzusehen?« Martinez zog eine Grimasse. »Abartig.«

»Weil er sichergehen wollte, dass das Mittel wirkt. An seiner Stelle hätte ich auch den Pfeil verschwinden lassen. Jede Spur kann eine zu viel sein.«

»Nur kam das Kind dazwischen. Damit war das erledigt.«

»Könnte hinkommen!«, rief Carolina über ihre Schulter. »Das ist jetzt nicht hundertprozentig durchkalkuliert, aber theoretisch ist es möglich, dass die Kleine den Schützen gesehen hat. Mit Einschränkungen, denn das Blickfeld von Kindern ist kleiner als das von Erwachsenen. Wie viel sie bewusst wahrgenommen hat, steht natürlich auf einem anderen Blatt.«

»Danke.« Jaume knetete seine Finger. »Die Frage ist, ob der Täter das weiß.« Er musste die Mutter des Mädchens anrufen. Und die würde wenig beglückt sein, dass er noch mal mit ihrer Tochter reden wollte … als Augenzeugin.

Donnerstag, 12. Oktober, 20:10 Uhr
– Montse Soler Martí –

Als er aus dem Bad kam, sah sie für eine Sekunde die Reflektion seines nackten Körpers im Spiegel auf dem Flur. Lange genug, um zu bemerken, dass er den Bauch einzog und die Brust rausdrückte. Ein unnötiger Aufwand, erst recht nach dem Sex. Montse grinste, als er erneut im Spiegel auftauchte. War er immer noch nicht zufrieden mit seinem Anblick? Er strich sich über die dichten Brusthaare und begutachtete dann tatsächlich die winzigen Pölsterchen an seinen Hüften. Sie presste das Gesicht ins Kissen, um nicht laut aufzulachen. Wenigstens hing kein Spiegel neben oder gar über dem Bett, zur Kontrolle seiner Choreografie.

»Kann ich dich was fragen, Rodrigo?«

Er legte sich zu ihr. »Was denn, meine kleine Kämpferin?«

Sie überging die Bezeichnung, darüber mussten sie ein andermal reden. Er nahm ihr Engagement und ihren Ärger über die erneute Vernehmung bei der Polizei nicht ernst, hörte nur zu, ohne inhaltlich darauf einzugehen. Sie war nicht klein und ihr Kampf war es auch nicht. Sein Glück, dass der Sex sie entspannt und friedfertig gemacht hatte.

»Croqueta muss zum Gesundheitscheck.«

»Ah, das heißt, ich soll ihn mir ansehen?«

»Nicht nötig, ich habe schon einen Termin. Haustiere sind ja nicht so ganz dein Thema. Kennst du Doktor Bazo? Sie wurde mir empfohlen, aber …« Montse bot ihm den Halbsatz als Einstieg, nachdem sie seinen Stolz angekratzt hatte.

Wer sich auf Krokodile und Affen verstand, dem durfte sie die Kompetenz für einen gewöhnlichen Hund nicht absprechen.

»Doktor Hermosa Bazo? Puh …« Er rümpfte die Nase. »Wie drücke ich das jetzt höflich aus? Meiner Meinung nach wird es Zeit für sie, in den Ruhestand zu gehen. Sie ist zerfressen vom Mitleid mit Tier und Mensch.«

»Wirkt sich das auf ihre Diagnosen aus? Also, schläfert sie Tiere zu früh ein oder zu spät? Oder macht sie etwa Klonversuche, um für trauernde Besitzer ihren verlorenen Liebling wiederauferstehen zu lassen?« Bei der Vorstellung von Dr. Bazo als verrückter Wissenschaftlerin musste Montse lachen. Eine kleine Übertreibung. Aber war die Idee, möglichst ähnliche Tiere nachzuzüchten, wirklich so abwegig? Doppelgänger – und Ausschuss sowie Überschuss landeten bei dubiosen Händlern und mit etwas Pech im Tierheim, wie Croqueta.

»Ja, nein – vergiss es, ich hätte das nicht sagen sollen. Fachlich war sie in der Zusammenarbeit immer korrekt. Was sie darüber hinaus in ihrer Praxis macht, ist ihre Sache.«

War das ein diskreter Hinweis auf illegale Geschäfte? Montse hing erwartungsvoll an seinen Lippen. Das war es, was er wollte: Er ließ sich gerne bitten. Also tat sie genau das, denn es musste noch mehr zu erzählen geben. Von Uneigennützigkeit waren sie beide weit entfernt.

»Angeblich führt sie manche Behandlungen unter der Hand und ohne Rechnung durch.«

»Interessant.« Montse streichelte seine Hüfte, fand aber auch jetzt nichts zu beanstanden. Insgesamt war er etwas weniger muskulös, als sie vor ihrem ersten Mal erwartet hatte. »Ich kann sie ja morgen fragen. Vielleicht bekomme ich ein Angebot: Facelifting für Croquetas Falten.« Egal, was Doktor Bazo wirklich machte, ihre Angestellte musste entweder blind oder eingeweiht sein. »Im Ernst, wie funktioniert das in der

Abwicklung? Ihre Helferin kam mir ganz clever vor. Kannst du dir vorstellen, dass Francisca einfach so mitspielt – oder macht sie das nur, um ihren Job nicht zu riskieren?«

»Puh«, Rodrigo setzte sich auf und zuckte die Achseln. »Da bin ich überfragt.«

Er kehrte ihr den Rücken zu und schlüpfte in seine Unterhose. Im Aufstehen hob er das zerknitterte Hemd neben dem Bett auf, ließ es wieder fallen und wählte ein frisches aus dem Schrank.

Montse beobachtete ihn schweigend. Obwohl es sie juckte weiterzubohren, woher er seine Information hatte und warum er das Thema plötzlich beendete. Eine Unart von ihr, immer mehr oder gar ein Geheimnis zu vermuten. Dabei fand er es vielleicht einfach nur langweilig, und Doktor Bazo wirkte auf ihn nicht gerade potenzfördernd im Bett.

Als er sich umdrehte, lag ein Lächeln auf seinem Gesicht. »Du solltest dir auch etwas überziehen, und dann lass uns essen gehen. Du machst mich hungrig.«

»Hungrig?« Dem konnte in doppelter Hinsicht abgeholfen werden. Montse schälte sich aus der Decke. Einem Nachschlag Sex zum Dessert war sie nicht abgeneigt.

Donnerstag, 12. Oktober, 21:00 Uhr
– Jaume Soler Martí –

Durch den Türspalt lugte er ins Kinderzimmer, wo Gabriela und Rafael in ihren Betten schliefen. Jaume konnte sie im Dunkel nicht sehen, hörte nur ihr Atmen. Paloma legte einen Arm um seine Mitte und schmiegte sich an ihn.

»Was hast du?«

»Nichts«, sagte er und schob die Finger zwischen ihre. War er bereit, ein Kind in Gefahr zu bringen? Leichtfertig, wie die Mutter des Mädchens behauptet hatte, weil es nicht sein eigenes war. Er verstand ihren Ärger, ihre Sorge und sogar ihre Entscheidung, ihn nicht noch einmal mit ihr sprechen zu lassen. Je weniger die Kleine an den Vorfall dachte, desto besser. Die Mutter mied den Park, machte lieber einen Umweg. Auf seinen Vorschlag, sich dort zu treffen, hatte sie nahezu panisch reagiert. Bloß keine Erinnerungen aufrühren, die ihre Tochter verstören oder gefährden konnten. Dabei ging die Gefahr nicht von Jaume und seinen Fragen aus. Wenn es sie gab, dann war sie längst da, war es von Anfang an gewesen. Bei seinem Besuch hatte er versäumt, darauf hinzuweisen. Den Vorwurf musste er sich machen lassen, und er machte ihn sich selbst. Zu diesem Zeitpunkt war ihm nicht klar gewesen, wie nah das Mädchen dem Täter gekommen sein konnte. Dass der Kleinen nichts zugestoßen war, war ein Glück, auf das er sich nur ungern auch für die Zukunft verlassen wollte. Wie groß war das Risiko? Er hätte gerne ausgeschlossen, dass der Mörder sie für eine Augenzeugin halten konnte. Sollte es ihn beruhigen, dass anderenfalls schon längst etwas passiert wäre?

Gabriela drehte sich strampelnd unter ihrer Decke, und er schloss leise die Tür.

Er wusste, dass nicht weit entfernt eine Mutter über den Schlaf ihrer Tochter wachte, neben deren Bett eine Taucherbrille und eine Schneekugel lagen. Und diese Mutter würde heute Nacht kein Auge zumachen.

Nein, es gab für sie beide nichts, was sie beruhigte, solange der Blasrohrschütze frei herumlief.

Freitag, 13. Oktober, 6:05 Uhr
– Ignacia Martí Jiménez –

Nach der kleinen Auseinandersetzung wegen des Hundes und des Taugenichts, mit dem sie herumpoussierte, hatte Montse am Mittwoch überraschend schnell eingelenkt. Ein kurzes Entgegenkommen. Von der Razzia gestern waren Ignacia nur auf anderem Wege Informationen zugetragen worden. Yola wusste davon, weil der Enkel eines Cousins betroffen war, und Pilar hatte völlig aufgelöst in *La Pausa* gesessen und über die Schlechtigkeit der Welt gejammert. Über das System, die Gewalt, oben und unten, links und rechts und ihre jungen Freunde aus dem *Horta ocupada*, denen so viel Unrecht widerfuhr. Auch wenn manche vielleicht etwas übermotiviert zur Sache gingen. Es hatte eine ganze Weile gedauert, bis Ignacia die Hintergründe überblickt und die Unsicherheit in Pilars Worten wahrgenommen hatte. Was wollte die von ihr hören? Dass sie an niemandem zweifeln sollte? Das wäre ein törichter Rat gewesen.

Ihre Tochter war ihr ausgewichen, aber jetzt schwang sie freiwillig den Wischmopp über die Fliesen und pfiff die Erkennungsmelodie der Nachrichtensendung mit. Ignacia war auf der Hut.

»Du hast gute Laune«, stellte sie fest, als Montse das Putzzeug wegräumte. »Ich habe Frühstück vorbereitet. Setz dich und iss, solange es warm ist.« Ein *entrepà* mit Schinken lag in Papier eingewickelt zum Mitnehmen bereit, ein zweites aufgeschnitten auf einem Teller neben der Pfanne.

»Setz du dich, ich mach das.«

Montse häufte frisches Rührei auf das Weißbrot, legte den Deckel auf und halbierte es. Zischend ergoss sich ein *cafè solo* in die eine Tasse und ein *cafè amb llet* in die andere. Ignacia seufzte und ließ sich mit einem Anflug von Neid auf einen Stuhl sinken. Das Leben war einfach, solange man jung und gesund war. Da ging noch alles schnell von der Hand. Sie konnte sich ausmalen, wie Montse ihre Überlegung kommentiert hätte. Zum Doktor gehen, sich mehr bewegen und sich nicht selbst älter reden als sie war. Mit Mitte sechzig kletterten andere in der Sierra Nevada herum, fuhren Ski oder reisten um die Welt. Manche fingen sogar noch an zu studieren. *Und du jammerst und schmierst Brote.*

Stumm lehnte sie ab, sich das *entrepà* zu teilen und sah ihrer Tochter beim Essen zu.

»Du weißt von der Polizeiaktion, oder?« Montse wischte sich einen Krümel aus dem Mundwinkel. »Ich habe es vergessen zu erzählen, weil es nur eine Vernehmung war, halb so wild. Niemand wurde verhaftet. Auch Carlos nicht.«

»Und deshalb bist du so gut gelaunt?«

»Ja, auch. Ist doch eine gute Nachricht.«

Bedeutungsschwer atmete Montse ein, und Ignacia hielt automatisch mit den Atem an.

»Ich habe jemanden kennengelernt. Wir haben uns ein paarmal getroffen – er ist weder zu jung noch zu alt oder ein *Taugenichts*: Er ist Arzt.«

Ignacia schlug die Hände zusammen, aber Montses Kopfschütteln dämpfte ihre Begeisterung.

»Langsam Mama, wir sind kein Paar. Wir verstehen uns gut, das ist alles. Und er ist auch kein Orthopäde, den ich dir unterjubeln will, damit du dich behandeln lässt.«

Ignacia nickte und glaubte ihr kein Wort. Wenn Montse von sich aus über ihn sprach, musste es ernst sein. Ein Arzt, kaum zu fassen. Endlich eine anständige Aussicht für Montses Zukunft. Dafür nahm Ignacia einiges in Kauf. Sogar, auf einen Widerspruch zu verzichten.

»Bitte tu mir den Gefallen und behalte es für dich. Ich will nicht, dass noch mehr über mich getratscht wird. Das gilt auch für Jaume. Der kann mich ruhig weiter für eine rote Revoluzzerin halten. Ein Arzt würde nicht in sein Bild passen.« Sie quetschte einen Spritzer Ketchup aus der Flasche auf das letzte Stück Brot. »Hat er dir in letzter Zeit irgendwas von seiner Arbeit erzählt? Ich finde das furchtbar, wie die in seiner Abteilung um ihre Vorschriften kreiseln. Ein bisschen frischer Wind und normaler Menschenverstand würden denen unter ihrer Käseglocke ganz guttun.«

Ignacia kniff die Augen zusammen. »Du hast eine eigene Theorie zu den Morden, von der Jaume nichts wissen will?«

»So ähnlich. Mein lieber Herr Doktor und meine kleine Croqueta helfen mir beim Beweise sammeln.«

»Du liebe Zeit! Was machst du wieder? Und nun ziehst du auch noch einen Arzt mit rein? Das wird Jaume gar nicht gefallen.«

»Oh, Mama, nicht aufregen! Keiner von beiden ahnt etwas. Davon weißt nur du.« Flüsternd rückte Montse näher. »Ich schwöre, es ist total ungefährlich. Allerdings könnte ich schon ein bisschen richtige Hilfe gebrauchen. Willst du?«

Ignacia schaute zum Eingang. In einer halben Stunde schloss sie auf, dann kamen die gleichen Leute wie jeden Tag, in der immer gleichen Reihenfolge, sagten das Gleiche, bestellten das Gleiche. Am Nachmittag und Abend mischte sich das Publikum, ausländische Touristen verirrten sich auf dem Weg zum Strand oder auf dem Rückweg ins Hotel zu ihr herein. Die meisten blieben nicht lange, und in wenigen Wochen würde das Geschäft bis auf die Stammgäste fast vollständig einschlafen. Sie war auf dem besten Weg, in diesem

Trott vor sich hin zu dämmern, und das Leben aus dem Blick zu verlieren. Unter ihrer eigenen Käseglocke.

»Was kann ich tun?«, fragte sie und spürte augenblicklich, wie Montses Lächeln auf sie übersprang.

Freitag, 13. Oktober, 10:15 Uhr
– Jaume Soler Martí –

Im Besprechungszimmer war es voll wie lange nicht mehr. Jeder schien erpicht darauf, vor dem Wochenende noch möglichst viel zu erledigen oder sich zumindest als sehr beschäftigt darzustellen, um nicht noch mehr Arbeit aufgeladen zu bekommen. Zwischen den Zeilen knirschte es bei jedem zweiten Satz. Selvanegra kam noch vor dem offiziellen Austausch auf eine Stippvisite vorbei und zeigte sich hocherfreut, dass im Fall Sorokin nun Namen im Raum standen. Er faselte von »Corpsgeist« und vom »Durchbruch«, den er nun hoffentlich bald in einer Pressekonferenz bekannt geben könne, schnarrte ein »Weiter so, Männer« in die Runde und rauschte davon.

»Welche Namen?«, fragte Calderon laut, während sie um einen großen Tisch Platz nahmen.

Ana Ortiz hob den Zeigefinger. »Dazu kommen wir gleich. Ich hatte Señor Selvanegra vorhin eine schnelle Vorabinfo gegeben, weil er terminlich eingeschränkt ist und klar war, dass er nicht bleiben kann. Zuerst sollten wir etwas zu den Videos hören, nicht wahr?« Sie schaute Jaume an, der sich auf ein Nicken beschränkte und wie gewohnt am Fenster stehen blieb. Ana mochte zwei, drei Jahre jünger sein als er, eine erfahrene Ermittlerin aus dem Drogendezernat.

Domenech verlor keine Zeit und projizierte einige Bilder an die Wand. »Das ist die Ausbeute der Überwachungsvideos von Sorokins letztem Abend. Viele Bars und Clubs haben

Wachleute vor dem Bildschirm, um gegebenenfalls direkt eingreifen zu können, zeichnen aber nicht auf. Alles, was wir kriegen konnten, zeigt ihn allein, ohne Begleitung. Das haben auch ein Barmann und ein Taxifahrer bestätigt. Die einzige Auffälligkeit war eine Frau, die sich im Casino mehrfach in seiner unmittelbaren Nähe aufgehalten hat. Wir haben sie so gut wie möglich aus den Videos isoliert.«

»›Gut‹ ist gut«, sagte Sanchez, und irgendwer lachte. Der hagere, schnauzbärtige Mittfünfziger kümmerte sich normalerweise um Eigentumsdelikte. »Das Ultraschallbild meiner Enkelin war besser.«

Zumindest auf den ersten Blick hätten viele Frauen hinter den grobkörnigen schwarz-weißen Pixeln stecken können: Lidia Alvarez, Jaumes Frau Paloma oder Ana Ortiz. Sie alle entsprachen von der Gesichtsform und den dunklen Haaren dem gleichen Typ.

»Es gab keinen sichtbaren Kontakt, weder ein Gespräch noch eine Berührung. Was beides aber nicht gänzlich ausschließt, da es einige Bereiche gibt, die nicht lückenlos überwacht sind. Fest steht, dass sie getrennt angekommen und kurz nacheinander gegangen sind.«

»In welcher Reihenfolge?« Ana Ortiz gesellte sich zu Jaume ans Fenster.

»Sie war vor Sorokin dort, er ging zuerst«, antwortete Domenech. »Unterschiedliche Eingänge, gleicher Ausgang auf Straßenniveau zur *Moll*.«

»Aus alldem können wir wenig schließen, oder?«

Es wäre einfacher gewesen, wenn sie das Casino im Untergeschoss verlassen hätten. Mit direktem Zugang zur Strandpromenade. Entweder war er empfindlich, oder in Anas Fragen lag eine gewisse Provokation.

»Sorokin hatte gewonnen, als er ging. Keine besonders große Summe, aber immerhin ein paar Hundert Euro. Das letzte Bild ist an dem Spieltisch entstanden. Womöglich wollte sie ihm beim Ausgeben behilflich sein.«

»Womöglich musste sie auch einfach nur nach Hause?«, hielt Ana Ortiz dagegen. »Tut mir leid, aber ich bin mir nicht mal sicher, ob das auf den Bildern jedes Mal die gleiche Frau ist.«

»Was wird das?«, raunte Jaume ihr zu. »Nimmst du unseren Kollegen gerade ins Kreuzverhör?«

»Nein, wieso denn?« Ana schüttelte verständnislos den Kopf und redete für alle hörbar weiter. »Ich versuche nur von Anfang an alles zu bedenken, was gegen uns verwendet werden könnte. Diese Bilder sind in keiner Weise beweiskräftig. Mehr wollte ich nicht sagen.«

Jaume suchte Domenechs Blick und war in diesem Moment froh, dass der den Praktikanten zum Ausschlafen nach Hause geschickt hatte, nachdem die beiden sich für die Auswertung die Nacht um die Ohren geschlagen hatten. Freiwillig. Dafür jetzt solche Kritik einstecken zu müssen, war demotivierend.

»Für einen biometrischen Vergleich hat die Qualität jedenfalls ausgereicht. Der bestätigt, dass es sich jeweils um dieselbe Person handelt, was sich zusätzlich an der Bekleidung feststellen lässt. Carolina hat die Körpergröße ermittelt, was im Verhältnis zu Sorokin leicht war, von dem die Maße bekannt sind. Abzüglich der Absätze 1,72 Meter. Unsere Auswertung reicht vielleicht nicht für einen Schuldspruch, aber …«

»Schon gut!« Ana nahm zum Zeichen der Kapitulation beide Hände hoch. »Das war kein Angriff. Ihr geht also davon aus, dass sie sich spontan an einen Gewinner rangeschmissen hat, um sich mit seinem Geld einen schönen Abend zu machen?«

»Nicht zwingend.« Jaume verließ seinen Stammplatz und umrundete den Tisch, um sich neben Domenech zu setzen.

An dessen Schläfe pulsierte deutlich eine Ader, aber er ließ es sich nicht nehmen, mit seiner Ausführung fortzufahren.

»Sollte es so gewesen sein, hat sie mit dem Mord vielleicht nichts zu tun und ist nur eine Zeugin, die uns den nächsten Hinweis liefern kann. Oder ihr Plan ist gründlich schiefgegangen, weil ihre und seine Erwartungen an einen schönen Abend weit auseinanderklafften. Und es kam zum Mord im Affekt.«

»Dagegen sprechen die fehlenden Kampfspuren. Wegen der aufzuwendenden Kraft für den Messereinsatz stufen wir sie eher als Lockvogel ein.« Jaume bemühte sich, Ana Ortiz zuvorzukommen, die schon wieder den Zeigefinger reckte. »Für einen Raubüberfall, der aus dem Ruder lief, weil Sorokin sich gewehrt hat. Alkoholbedingte Selbstüberschätzung. Er bekommt das Messer in die Rippen, und der Raub wird unvollendet abgebrochen.« Eine Rolex und eine dicke Goldkette ließ ein Dieb nicht grundlos zurück. Es sei denn, es wäre ein Anfänger am Werk gewesen, der über keine Kontakte im Milieu verfügte. Das musste er Ana nicht erklären. Ohne Abnehmer für die teuren Stücke waren sie mehr Sicherheitsrisiko als Gewinn. Bargeld hinterließ dagegen keine Spur. Beinahe hätte er gegrinst. Folglich musste Kollege Calderon wohl mit auf die Liste der Verdächtigen.

»Beim Lockvogel bin ich dabei, Soler. Nur sehe ich keinen Raubüberfall.«

Schlagartig begriff Jaume, worauf Ana hinauswollte, und was er bei seiner Erklärung außer Acht gelassen hatte.

»Ein brutales Exempel von *Mateix*.« Sie trat an den Tisch und stützte sich ihm gegenüber auf. »Manchmal sind die Spuren so eindeutig, dass sie uns anspringen. Und das Offensichtliche ist die Wahrheit, auch wenn wir es vielleicht gern anders hätten.«

Calderon gab einen merkwürdigen Laut von sich und

schlug die rechte Faust in die offene Linke. »Wenn das so ist, nehmen wir uns die linken Reifenzerstecher jetzt vor, und treten ihnen in den Arsch, dass es kracht.«

Sanchez applaudierte und Domenechs Kugelschreiber klickte.

»Na, ist doch so, bei Mord kenne ich keine Freunde. Das gilt doch wohl für uns alle hier.«

Anas Lächeln ließ ihre Augen kalt und Jaume erwiderte es ungerührt. Ihr Hieb kam weder überraschend noch war ihr Argument falsch. Er fühlte keinen Groll. Sie kannten einander nicht. Und nun wusste er immerhin, dass sie im Bilde war, was seine Verflechtungen betraf.

»Die Namen, Ortiz«, forderte er. »Wen hast du Selvanegra als Verdächtige genannt und warum?« Sie waren ein Team und diese Sitzung sollte alle auf den gleichen Stand bringen. »Unser Lockvogel passt gut in deine Theorie, nicht wahr?«

»Ich wäre auch ohne ausgekommen, aber ja, er passt.« Ana blätterte in einem Schriftstück. »Wir haben nach unseren Befragungen eine Favoritenliste gekürt, genau wie du es vorgeschlagen hast, und an Domenech geschickt.«

»Hab ich bekommen«, bestätigte der. »Nur das mit dem Muster auf dem Stadtplan hat leider nicht funktioniert.«

Sein Bedauern ließ Interpretationsspielraum offen.

»An der Spitze steht eine überaus aggressive junge Frau, die sich verbale und teils handgreifliche Ausraster geleistet hat, sowohl gestern als auch schon bei der Hafendemo und im Anschluss daran«, fuhr Ortiz fort. »Ihre Beschwerden über den despotischen Polizeistaat, Polizeiwillkür, Polizeispitzel et cetera können wir außen vor lassen, das sehe ich in dem Umfeld als Standard an. Ein Alibi hat sie nicht. Für die anderen potenziellen Morde schon, aber dünn und aus dem Freundeskreis. Mitgefühl mit Sorokin? Fehlanzeige. Mehr noch: ausdrückliche Schadenfreude und Missgunst. Sie hat – nettes Detail am

Rande – das Flugblatt mitgestaltet, das ihm an den Leib geheftet, mit dem Messer förmlich hineingerammt, worden ist.«

Jaume konzentrierte sich auf das hoch und runter schwingende Papier. Anas reißerische Art zu reden verursachte ihm Unbehagen. Nichtsdestotrotz wusste er sofort, dass er der Frau am Hafen begegnet war, wo sie nach einem Polizisten getreten hatte. Er erinnerte sich an zahlreiche blonde Zöpfe und drehte sich zu dem grobkörnigen Foto aus dem Casino. Gefärbte Haare, eine Perücke? Es erforderte Fantasie, aber natürlich war es nicht unmöglich.

»Außerdem hat sie sich in Asunción da Silvas Nachbarschaft herumgetrieben, um herauszufinden, ob wir auch in diesem Fall ermitteln und auf welchem Stand wir sind.«

Jaume fuhr herum. »Wiederhol das noch mal.«

»Welchen Teil? Kein Alibi, Flugblatt gestaltet …«

Sein Puls beschleunigte sich. »Sie war in *Sant Gervasi* und hat sich umgehört?«

»Genau das sagte ich. Mir zumindest erscheint das interessant. Damit setzt sie sich selbst in Bezug zu einem zweiten Mord. Natürlich kann es reine Neugier gewesen sein, ich will niemandem etwas unterstellen. Spontan sehe ich kein Motiv.« Ihr Gesichtsausdruck sagte etwas anderes. »Diese Rosina und ihr Freund Carlos sind besonders engagiert, man könnte sie als Schlüsselfiguren in der Szene bezeichnen. Bindeglieder zwischen *Mateix* und den anderen Widerstandsgruppen – Tourismus, Mietwucher, besetzte Gemeinschaftsgärten. Gut für uns: Sie sind in Auflösung liiert, und daher angreifbar. Die beiden könnten sich möglicherweise gegeneinander ausspielen lassen. Carlos ist auch gern mal mit Skateboard und Spraydose unterwegs.«

Beeindruckend. Jaume nickte. Und es passte zu den Graffitis an Asuncións Gartenmauer. Nur woher kam all dieses Wissen? »Ich muss dich kurz allein sprechen.«

Er umrundete den Tisch und nahm Ana Ortiz am Ellbogen zur Seite. Ihren scharfen Blick ignorierte er. »Keiner von beiden wird das gestern selbst ausgeplaudert haben. Vor allem die Beziehungsdetails.«

»Wir haben einen Tipp bekommen. Bist du nicht informiert?«

»Offensichtlich nicht.« Wer, wenn nicht sie, hätte ihn informieren sollen?

»Dann fürchte ich, bin ich nicht befugt, dir mehr zu sagen. Du weißt doch, wie das läuft, die Quelle muss geschützt werden.«

Einen Informanten enttarnte man nicht ohne Not, so weit stimmte Jaume ihr zu. Es erforderte Fingerspitzengefühl, die richtige Person zu rekrutieren. Sie musste bereit sein, ein gewisses Risiko einzugehen. Das war völlig in Ordnung. Aber sie musste auch in der Lage sein, das Risiko zu erkennen.

»Wenn du recht hast mit deinem Verdacht und dieses Pärchen sich in eine Art Blutrausch gesteigert hat, was denkst du, wie sie auf einen Verräter reagieren?«, fragte er leise und versuchte, nicht vorwurfsvoll zu klingen. »Kannst du deine Quelle auch davor schützen?«

Oder jeden anderen, der womöglich in Verdacht geriet. Wie zum Beispiel die Schwester eines Ermittlers.

Freitag, 13. Oktober, 16:30 Uhr
– Montse Soler Martí –

Ohne Zögern watschelte Croqueta in den Untersuchungsraum und sprang von selbst auf den Behandlungstisch. Ein argloses Wesen, das nicht im Traum auf den Gedanken kam, jemand könne ihm ein Leid zufügen. Er nahm die gesamte Untersuchung mit großer Gelassenheit hin, was auch an den Leckerlis aus Dr. Bazos Kitteltasche liegen mochte.

»Der Kleine ist erstaunlich gesund. Er hat weder Entzündungen an Augen und Ohren, noch Ekzeme in den Hautfalten. Die Hüfte könnte allerdings auf Dauer ein Problem werden.«

Montse wurde flau, während die Ärztin weitere rassetypische Erkrankungen aufzählte und überprüfte.

»Ich … ich muss wohl überlegen, ob ich ihn mir überhaupt leisten kann. Wie teuer … womit muss ich rechnen? So eine Operation … Was mache ich denn, wenn ich das nicht bezahlen kann?« Montse stotterte und verstummte. Genauso hatte sie vorgehen wollen, ein bisschen Mitleid heischen, um Doktor Bazo aus der Reserve zu locken. Aber jetzt fühlte es sich schrecklich real an. Bei ihrem Job blieb wenig Geld übrig.

»Halten Sie ihn konsequent an der Leine und unter Aufsicht. Dann geht es schon mal ohne Kastration.« Hermosa Bazo setzte Croqueta auf den Boden. »Es lässt sich immer eine Lösung finden.«

War das alles? *Eine Lösung.* Aber was für eine? Ohne weitere Erklärung wurde Montse ins Vorzimmer verabschiedet. Den Einsatz hatte sie gründlich in den Sand gesetzt.

»Kann ich noch was für euch tun?« Am Empfang hob Francisca Acosta den Kopf. »Ganz glücklich siehst du nicht aus.«

»Mir war nicht klar, was so ein Tier kostet. Bei meinen Finanzen sollte er besser kerngesund bleiben. Am Futter werde ich nicht sparen, aber sonst …« Montse hob die Schultern und ließ sie mit einem Seufzen fallen.

»Versuch es mit der Weihnachtslotterie. Soll ja Leute geben, die dran glauben.«

War das sarkastisch oder einfach nur beleidigend gemeint? In Franciscas Augen flackerte es. Ganz sicher machte die sich über sie lustig. Montse ging darüber hinweg, als habe sie nichts bemerkt, schließlich ging es hier um etwas Größeres. Sie durfte sich nicht ablenken lassen.

»Bisher hat mir das Losglück gefehlt. Ich bräuchte schon einen großen Gewinn – oder, wie meine Mutter meint, einen reichen Mann, um meine Probleme zu lösen.«

»Einen Mann?« Spöttisch zog Francisca die Mundwinkel herab. »Dann setzt du hundertprozentig besser auf ein Weihnachtswunder bei *El Gordo*. Geld ist zuverlässiger und die Chancen bei der Lotterie zu gewinnen sind höher als die, einen brauchbaren Kerl zu finden.«

»Wem sagst du das!« Montse rollte die Augen und sie lachten gemeinsam. Distanziert und doch wie Verbündete. Gleiches Alter, ähnlicher Erfahrungshorizont, daran ließ sich anknüpfen. »Im Moment gehört mein Herz allein *Croqueta*, da kann sowieso kein Mann mithalten. Ist mir ganz egal, dass er nicht reinrassig ist, obwohl ich das am Anfang dachte.«

Auch dieses Stichwort erzielte keine Reaktion. Montse brauchte eine schnelle Eingebung, sonst kam sie keinen Schritt weiter. Vom Wandkalender traf sie der Blick des Dobermanns. Drei Leichen auf Jaumes Schreibtisch, als sie dort die Bilder gesehen hatte. Eine Gänsehaut sträubte die Haare auf ihrem Arm, und ihre Fantasie schlug einen Haken. Asunción da Silva und der Mann aus dem *Park Güell* – das waren nur zwei. Konnte sie Jaumes Ärger am Hafen gleich zwei Mal falsch verstanden haben? *Was soll das mit dem Hund? Halt dich aus meinen Fällen raus.* Ihr Puls klopfte schneller, trieb ihr hitzige Röte ins Gesicht. Er hatte kein Problem mit irgendeinem Tierheimhund, sondern genau mit diesem, denn auch *Croquetas* Besitzer war tot.

»Hör zu, ich weiß, du darfst nicht, aber …« Vertraulich beugte sie sich über den Tresen. »Deine Chefin und du, ihr habt beide geglaubt, dass ihr Croqueta kennt, weil er aussieht wie ein Doppelgänger von einem eurer Patienten. Und dass sein Herrchen den nie weggeben würde. Seitdem mache ich mir total Sorgen, dass er es vielleicht doch ist und gestohlen wurde. Die Vorstellung, dass jemand den Kleinen so liebt wie ich und vermisst, macht mich irre.«

Francisca legte ihr Mobiltelefon aus der Hand und breitete beide Unterarme über die Kladde mit Terminvereinbarungen. »Und was willst du jetzt von mir?«

»Seine Adresse.«

»Auf keinen Fall.«

Das Handydisplay zeigte blinkend und im Sekundentakt eingehende Benachrichtigungen an.

»Bitte! Nur um das auszuschließen und sicher zu sein. Ich werde es niemandem verraten.« Montse holte Luft. »Ich gebe ihm den Hund zurück, wenn es seiner ist.« Der Satz machte ihre Knie weich, als sie das Angebot zu Ende dachte. Sie konnte Croqueta tatsächlich verlieren, wenn der Mann noch lebte. »Kannst du ihn nicht einfach anrufen? Das merkt deine Chefin doch nicht.« Montse deutete zum Handy, das um Aufmerksamkeit buhlte, und versuchte es mit einem Scherz: »Er könnte mein Traummann sein – oder deiner.«

»Glaub ich kaum.« Eilig stand Francisca auf, nahm das Telefon und schaute unschlüssig auf den Terminplan. »Ich muss jetzt dringend ins Labor.«

Montse verbiss sich ein triumphierendes Grinsen. Die traute ihr nicht. Und fürchtete sich davor, dass Dr. Bazo irgendetwas mitbekam. Handysehnsucht oder Pflichtgefühl, wer würde gewinnen? »Ich kann warten.«

»Also schön«, zischte Francisca halblaut. »Gib mir zwei Minuten, ja? Und wag nicht, hier etwas anzufassen!«

Freitag, 13. Oktober, 16:35 Uhr
– Jaume Soler Martí –

Seit der Teambesprechung litt Jaume unter Rastlosigkeit und dem paranoiden Eindruck, verfolgt zu werden. Er hatte die Vernehmungsprotokolle angefordert und jedes einzelne geöffnet. Mit Montses Akte wartete er bis zuletzt. Fürchtete er den Inhalt? In ihren Aussagen fand sich kein Wort über ihre Mitstreiter, nur allgemeine Stellungnahmen und Angaben zur eigenen Person. Es erfüllte ihn mit Stolz, dass Loyalität für sie noch eine echte Bedeutung hatte. Doch beim Weiterlesen blockierte ein Krampf seinen Kiefer. Kein nachprüfbares Alibi. Was hatte er erwartet? Alle Morde waren in der Nacht oder den frühen Morgenstunden geschehen. Fast jeder, der alleine lebte, geriet da in Beweisnot. Schwarz auf weiß wirkte es dennoch irritierend. *Kein nachprüfbares Alibi.* Vier Mal der gleiche Eintrag. Unterstrichen und versehen mit dem Namenskürzel der protokollierenden Beamtin: Ana Ortiz.

Das bedeutete nichts. Weder, dass Montse einen Mord begangen hatte, noch, dass sie umgekippt war und außerhalb der offiziellen Befragung mit Ortiz geredet hatte. Ein Druckmittel zu haben garantierte keinen Erfolg. Nicht bei einem Sturschädel wie Montse. Seine Schwester war gut darin, ihn in Schwierigkeiten zu bringen. Dennoch würde er im Zweifel immer auf ihrer Seite stehen.

Jaume rollte die Hemdsärmel herunter und knöpfte die Manschetten zu. Er achtete auf sein Äußeres, auch wenn es für manchen anders wirkte. Die immer gleichen weißen

Hemden vermittelten Seriosität und professionellen Anspruch. Im Winter oder zu offiziellen Anlässen zog er ein Jackett darüber, mehr Abwechslung brauchte er im Dienst nicht. Was an einem Tag passte, passte auch am nächsten. Wieso variieren? Seine weichen Slipper und der Verzicht auf Socken setzten einen lässigen Akzent, vielleicht nur für ihn selbst, aber das war ihm egal. Es beeinflusste sein Wohlbefinden. Nur Ana Ortiz störte derzeit seine kleine Reminiszenz an *Miami Vice*. Wieso war ausgerechnet sie zur Sonderkommission abgeordnet worden? Eine Drogenfahnderin. Gab es unter den *Mateix*-Mitgliedern einen Dealer, über den Ortiz ihre Informationen bezog? Oder hatte Selvanegra gehofft, auf diesem Weg den Bogen zu den ersten beiden Toten spannen und sie als Drogenopfer abhaken zu können?

Er verließ das Büro und betrachtete dabei Aufnahmen des Messers aus Sorokins Bauch. Zunächst waren die Geschäfte entlang dessen abendlicher Ausgehroute kontaktiert worden. Einige der noch offenen Händleradressen wollte Jaume persönlich abklappern. Bisher hatte sich niemand an Sorokin oder einen andern Käufer erinnert. Fein verziertes Holz und gute Stahlqualität. Wer trug ein solches Messer mit sich herum? Und wer ließ es dann einfach zurück? Damit ließ sich angeben, Eindruck schinden, Angst machen. Es konnte so etwas wie ein Markenzeichen sein. Dann wäre das Zurücklassen der Waffe als Botschaft zu verstehen, die unter Eingeweihten klar einen Namen transportierte.

Im ersten Stock bog er spontan ab. Fachabteilung Organisierte Kriminalität. Warum nicht? Besser, er klärte das gleich ab. Innerhalb einer Viertelstunde fragte er sich durch sämtliche Zimmer und erntete überall Kopfschütteln, gelegentlich gepaart mit einem mitleidigen Lächeln.

»Ein bisschen sehr plakativ, Soler. Oder?«

»In jedem Klischee liegt ein Funke Wahrheit.« Achselzuckend machte er einen Haken an die Angelegenheit. Also sprach nichts für eine Tat im Umfeld des Bandenmilieus. »Eine Option weniger und eine Erkenntnis mehr.« Er tippte sich zum Gruß an die Stirn. »Schönes Wochenende.«

Die Abschiedsfloskel verschaffte ihm unerwarteten Auftrieb, geleitete ihn verheißungsvoll voran. Mit jeder Minute kam er diesem Ziel näher, während er durch die Stadt von Laden zu Laden fuhr. Breite Straßen, enge Gassen, überall gab es Balkone, auf denen Wäsche trocknete, mit Blumenkübeln und Hunden, die ihre Schnauzen zwischen die Gitterstäbe steckten und erstaunlich selten einen Laut von sich gaben. Man konnte nie sicher sein, was gerade von oben heruntertropfte. Nur, dass es alle paar Meter tropfte, war gewiss.

Zwischen *Carrer del Bruc* und *Carrer de València* drehte er eine Extrarunde durch die Einbahnstraßen, um direkt vor dem Eingang der *Cuchilleria* zu halten: halb auf dem Gehweg mit eingeschaltetem Warnblinker. Hinter der beliebten und irreführenden Bezeichnung steckte wahlweise eine Messerschleiferei, ein Haushaltswarenverkauf – oder ein Paradies für Waffenfreunde.

Im schlichten Schaufenster lagen Multifunktionswerkzeuge, Frisörscheren und Barbiermesser, verzierte Säbel und ein Stahlhelm mit Einschussloch. Beim Eintreten hörte Jaume das hohe Sirren eines Schleifsteins. Alles zugleich ging also auch. Er streifte ein Bündel Feldflaschen in Flecktarnoptik, das penetrant nach Ziege roch. Wer sich für einen Survivaltrip ausrüsten und anschließend selbst mit einem Orden belohnen wollte, war hier richtig. Über der Kasse hingen gekreuzte Schwerter und Pistolen, wie sie Kolumbus im Gepäck gehabt haben mochte. Selvanegra mit seinem Faible für alles Militärische hätte sich wohlgefühlt. Weiter hinten im schlauchartigen Verkaufsraum entdeckte Jaume unter greller Beleuchtung profane Alltagsgegenstände wie Paellapfannen und Grillzangen. Von dort kam ein kleiner Mann mit prallen Oberarmen und grauem Kinnbart auf ihn zu.

Jaume legte diverse Fotos und seinen Ausweis auf eine der verschlossenen Glasvitrinen, während sein Gegenüber eine Lesebrille aufsetzte. Er ließ sich Zeit, tippte mit dem Zeigefinger auf das Messer, zog die Fotografie mit dem kantig geschnittenen Nagel näher.

»Schönes Stück.«

»Schon mal so eins verkauft?«

»Möglich. Müsste ich meine Bücher befragen. Allerdings geht eine Menge über meinen Tisch, und einen Internetshop haben wir auch.«

»In den letzten Wochen. Oder ganz genau vor drei Tagen, an den Mann auf dem Bild?«

»Nein.« Er schaute durch die Brille, dann darüber. »Hundertprozentig. Der war nicht bei mir.«

»Angenommen Sie würden ein Messer wie dieses verkaufen, ist dann eine Verpackung dabei – ein Kasten, ein Köfferchen, Etui?«

»Unterschiedlich und eine Frage des Preises. Kommt auch auf den Verwendungszweck an.« Der Verkäufer klappte den Deckel einer anderen Vitrine auf. »Diese da sind klassische Jagdmesser, zum Häuten und Zerlegen. Daneben sehen Sie Militärmesser. Beides wird fast immer am Gürtel getragen – im Gegensatz zu den Profimessern aus dem Küchenbereich. Das ist kein Witz, ich hatte schon Leute hier, die wollten sich ein Sushimesser umhängen oder eins zum Entbeinen. Lebensgefährlicher Blödsinn.«

»Hm. Und was ist jetzt mit dem Messer auf dem Foto?«

»Im Verkauf bekommt man es in einer gepolsterten Schachtel oder einem Etui, könnte auch standardmäßig in einer Klappbox liegen. Das ist aber durchaus zum Benutzen gedacht.«

Jaume nickte langsam. Seinen Eignungstest hatte es mehr als bestanden. Außer Fingerabdrücken und Blut hatte Martinez auf der Klinge noch eine weitere Spur gesichert. Feinen Abrieb von Leder, vermutlich vom Futteral, in dem es aufbewahrt worden war. Bei Sorokin hatten sie nichts dergleichen gefunden. Was die Vermutung stützte, dass die Tatwaffe dem Täter gehörte.

Jaume deutete das Einstecken in den Gürtel an und der Verkäufer wedelte mit der Hand.

»Nee, nee. Da wären Sie bei der Sushi-Variante. Eine solche Klinge steckt man niemals lose irgendwohin. In keine Tasche und schon gar nicht an den Körper. Das Verletzungsrisiko ist zu groß. Außerdem leidet die Schneide.«

»Ein schönes Messer verwahrt man also in einer schönen Hülle«, sagte Jaume. »Echtleder?«

»Ist angemessen, ja. Haltbar und strapazierfähig. Es gibt Hunderte Designs, für jeden was dabei, natürlich auch in Kunstfaser, wäre aber ein Stilbruch. Um es griffbereit zu haben, empfehle ich normalerweise die Gürtelaufbewahrung zum Einschieben. Bequem und unauffällig sind verdeckte Bein- oder Brustholster, wie für Pistolen. Nebenbei: Ich habe nur im Programm, was auch legal ist. Ist klar, oder?«

»Danke.« Jaume packte die Fotos und den Ausweis ein. Er beschloss, die Antwort einfach hinzunehmen. Ob nun legal oder illegal erworben und umgeschnallt, was blieb, war die Frage, die er sich schon im Revier gestellt hatte: Wer lief ausgerüstet mit einer derart scharfen Waffe durch die Stadt?

Jemand, der bereit war, sie zu benutzen. Jemand, der glaubte, sich schützen zu müssen. Dieser Jemand – der also vorbereitet war, dann aber ungeplant im Affekt handelte – rannte nach der Tat ohne das Messer davon. So weit ergab das Sinn. Sofern man die fehlenden Fingerabdrücke außer Acht ließ, die dem reinen Affekt widersprachen. Wie auch das Flugblatt, das sicher nicht von selbst auf Sorokins Brust gelandet war. Er fing von vorn an. Eine planmäßige Tat mit einem schönen Messer, das der Täter zurückließ? Weil es für ihn nichts von Wert war – weder materiell noch ideell. Er schüttelte den Kopf. Sein erstes Taschenmesser hatte ihm einer der Fischer geschenkt, mit denen sein Vater aufs Meer gefahren war. Ein rostiges altes Ding, das Jaume dennoch nie aus der Hand gegeben hätte. Für ihn war es viel mehr als ein Werkzeug gewesen. Ein Werkzeug war eine Notwendigkeit, doch auch wenn man es täglich nutzte, war es ersetzbar. Wie ein Kugelschreiber.

Mit einem Mal kribbelte es in seinen Fingerspitzen. Ein Werkzeug … Wieso hatte er den Worten eines Experten vertraut, ohne diesen je selbst als Täter in Betracht zu ziehen?

Freitag, 13. Oktober, 17:30 Uhr
– Montse Soler Martí –

Croqueta rotierte wie ein Kreisel um sich selbst und war kaum zu beruhigen. Die Freude, Luis Uribe wiederzusehen, kannte keine Grenzen. Endlich zu Hause. Begeistert schüttelte er jedes Spielzeug aus einem Eimer in der Ecke durch und legte es Luis anschließend vor die Füße. Auf seinen krummen Beinen flitzte er durch die Küche und immer wieder auf den engen Flur zu Guillermos Zimmer. Dort scharrte und winselte er. Montse fühlte sich furchtbar. Es war ein Fehler gewesen, ihn herzubringen. Der kleine Kerl würde höllisch leiden, wieder gehen zu müssen.

»Du willst Rambo also behalten?« Luis warf angesabberte Bälle und einen Kauring in den Eimer. Dem verblassten Aufkleber nach hatte der ursprünglich Waschpulver enthalten.

»Unbedingt. Croqueta – Rambo ist ein Knüller. Hab mich schockverliebt.« Das entsprach absolut der Wahrheit.

»Sieht man.« Luis grinste. »Du kannst seine Sachen mitnehmen. Die stehen mir eh im Weg herum und ich kann damit nichts anfangen. Sind nur die Gummidinger und die Leine. Extra Korb zum Schlafen hatte er nicht. Nur einen alten Teppich.«

Montse schaute über die Schulter zur verschlossenen Tür und dem verzweifelt auf ein Wunder wartenden Hund. »Darf er noch mal reingehen? Oder hast du schon ausgeräumt?«

»Nee, ist noch alles drin.«

Ein müder Fingerzeig erteilte ihr die Genehmigung. Seltsam heftiges Herzklopfen überfiel Montse, als sie die Klinke niederdrückte. Croquetas Schwanzstummel drehte durch, schnüffelnd raste er von Ecke zu Ecke. Fast schien er zu erwarten, dass Guillermo sich unter der Bettdecke, in einem Karton oder einer Bodenritze versteckte. Montse kniete sich auf den Teppich, der kurze Flor war kaum noch als solcher zu erkennen.

»Armes Schätzchen«, murmelte sie und tätschelte Croquetas Rücken.

»Ein halber Sack Futter ist auch noch da.« Luis lehnte im Türrahmen. »Und das hier, hatte ich ganz vergessen.«

Eine Bürste, Hundeshampoo und ein Handtuch. Markenfutter, für das Montse Werbung in der Tierarztpraxis gesehen hatte.

»Ich schätze, ich hätte Guillermo gemocht.« Sie lächelte zu Luis hoch. Trotz Geldknappheit hatte er gut für seinen Hund gesorgt, wahrscheinlich besser als für sich selbst. »Sag mir, was du für die Sachen kriegst. Und den Teppich würde ich auch gern haben.« Obwohl der zum Himmel stank. Sie wollte es Croqueta so leicht wie möglich machen, indem sie den Schlafplatz von einem Zuhause ins andere übernahm.

»Er hat ihn auf der Straße gekauft, aus einer Reisetasche, in der ein ganzer Wurf rumgekrabbelt ist. Hat sich voll übern Tisch ziehen lassen. Rassehund, von wegen! Der war total winzig und krank, ist ihm fast verreckt.« Luis Uribe schnäuzte sich. »Aber er hat es geschafft, darum hat Guillermo ihn Rambo genannt, weil er so ein Kämpfer ist.«

»Hat er sich sehr geärgert?« Eilig griff sie das Stichwort auf. Um ein Haar hätte sie vor Rührung den eigentlichen Grund ihres Besuchs vergessen. Mit ihrer Konzentration war es heute nicht weit her. »Ich meine, wenn er gedacht hat, er kauft einen Rassehund, war ihm das doch sicher wichtig?«

Croqueta guckte durch die Balkontür nach draußen auf ein paar Schuhe, die Ohren gespitzt.

»Ach was. Der hat nur auf die Kulleraugen geachtet. Da war er wie ein Kind.«

»Also hat er nicht versucht, ihn zurückzugeben und das Geld wiederzukriegen?«

»Und am Ende noch den Verkäufer anzeigen?« Uribe lachte. »Solche Leute sind schneller weg, als du blinzeln kannst, und Menschen wie Guillermo auch, wenn sie die Polizei wittern.«

Montse stand auf. Das musste reichen, ehe Uribe selbst misstrauisch wurde. Sie rollte den Teppich zusammen, auf dessen Unterseite ein Papierchen klebte. Hellblau mit einer Nummer drauf. Fünf Punkte, kleinster Trostpreis an der Losbude, nicht eingelöst. Vielleicht weil Guillermo sammeln wollte und auf ein Kuscheltier für Croqueta sparte. Verdammt, sie musste raus aus diesem fremden Leben, in dem ihr jede Kleinigkeit einen Kloß in den Hals drückte. Ob der Hund begreifen konnte, dass der Teppich unter ihrem Arm den endgültigen Umzug bedeutete? Sie zupfte das Los ab.

»Gib mir das, ich werfe es weg.« Uribe streckte die Hand aus. »Dieser Träumer. Hat es immer wieder versucht. Konnte an keinem ONCE-Stand vorbei. Nein, das ist übertrieben. ›Eines Tages bin ich reich‹, hat er gesagt. ›Dann lass ich mir ein Haus bauen. Dort wohne ich dann, mit Rambo und mit meinen Eltern und muss nie mehr arbeiten. Und du kannst auch mit einziehen.‹«

Kopfschüttelnd winkte er ab, als Montse an der Tür ihr Portemonnaie öffnete, und sie küsste ihn dafür auf die Wange.

»Danke. Wenn du Rambo sehen willst. Meine Nummer hast du.«

Draußen schritt sie zügig aus, schlängelte sich unter einem Baugerüst hindurch und an Schuttsäcken vorbei. Croqueta nieste. Der Besuch hatte sie aufgewühlt. Guillermo Vargas, dessen Adresse Francisca nur rausgerückt hatte, um sie loszuwerden, war also wirklich Croquetas Besitzer gewesen. Und außerdem der fehlende Tote, über den niemand in der Zeitung berichtete. ›Die Leiche vom *Jardin de Poble Sec*‹ wie Nurio ihn genannt hatte, auch wenn er in einem anderen Garten am *Montjuïc* gefunden worden war. Uribe war gesprächig gewesen, frustriert und traurig, obwohl er versucht hatte, es zu überspielen. Ganz eindeutig hatte er sich als eine Art Beschützer für Guillermo gesehen. Er würde das blaue Loszettelchen noch lange behalten.

Am *Font de Santa Eulàlia* blieb sie stehen, trank das kalte Wasser des Brunnens aus der hohlen Hand und ließ auch den Hund davon kosten, nachdem er ausgiebig die umlaufenden Stufen und die dünnen Bäume auf dem Platz beschnüffelt hatte. Warum erschreckte Guillermos Tod sie plötzlich so viel mehr? Ein kurzes, bescheidenes Leben. Ein einfacher Mensch, der sicher mehr als einmal gelinkt worden war. Ein Träumer …

Ihr Telefon klingelte. Rodrigo! Wie passend. Mit ihm hatte sie ohnehin reden wollen, auch auf die Gefahr hin, dass er sie auslachte, wenn sie wieder von Hundeschiebereien fantasierte. Sie wischte sich über die Nase, räusperte sich und ging ran. »Hallo, Rodrigo.«

»Señora Martí, na endlich! Ich dachte schon, du lässt mich in der Warteschleife verhungern. Hast du Lust auf eine kleine Entführung?«

Das hörte sich nach der perfekten Ablenkung an.

»Wenn du mich entführst, dann unbedingt!«

Freitag, 13. Oktober, 18:05 Uhr
– Jaume Soler Martí –

»Tut mir leid, Comissari. Der ist schon eine Weile weg. Hat sogar etwas früher Schluss gemacht als sonst und kommt erst Montag wieder rein.« Der Tierpfleger schnippelte Obst und Gemüse in einen Eimer für die letzte Fütterung des Tages. Dunkelrote, blutige Fleischbrocken lagen in einer Edelstahlschüssel. Fliegen kreisten, die Enrique in stoischer Regelmäßigkeit mit dem Ellbogen abwehrte, wenn sie auf seinem Arm zu landen versuchten. In der Futterküche stand eine beachtliche Auswahl an Messern, Scheren und Beilen zur Verfügung, griffbereit auf der Ablage oder an Wandhaken über der Spüle.

Jaume war mit seinem Dienstausweis gerade noch durch den Haupteingang geschlüpft, während alle anderen Besucher den Zoo verlassen mussten. Den Weg durch die verstopfte Stadt wollte er ungern als nutzlos abhaken.

»Das heißt, der medizinische Bereich ist abgeschlossen?«

»Klar. Soll ja nicht jeder einfach reinspazieren.«

»Und im Notfall?«

»Rufen wir die Vertretung.« Enrique zerteilte einen Kohlkopf. »Und ich habe natürlich einen Schlüssel.«

Jaume sammelte einige herumfliegende Kohlblätter auf. Na bitte, mit der Aussage konnte er arbeiten. Geduldig wartete er, ließ Enrique von seiner Arbeit erzählen und ging ihm unterdessen zur Hand. Es schadete nie, einen guten Eindruck zu machen.

Keine zehn Minuten später waren alle Näpfe gefüllt und sie betraten die Praxis des Zooveterinärs.

»Wonach suchen Sie eigentlich?«

Jaume schob den Unterkiefer vor. Wenn er das nur gewusst hätte. Sein Instinkt hatte ihn hergeführt und er war für eine Konfrontation gewappnet gewesen. Ein Wortgefecht mit Tricks und Finten, bei dem er sein Gegenüber durch Schweigen aus der Reserve lockte. Den Doktor nicht anzutreffen, veränderte alles. Er verzichtete darauf, etwas anzufassen, Schubladen zu öffnen oder Papiere durchzusehen. Rodrigo Díaz war nicht so dumm, belastendes Material offen herumliegen zu lassen. Wenn es denn welches gab.

In einem Regal stapelten sich Schachteln mit Vitaminpräparaten und Tiegel mit Salbe. Jaume tippte einen Finger dagegen. »Die richtig starken Medikamente?«

»Sind noch mal gesondert unter Verschluss. Da kommen nur die Doktoren selbst ran.«

»Und das ganze Operationsbesteck – Spritzen, Skalpelle und so weiter?«

»Einwegmaterial ist im Schank dort links. Der Rest kommt aus dem Sterilisator direkt in die keimfreie Schublade im OP.« Enrique schaute zur Uhr. »Ich müsste dann mal. Die Tiere haben Hunger.«

»Hm. Sofort.« An der Wand hingen Zeitungsausschnitte von einem Tiertransport in einen französischen Zoo und über die erfolgreiche Nachzucht einer bedrohten Art, von der er noch nie gehört hatte. Díaz posierte jeweils dekorativ für die Kamera.

»Zum Glück muss nicht mit jedem Messer so ein Aufwand getrieben werden. Sterilisieren und so, meine ich.« Jaume zeigte auf die Bilder. »Der Doktor trägt bestimmt immer eins bei sich, oder?«

»Klar. Wie fast jeder hier.«

»Sind das Spezialmesser? Entschuldigen Sie, wenn ich dumme Fragen stelle. Ich kenne mich leider gar nicht aus. Hat mich aber schon immer fasziniert. Mein Vater hatte eines extra zum Fische ausnehmen.« Ihn schauderte heute noch beim Gedanken an den Geruch im Schuppen am Hafen, wenn die Männer einen guten Fang gemacht hatten.

»Wir haben natürlich Spezialmesser, für die Klauenpflege zum Beispiel. Persönlich schwört jeder auf ein anderes Modell. Ich habe immer ein Taschenmesser in der Hose stecken, für alles möglich – Schnüre, Äste, Pappkartons. Nicht zur Verteidigung gegen Tiere.« Enrique grinste verhalten. »Doktor Díaz trägt seins sichtbar am Gürtel.«

»Für die Optik?« Jaume spiegelte das Schmunzeln und holte das Foto der Tatwaffe heraus. »Etwas in der Art?«

Enrique zögerte. »Er ist ein guter Arzt, Comissari«, sagte er dann. »Ein bisschen eitel vielleicht und hinter den Frauen her. Aber wenn es um die Tiere geht, lege ich für ihn die Hand ins Feuer. Für die Tiere tut er alles.«

»Daran zweifle ich nicht und es liegt mir fern, dem Doktor schaden zu wollen. Im Gegenteil.« Seine Atempause gab dem Pfleger die Gelegenheit, sich zu sammeln. »Sehen Sie es sich bitte genau an, Enrique. Ist das das gleiche Messer?«

Freitag, 13. Oktober, 18:10 Uhr
– Montse Soler Martí –

»Wenn ich ihn jetzt ins Tierheim bringe, ist er am Montag vielleicht nicht mehr da.« Montse rollte den Teppich neben der Eistruhe aus. Ein geschützter Ort, nah an der Theke und mit freiem Ausblick. »Das wäre eine Katastrophe.«

»Dein Problem. Ich brauche keinen Hund.« Ignacia brummte ungehalten. »Das muss weiter nach links, auf die andere Seite. Die Kühlung tropft und es zieht.«

Montse folgte ihrer Anweisung. »Wenn es nicht so wichtig wäre, würde ich dich mit Croqueta nicht gleich am ersten Abend allein lassen.« Ihre spontane Zusage an Rodrigo erforderte ein wenig Improvisation und einen Schuss Theatralik. Natürlich wollte das Tierheim gern eine Entscheidung, aber nicht zwingend heute. Es gab keine weiteren Interessenten, die ihnen Croqueta vor der Nase wegzuschnappen drohten. Die Unterbringung bei Ignacia ersparte ihr lediglich den Umweg an den Stadtrand und gab ihr Gelegenheit, noch zu duschen und zu überlegen, was sie einpacken wollte, bevor Rodrigo sie abholte. Kein Kleid, so viel stand fest. So was trug sie nur in Ausnahmefällen. Eine Jeans, eine Bluse und irgendwas für darunter, was sie sicher auch nicht lange anbehalten würde.

»Wegen dieses Arztes also?«

»Wegen dieses Arztes«, bestätigte Montse. Sie wollte die Hoffnungen ihrer Mutter ungern zerstören, doch ganz uneingeschränkt konnte sie das nicht stehen lassen. »Und wegen der Hunde und der Morde. Irgendwie hängt das zusammen.« Mit ihrer Erzählung war sie am Morgen vage geblieben, und auch jetzt stand die komplette Wahrheit nicht zur Diskussion. In knappen Sätzen umriss sie ihre Vermutungen, unter Auslassung einiger wichtiger Einzelheiten. Rodrigos Rolle als Polizeiexperte zum Beispiel, wie und warum sie ihn kennengelernt hatte – und seinen richtigen Namen.

»El Cid«, sagte sie. »Groß, stark, edel.« Die Beschreibung traf sicher seinen Geschmack. Genau wie die Anrede, abgeleitet vom arabischen *al sayyid*, mein Herr. Obwohl sie nie ganz verstanden hatte, was viele an dem spanischen Nationalhelden begeisterte. Ein ruhmreicher Ritter des Königs oder ein Söldner, der jeder Fahne folgte, die ihn gut bezahlte – je nachdem, welcher Überlieferung man Glauben schenkte. So oder so ein Krieger, der mit scharfer Klinge Menschen tötete. Sympathisch fand Montse das nicht, doch sein bürgerlicher Name war tatsächlich Rodrigo Díaz gewesen.

»Warte nicht auf mich, Mama. Keine Ahnung, wann ich wiederkomme.« Sie drückte Ignacia einen Kuss auf die Stirn und grinste. »Vielleicht erst Sonntag.«

Noch auf der Treppe zu ihrer Wohnung schälte sie den Overall herunter. Sie kickte die Schuhe hinter die Tür, stopfte ihre Arbeitskleidung in die Wäschebox und schob den Duschvorhang beiseite.

»Verdammt«, mit der Zahnbürste in der Hand stieg sie wieder aus der Dusche und suchte ihr Telefon. Es war nicht richtig. Einfach nicht richtig, Jaume im Dunkeln zu lassen. Es ging um seine eigene Tierärztin, was die Sache irgendwie noch unangenehmer machte. Und der Hinweis hing im Zimmer seiner Kinder. Sie musste unbedingt vermeiden, dass der gemeinsame Zoobesuch zur Sprache kam.

Zwei Mordopfer waren mit ihren Hunden in Dr. Bazos Praxis gewesen, wie sie durch die Polizeibilder mit den Kalenderfotos wusste, vielleicht sogar drei. Wessen Wohnungen sie darauf gesehen hatte, wusste sie natürlich nicht. Nur bei Guillermo war sie nun absolut sicher, was Jaume auch nicht begeistern würde.

Der Geheimauftrag, den Ignacia von ihr bekommen hatte, war es, die Tierarzt-Frage in Bezug auf Asunción da Silva zu klären. Eine ihrer Freundinnen kannte sicher jemanden, der das in Erfahrung bringen konnte. Nicol oder Yola, vielleicht Pilar, die Asuncións Tod besonders beschäftigte. Allerdings brauchte dieser Weg Zeit. Einen *cafè amb llet* hier, einen Likör dort. Nein, so lange konnte sie nicht warten. Sie musste jetzt entscheiden, ob sie Jaume ihre Vermutungen mitteilte. Es war extrem unwahrscheinlich, dass Asunción mit ihrem Hund von *Sant Gervasi* bis nach *Carmel* gefahren war, es gab viel näher gelegene Praxen. Andererseits galt das Gleiche für Guillermo Vargas in *Raval*. Und beide waren tot.

Auf keinen Fall sollte Jaume auf die Idee kommen, sie mache sich Sorgen um *ihn*. Ein dienstlicher Anruf war also besser als ein privater. Sie wählte seine Büronummer. Es tutete. Auf den zu erwartenden Rüffel wegen ihrer Einmischung kam es nach den ganzen *Mateix*-Verwicklungen nicht mehr an.

»*Divisió d'Investigació Criminal*«, raunzte es kurzatmig. »Calderon.«

»Hallo, wie geht es? Hier ist Montse. Ist Jaume da?«

»Hallo. Nein, der ist nicht hier, ich kann versuchen, dich auf sein Mobiltelefon durchzustellen. Moment.«

Es tutete wieder, in verschiedenen Tonlagen, dann hatte sie erneut Calderon am Apparat. »Der geht nicht ran. Soll ich was ausrichten?«

Ihr fehlte die Zeit, lange zu überlegen. »Sag ihm, er soll mich anrufen, möglichst bald. Ich bin übers Wochenende nicht da.« Nur sie beide, hatte Rodrigo sich gewünscht, kein Telefon, keine Erreichbarkeit für andere – ganz ungestört. Vor allem, was Notfälle im Zoo anbelangte. Eine nette Idee, doch für eine kleine Weile würde sie ihr Telefon noch eingeschaltet lassen.

»Sag ich ihm. Und worum geht es?«

»Na ja, ich … Doktor Bazo. Sag ihm einfach, ich muss ihn wegen Doktor Bazo sprechen.«

Freitag, 13. Oktober, 18:20 Uhr
– Calderon –

Minutenlang saß Calderon einfach nur da. Woher kannte er den Namen? Und wieso krampfte sich sein Bauch zusammen, als hätte er zu viele *Boquerones* gegessen, die ihm nun schwer und ölig im Magen lagen? Schlecht für die Galle, behauptete Maria, und tischte ihm die eingelegten kleinen Fischchen trotzdem immer wieder auf. Natürlich! Diese hübsche Helferin mit dem langen dunklen Zopf, die ihn so sehr an seine Frau erinnert hatte – die arbeitete für Doktor Bazo! Und Doktor Bazo war eine von diesen Tiermedizinern, wegen denen er sich die Hacken abgelaufen hatte. Er presste die linke Hand auf seinen Oberbauch. Es fuchste ihn, dass er nicht schnell genug geschaltet und Montse nach Details gefragt hatte. Besser, er sah die Unterlagen zuerst durch, bevor er Jaume über den Anruf seiner Schwester informierte. Was zum Teufel hatte die mit Doktor Bazo zu schaffen? Seine Eingeweide verlangten nach bitteren Kräutern, und der Gedanke an Oleander durchzuckte ihn wie ein elektrischer Schlag. Nur nicht durchdrehen. Er blätterte durch seine handschriftlichen Notizen, um den Computer nicht wieder anschalten zu müssen. War ihm etwas entgangen, ein Fehler unterlaufen? Zwischen dem üblichen Blabla nichtssagender Antworten hatte er Francisca Acostas hohe Kooperationsbereitschaft positiv markiert. Zur Ärztin gab es dagegen eine unfreundliche Randbemerkung. Sie war seinem Blick und seinen Fragen ausgewichen, was er als Missachtung empfunden hatte, mehr noch: als auffällig. Ihr nerviges Gefummel an den Knöpfen – Unkonzentriertheit oder Übersprungshandlung – war ihm einige Ausrufezeichen und Kringel wert gewesen. Trotzdem war er der Sache nicht nachgegangen. Sein Magen drückte weiter und er schwitzte. Er wischte über einen Krümel, der sich unter seinem Finger auflöste. Ein fettiger Fleck, der das Lesen erschwerte. Irgendwas hatte er als lächerlich bezeichnet. Er brummte missmutig. Wirklich lächerlich war, was er hier machte! Nur wegen Montses Bemerkung. Vielleicht wurde er paranoid und bildete sich nur ein, unter Jaumes verstärkter Beobachtung zu stehen.

Sein Mobiltelefon klingelte und zeigte eine fremde Nummer an. »Ja?«

»Señor Calderon? Hier spricht Leila, ich wohne zwei Etagen über Ihnen, wir sind uns schon mal begegnet, denke ich. Es ist wegen Ihrer Frau, es geht ihr nicht gut.«

»Was ist passiert?« *Fahrig und nervös.* Der Kringel tanzte vor Calderon übers Papier. *Blasrohr.*

»Sie sitzt auf der Treppe und hat keinen Schlüssel dabei und auch kein Telefon, nur einen Zettel mit Ihrer Nummer.« Unter die unsichere junge Stimme mischte sich eine zweite. »Sie weint, weil die Kinder allein sind.«

Mit dem Telefon zwischen Ohr und Schulter eingeklemmt, raffte er seine Sachen zusammen. Hinter ihm knallte der Bürostuhl gegen die Wand. »Bin gleich da.«

»Soll ich etwas unternehmen, wegen der Kinder?«

»Nein.« An der Tür stopfte er das Notizbuch in seine Tasche, eine Seite riss. »Das ist ein Missverständnis.« Einen Fluch schon auf den Lippen ballte er die Faust, besann sich im letzten Augenblick. »Danke, Leila«, sagte er mühsam. »Können Sie noch einen Moment bei ihr bleiben?«

Freitag, 13. Oktober, 18:25 Uhr
– Jaume Soler Martí –

Eine merkwürdige Ruhe lag über der Anlage, die nur eine gute Viertelstunde nach der Schließung verlassen wirkte. Obwohl Enrique sicher nicht der einzige Pfleger war, der seine Lieblinge noch fütterte, konnte Jaume niemanden entdecken. Keine Besucher auf den Wegen, keine aufgeregt plappernden Kinderstimmen. Bis auf das heisere Krächzen der Papageien und den trostlosen Ruf eines Huftiers herrschte Stille. Er war allein mit seinem Herzschlag, der sich bei jedem Schritt beschleunigte, lauter wurde und den Kontrast verstärkte. Wirklich leise konnte es gar nicht sein, denn hinter den Mauern des Tierparks lagen verkehrsreiche Straßen und der *Parc de la Ciutadella*. Was Jaume als Stille empfand, war ganz im Gegenteil das stetige Grundrauschen der Stadt.

Als er auf Höhe der Mandrills und des Klammeraffengeheges ankam, ging Domenech endlich ans Telefon. Jaume hielt sich nicht mit Erklärungen auf.

»Hast du bei Díaz ein Messer gesehen?« Er hörte ein kurzes, scharfes Zischen und wusste, dass Domenech die Luft zwischen den Zähnen einsog, was eine Antwort fast überflüssig machte.

»Das hatte ich total vergessen.« Seine Irritation war nicht zu überhören. »Dabei dachte ich noch, der trägt fast genauso viel Zeug an seinem Gürtel wie ein Polizist im Einsatz. Ja, da war eins mit feststehender Klinge, ganz sicher. Ich erinnere mich an die Form der Einschübe und einen Knauf, halb verdeckt. Gürtel und Holster dürften aus Leder sein und dunkelbraun. Aber …«

Wie der Abrieb, den Martinez sichergestellt hatte. »Wo bist du gerade?«

»Noch im Revier, unterwegs von der KTU zurück ins Büro. Was soll ich tun?«

»Sieh nach, wie gründlich Díaz vor Sorokins Tod überprüft wurde. Alibi, Motive, Kontakte. Gab es Auffälligkeiten zu seiner Person?« Im Hintergrund knallte eine Tür, ein Schlüssel fiel auf eine Tischplatte.

»Bin an meinem Platz. Calderon scheint ausgeflogen zu sein. Ich ruf dich zurück, sobald ich die richtige Datei gefunden habe.«

Jaumes Fluch schreckte die Erdmännchen auf. Er verließ den Zoo mit Blick auf die Statur von General Prim, der hoch zu Ross in der Mitte eines Rondells thronte. Solange er auf Domenechs Antwort wartete, konnte er am Kiosk neben dem Parkplatz an der Zufahrt zum katalanischen Parlament einen Kaffee trinken und dann entscheiden, ob er noch mal ins Revier musste. Sein Nationalstolz hielt sich in Grenzen, sowohl in Bezug auf Spanien als auch auf Katalonien, dennoch rief dieser geschichtsträchtige Ort seltsame Gefühle hervor.

An den Schranken wiesen Schilder darauf hin, dass das Areal in einem Radius von fünfhundert Metern um das Gebäude videoüberwacht wurde. Nötigenfalls würde er versuchen, diese Kamera anzapfen zu lassen.

Er rührte seinen zweiten *cafè amb llet*, als der Anruf einging.

»Es wird dir nicht gefallen.« Domenechs Atmung verriet höchste Anspannung. »Rodrigo Díaz stand ganz oben auf der Liste von Leuten, die wegen der Anwendung von Betäubungspfeilen und zu den Barbituraten befragt werden sollten.

Tierärzte, Tierheime und so. Ich konnte Calderon nicht erreichen, also habe ich in seinem Kalender nachgesehen.«

Ein Vorgehen, das ihm verständlicherweise unangenehm war.

»Wir haben Díaz nie befragt, Jaume. Nicht so wie die anderen jedenfalls. Calderon musste seinen Termin dort zwei Mal verschieben, zwischendurch bin ich dann dort gewesen. Wir haben über Medikamente gesprochen und über die Handhabung des Blasrohrs, das war alles. Seine weitere Ausrüstung war kein Thema. Díaz wird als externer Polizeiexperte geführt, mit dem wir zusammenarbeiten. Und das nicht zum ersten Mal, auch von anderen Abteilungen wird er häufiger kontaktiert, wegen entwischter Schlangen aus Privathaltung, Exoten, die der Zoll sichergestellt hat, oder bei Notfällen in der Reiterstaffel.«

Fluchend legte Jaume den Löffel auf den Unterteller. Darauf hätte er selbst kommen können. Die Ställe der *Guardia Urbana* waren in einem für die Weltausstellung 1888 errichteten Gebäude untergebracht und grenzten unmittelbar an den Zoo. Die alte Fassade war erhalten geblieben, nur standen jetzt statt Maschinen Pferde in der dreischiffigen Stahlgerüsthalle. Jaume strich die Ecken der Asservatentüte glatt. Darin befand sich ein aufgerissener, leerer Umschlag von Díaz' Schreibtisch. Es war das Einzige, was er unauffällig hatte erwischen können. Illegal in seinen Besitz geraten und daher nicht als Beweismittel verwertbar. Trotzdem konnten die Fingerabdrücke darauf aufschlussreich sein.

»Es tut mir leid.«

»Nein, Domenech. Mir tut es leid. Das geht allein auf meine Kappe.« Er hatte sich zu spät gegen Selvanegra aufgelehnt und seine Leute damit im Stich gelassen. Zu viel Belastung auf zu wenigen Schultern. »Auf den Expertenstatus bin ich ganz genauso reingefallen wie ihr.«

»Ich nehme ihn mir jetzt vor.«

Ein Pulk Inlineskater sauste vorbei. Auf der Wiese übten Studenten auf den Händen zu laufen und bauten menschliche Türme, typisch katalanische *Castells*, die sich besonders bei Patronatsfesten großer Beliebtheit erfreuten. Domenech gehörte zu den *Castellers* im Stadtteil *Gràcia*. Trotzdem schien er auch an diesem Wochenende keine Pläne zu haben. Und selbst wenn: Jaume hatte nicht verlangt, dass Domenech seine Freizeit opferte. Er wischte sein Mitgefühl beiseite. Außerdem konnten sie um diese Zeit an einem Freitagabend sowieso nicht mehr viel tun.

»Mach das Übliche«, sagte er in der Gewissheit, dass Domenech keine weitere Anleitung benötigte. Die Geräusche im Hintergrund und die kleine Pause bei seiner Reaktion ließen Jaume vermuten, dass er schon die ersten Eingaben am Computer machte. »Du kannst mich jederzeit anrufen.«

»Weil du es erwähnst: Ana will dich dringend sprechen.«

Der Wunsch beruhte nicht auf Gegenseitigkeit. Wider besseren Wissens war er den ganzen Nachmittag vor ihr und Selvanegra abgetaucht. Jaume versenkte die Asservatentüte in der Jackentasche und gab die Kaffeetasse am Fenster des Kiosks zurück. Er würde es noch schnell im Zoobüro versuchen. Obwohl die Chancen schlecht standen, dass es auch dort jemanden gab, dem die Worte ›Privatleben‹ und ›Feierabend‹ so wenig bedeuteten wie Domenech und der obendrein Zugang zum Zeiterfassungssystem hatte.

»Du kannst jederzeit anrufen«, sagte er noch einmal mit unmissverständlicher Betonung. »Ich werde rangehen.«

»Das ist äußerst erfreulich zu wissen.« Ana Ortiz erwischte ihn unvorbereitet, und ihm rutschte ein Stöhnen über die Lippen, das sie mit rauem Lachen quittierte.

»Deine Botschaft wurde verstanden. Wenn ich glauben könnte, dass es etwas ändert, würde ich Domenech bitten, uns kurz alleine sprechen zu lassen. Aber die Mühe spar ich mir. Du magst mich nicht, das habe ich in den letzten Tagen gemerkt, und was ich zu sagen habe, erfährt er sowieso. Das Einzige, was ich dir und ihm und dem ganzen Team an Entgegenkommen bieten kann, ist: Es war nicht meine Idee. Selvanegra hat dir mit sofortiger Wirkung die Leitung der Sonderkommission entzogen und sie mir übertragen. Die genauen Gründe wurden mir nicht mitgeteilt. Ich tippe mal auf fortgesetzte Renitenz, Umgehung von Dienstvorschriften, Kommunikationsverweigerung oder Ähnliches. Halte dich speziell aus dem Fall Sorokin raus. Und nein, ich habe mich auch nicht darum gerissen, dir das alles selbst zu sagen.«

Ein Schwarm grüner Papageien startete aus einer Baumkrone zum Rundflug, und Jaume nahm das Handy vom Ohr. Ana hatte aufgelegt. Überraschend, dass sie seine fehlenden Führungsqualitäten und die persönliche Verwicklung unerwähnt gelassen hatte.

Samstag, 14. Oktober, 14:30 Uhr
– Jaume Soler Martí –

Die Burg erreichte eine kritische Höhe. Unten begann der feuchte Sand nachzugeben und zur Seite wegzurutschen. Gabriela und Rafael bauten unverdrossen weiter, ließen sich auch von den anlandenden Wellen nicht stören, die von Zeit zu Zeit weiter ausholten und ihre Füße benässten. Seit einer Stunde werkelten sie gemeinsam, hatten mit Jaume Muscheln und Strandgut gesammelt und die vergänglichen Mauern verziert. Etwas später war Domenech zu ihnen gestoßen, der seitdem seine Fähigkeiten als Baumeister beweisen musste. Er legte dabei große Ernsthaftigkeit an den Tag und erntete zweistimmigen Jubel, als er einen angeschwemmten Ast zum Schutzwall machte.

Schließlich schickte Jaume die Kinder los, sich im *Chiringuito* etwas Süßes zu holen, und die beiden Männer legten eine Pause ein.

»Díaz ist sauber«, sagte Domenech und wischte sich Sand von den geröteten Knien. »Vorläufig.«

Jaume erinnerte sich nicht, ihn jemals zuvor in einer kurzen Hose gesehen zu haben. Aber das ging Domenech umgekehrt wohl genauso. Eine Besprechung am Strand abzuhalten war neu. Zumindest ohne einen Mord in unmittelbarer räumlicher oder zeitlicher Nähe.

»Soweit es das Internet betrifft, lässt er sich weder mit einem der Toten in Beziehung bringen noch findet sich sein Name bei einer der Widerstandsgruppen. Unsere eigene

Datenbank verzeichnet keine Vorstrafen. Gelegentlich leistet er sich Parksünden und ziemlich viele Schnappschüsse mit Tieren und Zoobesuchern.« Beim Reden schaute Domenech geradeaus aufs Meer. »Weil ich gerade dabei war, habe ich mich im Souvenirshop umgesehen. Die haben keine Krokodile.«

Alexejs Stofftier.

»Und wenn doch, hättest du mir das nicht sagen dürfen.« Jaume füllte ein Loch in der Burgmauer, sah einen kleinen Jungen mit strohblondem Haar unter die Bettdecke kriechen. Señora Sorokina und der Doktor? Darauf war er gar nicht gekommen. Ein interessanter Einfall. »Du hast die Anweisung gehört: Der Fall Sorokin ist für mich tabu.«

»Wer hat denn von dem Fall gesprochen, *Jefe*?« Nicht mal jetzt wankte Domenechs Haltung. Kein Lächeln, kein konspiratives Zwinkern. Der Wind zauste seine schwarzen Haare und er strich die Frisur in Form. Man hätte denken können, hinter seiner Stirn herrschte völlige Leere. Doch der ›schöne Domenech‹ war nur Fassade. »Es ist Wochenende, und hier trifft sich die *Spezialeinheit Burgenbau*. Den Vorsitz hast immer noch du. Genau wie in unserem Büro. *Jefe*.«

Sprachlos ließ Jaume die Aussage sacken. War das jetzt so was wie der Beginn einer Männerfreundschaft? Verbrüderungen unter Kollegen stand er grundsätzlich skeptisch gegenüber, doch musste er zugeben, dass Domenechs klares Bekenntnis zu ihm guttat. Kurz zog er in Betracht, einen der illegalen Strandhändler zu rufen, um diesen Pakt mit ein paar Dosen Bier zu begießen. Mehr als das gab es leider nicht zu feiern. Beim Personalbüro des Zoos hatte er abends vergeblich geklingelt und am Morgen dann noch einmal bei Lidia Alvarez vorbeigeschaut. Die war immerhin zu Hause gewesen. Er hatte ihr Fotos von Frauen vorgelegt, ohne einen Anlass zu nennen. Manche ähnelten vage dem vermeintlichen Lockvogel aus dem Video, manche standen in Zusammenhang mit den Ermittlungen, andere nicht. Zwei waren Kolleginnen, drei gehörten in den weiteren Kreis um *Mateix* und die Tourismusgegner, dazu Paloma, Rosina und Montse. Eine Mischung wie bei einer Gegenüberstellung. Seit ihrer ersten Begegnung hatte Lidia eine deutliche Veränderung durchgemacht, zuerst eine neue Haarfarbe, nun ein neuer Schnitt, die Ringe unter ihren Augen und die sichtbare Überforderung ließen allmählich nach. Sie zeigte glaubhaft keine Reaktion auf eines der Gesichter und schloss eine neue Beziehung ihres Mannes aus. Auch ihre Tochter bestritt diese Möglichkeit vehement. Und er war einmal mehr aus der Wohnung komplimentiert worden. Vielleicht rückten die beiden einander wieder näher, weil er als gemeinsamer Gegner diente. Er fühlte sich an Ana Ortiz' Worte erinnert, die sich in seiner Abteilung ähnlich unerwünscht vorkam, und grinste sparsam. Jeder war für irgendetwas gut. Wenn auch nicht immer in dem Sinn, in dem man es beabsichtigte.

In einem selbstgemachten Sandsturm wirbelten seine Kinder heran, und bald würde auch Paloma hier sein. Dann wollte er mit Rafael ins Wasser. Zwanzig Grad hatte es höchstens noch. Und in seiner Badehose machte er mit seinem haarigen Bauch, der in diesem Sommer zu wenig Sonne und zu viele Kalorien abbekommen hatte, nicht unbedingt die beste Figur. Einen zusätzlichen Zuschauer ersparte er sich besser, genau wie das Risiko, sich vor Paloma dem direkten Vergleich mit Domenech auszusetzen, sollte der sich auch zum Baden entschließen. Außerdem würde seine Frau ihm nie im Leben glauben, dass sie einander rein zufällig am Strand begegnet waren. Dabei hatte er diesen Nachmittag allein der Familie versprochen, nachdem aus diesem Vorhaben schon am Morgen nichts geworden war.

»Die *Spezialeinheit Burgenbau* macht jetzt Feierabend«, sagte er bestimmt. Das mit dem Bier würden sie nachholen, wenn alles vorbei war. »Geh nach Hause, Domenech. Und danke.«

Samstag, 14. Oktober, 17:15 Uhr
– Hermosa Bazo –

Im Fußraum vor dem Beifahrersitz lagen ihre Einkäufe. Drei umgekippte Tüten mit Lebensmitteln, ein paar Kosmetikartikel und darunter eine Schachtel vom Konditor. Schokolade und Sahne. Wer konnte da schon widerstehen? Nichts tröstete so zuverlässig wie die Kombination aus Zucker und Fett. Aus medizinischer Sicht sicher keine gute Lösung, aber besser als Zigaretten, nach denen sie zum Glück kein Verlangen mehr spürte. Nur bei diesen kleinen Törtchen wurde sie einfach immer schwach, wie jeder wusste, der sie kannte.

Sie hatte versucht sich einzureden, dass alles in Ordnung war. Kein Grund zur Sorge. Doch nun saß sie hier seit mehr als einer halben Stunde und beobachtete einen Hauseingang, duckte sich, sobald sich die Tür öffnete, und spähte über die Kante des Lenkrades. Durch die geschlossene Scheibe entwickelte die Sonne erstaunliche Kraft. Ihre Törtchen würden warm und weich werden, wenn sie noch lange wartete. Besser, sie ging jetzt rein. Sie nahm die Schachtel auf den Schoß. Es war nicht das erste Mal. Wovor hatte sie also Angst? Die Törtchen würden es leichter machen.

Sie tippte auf ihrem Mobiltelefon und atmete tief ein.

»Sie sind verbunden mit der Mailbox von Dr. Rodrigo Díaz.«

Hermosa hörte die Ansage bis zum Ende ab. Nach dem Signal atmete sie aus, aber sie sagte nichts, bis ein zweiter Ton die Aufzeichnung beendete. Wie sie das hasste. Diesen Drang, sich rückzuversichern, ehe sie eine Entscheidung fällte. Dabei wusste sie, dass es nötig war. So oder so.

Sie setzte ihre Sonnenbrille auf und schaltete das Radio ein. »Es liegt nur an dir, Hermosa.«

Sie wartete weitere fünf Minuten, bis Francisca Acosta ihr die Entscheidung abnahm, aus dem Haus kam und die Straße überquerte.

Ihre Hand zitterte, als sie den Anlasser betätigte.

Samstag, 14. Oktober, 22:30 Uhr
– Ignacia Martí Jiménez –

Der Hund schlief auf seinem alten Teppich, nachdem er ihr seit gestern nicht von der Seite gewichen war. Er schnarchte und schnaufte, ab und zu zuckte eine Pfote.

Mit jeder Minute wuchs ihre Gewissheit, dass Montse eine weitere Nacht fortbleiben würde. Mit einem Doktor, wenn die Geschichte stimmte, die sie ihr aufgetischt hatte, und sie nicht doch wieder mit diesem jungen Taugenichts Carlos um die Häuser zog.

»Ist dir aufgefallen, dass die zwei den gleichen Gang haben?«, sagte Yola zu Pilar und gab sich keine Mühe, leise zu reden. »Hund und Frauchen watscheln alle beide. Du musst was mit deiner Hüfte machen lassen, Ignacia. Deiner Tochter gebe ich selten recht, aber da liegt sie richtig. Du schaukelst wie eine alte Fregatte in schwerer See.«

»Wie du wieder redest!« Unbehaglich rutschte Pilar auf dem Barhocker herum und hielt sich an der Theke fest. Auf dem Schoß balancierte sie eine abgewetzte Tasche. »Montse ist eine gute Tochter. Sie hat ihrer Mama einen Hund geschenkt, damit sie nicht allein ist.«

»Gibt es bei dir keine Erdnüsse?« Yola zeigte zum Regal. »Bei uns gibt es immer was zu knabbern, wenn ein Gast etwas zu trinken bestellt.«

»Auch dann, wenn der Gast dich beleidigt?« Missmutig riss Ignacia eine Tüte auf. Nüsschen kullerten über den Tisch, die sie mit einer raschen Bewegung einfing und zu den anderen in ein Schälchen warf. Yola hatte leicht reden, ihr Restaurant war eine Goldgrube, die sie inzwischen an die nächste Generation übergeben hatte. Sie konnte sich in aller Ruhe pflegen, von Arzt zu Arzt rennen und Geld ausgeben. Wie stellte die sich das an ihrer Stelle vor? Eine Hüftoperation bedeutete das Ende für *La Pausa*. Einen wochen-, wenn nicht monatelangen Arbeitsausfall konnte die Bar nicht verkraften.

»Ich sage nur die Wahrheit, das weißt du. Und was die gute Tochter angeht, die sollte dir mal besser einen anständigen Schwiegersohn heimbringen und keinen Hund.«

Ein leidiges Thema und eine Aussage, der Ignacia nur schwer widersprechen konnte. Es gab eine Menge Leute, die Montse nicht gerade für anständig hielten. Sie gestand sich ein, dass sie selbst daran mitschuldig war. Wie oft hatte sie sich beklagt und vor anderen gejammert? Anlass genug hatte Montse ihr wahrlich gegeben. Trotzdem waren ihre Erwartungen immer noch hoch. Waren nicht alle Eltern so? Jeder wünschte sich doch nur das Beste für die eigenen Kinder.

»Sie ist letzte Woche verhaftet worden, oder?« Gezielt hieb Yola in die nächste Kerbe.

»Vernommen«, verbesserte Pilar pikiert. »Wie viele aus dem Nachbarschaftsgarten. Sie mag manchmal ein loses Mundwerk haben und etwas flatterhaft sein, aber ihr Herz ist gut. Das gilt für einige der jungen Leute. Ohne sie könnten wir den Garten niemals betreiben und uns gegen die Immobilienfirmen zur Wehr setzen.« Sie ließ die Tasche aufschnappen und legte eine grüne Zucchini auf die Theke, gefolgt von einer gelben, einer gestreiften – nach Länge sortiert, die letzte groß wie ein Unterarm. »Wenn die sich nicht mit engagieren, wird unsere nächste Ernte vielleicht schon zubetoniert sein.«

Ein Luftzug ließ Croqueta die Augen öffnen, und Ignacia schaute zum Eingang, über dem der Fernseher lief. Einer ihrer Stammgäste schlurfte grußlos herein, zog den Hocker schleifend über die Fliesen an den Spielautomat. Enttäuscht legte Croqueta den Kopf zurück auf die Pfoten. Nicht Montse.

Ein kurzer Anruf hätte Ignacia genügt. Ein Hinweis darauf, wo sie mit ihrem geheimnisvollen ›El Cid‹ abgeblieben war. Aber Montse zog es vor, sie im Unklaren zu lassen.

Seufzend stellte sie die Nüsschen außerhalb von Yolas Reichweite hinter das Gemüse. »Was hast du herausgefunden, Pilar?«

Ihre Freundin nestelte an ihrer Tasche herum und schüttelte leise den Kopf. »Dass Asunción ein normaler Mensch war und keine Heilige.«

Sonntag, 15. Oktober, 6:05 Uhr
– Jaume Soler Martí –

Es war noch dunkel, als er sich leise aus dem Bett schlich. Auf dem Küchentisch hinterließ er einen Zettel, dass er nur eben ein wenig frische Luft schnappen wollte und mit Frühstück zurückkäme. Was auch immer passierte, ohne frisches Gebäck durfte er auf keinen Fall nach Hause kommen. Lola und Eli krabbelten aus ihrem Korb, strichen schwanzwedelnd um seine Beine und leckten an seinen nackten Knöcheln. Mit ihrem beleidigten Kläffen würden sie alle aufwecken, wenn er jetzt einfach ging. Er spendierte ihnen eine Portion Futter, dann verfasste er eine neue Notiz und nahm die Hunde mit.

Knapp zwanzig Minuten später parkte er vor der Dienststelle. Am frühen Sonntagmorgen musste er sich hoffentlich weder Gedanken darum machen, dass er Ana Ortiz begegnete, noch, dass ihm jemand allzu blöde Fragen zu den Hunden stellte.

»*Bon Dia*, Gomez.«

»*Bon Dia*, Comissari Soler. Wer hat Sie denn um die Zeit aus dem Bett geworfen?« Am Empfang grinste ihn der Kollege aus der Nachtschicht an und bemühte sich hinter dem Tisch heraus, als er die Hunde bemerkte. Er ging in die Knie, um sie zu begrüßen. »Na, die zwei sind ja pfiffig.«

»Kann ich die für ein paar Minuten bei dir lassen? Ich muss nur schnell nach oben.«

»Klar. Dann schlaf ich wenigstens nicht ein.« Gomez übernahm die Leine, und die Hunde kümmerten sich nicht weiter um Jaume, als er mit einer Tüte raschelte.

Wenn er mit den beiden treulosen Viechern tatsächlich noch ein paar Meter durch den Park laufen wollte, musste er sich ranhalten. Länger als eine Stunde wegzubleiben, bedeutete ein erhöhtes Risiko aufzufliegen. Jaume legte einen Zahn zu, sprintete die Treppe hinauf, statt auf den Aufzug zu warten. Zum Glück waren die beiden denkbar faul und nach zehn Minuten meistens wieder bereit, den Rückweg anzutreten. Er konnte seinen Ausflug Paloma gegenüber nicht einmal Ana Ortiz in die Schuhe schieben. Obwohl es seinen Stolz kränkte, dass Selvanegra sie ihm vor die Nase gesetzt hatte. Ohne Vorwarnung und ohne eine akute Verfehlung seinerseits. Paloma kannte ihn zu gut. Was ihn hergetrieben hatte, war seine eigene Unzufriedenheit, das Flüstern in seinem Ohr, das ihm Versagen vorwarf. Der Selbstzweifel angesichts des löchrigen Flickenteppichs.

Er schaltete den Computer an, trommelte auf den Tisch, bis er endlich zur Eingabe seines Kennworts aufgefordert wurde. Der Schrank, in dem noch am Freitag die Papierakten gelegen hatten, war leer, wie er von Domenech wusste. Ortiz machte keine halben Sachen. Er rief sich die Obduktionsberichte auf, zögerte eine Millisekunde, dann druckte er sie aus. Wenn irgendwer an seinem Stuhl sägte, dann lieferte er ihm gerade neue Munition. Die Ausdrucke verschwanden in einer Mappe, die Mappe in seiner Tasche. Er musste diese Unterlagen noch mal durchsehen – heute. In Ruhe, in einem anderen Umfeld. Es hatte sich gezeigt, dass der andere Blickwinkel, der allein durch einen Ortswechsel entstand, ihm manchmal neue Erkenntnisse bescherte. Sein Zeitfenster schloss sich in drei Minuten. Dann musste er wieder unten sein. Er biss die Zähne zusammen. Wie lächerlich führte er sich eigentlich auf? Paloma war kein feuerspuckender Drache, der ihm einheizte. Und er würde sie nicht belügen. Unter keinen Umständen. Höchstens schweigen, wenn sie nicht fragte.

Er öffnete diverse Schubladen, assoziierte die kleine Niña und Pepe zum Drachen, streifte Antonio Cruz und seinen Hund Lupo, ohne eine Eingebung, und sah einen Karton durch, in dem ein Ordner lag und darunter ein Sammelsurium loser Schriftstücke. Alte Rechnungen auf den Namen Guillermo Vargas, eine Kinokarte, ein abgelaufener Gutschein. Auf den Rand eines Blattes war mit wenigen Strichen ein Portrait gezeichnet. Lange Haare, weich gelockt – wie Paloma. Für einen Moment schien sie zu lächeln, und er schüttelte den Kopf. Es war Sonntagmorgen, seine wunderbare Frau lag im gemeinsamen Bett, und er hatte nichts Besseres zu tun, als in den Akten fremder Leichen herumzuwühlen? Was war er doch für ein armseliger Idiot. Mit einem Mal konnte er das Büro gar nicht schnell genug verlassen.

*

Die Schaukeln quietschten rhythmisch, beruhigend und ein wenig einschläfernd. Jaume erwischte sich mehrfach dabei, wie ihm die Augen zufielen und der Unterkiefer langsam absackte. Es fehlte nicht viel und er wäre eingeschlafen. Am hellen Nachmittag, auf dem Spielplatz – noch dazu im Stehen –, während er seinen Sohn anschubste. Nur Gabrielas spitze Schreie, wenn Paloma sie besonders hoch fliegen ließ, beförderten ihn ruckartig wieder an die Oberfläche seines Bewusstseins.

Er fing Rafaels Schaukel ein, warf sich seinen Sohn über die Schulter und rannte eine Runde mit ihm über den Spielplatz. Sein Lachen gluckerte bei jedem Schritt und hörte nicht auf, als Jaume sich mit ihm auf die Picknickdecke fallen ließ. Giggelnd drückte Rafael den kleinen Strubbelkopf gegen die Brust seines Vaters, während der ihn kitzelte, und rollte sich dann gemütlich ein. Wie gestern, nach ihrem kurzen fröstelnden Tauchgang. Ein vertrauter Moment unter strahlend blauem Sonntagshimmel.

»Guck mal, Papa, da im Gebüsch!« Aufgeregt flüsternd streckte Rafael den Zeigefinger aus. »Warum läuft der Vogel denn, wo er doch fliegen kann?«

»Vielleicht weiß er gar nicht, dass er ein Vogel ist und denkt, er wäre eine Maus«, flüsterte Jaume zurück und blinzelte träge. Auf seinen dünnen Beinen hüpfte der Vogel vorwärts und stieß ungeduldig den Schnabel ins Laub. Es raschelte. Raschelte im Unterholz unter lichten Zweigen. Wie vor Kurzem hinter dem Zaun in der Grünanlage unter der Seilbahn.

Ein Mann sitzend an eine Mauer gelehnt, ganz allein und verborgen. Ein Mann mit Hund auf einer Parkbank, gut sichtbar. Ein Pfeil durchs Hemd. Eine Spritze in die Haut, der Ärmel sorgfältig hochgeschlagen, dann wieder zugeknöpft. Eine tote Frau in den eigenen vier Wänden. Vergiftet.

Fakten hüpften mit dem Vogel durchs Gestrüpp, der hier und da einen Satz aus den Obduktionsberichten und Spurenanalysen pickte, die Jaume am Morgen erneut gelesen hatte. Während Paloma unter der Dusche stand und die Chihuahuas vor der Schlafzimmertür ungestört das mitgebrachte Frühstück zerlegten. Schnell und heimlich hatte er gelesen, im Bett, das noch warm gewesen war vom gemächlichen Wiedererwachen nach dem gemeinsamen Sex. Umgeben von Palomas Duft auf ihrem Kissen und zerwühlten Laken.

Anhaftungen von Sperma in der Wäsche, aber kein Geschlechtsverkehr vor dem Tod.

Er zuckte zusammen und setzte sich auf.

Rafael war auf dem Bauch liegend näher ans Gebüsch gekrochen, und Jaume war froh darüber. Seine Überlegungen vertrugen sich nicht mit der Anwesenheit eines Kindes.

»Alles in Ordnung, *Querido*?«

Und dann war ein weiterer Mann getötet worden, bei dem niemand den Versuch unternommen hatte, irgendetwas zu vertuschen. Ein Tourist, ein Messer, ein Flugblatt. Selvanegra hatte seine eigene Theorie mehr als bestätigt gesehen. Doch Jaume sah genau jetzt etwas anderes. Zwischen all den Fachbegriffen und Körperflüssigkeiten im Obduktionsbericht war nicht nur bei Rostislaw Sorokin der prämortale Austritt von Sperma vermerkt, sondern auch bei Guillermo Vargas. Er hatte diese Information verdrängt, zusammen mit der Erinnerung an den bleichen Leib mit dem Hundetattoo. Hatte sie aus dem Blick verloren, weil Lidia Alvarez' Schatten ihn narrte, während ein anderer Vogel unter einem anderen Busch verschwunden war …

»Wo sind deine Gedanken?« Paloma verdunkelte die Sonne, schob sich zwischen ihn und die Toten, während Gabriela sich aus vollem Lauf neben ihrem Bruder auf den Boden warf.

»Du machst ein Gesicht, als wäre dir ein Gespenst begegnet.« Ihr Blick glitt von ihm zu den Kindern, und ihre Stimme nahm eine gefährliche Tonlage an. »Jaume Soler Martí, schwör mir auf der Stelle, dass wir uns nicht an einem Tatort befinden!«

»Ich schwöre«, antwortete er leise. »Ich schwöre.«

Waren beide Männer dem gleichen Lockvogel gefolgt?

Montag, 16. Oktober, 7:15 Uhr
– Calderon –

»Bist du noch böse?«

Ihre Frage traf ihn unvorbereitet. Er streichelte ihre Wange. Weich und rund waren sie geworden, nachdem sie schon als junges Mädchen ein wenig pausbäckig gewesen war. Ihm hatte das damals gefallen und er mochte es auch jetzt. »Ich war nie böse, Maria.«

Eine Lüge, wie so oft. Immer schneller wurde Calderon mit ihr ungeduldig. Schon lange waren sie einander fremd, aber seit etwas mehr als einem halben Jahr veränderte sie sich zusehends. Das war ihm nicht entgangen. Irgendwann musste er mit jemandem darüber sprechen. Bald.

»Ich muss los.« Hastig gab er ihr einen Kuss.

»Du vergisst dein Frühstück! Wo hast du nur deinen Kopf?« Sie drückte ihm eine große Papiertüte voll duftender Hefeteilchen in den Arm. »Für deine Kollegen.«

Die zusätzliche Box mit belegten *bocadillos* packte sie eigenhändig in seine Tasche. »Was hast du denn da gemacht? Dein Notizbuch ist ja ganz zerknittert!« Sie schüttelte die Seiten, wobei eine halb herausrutschte.

»Gib mir das, Maria. Das ist Polizeieigentum.« Der Anruf von Jaumes Schwester, die Tierarztpraxis! Auf der eingerissenen Seite leuchtete ihm der Fettfleck entgegen, und er wusste wieder, was ihm bei seinem Besuch lächerlich erschienen war: die Vorstellung, wie Dr. Bazo mit einem Blasrohr versuchte, ein Zootier zur Strecke zu bringen.

Ohne weiteren Gruß stürzte er aus dem Haus, sah aus dem Augenwinkel, dass Maria ihm einen Kuss nachschickte. Vielleicht war es nur eine Phase und bald würde alles wieder wie immer sein. Er sprang ins Auto und trat aufs Gas.

Im Radio spielten sie alte Schlager, redeten über das Wetter und die Unabhängigkeit Kataloniens. Er fluchte über die lange Rotphase an der Ampel und verwünschte die rasenden Taxis. ›Alles wie immer‹ hatte auch seine Schattenseiten.

In der Praxis von Doktor Bazo traf er Francisca Acosta alleine an.

»Die Sprechstunde beginnt erst um neun. Ich bin nur für Notfälle und Terminabsprachen da. Sind Sie ein Notfall, Comissari?«

Ihr Lachen nahm ihn mit und er seufzte. »Könnte man so sagen, Señora. Mein Jefe macht mir die Hölle heiß, weil wir nicht vorankommen. Daher dachte ich, vielleicht ist Ihnen seit unserem letzten Gespräch noch etwas eingefallen, was Sie mir erzählen wollen. Unter vier Augen.«

Francisca zog die Unterlippe zwischen die Zähne. Eine volle Unterlippe mit einem Hauch glänzendem Lippenstift. Calderon hätte am liebsten schon wieder geseufzt. Er musste sich zusammenreißen. Nach der Sache mit dem verpassten Anruf wollte er lieber nicht mit leeren Händen ins Büro fahren. Bestimmt hatte Montse sich längst noch mal bei ihrem Bruder gemeldet. Und er gab ein schlechtes Bild ab – gleich doppelt, wenn er letztes Mal nachlässig gewesen war.

»Wenn ich ganz ehrlich bin … mir geht der Name Antonio Cruz nicht mehr aus dem Kopf. Nur kam ich nicht dazu, noch mal nachzusehen. Soll ich? Vielleicht ist da doch etwas.«

Calderon nickte und Francisca schickte ihn mit einem Zwinkern zur Kaffeemaschine. Sie machte ihm das ungewohnte Improvisieren leicht. Während er sich einen *cortado* schmecken ließ, durchsuchte sie in seinem Beisein erneut sämtliche Dateien, mehrfach von Telefonaten unterbrochen.

»Das verstehe ich nicht. Ich war ganz sicher, dass er da sein muss!« Ihr Stirnrunzeln vertiefte sich. »Wann war das noch mal genau mit dem Mord?« Sie schlug die Kladde mit dem Terminplan auf.

»Am 28. September, morgens um kurz vor sieben.«

»Das war ein Donnerstag, oder? Puh, da habe ich ja Glück gehabt. Für die Zeit habe ich ein Alibi. Da war ich schon hier. Notdienst wie heute. Ich komme mindestens eine Viertelstunde vor Beginn. Eine muss ja die Stellung halten, wenn die Chefin ausschläft. Dabei hat sie es nicht weit. Sie wohnt auf der anderen Seite des Parks, wissen Sie? Manchmal kommt sie sogar zu Fuß.« Sie winkte ab. »Entschuldigung, das interessiert Sie ja gar nicht. Soll ich noch andere Namen überprüfen oder … den Medikamentenbestand?« Mitten im Satz wurden ihre Augen groß, und sie legte eine Hand vor den Mund.

»Was ist?«

»Ach, nichts.«

»Señora Acosta«, er bemühte sich um einen sanften Ton. »Mir können Sie alles sagen. Wir sind immer noch unter uns.«

Bedächtig bewegte sie den Kopf, der Zopf strich schaukelnd über ihren Nacken. »Ich weiß nichts Konkretes. Mir ist nur ein Fehler in den Abrechnungen aufgefallen, aber vielleicht war das einfach ein Irrtum. Ich will Doktor Bazo auf keinen Fall in Schwierigkeiten bringen!«

Montag, 16. Oktober, 10:00 Uhr
– Jaume Soler Martí –

»Damit zwischen uns kein Missverständnis aufkommt: Ich will deinen Job nicht, Soler. Es geht um meinen. Diese Sonderkommission ist so was wie eine Bewährungsprobe für meine Karriere, die ein paar Leute ausbremsen wollen. Weil sie mir keine Führungsrolle zutrauen.« Ana Ortiz schwieg einen Moment. »Sprungbrett oder Schleudersitz. Mit dir hat das nichts zu tun.«

Jaume verzog die Lippen. Schön, wenn sie daran glaubte. Er hielt Selvanegras Schachzug dennoch für ein doppeltes Spiel, mit dem er sie beide in Zugzwang bringen wollte. Ihre Offenheit rechnete er ihr an, genau wie ihr diskretes Vorgehen. Abgesehen von Domenech hatte sie die Beteiligten einzeln und ohne großes Aufsehen unterrichtet. Eine nette Geste, die Neuigkeit nicht vor versammelter Mannschaft in der nächsten Besprechung preiszugeben und ihn so das Gesicht wahren zu lassen. Ein Führungswechsel aus taktischen Gründen, die sie nicht näher erläuterte. Jeder konnte das auf etwas anderes beziehen. Ein offenes Geheimnis, dass die meisten dabei an Montse dachten.

Sein Telefon ersparte ihm einen Kommentar.

»Privat. Ich mache es kurz«, sagte er mit Blick auf die Nummer. Montse, ausgerechnet, als hätte sie seine Gedanken gespürt. Ana ließ ihn allein und setzte sich auf Calderons noch verwaisten Platz.

»Hallo. Ist es dringend? Ich habe nicht viel Zeit.«

»Wie nett. Warum rufst du nicht zurück? Ich warte seit Freitag.«

»Zurückrufen – wieso?«

»Sag bloß, er hat dir nichts gesagt? Typisch Calderon. Kein Wunder, dass die Polizei so einen schlechten Ruf hat, wenn wichtige Informationen bei euch einfach verschwinden.«

»Kannst du zum Thema kommen, ich denke, es ist wichtig?«

»Na, da ist aber einer gut gelaunt. Hatte eh nicht vor, ewig mit dir zu plaudern. Bin selbst bei der Arbeit.«

Borsten wischten über Asphalt, Blätter knisterten, was dafürsprach, dass sie einen Kopfhörer zum Telefonieren verwendete, um die Hände beim Straßenfegen frei zu behalten.

»Sieh dir den Kalender im Zimmer deiner Kinder an und dann die auf euren Fotos aus den Opferwohnungen. Vergleich das September- und das Oktoberbild. Dann nimm dir die Praxis vor, die die Kalender als Werbegeschenk an ihre Patienten verteilt hat. Guillermo Vargas war mit seinem Hund dort.«

»Hatte ich dir nicht …« Er unterbrach sein Zischen, als ihn Anas Blick traf, und senkte die Stimme. »Hatte ich dir nicht gesagt, du sollst dich raushalten?«

»Ja, ja. Na sicher.«

In Montses spöttisches Lachen polterte Calderon, der seine Tasche und eine prall gefüllte Papiertüte auf den Tisch warf. »Ich hab was, *Jefe*!«

Jaume hielt die Sprechmuschel zu und deutete auf Ortiz. »Sag es ihr.«

»Die Sache mit Croqueta war ein echter Zufall. Und die Fotos lagen offen bei euch auf dem Schreibtisch herum. Habe ich auch nur zufällig gesehen«, behauptete Montse. »Außerdem stecke ich sowieso mittendrin. Also kläre lieber, was mit den anderen beiden Toten ist, statt mir Vorwürfe zu machen. Ich schicke dir eine Datei mit den Kalenderbildern. Von

Asunción da Silva weiß ich im Übrigen, dass ihr die Tierärzte in *Sant Gervasi* zu teuer waren.«

»Woher … ach, vergiss es. Ich sehe es mir an. Lieferst du zufällig noch Motiv und Täter mit?«

Seine Ironie ging im Kratzen ihrer Schaufel auf dem Pflaster unter und er konnte Montses Antwort kaum verstehen, während gleichzeitig Calderon seinem Unmut über irgendetwas Luft machte. Zufällen stand Jaume ausgesprochen skeptisch gegenüber, besonders wenn seine Schwester sich darauf berief. Wollte er überhaupt wissen, ob sie die Information über Asunción da Silva von Rosina bezogen hatte? Von der Person, die sich ihm mehr und mehr als Kandidatin für die Rolle des Lockvogels aufdrängte. Womit er leider gezwungen war, Ana Ortiz' Meinung zu teilen.

Dreißig Sekunden später war Montse raus aus der Leitung, und ihre Nachricht mit der angehängten Bilddatei traf bei ihm ein. Unbewegt überging er das Signal. Das wartete besser, bis Ortiz das Büro verlassen hatte.

»Ich habe eine Theorie zum Fall Antonio Cruz.« Calderon stand vorm Whiteboard und klopfte auf sein Notizbuch. »Mir sind ein paar komische Sachen aufgefallen. Bei den Befragungen zum Blasrohr. Deshalb bin ich so spät, *Jefe*. Ich war noch mal dort, um das persönlich zu klären.«

»Wo ›dort‹?« Ana blieb auf seinem Stuhl sitzen und Calderon schaute irritiert von Jaume zu ihr und zurück. Der würde eine Weile brauchen, um die veränderte Situation zu akzeptieren. Flexibilität war nicht seine größte Stärke.

»In einer Tierarztpraxis.« Jaume hielt das Telefon noch in der Hand. Montses Nachricht nur einige Klicks entfernt. Sein spontaner Einwurf erweckte den Anschein, er sei genau im Bilde, und er gab Calderon Rückendeckung. Beunruhigt und gespannt zugleich sah er ihn nicken. Wie hatte Montse das gemeint, mit dem Kalender im Zimmer seiner Kinder?

»Die Ärztin kam mir gleich komisch vor, total nervös. Und ihre Helferin meinte, Cruz könnte vielleicht doch in ihrer Kartei gewesen sein. Jetzt ist er dort aber nicht mehr auffindbar. Und in der Buchhaltung ...« Er schlug einige Seiten im Notizbuch um. »... ist auch was faul, sagt Francisca. Eigentlich kümmert sie sich um alles, aber manchmal pfuscht die Chefin drin herum. Francisca meint ...«

»Francisca ist die Helferin?«, fiel Ana ihm ins Wort.

»Na, wer denn sonst? Sie wollte erst nicht raus mit der Sprache, um ihre Chefin nicht zu belasten. Aber da laufen irgendwelche Abrechnungsmauscheleien. Ich tippe ja auf Steuerbetrug. Was die Medikamente betrifft, die will Francisca sich in der Mittagspause noch mal vornehmen, wenn sie wieder allein ist. Bei der ersten Prüfung war zwar alles in Ordnung, aber nun hat sie Zweifel.«

»Na schön, diese Ärztin hat *möglicherweise* Dreck am Stecken. Und Cruz war dort *möglicherweise* Patient. Das ist ein bisschen wenig.« Ana schaute zur Uhr. »Kommt noch mehr?«

»Natürlich kommt da noch mehr!«

Mit einer Schadenfreude, die ihn selbst überraschte, beobachtete Jaume, wie die beiden einander auf die Palme brachten. Angesichts der Umstände sah er keinen Grund, sich dafür zu schämen. Ein kurzer Anruf Calderons hätte noch am Morgen genügt, um jetzt einen entscheidenden Schritt weiter zu sein. Sie mussten Selvanegra einen dicken Fisch servieren. Doch sein Kescher tauchte ziellos ins trübe Wasser. Hatte Calderon etwas an der Angel?

»Erpressung.« Erstmals schaltete Domenech sich ein und sprang für den wutschnaubenden Kollegen in die Bresche. »Angenommen, Cruz hat Wind von Unregelmäßigkeiten in der Praxis bekommen. Er war arbeitslos und finanziell angeschlagen, lebte in Scheidung. Denkbar, dass er daraus Kapital schlagen und die Ärztin ausnehmen wollte.«

›Ketamin‹, kritzelte Calderon an die Wand und ›Blasrohr‹ mit drei Ausrufezeichen. »Sie hat Zugang zum verwendeten Medikament, zur Tatwaffe und das Wissen, beides einzusetzen.«

Ein sanftes Tippen öffnete den Briefumschlag auf Jaumes Telefon. Ein Dobermann, ein Windhund, ein Praxislogo. Alle drei erkannte er auf Anhieb, was ihm nicht gefiel. Verdammt, Montse war gut. Er schwankte zwischen Bewunderung und Ärger.

»Erpressung ist durchaus ein Mordmotiv«, stimmte Ana zu und krauste zugleich die Nase. »Nur – helft mir da mal weiter – wie hoch kann die Summe sein, die diese Ärztin an der Steuer vorbeischiebt? Sie behandelt Kleintiere, nehme ich an, keine Rennpferde. Also sind es ein paar Hunderter, oder ihr Betrug bewegt sich im niedrigen einstelligen Tausenderbereich. Nebenbei: Von wem genau reden wir eigentlich?«

»Doktor Hermosa Bazo«, sagte Jaume, als wäre das völlig klar. Der Name stand unter dem Logo, und er erinnerte sich an Überweisungen für die Behandlung der Chihuahuas. »Unabhängig von der Summe bleibt es denkbar, dass sie ihren Erpresser ermordet hat. Es ist eine Existenzfrage. Schlimmstenfalls hätte sie die Praxis und ihre Zulassung verlieren können.«

»Na schön, lasse ich gelten. Was bedeutet das für die anderen Fälle?«, fragte Ana. »Trennen wir diesen einen davon ab?«

»Nein. Es gibt noch weitere Hinweise zu Doktor Bazo aus einer anderen Richtung.« Er fühlte sich unwohl und nicht in letzter Konsequenz überzeugt. Obwohl Montse mit den Fotos recht hatte, blieb ein Beigeschmack. Wieso rückte sie erst jetzt mit ihren Informationen heraus? Die Aufnahmen waren schon eine Woche alt, wie die Datierung verriet. Wollte sie vom vierten Toten und damit von *Mateix* ablenken? Andererseits konnte er nicht ihr anlasten, dass ihr erster

Kontaktversuch ihn am Freitag verfehlt hatte. »Guillermo Vargas war nach meinen Erkenntnissen ebenfalls bei ihr in Behandlung.«

»Wohl eher sein Köter.« Calderon lachte nervös.

Wegen der entgangenen Nachricht hätte Jaume ihm am liebsten sofort die Leviten gelesen – andererseits kam ihm sein Schweigen bezüglich Montse vor Ana Ortiz entgegen. »Ich würde da gern dranbleiben.«

»Wenn du den Ansatz für vielversprechend hältst, Soler. Mir ist es zu dünn. Es gab, soweit ich mich erinnere, keinerlei Anzeichen, dass die Opfer miteinander bekannt waren. Und nun sollen sie einen gemeinsamen – ja, was? – Erpressungscoup inszeniert haben?« Ana gab Calderons Platz frei und ging zur Tür. »Behaltet die Plausibilität im Auge und investiert keine Zeit in noch abstrusere Theorien. Geht das zügig an und hakt es ab. Wir reden später weiter. Ich habe gleich eine Videokonferenz mit der russischen Botschaft.«

Im unbequemen Gefühl, gemeinsam eine unverdiente Schmach erlitten zu haben, schauten sie ihr nach.

»Ich halte den Ansatz für vielversprechend«, griff Jaume schließlich ihre Formulierung auf. »Darum machen wir uns jetzt an die Arbeit. Domenech, hol dir die Bilder aus den Wohnungen der Toten auf den Schirm, ich will euch etwas zeigen.«

»*Jefe*, wegen dem Anruf vom Freitag«, setzte Calderon an. »Ich hatte versucht durchzustellen.«

»Hat sich erledigt. Nächstes Mal will ich die Information umgehend, wenn jemand sagt, es ist dringend. Egal wer.«

»Die Bilddateien sind offen.«

»Sieh nach, bei wem ein Kalender an der Wand hängt. Und dann vergrößere den.«

»Es gibt einen bei Cruz im Flur und einen in der Küche von Señora da Silva, keinen bei Vargas.«

Cruz und da Silva. Jetzt ergab es einen Sinn. Jaume ließ sich nicht anmerken, dass er erst in diesem Moment begriff, weshalb ihnen dieses Detail entgangen war. »Bei Cruz ist ein Windhund zu sehen, bei da Silva ein Dobermann«, sagte er. »Habe ich recht? Und doch ist es der gleiche Kalender, wie der Aufdruck unten in der Ecke verrät. Zwischen den beiden Todesfällen lag ein Monatswechsel. Señora da Silva hatte noch Zeit, von September auf Oktober umzublättern.«

»Scheiße«, murmelte Domenech und verschränkte die Hände im Nacken. »Das ist richtig. Doktor Hermosa Bazo, da steht es. Wir haben geschlafen! Mann, wie kann das sein – gleich zwei Mal hintereinander?«

»Wer kommt denn auch auf so was«, knurrte Calderon.

»Wir. Normalerweise.« Domenech hämmerte auf die Tastatur. »In den Listen mit den Telefonverbindungen war ein Anruf bei einer Tierarztpraxis dabei. Das war … hier! Guillermo Vargas – und die Nummer ist die vom Kalender.«

Drei tote Einheimische, drei Hunde. Und sie waren kein einziges Mal darüber gestolpert. Weil es in Barcelona nur so von Hunden wimmelte. Jaume spürte die Vorboten einer Kopfschmerzattacke wie die Spannung der Luft bei einem aufziehenden Gewitter. Wie viel Schuld traf ihn persönlich, da er doch den gleichen Kalender in seinen eigenen vier Wänden hängen hatte? Tierarztbesuche erledigte Paloma, aber das sprach ihn nicht frei.

»Was den Steuerbetrug mit normalen Rechnungen oder Medikamenten betrifft, gebe ich Ana recht. Das erscheint mir nicht lukrativ genug. Dahinter steckt etwas anderes.« Wenn Montse einmal einen Treffer gelandet hatte, dann sollte er auch ihre Überlegung zum Motiv in den Ring werfen. Im ersten Moment hatte er an einen Scherz oder Hörfehler gedacht. »Mit Rassehunden lässt sich richtig Geld machen. Und noch mehr Gewinn, wenn man die Zucht illegal betreibt. Mir ist klar, dass die Hunde unserer Opfer allesamt Mischlinge waren. Trotzdem halte ich den Ansatz für …«

»… nicht abstrus genug, um ihn aufzugeben? Wenn unsere neue *Jefa* das mal nicht anders sieht.« Calderon stellte die Tüte mit dem duftenden Inhalt unter seinen Tisch. »Mir gefällt er. Obwohl ich Doktor Bazo keinen Alleingang zutraue. Die kriegt so was unmöglich ohne Hilfe organisiert. Vielleicht hat sie ja auch Ramsch gezüchtet, das würde mich weniger wundern.«

»Was meinst du, Domenech?«

»Sie vermittelt vielleicht nur. Oder stellt falsche Papiere aus. Rassehunde können auf Dauer Neurosen und Krankheiten entwickeln. Der Genpool ist bei den gewünschten äußeren Merkmalen womöglich eingeschränkt, was letztlich die gleichen Folgen hat wie Inzucht. Das kann auch bei ganz regulärer Zucht passieren, die das aber über präzise Ahnentafeln auszuschließen versucht. Illegale Züchter kümmert das wohl weniger. Ab und zu muss frisches Blut eingekreuzt werden. Kann mir allerdings nicht vorstellen, dass dabei auf Mischlinge zurückgegriffen wird. Leichter ist es, die Abstammungsurkunde zu manipulieren oder ein geschädigtes Tier für gesund zu erklären.«

»Ich bleibe beim Ramsch. Genau das Richtige für einen wie Sorokin. Russen kaufen alles.« Calderon scheute wie immer kein Klischee und kein Vorurteil. »Das stimmt doch! Wisst ihr noch, was der alles an Souvenirs in seiner Tasche hatte? Jeden Scheiß kaufen die. Entweder es muss spottbillig sein oder richtig teuer. Ich sag euch was: Dieser Sorokin wollte mit seinem Casinogewinn einen Schoßhund für Frau und Sohn kaufen. Aber dann hat er trotz zugedröhntem Kopf gemerkt, dass man ihn leimen wollte. Viel Geld für Billigware. Was macht ein Russe? Er wird laut, droht mit seinen dicken Muskeln: mit mir nicht! Nur war er leider zu langsam, um dem Messer auszuweichen.«

»Dafür haben wir keine Beweise«, merkte Domenech an.

»Ach, der alte Calderon erzählt also wieder nur Mist?«

»Ganz und gar nicht. Mein Einwand enthielt keine Wertung. Nur eine Tatsache. Und die können wir ändern.«

»Mit Doktor Bazo haben tatsächlich alle Opfer einen gemeinsamen Bezugspunkt. Es wird höchste Zeit, sich ihre Finanzen anzusehen. Übernimm du das, Domenech. Und ich werde Señora Sorokina zum Überraschungshund befragen.« Vorausgesetzt, Ana Ortiz' Videokonferenz mit der russischen Botschaft endete nicht mit einem Verbot der Kontaktaufnahme oder einer Klageandrohung. Internationale Verwicklungen überließ er lieber anderen.

In Calderons Gesicht arbeitete es. »Spricht was dagegen, wenn ich Francisca anrufe? Nur zur Sicherheit.«

Jaume nickte. »Keine Details.« Er drückte die Lautsprechertaste an Calderons Telefon, als der sich gemeldet hatte.

»Können Sie frei sprechen, Señora Acosta?«

»Ja, sicher. Kann ich noch etwas für Sie tun? Bis zur Pause müssten Sie sich allerdings gedulden.«

»Genau darum geht es. Ich wollte anbieten vorbeizukommen und den Medikamentenbestand gemeinsam abzugleichen. Ich will nicht, dass Sie ein Risiko eingehen.«

Francisca Acosta lachte. »Keine Sorge, ich werde mich nicht erwischen lassen! Die Chefin ist in der Pause nie da. Oder sollte ich mich etwa vor ihr in Acht nehmen?« Sie lachte weiter. In der Leitung knisterte es. »Ich durchschaue Sie, Comissari: Sie wollen mir Angst einjagen und wieder vorbeikommen, weil Sie Sehnsucht nach mir haben. Oder sollte ich sagen: nach meinem Kaffee?«

Calderon räusperte sich verlegen. »Nein, nein. Ich will nur vermeiden, dass Sie unnötigen Ärger bekommen.«

»Oh, Sie sind ja süß! Aber das ist wirklich nicht nötig. Fest versprochen, ich melde mich nach der Pause. Jetzt muss ich leider … Guten Morgen, nehmen Sie bitte Platz.« Das Knistern verstärkte sich, etwas raschelte, klingelte, und ihre Stimme klang für einen Moment gedämpft, dann abweisend. »Bis später. Ich muss weiterarbeiten.«

Montag, 16. Oktober, 11:30 Uhr
– Montse Soler Martí –

Mit dem Müllkübel zwischen den Knien saß sie auf dem Trittbrett der Kehrmaschine. An der Heckklappe lehnte Jorge.

»Wenn ich Gonzáles verrate, wie oft du heute an der Strippe hängst, teilt er dich ab morgen für die finstersten Gassen ein.« Ungeniert hörte er zu und redete dazwischen. »Und er schickt dich in den Nachtdienst.«

Montse grinste und schenkte ihm eine Kusshand, gefolgt von einer unflätigen Geste. Auf Jorge war Verlass, der nahm jede Gelegenheit zum Nichtstun gerne an. Der Dreck hatte es nicht eilig und wuchs auch ständig nach. Unbesorgt telefonierte sie weiter.

»Machen wir, Alba. Wir trinken morgen nach deiner Schicht im Hotel einen Wermut bei meiner Mama. *Vale?* Ich muss dir unbedingt Croqueta vorstellen.«

»Den Hund. Und was ist mit dem Mann? Der Doktor, der dich letztes Wochenende mal eben nach Sitges entführt hat, würde mich mehr interessieren.«

»Was für eine Überraschung.« Albas Neugier war zu erwarten gewesen, und wurde vom gemeinsamen Selfie, das sie ihr eben geschickt hatte zusätzlich befeuert. Rodrigo wollte sie heute Abend gleich wieder treffen. Irgendwie schön, aber auch anstrengend. Er nahm alles viel zu wichtig. Sich selbst vor allem. Nicht erreichbar zu sein, war ihm sehr viel schwerer gefallen als ihr. Was sicher an seinem Job lag, wie er nicht müde wurde zu betonen. Montse gähnte. Seine

Geschichten begannen sie zu langweilen, wenn sie nur daran dachte.

»Ja, er ist spendabel und sieht gut aus«, seufzte sie.

»Hey, genau wie ich!« Jorge lachte und wich geschickt ihrem schweren Stiefel aus.

»Sehr gut, würde ich sagen!« Sein Foto versetzte Alba in Verzückung. Nachvollziehbar – im Gegensatz zu ihrer Schwärmerei für Jaume, von der sie hoffentlich endlich Abstand nahm.

»Aber er klammert.« Keinen Schritt hatte sie in den letzten Tagen machen können, ohne dass er an ihrer Seite geblieben war. Und seit ihrem Abschied hatte er schon drei Mal angerufen. Nach dem Wetter gefragt, wie es ihr ging, und nach dem Verkehr auf der Straße. Ihre Arbeit war ihm suspekt. Zu schmutzig und potenziell riskant, was völliger Blödsinn war und sich wie eine persönliche Beleidigung anfühlte. An ihrem Schnürsenkel hing ein trockenes Blatt, das sie abpulte und in den Kübel segeln ließ. »Wie eine Würgeschlange.«

Röchelnd packte Jorge sich an den Hals.

»Weißt du, wie normale Frauen das nennen? Interessiert sein, kümmern und umsorgen. Das ist ein Goldstück, nach dem sich andere die Finger lecken!«

»Fang nicht an zu sabbern, Alba.« Sie imitierte schmatzendes Fingerlecken. Ihr zweiter Tritt erwischte Jorge am Schienbein, und Montse zeigte das Siegeszeichen. Wahrscheinlich hatte Alba sogar recht und sie sah zu schwarz. Auch wenn sie sich eingeengt und abgeschottet gefühlt hatte – fast schon überwacht –, war der Ausflug mit Rodrigo schön gewesen. Zugeben musste sie das aber noch lange nicht.

»Willst du seine Nummer?«

Montag, 16. Oktober, 14:30 Uhr
– Hermosa Bazo –

Mit Antonio Cruz hatte alles angefangen. Seither riss der Ärger nicht mehr ab. Entweder hielt Francisca sie für unglaublich dumm, oder sie war selbst geradezu einfältig. Hermosa Bazo hätte blind und taub zugleich sein müssen, um nichts zu bemerken. Nun gab es kein Zurück. Eine vertane Chance beim Besuch mit den Törtchen war genug. Und Rodrigo Díaz war beim besten Willen keine Hilfe. Ein später Rückruf und ein paar magere Sätze, dann hatte er sich für nicht zuständig erklärt. Ihr Problem. Sowohl Francisca als auch dieser Kommissar, der um ihre Angestellte herumscharwenzelte. Am Morgen hatte Hermosa beim Betreten der Praxis sein Aftershave gerochen und später die Telefonnummer der Dienststelle in der Anrufliste gesehen. Aber Francisca hatte ihn mit keiner Silbe erwähnt. Das stank zum Himmel! Nun saß ihre Angestellte, von der sie geglaubt hatte sie gut zu kennen, ganz gegen ihre Gewohnheit wie angenagelt an ihrem Platz. Der Computer lief, ab und zu machte etwas Geräusche, die Hermosa nicht zuordnen konnte. Es fühlte sich lächerlich an zu denken, dass sie einander gegenseitig belauerten.

Hastig drückte sie den Türspalt zu, als Francisca hochsah und mit einem Mal aufsprang. Die Stirn an den Rahmen gedrückt, ließ Hermosa einige Minuten verstreichen, dann spähte sie wieder hinüber zum Empfang. Der Stuhl vorm Computer war leer und die stets griffbereite Handtasche weg.

Probleme verschwanden nicht von allein. Sie kamen wieder, wenn man sie ignorierte.

Rassehunde, illegale Zucht. Ein Gerücht von Betrug im großen Stil, hatte Rodrigo gesagt. »Und dabei fällt dein Name, Doktor Bazo.« Der gönnerhafte Ton seiner Warnung hatte die Brisanz nicht geschmälert, genau wie der Zusatz: »Aus der Luft gegriffen und natürlich ohne jeden Beweis.«

Ihre Hand glitt in die Kitteltasche, spürte den gezackten Bart zwischen den Fingern. Niemals den Schlüssel aus der Hand geben. Sie war nachlässig gewesen, das musste sie sich selbst zur Last legen, bei allem, was womöglich schiefgelaufen war. Überheblichkeit konnte sie sich daher so wenig erlauben wie Trödelei.

Drei Bestandslisten unterschiedlichen Datums steckten unter der Klammer des Klemmbretts. Sie öffnete den Stahlschrank mit den letalen Medikamenten, vertiefte sich in die Aufschriften der Fläschchen. Jedes einzelne brachte den Tod.

Eine Bewegung hinter ihr, ein leises Geräusch und dann Franciscas Schuhe in ihrem Blickfeld – sie erstarrte.

»Frau Doktor – was tun Sie denn da?«

Montag, 16. Oktober, 15:30 Uhr
– Jaume Soler Martí –

Es war kein Beweis, nur ein weiteres Indiz. In Gedanken knüpfte Jaume einen Faden in den löchrigen Teppich. Rodrigo Díaz arbeitete seit mehr als fünf Jahren als Zootierarzt. Ärger hatte es gemäß der Personalchefin nie gegeben, nur eine Schwächephase, in der er häufig krank gewesen und schließlich sogar sechs Wochen am Stück ausgefallen war. Aus Datenschutzgründen lag selbstverständlich keine konkrete Diagnose vor. Zu dieser Zeit war es dem Zoo eine große Hilfe gewesen, auf Hermosa Bazo zurückgreifen zu können, die auch vorher schon die veterinärmedizinische Vertretung innehatte. Ein nahezu reibungsloses Zusammenwirken – Hand in Hand. Demnach kannten die beiden Ärzte einander schon lange. Und vermutlich recht gut.

Hätte es etwas geändert, wenn ihm das schon früher bekannt gewesen wäre? Zwar hatte Enrique die Tatwaffe am Freitag nicht eindeutig als Díaz' Messer identifizieren können, doch das Zögern des Tierpflegers war deutlich genug ausgefallen, um Jaumes Verdacht zu erhärten, dass sich ein genaueres Hinsehen lohnte. War er unaufmerksam gewesen, weil ihn seine Degradierung durch Selvanegra mehr ärgerte, als er zugeben wollte? Hätte er hartnäckiger dranbleiben müssen, trotz Wochenende und entgegen der Anweisung von Ortiz? Zu viele Konjunktive, die objektiv betrachtet eine eindeutige Antwort unmöglich machten. Subjektiv war die Sache klar. Andere Umstände bedingten anderes Handeln, und jedes

Nichtwissen führte zu Fehlern und die zogen weitere nach. Wenn er sich in der Angelegenheit akut etwas vorzuwerfen hatte, dann seinen gekränkten Stolz.

Er vergrößerte den Stadtplan, zoomte näher und näher, schätzte die Entfernung. Vom Zooeingang *Carrer Wellington* – unmittelbar an den Pferdeställen der *Guardia Urbana* – kam man bequem zu Fuß in zehn Minuten bis zum Strand von *Somorrostro*. Eine Tatsache, mehr nicht.

Im Einsatzplan der Personalabteilung war vom 10. auf den 11. Oktober kein Nachtdienst für Díaz eingetragen. Besondere Vorkommnisse oder Notfälle hatte es nicht gegeben. Es gab keinen Grund und kein Anzeichen, dass er dennoch dort gewesen war. Jaume klapperte mit dem Kugelschreiber zwischen seinen Zähnen. Kein Eintrag bedeutete zugleich kein Alibi. Und niemand überwachte, wann genau der Doktor ging – oder kam. Die umgekehrte Strecke vom Tatort zum Zoo ergab einen Fluchtweg mit perfektem Unterschlupf. Der Tierarzt musste jederzeit freien Zutritt haben, durfte also nicht auf einen Pförtner angewiesen sein und verfügte logischerweise über einen Generalschlüssel. Natürlich lagen mehrere große Straßen zwischen den beiden Orten – Ampeln, die ausbremsten –, ein Park, eine Fußgängerbrücke über Eisenbahngleise. Hindernisse und Gefahrenstellen, an denen man auch nachts auffallen konnte und die dagegensprachen. Nicht zu vergessen, die Metrostation, in der jeder Täter problemlos abtauchen und in Sekundenschnelle verschwinden konnte. Und nicht zuletzt fehlte ein Motiv.

»Das gefällt mir nicht.« Calderon wanderte im Büro auf und ab, wie es sonst Jaumes Angewohnheit war. »An ihrer Mail fehlt der Anhang und ich lande immer bei der Bandansage. Ich habe es schon sieben Mal probiert!«

»Setz dich, du machst mich nervös. Señora Acosta wird in ihrer Pause weggegangen sein, nachdem sie dir geschrieben hat. Die Praxis ist noch geschlossen.« Es kam Calderon offenbar nicht in den Sinn, dass die Arzthelferin das Telefon bewusst ignorieren könnte. Nicht obwohl, sondern *weil* sie die Nummer erkannte. Ihre Freundlichkeit war auf sehr fruchtbaren Boden gefallen. Seine Vernarrtheit nervte.

»Ja, aber …«

»Warte!« Er bremste ihn mit erhobenem Finger, legte sich diesen erst auf die Lippen, dann an die Stirn. *Fast jeder hat bei der Arbeit ein Messer dabei*, hatte Enrique behauptet. Doktor Bazo war genauso Zootierarzt wie Díaz. Wenn es nicht sein Messer gewesen war, sondern ihres? Und selbst, wenn doch … Hatte Doktor Bazo einen Reserveschlüssel für seine Praxis im Zoo? Sie kannte sich aus, musste kräftig sein und zupackend. Jaume schlupfte in die Schuhe, die er unterm Schreibtisch ausgezogen hatte. Wer tief genug im Sumpf steckte, drehte durch, log zum Steinerweichen, wurde erfinderisch – oder zahlte einfach genug. Und irgendjemand erklärte sich bereit, auch für einen Sicherheitszylinder einen Ersatzschlüssel anzufertigen, ohne nach dem Zweck oder einer Genehmigung des Eigentümers zu fragen.

»Bleib dran. Hast du ihre Privatnummer? Dann nimm die. Ich versuche es auf Doktor Bazos Notfallhandy.« Er wählte und rannte auf den Flur. Nicht auszuschließen, dass sie Sorokin wegen ihrer Begriffsstutzigkeit auf dem Gewissen hatten. Diesmal würden ihn die leeren Flecken in ihrer Theorie nicht ausbremsen. Kein Risiko. Wenn sie eines nicht brauchten, dann eine weitere Tote.

»Domenech? Domenech!« Er hastete von Büro zu Büro. »Ist der hier irgendwo?« Das Telefon tutete und er drückte die Wahlwiederholung. »Und wo steckt Ortiz?«

»Wird stramm stehen bei Selvanegra.« Sanchez' Schnauzbart zuckte gehässig. »Den Rapport bist du ja los.«

»Sag ihr, ich will sie sprechen, falls du sie siehst. Wir haben da was.« Es widerstrebte ihm, Sanchez einzuweihen, aber er zwang sich zu bleiben und nahm das Telefon runter. Ein Team, ein Ziel. »Kann sein, dass ich gleich ein paar Leute für einen Außeneinsatz …«

»Äh, nein danke, Soler. Rechne nicht mit mir. Ich sag nur: Dienstweg und Kompetenzrichtlinie.« Sanchez überkreuzte die ausgestreckten Arme. »Da sind mir die Hände gebunden.« Sein Kopf würde für diese Einheit nicht rollen. »Aber ich richte ihr gern aus, dass du einen Alleingang unternimmst.«

»Was gibt es, *Jefe*? Du hast mich gesucht?«

Jaume würdigte Sanchez keines weiteren Blickes und drehte sich zu Domenech um. »Komm mit.«

Sein Ärger beschleunigte ihn, Domenech konnte kaum Schritt halten. Calderon lief immer noch mit dem Telefon auf und ab.

In knappen Sätzen legte Jaume seine Überlegungen dar. Was die Ereignisse ursprünglich in Gang gesetzt haben mochte, war im Augenblick irrelevant. Erpressung kam bei vielen Vergehen infrage: Steuerbetrug, Handel mit falschen Abstammungsurkunden, Zucht ohne Zulassung – oder der Betrieb einer illegalen Tötungsstation. Wer vier Leichen auf dem Gewissen hatte, entwickelte bei der fünften selten Skrupel. Und nun war möglicherweise eine unbedarfte Arzthelferin in den Fokus gerückt, die die Lage unterschätzte.

Er konnte zusehen, wie Calderon der Schweiß ausbrach. Den durfte er nicht aus den Augen lassen, obwohl er ihn lieber im Büro geparkt hätte. Schuldgefühle waren im Einsatz wenig hilfreich.

»Domenech, du fährst zu Doktor Bazos Privatadresse. Calderon und ich übernehmen die Praxis gemeinsam. Señora Acosta bleibt üblicherweise in der Pause dort, geht aber gelegentlich auch in den Park, wie sie Calderon erzählt hat, daher müssen wir uns vielleicht trennen. Anrufversuche bitte im Fünfminutentakt beibehalten, jeweils bei eurer Zielperson – ich wähle Ortiz an.« Ein Alleingang sollte das nie werden, egal was Sanchez behauptete. Beiläufig registrierte er den dunklen Himmel vorm Fenster und schloss den oberen Hemdknopf. Windböen und Wolken. Mit Schlüssel, Jacke und Telefon in der Hand scheuchte er die Kollegen vor sich her. »Und kein Zögern bei Gefahr im Verzug: Wer Verstärkung braucht, fordert sie an – auch ohne Rücksprache mit Ortiz.«

*

Die Straße endete als Sackgasse. Fußwege verzweigten sich, führten über Treppen und entlang der hoch aufragenden Einfriedung einer konfessionellen Schule. Ein schmaler, abgeschotteter Durchgang. Jaume biss die Zähne aufeinander. Er wusste, wohin der Pfad führte, kannte seine Windungen und die Einmündung, an der er jeden Tag bei seinen Besuchen im *Park Güell* vorbeigekommen war. Dieser Fall kam seinem Zuhause schon wieder viel zu nah. Schweigend keuchte Calderon neben ihm her, sein linkes Bein hinkte etwas nach. Er nahm es übel, dass Jaume nicht sofort vor dem Eingang mitten auf der Fahrbahn angehalten hatte. Eine Trillerpfeife schrillte und nicht weit davon spuckte eine Maschine Tennisbälle aus, die mit dem satten Schlag festgespannter Saiten retourniert wurden und auf den Boden prallten. Im Seniorenheim gegenüber spielte jemand Klavier, es roch nach Bohnen.

»Ihr Auto«, knurrte Calderon und wies auf einen Kleinwagen, der dicht an einer Mauer parkte. »Also ist sie in der Nähe.« Er rüttelte am Eingang, drückte die Klingel und rieb sich den Nacken mit seinem Stofftaschentuch. Die Praxis befand sich im Erdgeschoss eines unscheinbaren Gebäudes.

An den Fenstern klebte eine milchige Folie, die den Einblick verhinderte. Er versuchte es trotzdem, klopfte an die Scheibe, klingelte Sturm und erhöhte die Lautstärke.

»Señora Acosta, sind Sie da? Francisca!« Mit der flachen Hand traktierte er die Glastür. »Ich bin es, Calderon!«

Jaume gab es auf, Ana Ortiz direkt erreichen zu wollen, und informierte sie mit einer schlichten SMS. Zeitgleich meldete sich Domenech.

»Bei Doktor Bazo ist niemand. Soll ich in den Zoo fahren und mir den anderen Doktor vornehmen?«

Es konnte nicht schaden, Díaz zur Sache zu befragen. Oder zumindest zu verhindern, dass der sich aus dem Staub machte, bevor die Lage geklärt war.

»Das ist keine schlechte ...« Vor ihm flog die Tür auf und eine Frau warf sich an Calderons Brust. Ihr Make-up war zerlaufen, die Bluse zerknüllt und an ihrer Stirn klebte Blut. »Keine schlechte Idee, aber ich brauche dich hier. Neue Situation. Sieht so aus, als hätten wir die Helferin gefunden.«

Große braune Augen, zitternde Hände, ein abgebrochener Fingernagel. Die junge Frau redete und schluchzte zugleich, während Calderon ihr unbeholfen den Rücken tätschelte. An ihrem dunklen Zopf vorbei schaute er Jaume entschuldigend an. Ihrem Klammergriff und den Tränen war er nicht gewachsen.

»Señora Acosta, ich bin Comissari Soler.« Er stellte sich so, dass sie ihn ansehen konnte. »Geht es Ihnen gut? Sie haben eine Beule. Ich werde einen Arzt rufen, der sich das ansieht.«

Ihr glasiger Blick streifte ihn flüchtig.

»Ist sonst alles in Ordnung, oder haben Sie noch weitere Verletzungen?«

Sie schüttelte den Kopf, ließ Calderon los.

»Können Sie uns sagen, wie das passiert ist?«

»Sie hat ... sie hat ... ich versteh das nicht«, flüsterte sie heiser und tastete nach der blutigen Schramme. »Das ist nicht so schlimm. Ich brauche keinen Arzt.«

»Wo ist Doktor Bazo? War sie das?«

»Ja.« Francisca deutete zum Haus. »In ihrem Arbeitszimmer. Es klang so, als ob sie sich eingeschlossen hat.«

Jaume ließ sich den Weg zeigen und gab Calderon zu verstehen, dass er mit Francisca Abstand halten und trotz ihres Widerspruchs Sanitäter anfordern sollte. Jenseits des Empfangs sank Francisca im Wartebereich auf einen Stuhl und konnte, nachdem sie einmal angefangen hatte, nicht mehr aufhören zu erzählen.

»Ich hätte Ihr Angebot, mir zu helfen annehmen sollen, Comissari Calderon. Normalerweise ist Frau Doktor mittags nie da, und ich dachte auch, sie wäre gegangen. Ich habe ein Geräusch gehört und nachgesehen. Da hat sie mich plötzlich angegriffen – mit einer Spritze in der Hand – und versucht, mich niederzuschlagen.«

Jaume ging neben der Bürotür in Stellung, bewegte vorsichtig den Knauf. Nichts. Energisch klopfte er. »Doktor Bazo? Hier ist die Polizei. Bitte machen Sie die Tür auf. Ich habe einige Fragen an Sie.« Keine Reaktion. Er versuchte es ein weiteres Mal, lauschte. Drinnen herrschte absolute Stille. »Hat das Zimmer einen zweiten Ausgang?«

»Nein. Es gibt nur neben der Küchenecke einen Zugang zum Garten, für Raucher und Hunde mit dringendem Bedürfnis.«

»Dann muss sie noch drin sein«, stellte Calderon scharfsinnig fest. »Was machen wir, *Jefe*?«

Weder Schloss noch Rahmen machten einen besonders herausfordernden Eindruck. Jaume knetete kurz seine Schulter und entschied sich gegen einen körperlichen Einsatz. Kein Grund, eine Prellung zu riskieren.

»Señora Acosta, in Deckung bleiben. Du, zu mir.« Er öffnete die Sicherungslasche über seiner Dienstwaffe im Holster, lockerte die Finger. Er musste auf alles gefasst und schnell sein. Dann zückte er das Taschenmesser, das er am Morgen in einer Küchenschublade entdeckt und intuitiv eingesteckt hatte. Calderon postierte sich ihm gegenüber. Die Klinge rutschte problemlos in den schmalen Spalt. Ein kurzes Rütteln, ein kräftiger Ruck und die Tür sprang auf.

»Doktor?«

Immer noch Stille. Er tauschte das Messer gegen die Pistole, umfasste sie mit beiden Händen, entsicherte, spähte ins Zimmer. Schreibtisch mit Computer, ein leerer Stuhl. Fenster mit Vorhang in Bewegung. Kein Blasrohr im Anschlag.

Draußen fuhr der Ambulanzwagen vor.

Verpackungsmaterial lag auf dem Boden, und hinter dem Tisch lugte weißer Stoff heraus. Der Ärmel eines Arztkittels, darin ein regloser Arm. Von Doktor Bazo ging keine Gefahr aus. Jaume sank neben ihr auf ein Knie und tastete ihren Puls.

»Gesichert«, rief er über die Schulter. »Schick die Sanitäter rein. Schnell!« Doktor Bazo brauchte mehr als ein Pflaster auf der Stirn. Er hörte Türenschlagen und die Anweisungen seines Kollegen, der die veränderte Lage erklärte. Jaume versuchte, sich das Bild genau einzuprägen: ihre Haltung, die Anordnung der Gegenstände, die sie umgaben. Ein Medizinfläschchen nahm er an sich. Von den laut Etikett enthaltenen 50 Millilitern waren nur Tropfen übrig.

»Oh mein Gott! Ist sie tot?«

Jaume fuhr herum. Mitten im Raum stand Francisca, taumelte, stieß rückwärts an die Tür. Etwas klirrte.

»Gehen Sie, Señora Acosta, gehen Sie raus. Himmel, schaff sie weg, Calderon!«

»Bitte Comissari – lebt sie noch?«

»Ich denke schon. Ja«, sagte er mit mehr Überzeugung, als er fühlte. Ihre Lebenszeichen waren schwach, wenn überhaupt vorhanden. Er war ein Laie, es stand ihm nicht zu, Francisca die Hoffnung zu nehmen. Nur zu gern machte er Platz für die Rettungskräfte, denen er die Beschriftung des Glasbehälters zeigte. »Sieht aus als hätte sie sich etwas davon verabreicht.« Unter einem Stiefel knirschte es, wo eben noch die Spritze gelegen hatte, und er verzog das Gesicht. Ein Beweisstück weniger zu sichern. »Wie viel weiß ich nicht.«

Und das war nur ein Bruchteil dessen, was er nicht wusste. Einige Handyschnappschüsse später verließ Jaume das Zimmer. Von der Schwelle am Eingang verfolgte er die Erste-Hilfe-Maßnahmen wie ein Schattenspiel, bei dem der Türrahmen die Bühne begrenzte. Er forderte Unterstützung an und behielt Straße und Wartezimmer im Blick. Auf dem Dach der Ambulanz blinkte die Warnlampe.

Calderon hatte Francisca in klassische Schocklage gebracht und hielt ihre Hand. Eigentlich war es verkehrt, bei einer Kopfverletzung die Beine hochzulagern, aber lange würde sie wohl sowieso nicht liegen bleiben.

»Nachdem sie mich attackiert hat, bin ich zur Toilette geflüchtet und habe mich verschanzt. Die Chefin hat vor der Tür abwechselnd getobt und gebettelt, dass ich rauskommen soll. Und sie hat sich entschuldigt, wegen dem Schlag. So unbeherrscht habe ich sie noch nie erlebt. Wir arbeiten ja schon lange zusammen, und eigentlich ist sie eine so nette Person und eine gute Chefin. Und beinahe hätte ich auch auf sie gehört, aber dann ...« Schluchzend drehte sie den Kopf zur Seite. »Dann habe ich gemerkt, dass sie mich nur einwickeln will. Hat sie wirklich jemanden umgebracht? Das ist entsetzlich! Warum denn? Hat das mit den fehlenden Medikamenten zu tun? Jedenfalls hat sie sich furchtbar aufgeregt, weil ich den Bestand noch mal kontrolliert habe. Was ich mir einbilden würde und so. Das ginge mich nichts an und sie würde die Bestellungen ab sofort wieder selbst übernehmen. Da habe ich geantwortet, dass die Polizei Bescheid wüsste – also Sie – und bald käme. Damit hatte ich ja recht. Zuerst wurde sie noch wütender, dann ganz still. Ich konnte den Büroschlüssel hören, danach nichts mehr, bis auf mein Telefon. Aber das lag am Empfang und ich habe mich nicht rausgetraut. Ich wusste, dass Sie das sind und dass Sie nicht lockerlassen, Señor Calderon! Was hätte ich bloß ohne Sie gemacht?«

Doktor Bazo wurde auf einer Trage abtransportiert. Eilig und mit Skepsis in den Mienen der Helfer. Wo zum Teufel steckte Domenech?

Eine Streife sperrte den Zugang ab und schickte Patienten nach Hause. Ein zweites Sanitätsteam nahm Francisca Acosta in seine Obhut. Den genauen Ablauf des Geschehens würden sie entwirren müssen, wenn sich ihr Aufruhr gelegt hatte.

Jaume streifte Handschuhe über und bewegte sich vorsichtig durch das Arbeitszimmer. Seine Wahrnehmung ließ sich nur schwer mit Franciscas Erzählung in Einklang bringen. Wo und womit war sie geschlagen worden? Er drehte sich im Kreis. Die Spurenlage war nach dem Einsatz der Sanitäter nicht mehr authentisch. Fehlte etwas? Doktor Bazos Angriff schien eher improvisiert vonstattengegangen zu sein. Ein spontaner Übergriff im Gegensatz zu den anderen Morden und ohne die Möglichkeit, die Leiche einfach zurückzulassen. Eine Verzweiflungstat, nicht zu Ende durchdacht. Kein Ausweg. Er umrundete den Schreibtisch, tippte die Maus an. Schwarz auf weiß, ein Schuldbekenntnis. Der Freitod eine logische Konsequenz?

Im Vorraum schlugen Absätze auf die Fliesen, Domenechs lange Schritte durchmaßen die Praxis.

»Du hast einiges verpasst«, begrüßte ihn Calderon.

»Es gibt keine Direktverbindung von *El Coll* hier herüber. Ich musste den Hügel komplett umfahren. Zu Fuß durch den Park wäre ich vermutlich genauso schnell gewesen.«

»Genauso langsam, meinst du wohl.«

»Seht euch das an.« Jaume drehte ihnen den Bildschirm zu, ohne auf die unnötige Entschuldigung einzugehen.

»Ein Abschiedsbrief?«

»Unvollständig, aber mit Geständnis«, bestätigte er.

»Na wunderbar! Was genau gesteht sie? Betrug, Steuerhinterziehung oder den Blasrohrmord? Damit wäre wenigstens der Fall erledigt!« Calderon las einzelne Sätze vor und schnalzte mit der Zunge. »Das wird ja immer besser.«

Unbeeindruckt schaute Domenech in den Innenhof, wo üppiger Bewuchs bis an den Zaun zum Nachbargrundstück reichte. Er strich die Gardine einen Zentimeter zur Seite, und der Fensterflügel geriet in Bewegung. Ein schmaler Spalt. Er öffnete das Fenster weiter. Jaume fing seinen Blick auf und fand dort seine eigenen Gedanken bestätigt.

»Sie gesteht sämtliche Morde!« Begeistert rieb Calderon sich die Hände. »Das ist fast zu schön, um wahr zu sein.«

Damit brachte er es auf den Punkt.

*

Der Abschiedsbrief enthielt Täterwissen. Detailliert und unstrittig. Die Spurensicherer hatten die Praxis in Einzelteile zerlegt, fotografiert und gepudert, Computer und Papierakten in die Dienststelle verbracht. Alles unter Ana Ortiz' Überwachung.

»Gutes Näschen für den richtigen Moment«, beglückwünschte sie Jaume. »Da war nicht viel Luft.«

»Bedank dich bei Calderon.« Sein notorisches Anrufen hatte Señora Acosta womöglich das Leben gerettet und ganz sicher den Druck auf Doktor Bazos Nerven erhöht. »Was wollte eigentlich die russische Botschaft von dir?«

»Einen terroristischen Akt gegen einen ihrer Bürger ausschließen. Und uns für alle Fälle eine Klage androhen.« Ana zuckte die Schultern. »Der Polizei insgesamt und jedem einzelnen Ermittler persönlich, sollten wir nicht bald zufriedenstellende Ergebnisse vorweisen.«

»Denkst du, Doktor Bazo stellt sie zufrieden?«

»Dich nicht? Immerhin haben wir ein Geständnis.«

»Ohne Unterschrift. Und es bricht genau in dem Satz ab, der sich auf den Toten vom Strand bezieht.« Es endete sozusagen in einer schriftlichen Nulllinie mit dem Wort *Somorrosto*, dessen letzter Buchstabe sich sechzehn Mal wiederholte. »Da steht weder sein Name noch ein Motiv.«

»Hässliche Argumentation, Soler. Leider korrekt. Lass uns hoffen, dass die Dame überlebt und ihr Geständnis wiederholt, inklusive der bisher fehlenden Details. Sonst sind wir auf Indizien angewiesen, mit denen wir die Beweislücken auffüttern können.« Ana zog eine Grimasse. »Außerdem setze ich auf unsere Hauptzeugin. Überlassen wir sie Calderon – als kleine Aufmerksamkeit – oder möchtest du mit ihr das Protokoll anfertigen?«

»Wir waren vielleicht zu nah am Geschehen dran, um ganz objektiv zu sein und Suggestivfragen auszuschließen.« Eine diplomatische Umschreibung für Calderons Herzrhythmusstörungen in Franciscas Nähe. »Besser du übernimmst das. Von Frau zu Frau.«

Ana lachte leicht spöttisch. »Ist das jetzt ein kleines Geschenk für mich? In Ordnung, Soler, ich akzeptiere.«

Im Gehen berührte sie kurz seine Schulter, fragte nicht, was er zu tun gedachte, und erteilte keinen Auftrag. Vielleicht gab es doch eine Basis, auf der sie miteinander arbeiten konnten.

Montag, 16. Oktober, 19:20 Uhr
– Montse Soler Martí –

Es war sicher nicht ihre beste Idee gewesen, sich von Rodrigo zu Hause abholen zu lassen. Eine noch schlechtere, es Ignacia gegenüber zu erwähnen. Seitdem flatterte die wie ein aufgescheuchtes Huhn herum, soweit ihre Hüfte das zuließ, und Croqueta immer hinterher. Dabei hatte Montse klargestellt, dass er *La Pausa* nicht betreten und wahrscheinlich nicht einmal sein Auto verlassen würde.

»Zieh etwas Anständiges an«, forderte Ignacia. »Und mach was mit deinen Haaren. Du siehst aus wie eine Vogelscheuche!«

»Danke, Mama.« Montse legte den linken Fuß auf den rechten Oberschenkel und hob den Hund auf ihren Schoß. Eine Diskussion darüber, was unter ›etwas Anständigem‹ zu verstehen war, erübrigte sich. Je nach Situation variierte Ignacias Meinung dazu erheblich, stimmte allerdings nie mit Montses Ansichten überein. Croqueta grunzte wohlig und verlor ein paar kurze Haare, die sich auf ihrer Jeans ablagerten. Was Rodrigo am meisten wollte, steckte unter der Verpackung, andernfalls hatten sie sowieso ein Problem. An der Straßenecke leuchteten Bremslichter auf.

»Ist er das?« Ignacia klebte hinter der Glastür.

»Von hier aus schwer zu sagen.« Montse stellte sich neben ihre Mutter und grinste. Neugier war ein übles Laster. »Ist jedenfalls ein schickes Auto. Meine unanständigen Klamotten und ich steigen da jetzt ein.« Sie küsste erst den Hund und dann Ignacia, der sie Croqueta in den Arm drückte. »*Adéu!*«

Ignacias missbilligendem Klaps wich sie aus und rannte los. Wie eine Motte zum Licht. Prustend riss sie den Wagenschlag auf und ließ sich auf den Beifahrersitz fallen. Es hätte Rodrigo gefallen, ihre Welt zu erleuchten, sich als Zentrum ihres Daseins zu sehen.

Er empfing sie mit einem Kuss, der die beiden vorangegangenen bei Weitem übertraf, und sie lehnte sich zurück.

»Was liegt heute an, El Cid? Raubzug oder Schwertkampf – ich bin für alles bereit.«

Kopfschüttelnd musterte er sie. »Du schaffst es immer wieder, mich zu verblüffen. Schon bei unserer ersten Begegnung. Du hast mich direkt umgehauen, weißt du das?«

Sie deutete ein paar rechte und linke Haken an. »Echt?«

»Charme, meinte ich. Nicht Fäuste. Wie du mit den Kindern deines Bruders umgegangen bist, das war toll. Die beiden haben so gut zu dir gepasst.«

»Wir haben den gleichen Sinn für Unsinn. Insofern hast du recht.« Die Motte spürte Hitze, der es unbedingt auszuweichen galt. Sie schlug ein Bein unter und zupfte Hundehaare in den Fußraum. »Genau genommen habe ich die zwei ausgenutzt und aufgehetzt, damit sie dich ansprechen.« Obwohl sie damals nicht geplant hatte, mit ihm ins Bett zu gehen. Nicht sofort. War jetzt der Moment, ihre wahren Absichten aufzuklären? Hinterhältiges Aushorchen. Und Sex. Es ließ sich nicht leugnen, dass sie ihn gerade wegen Letzterem immer noch traf. Vor allem deshalb. Er hatte Talent, nicht überwältigend, aber ausreichend. Ihre schmeichelhafte Aussage lenkte ihn hoffentlich ab. Sonst musste sie sich als neugierige Bullenschwester zu erkennen geben, um ihn zu bremsen. »Das war wirklich schamlos von mir, ich weiß. Aber glaub mir: Ich würde es wieder tun.«

Sein breites Grinsen gab ihr recht. Manöver gelungen.

Ein kurzer Aufschub, wie ihr wohl bewusst war.

Montag, 16. Oktober, 19:25 Uhr
– Jaume Soler Martí –

Abwechselnd starrte Jaume zum Fenster, zur Tür und zum Medikamentenschrank. Er war allein in die Praxis zurückgekehrt, ließ den Raum still auf sich wirken, bewegte nur die Augen. Computerkabel lagen lose auf dem Schreibtisch, Staubränder markierten den ehemaligen Standort von Bildschirm und Tastatur. Dort hatte sie sich Ketamin gespritzt und ihre Abschiedsbotschaft getippt. In dieser Reihenfolge. Nur so war zu erklären, weshalb sie nicht fertig geworden war.

»Warum?«, sagte er laut. »Warum macht sie so einen Fehler?«

Die Wirkung musste zu früh eingesetzt haben. Oder hatte sich ihr Gewissen mit dem Wunsch nach einer Offenbarung erst im Angesicht des nahen Todes gemeldet? Medikamentenschrank, Fenster, Zimmertür. Was störte ihn und zog seine Blicke immer wieder zu diesen drei Punkten?

Eine Theorie besagte, dass man beim Durchschreiten einer Tür Dinge vergaß oder Vergessenes wiederfinden konnte. Als sei sie ein Übergang zwischen zwei Welten, in die man nichts aus der anderen mitnehmen konnte. Er erinnerte sich, dass dieser Effekt angeblich auf der uralten Notwendigkeit basierte, beim Verlassen der Höhle die volle Aufmerksamkeit auf die neue Situation zu richten. Was zählte, war das Hier und Jetzt – der drohende Angriff eines Raubtieres beispielsweise. War man darauf nicht gefasst, wurde alles andere irrelevant. Eine einleuchtende Begründung. Nur wenig nützlich, wenn einem in der eigenen Wohnung abhandenkam, weshalb man losgelaufen war.

Er überschritt die Schwelle ins Wartezimmer. Nichts. Er ging zurück. Wieder nichts. Beim dritten Mal kam er sich lächerlich vor. Vielleicht fehlte ihm nur Sauerstoff, um sein Hirn wieder in Schwung zu bringen.

Im Innenhof atmete er durch. Die Sonne war gerade untergegangen, Dämmerung breitete sich schläfrig über die Häuser, eine Zikade zirpte dagegen an. Auf der betonierten Bodenplatte sorgten ein Klappstuhl und ein Aschenbecher für minimale Annehmlichkeit, über der Mülltonne hing ein Tütenspender, um Hundehaufen einzusammeln. Daneben gab es einen Wassernapf und Auslauf in eine ungepflegte Grünfläche mit struppigem Gras, dornigen Büschen und einer wilden Rose in voller Blüte. Kein Oleander, registrierte er am Rande.

Im Geständnis gab es nicht die geringste Anspielung auf die Szene um *Mateix* oder die Tourismuskritiker. Waren die damit aus dem Schneider? Hatte Doktor Bazo mit ihnen sympathisiert oder sie bewusst in Misskredit bringen wollen?

Geschmeidig tänzelte eine Katze heran und Jaume lächelte unwillkürlich. Endlich mal kein Hund. Unbeeindruckt von seiner Anwesenheit setzte sie ihren Weg fort, sprang auf den Fenstersims vor dem Büro. Ob Doktor Bazo sie manchmal hereingelassen oder gefüttert hatte?

Die Katze trat auf der Stelle, drehte sich einmal um sich selbst und buckelte mit gesträubtem Nackenfell. Spürte sie den Tod? Schon wieder so eine Albernheit. Egal, was man diesen faszinierenden Tieren nachsagte, sie besaßen keine übersinnlichen Kräfte. Davon abgesehen war Doktor Bazo nicht gestorben. Nicht nach seinem aktuellen Kenntnisstand und ganz sicher nicht in diesem Zimmer.

Die Katze bedachte ihn mit einem wissenden Blick, landete mit einem Satz zu seinen Füßen und strich an seinen Knöcheln entlang, dann verschwand sie unter der Rose. Eine wie sie überkletterte die zwei Meter hohe Mauer zur Straße mit Leichtigkeit. Ein Mensch musste schon recht sportlich sein, um diese Hürde zu überwinden. Sportlich und ambitioniert.

Jaume schaute zur Mauer und zum Fenster, beugte sich vor. Grüne Blätter lagen unter dem verschossenen Buchsbaum, den die Katze nicht berührt hatte. Frischer Pflanzensaft färbte seine Fingerkuppen, trieb ihn zurück ins Haus und in Doktor Bazos Arbeitszimmer.

»Ich will sterben.« Er schloss die Tür, drehte den Schlüssel, ging weiter zum Stahlschrank. »Hier finde ich, was ich dazu brauche.«

Immer noch die Finger gegeneinander reibend nahm er am Schreibtisch Platz. »Ich gestehe vier Morde, weil ich weiß, dass ich die Konsequenzen nicht mehr tragen werde. Niemand wird mich retten.«

Am Fenster reflektierte das Licht der Deckenlampe, beleuchtete Puderspuren und den Abdruck einer Katzennase. »Niemand *soll* mich retten. Meine Angestellte ist mir auf die Schliche gekommen, aber sie hat Angst vor mir. Die traut sich nicht herein. Weil ich ganz sicher sein will, schließe ich Fenster und Vorhang. Dann schreibe ich in Ruhe zu Ende.« Jaume hieb die Faust auf den Tisch. »Und ich wähle ein Medikament, das schnell und absolut zuverlässig wirkt. Verdammt noch mal. Ich bin Ärztin – kein Idiot –, und das hier ist meine Praxis.«

Montag, 16. Oktober, 20:20 Uhr
– Montse Soler Martí –

Sein Hang zur Romantik hatte etwas Rührendes. Was nichts daran änderte, dass es abends am Strand inzwischen ziemlich kühl wurde. Von Montse guckten nur Augen und Nasenspitze unter der Fleecedecke hervor. Gelegentlich etwas mehr, wenn sie das Sektglas zum Mund führte oder von der Schokolade mit Salzkaramell abbiss. Eine Kerze brannte im Sand zu ihren Füßen, und sie beglückwünschte sich zu ihrem zweckmäßigen Outfit. Cargohose und Sweater machten es angenehmer, übers tiefschwarze Meer ins Nichts zu starren, während Rodrigo von Sternen erzählte, die gar nicht zu sehen waren. Sie hätte für einen gewöhnlichen Montag sein warmes Bett bevorzugt, gerne inklusive des Sekts und der Süßigkeiten, aber ohne kompliziertes Drumherum. Konversation und Konventionen. Er legte Wert darauf, sie zu umwerben, und sie langweilte sich.

»Ich wünsche mir auch zwei Kinder«, flüsterte er.

Ihr Körper verkrampfte und sie verfluchte ihre Inkonsequenz. Sie hätte nicht mit ihm herkommen sollen. Ende und Abbruch, sobald das Thema sich auch nur andeutete. Damit war sie seit Langem gut gefahren.

»Und eine Privatpraxis für zahlungskräftige Kundschaft. Vom Zoo habe ich langsam die Nase voll. Auf dem Land, wo es schön ist und ruhig. Sitges wäre ein Traum, oder? Dort würde ich jederzeit hinziehen, am liebsten sofort. Wir könnten uns ein kleines Haus zulegen, etwas außerhalb vielleicht, mit viel Platz für die Kleinen. Du tauschst deinen miefigen Overall gegen einen adretten Kittel und wir …«

»Whoa – immer langsam. Mein Overall steht nicht zur Debatte.« Sie nahm seinen Arm von ihrer Schulter. »Und überhaupt bist du mir viel zu schnell.«

»Was ist falsch daran, an die Zukunft zu denken, Kinder und klare Verhältnisse zu wollen? Für dich würde sich eine Menge verbessern, sei ehrlich.« Sein Brustkorb hob und senkte sich. »Was sagst du, Montse Martí …«

»Stopp!« Ihr Aufschrei trug weit in der Dunkelheit, erschreckte vereinzelt herumsitzende Pärchen. »Das wird jetzt hoffentlich kein Antrag?«

Sichtlich gekränkt rückte er von ihr ab.

»Denk nach, Rodrigo. Ich – eine Tierarztfrau?«

»Bei dir hört sich das wie eine Zumutung an. Manch andere hielte es für einen … für einen …«

»Sechser im Lotto?«

Er zuckte zusammen, und Montse schälte sich ganz aus der Decke. So hatte sie es nicht beenden wollen. Ihre Stimme klang härter als geplant. »Montse Soler Martí hat das große Los gezogen und nun verweigert sie den Hauptgewinn? Ja, gut möglich. Du bist der lebende Jackpot, Rodrigo. Das meine ich ernst. Ein Volltreffer, nur leider nicht für mich.«

Sein Gesicht versteinerte. Es fiel ihr schwer, den Ausdruck zu deuten. Arroganz schien es diesmal nicht zu sein. Er senkte den Kopf. War es Wut, Schmerz oder Angst? Seine Anspannung verursachte ihr Unbehagen, aber sie sah ihn weiter geradeaus an, bis er sich ihr wieder zuwandte. Sein Blick flackerte.

»Bitte bleib heute Nacht, ein letztes Mal.«

Montag, 16. Oktober, 20:30 Uhr
– Jaume Soler Martí –

Aus der Klinik gab es vorsichtige Entwarnung. Doktor Bazos Zustand stabilisierte sich allmählich. Wegen des Etiketts auf der Medikamentenflasche war man dort zunächst von einer Überdosis Ketamin ausgegangen. Ein doppelt kluger Schachzug, stattdessen das wesentlich stärkere Pentobarbital zu spritzen. So wurde die Wahrscheinlichkeit zu sterben deutlich erhöht. Untergrub das seine These, dass etwas an dem Selbstmordversuch nicht stimmte? Jaume knabberte schwer daran, die Helfer unwissentlich auf eine falsche Fährte geführt zu haben.

Ana Ortiz hatte ihn telefonisch informiert und zugleich freigesprochen – jeder wäre darauf reingefallen –, was es nicht besser machte. Morgen würden sie weitersehen, sobald Doktor Bazo vernehmungsfähig war. Morgen. Das bedeutete eine schlaflose Nacht und alles andere als einen schönen Feierabend.

»Logik wird in Stresssituationen oft überbewertet, Soler. Unter Druck machen auch kluge Menschen merkwürdige Dinge.«

Jaumes Hände glitten über die Rundung des Lenkrads, der Wagen brummte im Leerlauf. Natürlich hatte sie recht. Alles, was er jetzt anpackte, konnte sich morgen durch einen einzigen Satz der Tierärztin als unnötiger Aufwand herausstellen. Aus der Kriminaltechnik lagen erste Auswertungen vor, von denen Ortiz behauptete, dass sie ins Bild passten.

Neben ihm gab ein Autofahrer hupend Handzeichen und blinkte. Jaume schüttelte den Kopf und machte den Motor aus. Seine Parklücke war nicht zu haben. Er stieg aus und tippte eine SMS an Paloma. Was war er doch für ein Feigling, sie nicht anzurufen. Er überquerte die *Travessera de les Corts* und schaute am Gebäude der Kriminalpolizei nach oben. Nur noch vereinzelte Lichter. Eins in seinem Büro, wo längst niemand mehr sein sollte.

Er eilte durch die Eingangshalle und die Treppe hinauf, geriet dabei kaum außer Atem, was er als Trainingserfolg verbuchte. Aus dem Büro hörte er die vertrauten Stimmen seiner Kollegen. Irgendwie waren sie alle nicht zu retten. Berufskrank. Es war ihre Entscheidung zu bleiben, und die gedachte er nicht infrage zu stellen.

Sie verloren kein Wort über die Uhrzeit, nickten einander nur zu. Jaumes E-Mail-Postfach quoll genauso über wie sein Gehirn und entlockte ihm ein Stöhnen.

»Willst du eine Zusammenfassung?«, fragte Domenech.

»Ich bitte darum. Dass Bazo überleben wird, ist mir bekannt.«

»*Vale.* Damit hast du schon das Wichtigste. Carolina konnte auf dem Rechner aus dem Arbeitszimmer einen Satz gelöschte Dateien wiederherstellen. Passwortgeschützt und nicht mit den eigentlichen Praxisdokumenten verknüpft. Zugriff dürfte demnach nur sie allein gehabt haben. Die Bedeutung erschließt sich noch nicht, denn es scheint sich auf den ersten Blick um gewöhnliche Patientenakten zu handeln. Bemerkenswert ist, dass unter den Namen der Besitzer alle drei ortsansässigen Opfer waren.«

»Kein Hinweis auf ein Zuchtprogramm oder dergleichen?«

»Nein. Auch bei ihren Kontobewegungen habe ich bislang keine Auffälligkeiten entdeckt. Wenn es da etwas gab, hat sie es geschickt gemacht.«

»Sie benutzt einen Strohmann«, warf Calderon ein.

Elektrisiert fuhr Jaume auf.

»Ist doch ein Klassiker. Einer von den Toten hat sich dafür hergegeben, wollte aussteigen oder mehr Geld, und zack: tot ist er. Ich habe die ganze Zeit schon gesagt, dass die das nicht allein durchgezogen hat – was auch immer es war.«

»Dafür gibt es auch keinen Beleg.«

Calderon schnaubte. »Das ist nicht meine Schuld.«

»Ein Partner«, murmelte Jaume. Eine Flut von Gedanken überrollte ihn – das Fenster, der Busch, sportliche zwei Meter Mauer … »Was haben wir an Fotos aus der Praxis?«

»Berge!« In der Tür stand Carolina. »Angefangen von deinen prächtigen Handybildern, die dankenswerterweise den Urzustand des Arbeitszimmers vorm Durchmarsch der Sanitäter zeigen, bis zu Martinez' mikroskopischen Details.«

»Du solltest also präzisieren, welchen Zentimeter du gern sehen willst, Soler.« Martinez trug einen Laptop vor sich her. Feierlich wie einen Kultgegenstand. »Ich wette, ich habe jeden!«

»Aus drei Perspektiven.« Carolina verdrehte die Augen. »Ist Ortiz zur Pyjamaparty nicht eingeladen?«

»Die sitzt lieber auf Selvanegras Schoß als bei uns.« Eine fiese Unterstellung, und nur Calderon lachte über seinen eigenen Scherz.

»Wir sind offiziell im Feierabend, genau wie Ortiz.« Domenech schob mit dem Unterarm auf einem Extratisch Platz für den Laptop frei. »Reiner Zufall, dass wir noch nicht auf der Couch liegen.«

Für Scherze fehlte Jaume gerade der Sinn. »Ihr kommt nicht ohne Grund«, sagte er. »Was habt ihr?«

Martinez richtete beide Zeigefinger auf ihn. »Guter Mann! Darum wird der eine *Jefe* und die anderen – ups … Lassen wir das.« Er setzte sich und drückte einige Tasten. »Seht und staunt!«

Im Halbkreis scharten sie sich hinter ihm. Zwischen den Beinen der Sanitäter hindurch sah man Doktor Bazo am Boden liegen. Martinez zoomte ihre wirren grauen Haare heran, vergrößerte die Aufnahme, bis die Kopfhaut zu erkennen war. Eine Stelle trat deutlich gerötet hervor.

»Im Eifer der Erstversorgung sehr leicht zu übersehen, zumal es nicht blutet. Stumpfes Trauma am Hinterkopf, das meiner Meinung nach nicht mit einem bewusstlosen Sturz vom Stuhl erklärbar ist. Überhaupt wirft ihre Position Fragen auf. Vornüberkippen und – wenn überhaupt – seitlich abrutschen wäre logischer.« Martinez klickte zurück zum Vollbild. Doktor Bazo lag mit dem Rücken zum Schreibtisch.

»Kann das die Drehung des Bürostuhls verursacht haben?« Jaume drückte Martinez probeweise nach vorn, dann zur Seite.

»Das haut sie eher aufs Gesicht. Oder mich, wenn du nicht aufpasst. Sie hätte sich so niemals den Hinterkopf angeschlagen.«

»Wobei der zeitliche Zusammenhang unbewiesen ist«, schränkte Carolina ein. »Das könnte auch bei der Rangelei mit der Helferin passiert sein.«

»Ihr atmet in euren Labors irgendwas Ungesundes ein«, spottete Calderon. »Davon seid ihr schon genauso wirr im Kopf wie Doktor Bazo. Die hat sich den Schädel angeschlagen. Na schön. Wie, wissen wir nicht. Wann, wissen wir auch nicht. Was bringt uns diese Erkenntnis also? Genau: nichts! Alles, was wir suchen müssen, sind ein paar Beweise gegen sie, falls sie das Geständnis widerruft.«

Die Wahrscheinlichkeit war hoch, daran gab es nichts zu deuteln.

»Das offene Fenster, *Jefe*?« Domenech hob die Augenbrauen und Jaume nickte.

»Dazu komme ich gleich. Und ich denke nicht, dass sie sich da angestoßen hat. Vorher muss ich noch wissen, wann genau die Dateien auf Bazos Computer gelöscht wurden.«

»Kann ich deinen Platz benutzen?« Carolina loggte sich an Jaumes Rechner ein. »Gelöscht wurde zu zwei Terminen. Die ersten beiden Akten am 10. Oktober, abends um 21:19 Uhr. Hund Lupo mit Herrchen Antonio Cruz und vier Minuten später Rambo und Guillermo Vargas. Der Rest wurde mit dem kompletten Ordner heute Nachmittag entfernt. Also auch Asunción da Silva und ihre Yorkshiredame. Da war es Viertel nach drei.«

Ein merkwürdiger Laut drang über Calderons Lippen, der hektisch in seinem Kalender blätterte. »Ich war dort am Zehnten. Zur ersten Befragung. Aber ich habe ihr Vargas Namen nicht genannt! Überhaupt habe ich nur ganz kurz mit Doktor Bazo gesprochen. Und heute …«

»Du hast sie aufgescheucht, ganz klar.« Martinez feixte. »Ist doch in Ordnung.«

»Es dürfte ihr schwerfallen, eine andere Begründung für die Löschung zu liefern als unsere Ermittlungen«, stimmte Domenech zu. »Nur, wieso löscht sie heute weiter, wenn sie doch ein Geständnis abliefert?«

»Ja, ganz genau.« Jaume wippte auf den Zehen. »Unmittelbar bevor sie sich das Leben zu nehmen versucht. Darin sehe ich keinen Sinn. Es sei denn, sie hätte ursprünglich eine Flucht geplant. Was hat sie veranlasst, aufzugeben? Wann hat sie das Fenster geöffnet? Und warum ist es offen geblieben? Warum hat der Buchsbaum unterm Fenster Blätter in vollem Saft verloren? Warum haben wir den Schlüssel zum Medikamentenschrank sichergestellt?« Mit jedem Satz schrumpften die kahlen Stellen seines imaginären Teppichs. »Vorhin ist das Wort ›Strohmann‹ gefallen. Wie wäre es mit: Komplize? Einer, der viel zu verlieren hat, der vielleicht nichts von den gelöschten Dateien weiß, der in Eile eine Ablenkung inszeniert, weil er jederzeit mit Señora Acosta oder der Polizei rechnen muss.«

Martinez öffnete die Außenaufnahmen. »Und der ist durchs Fenster und über die Mauer getürmt, so wie er gekommen ist?«

»Oder durch die Praxis«, ergänzte Jaume.

»Quatsch. Die Tür zum Innenhof war verriegelt. Außerdem hätte Francisca gehört, wenn noch jemand da gewesen wäre.«

»Hätte sie? Sie war in der Toilette eingesperrt. Der Raum ist zweigeteilt, Handwaschbecken separat. Hinten hörst du vor allem die Lüftung.«

Carolinas Einwand deckte sich mit Jaumes Einschätzung.

»Bazo könnte den Komplizen währenddessen sogar einfach durch die Vordertür hereingelassen haben. Fragt sich nur, wer er ist – und wie wir das nachweisen?«

»Und wieso überhaupt«, brummte Calderon. »Wenn das alles stimmt, wird Bazo den Kerl mit Freuden in die Pfanne hauen.«

Vorausgesetzt, sie hatte etwas gegen ihn in der Hand. Ansonsten stand Aussage gegen Aussage. Selvanegra hatte wenig übrig für reine Theorien – und erwiesenermaßen ein Problem mit Frauen in gehobener Position. Schlechte Karten für Doktor Bazo.

»Wir halten uns an das übliche Prozedere.« Soweit möglich. Jaume holte die Asservatentüte heraus, die er seit Freitag bei sich trug. »Konzentration auf die Spuren im Arbeitszimmer, die nicht Bazo oder Francisca Acosta zugeordnet werden können – besonders an Fenster, Tür, Computertastatur und Medikamentenschrank. Da wiederhole ich mich:

Was ist mit dem Schlüssel? Letzte Telefonanrufe – privat und über den Praxisapparat –, Häufungen oder Auffälligkeiten. Und natürlich das Ketaminfläschchen. Wo kommt das her, gehört es zum normalen Bestand? Falls ich etwas genannt habe, was schon geprüft ist – umso besser –, seht es mir nach.«

»Wir nehmen also rein hypothetisch an, dass eine dritte Person in der Praxis gewesen sein könnte, die Doktor Bazo aus dem Weg schaffen wollte«, fasste Carolina zusammen. »Dazu fällt mir sofort die unscharfe Dame vom Casino-Video ein. Mit Rosina von *Mateix* habe ich das schon abgeglichen, die können wir nach meinen Messungen ausschließen. Körpergröße und Gesichtsmerkmale passen nicht. Wenn ihr ein Portrait von unserer Frau Doktor habt, mache ich da auch noch einen Biometrie-Check. Sicher ist sicher und bis dato war die nicht auf meinem Radar.«

Jaume wog die Tüte in seiner Hand. Ein Leichtgewicht, das sich schwer anfühlte. »Auf diesem Briefumschlag sind Fingerabdrücke.«

»Die wir zusätzlich für den Vergleich in der Praxis und an der Hintertür heranziehen sollen. Immer gerne.« Carolina griff zu und neigte sich vor. »Schon wieder aus einer geheimen Quelle?«

»Ich will nur sichergehen, dass wir absolut niemanden vergessen.« Noch wollte er seinen Verdacht gegen Rodrigo Díaz ungern aussprechen. Er sah Domenech an, der sehr still geworden war und sich jetzt räusperte.

»Wenn es den Unbekannten gibt, der Doktor Bazos Selbstmord vortäuschen wollte, dann hat er auch den Abschiedsbrief geschrieben.«

»Ja«, antwortete Jaume unbehaglich. Das Geständnis mit dem Täterwissen. Langsam sickerte die Erkenntnis dahinter zu allen durch. Calderon schnappte nach Luft.

»Dann ist Bazo vielleicht gar keine Mörderin?«

»Schlimmer.« Martinez knallte den Laptop zu und stand auf. »Dann ist der Mörder noch irgendwo da draußen.«

Montag, 16. Oktober, 21:45 Uhr
– Francisca Acosta –

Mit großer Sorgfalt verteilte sie Make-up auf der Haut und tuschte ihre Wimpern. Die Beule fiel weniger auf als befürchtet und tat kaum noch weh. Kritisch begutachtete sie ihr Spiegelbild aus unterschiedlichen Winkeln. Nur im ersten Moment hatte es schlimm ausgesehen. All das Blut. Ihr eigenes Blut fließen zu sehen, erschreckte sie. Dabei war sie sonst wenig empfindlich, assistierte regelmäßig bei Operationen. Ihre Chefin schätzte das sehr. Ein jähes Zittern machte ihre Knie weich.

Doktor Bazo lebte. Sie beide lebten noch. Francisca atmete durch, tupfte eine weitere Schicht Make-up über die Beule. Allein das war ein Grund zu feiern. Sie hatte Glück gehabt. Wie oft hatte sie das heute gehört? Niemand würde sie aufhalten, auch wenn sie im Krankenhaus gesagt hatten, sie solle sich schonen. Glück war ein flüchtiges Gefühl, sie wollte es festhalten, wollte mehr davon. Sie würde nichts und niemandem mehr nachtrauern, keine weiteren Enttäuschungen einstecken und sich kleinmachen lassen, von irgendwem, der sich für besser hielt. Vergebene Chancen, Fehlentscheidungen und Verrat. Das war vorbei. Dieser Tag war ein Zeichen, ihr Leben umzukrempeln. Wenn sie herumsaß und abwartete, riskierte sie, sich mehr als eine Beule zu holen. Comissari Calderon würde das verstehen. Seine väterliche Art trieb ihr Tränen in die Augen. Das konnte sie nun wirklich nicht gebrauchen. Sie blinzelte und ließ den Wattebausch fallen. Die

Ecken des Spiegels waren angeschlagen und die Glasur etlicher Kacheln an der Wand gesprungen. Irgendwem hatte die Keramik vor langer Zeit gefallen. Sie hätte diese Scheußlichkeit nie ausgesucht, was auch auf die meisten Möbel in ihrer Wohnung zutraf. Geschenke, Leihgaben, Übriggebliebenes. Ekel überfiel sie und am liebsten hätte sie ausgespuckt. Vor einem Neuanfang musste man mit dem Alten abschließen.

Sie ging ins Schlafzimmer, wählte eine größere Tasche, stopfte wahllos Kosmetika, Schmuck und ein paar flache Schuhe hinein. Den geliebten Spitzenschal ließ sie auf dem Bett liegen. Erinnerung an einen Exfreund, mit einem Fleck, der sich nicht tilgen ließ. Ihr Leben glich einem Restpostenlager. Das musste sich unbedingt ändern. Sie hatte etwas Besseres verdient.

Echtes Glück wäre es, dieses Leben hinter sich zu lassen und nie wieder zurückzukehren. Ein Druck auf den Lichtschalter hüllte das Zimmer in Dunkelheit. Nie wieder. Der Gedanke hatte etwas Befreiendes.

Montag 16. Oktober 22:05 Uhr
– Jaume Soler Martí –

Jedes beschriebene Detail der Morde stimmte: Das gewählte Mittel inklusive Dosierung, die Art der Verabreichung, Name und Fundort wurden korrekt benannt. Sogar auf einige sehr spezielle Details, wie das Gemüse in Asuncións Küche, nahm der Brief Bezug. Als hätte sie ganz sicher gehen wollen, dass niemand an ihrer Täterschaft zweifeln konnte.

»Mein Name ist Hermosa Bazo, und ich habe ein Geständnis zu machen.«

Jaume quälte sich ein weiteres Mal durch den Abschiedsbrief. Führte der wahre Täter sie in die Irre, beobachtete, wie sie wunschgemäß der ausgelegten Fährte folgten, während er über sie lachte? Was Martinez und Calderon laut ausgesprochen hatten, klebte wie zäher Morast an seinen Füßen, hielt ihn fest, blockierte jeden Schritt. Las sich dieser Text wie die Worte eines mitfühlenden Menschen, der sich um das Wohl von Tieren kümmerte? Wie der Abschiedsbrief einer Frau? Oder sollte sie von ihrem Komplizen geopfert werden?

Die nüchternen Beschreibungen setzten ihm zu. Guillermo Vargas hatte es ihr leicht gemacht. Ein gutgläubiges Opfer, das vermutlich sogar dankbar stillgehalten hatte.

»Er dachte, ich würde ihm eine Vitaminspritze verabreichen, zur Stärkung der Abwehrkräfte. Danach sollte er sitzen bleiben, bis der Schwindel nachlässt.«

Aber wieso sollte er ihr vertrauen, wenn er doch etwas über sie wusste, das ihn zur Gefahr für sie werden ließ? Und der sonderbare Treffpunkt im Park hätte wirklich jeden stutzig machen müssen. Ungeachtet dessen, dass sie als Veterinärmedizinerin mit der Behandlung eines Menschen ihre Kompetenzen überschritt.

Jaume rieb sich den Nacken. Die Einstichstelle im Leberfleck, der wieder ordentlich zugeknöpfte Ärmel. Alles da. Was ihn jedoch weit mehr beschäftigte war das, was fehlte. Und das war eine ganze Menge. Bedauern, Reue, Angst vor dem eigenen Ende. Oder eine glaubhafte Begründung.

Francisca Acosta hatte ihre Chefin mit ihrer Aussage schwer belastet, sich zugleich aber immer wieder nach ihr erkundigt. Besorgt und den Tränen nah. Seltsam, wie man sich an vertraute Menschen klammerte und an ihre guten Eigenschaften glauben wollte, selbst wenn sie plötzlich ein fremdes Gesicht zeigten. Ein klassischer Verdrängungsmechanismus, um die eigene Welt im Lot zu halten.

»Denkpause!« Martinez schleppte Getränke herein. »Leckere Auswahl aus dem Automaten im Erdgeschoss. Lauwarm und magenschonend, die Kühlung ist ausgefallen, aber immerhin hat alles reichlich Zucker fürs Gehirn.«

Einen Energieschub konnten sie alle gebrauchen. Jaume leerte die erste Flasche mit einem Zug. Was hätte er jetzt für ein kühles Bier gegeben! Und für eine Couch. Mit Paloma an seiner Seite.

Ungewohnt lange schwiegen sie einander an.

»Im Arbeitszimmer gibt es einige wenige Fingerabdrücke, die zu niemandem passen, vor allem an der Tür und am Schreibtisch«, sagte Carolina. »Was nicht ungewöhnlich ist. Ein graues Haar und Hautschuppen an einem medizinischen Fachbuch dürften von Doktor Bazos Hinterkopf stammen, womit wir einen Schritt weiter wären in der Beweisführung.

Und – das wird dich freuen, Jaume – auch außen am Fenster haben wir eine Spur.«

»Ein kleiner Schönheitsfehler ist aber dabei«, ergänzte Martinez. »Es ist mehr eine Verunreinigung in Fingerform, ohne Papillarlinien. Soll heißen, jemand trug Handschuhe.«

»Und es spricht einiges dafür, dass diese Handschuhe auch am Computer benutzt wurden, dort sind nämlich sehr viele Abdrücke verwischt.«

»Merke: Niemand hat versucht, alles ganz sauber zu wischen. Da hat jemand mitgedacht.«

»Na wunderbar«, grummelte Calderon. »Wir verhaften also Niemand und seinen Kumpel Jemand.«

»Nicht so pessimistisch, mein Lieber. Dinge auszuschließen ist der erste Schritt, die Schlinge um das zuzuziehen, was übrig bleibt.«

»Apropos übrig: Was ist da in der Tüte, die schon den ganzen Tag unter deinem Tisch steht? Ich sehe Fettflecken und Puderzucker. Hat deine Maria *ensaimadas* gebacken?« Martinez' Bauch gurgelte vernehmlich. »Willst du die etwa allein essen oder wieder mit nach Hause nehmen?«

»Nein. Wegschmeißen.«

»Ausgeschlossen habe ich jetzt auch Doktor Bazo, was das Casino anbelangt.« Unbeirrt blieb Carolina beim Thema. »Zugegeben, da war nicht viel Biometrie nötig. Schon nach Augenschein hat die Kopfform nicht gepasst. Trotzdem habe ich sie ordnungsgemäß vermessen.«

Jaume nickte ihr zu. »Unser aller Vorgesetzter steht darauf, wenn ihr eure teuren Apparate zum Einsatz bringt und die am Ende ein klares Ja oder Nein ausspucken.«

»Ein klares Nein kann ich dir zu deinem ominösen Briefumschlag geben: kein Treffer am Tatort. Allerdings einer in unserer Datenbank, wie dir sicher bekannt ist. Ich will nicht meckern, aber der Umschlag wurde auch von mehr als einer

Person angepackt. Lass nächstes Mal bitte ein eindeutigeres Beutestück mitgehen.«

Noch besser wäre ein Täter gewesen, der keine Handschuhe verwendete. Egal, wie sehr der unter Stress gestanden haben mochte, diese grundlegende Sicherungsmaßnahme hatte er berücksichtigt. Eiskalt. Geübt. Ein Routinehandgriff wie bei einem Polizisten, Sanitäter – oder Arzt.

Martinez steckte die Nase in die Papiertüte. »Hmm!«

»Lass es«, brummte Calderon noch mal. »Ich habe mich durch den Kleinkram gewühlt, der in der Praxis sichergestellt wurde. Da waren Auto- und Haustürschlüssel dabei, aber nicht der vom Medikamentenschrank. Ich habe im Krankenhaus nachgefragt. Fehlanzeige. Bazo hatte nichts eingesteckt. Und die Seriennummer von der Ketamin-Flasche steht auf der Bestandsliste.«

Zucker staubte über Martinez' Brust, er kaute, kaute langsamer, verzog das Gesicht.

»Hab dich gewarnt.« Calderon lief rot an, während Martinez den Bissen in den nächsten Mülleimer spuckte. »Warum hörst du nicht? Außen ist Zucker, aber für den Teig hat sie Salz genommen. Salz! Als ob man das nicht merkt. Steht ja drauf, auf der Packung.« Er verpasste der Tüte einen Hieb und knüllte sie zu. »So eine Verschwendung!«

Martinez gurgelte mit einem Schluck Limonade und zuckte die Schultern. »Passiert jedem mal. Kein Drama. Obwohl ich echt Lust auf eine Hefeschnecke hatte.«

Domenech warf ihm einen Schokoriegel zu. »Bazo hat in der letzten Stunde nicht mehr telefoniert. Am Vormittag wurden eine Handvoll dienstliche Anrufe zu ihr durchgestellt. Ihr letztes Gespräch über die Privatnummer hat sie um kurz nach eins entgegengenommen und fünf Minuten siebenunddreißig Sekunden gesprochen. Die gleiche Nummer wurde von ihr am Samstag und Sonntag mehrfach angewählt, beim ersten Mal dauerte die Verbindung zwei Minuten, dann wurde sie jeweils nach drei Sekunden beendet, was für einen Anrufbeantworter spricht.«

Etwas an Domenechs Haltung machte Jaume nervös. »Daraus lässt sich ein Rückruf und eine gewisse Dringlichkeit schließen. Was noch?«

»Sie könnte einen kompetenten Komplizen haben«, sagte Domenech. »Unseren Polizeiberater Rodrigo Díaz.«

»Den Zootierarzt?« Carolina nahm Jaume ins Visier. »Wäre es nicht schön gewesen, uns ins Bild zu setzen, dass ihr ihn unter Beobachtung habt? Damit hättest du mir den Umweg über den Briefumschlag erspart. Von allen externen Beratern gibt es Vergleichsabdrücke.«

»Wir haben nichts Konkretes gegen ihn in der Hand.«

»Haben wir das gegen irgendwen sonst? Die halbe Stadt hat uns Fingerabdrücke geben müssen. Nur weil die Leute gegen Wohnungsnot und Massentourismus demonstriert haben, stehen sie plötzlich unter Generalverdacht.« Carolina gähnte und schüttelte den Kopf. »Ich sag es nur ungern, Männer: Eure Kommunikation ist mal wieder Scheiße.«

Dem konnte Jaume nicht widersprechen. Viertel vor elf. Nichts rechtfertigte eine Befragung um diese Uhrzeit. Díaz und Bazo waren Kollegen, weshalb sollten sie nicht miteinander telefonieren. Um Beweise zu finden, dass mehr dahintersteckte, brauchten sie eine Hausdurchsuchung. Er konnte Selvanegra oder Ortiz anrufen. Viertel vor elf … Und er konnte es genauso gut sein lassen.

Dienstag, 17. Oktober, 6:05 Uhr
– Montse Soler Martí –

Gekrümmt saß er auf der Bettkante, der Rücken rund, die Schultern kraftlos. Sie schob sich zwischen seine Knie, strich ihm durchs Haar und ging in die Hocke.

»El Cid«, sagte sie. »Der Name passt besser zu dir, als ich dachte. Das war sehr mutig.«

»Sehr heldenhaft. Sieh mich an, ich zittere.«

»Das ändert nichts.« Sie fing seine Hände ein. »Wer sagt, dass ein Held keine Angst haben darf? Sie zu überwinden macht den Helden aus – und sich den eigenen Dämonen zu stellen.« Sie bevorzugte jedes andere Ungeheuer. Wie hätte sie ahnen können, was sie damit auslöste, ihn als ›Jackpott‹ zu bezeichnen? Seine beleidigte Reaktion am Abend hatte sie auf ihre Ablehnung der gemeinsamen Zukunftspläne zurückgeführt. Aber er war mehr als nur beleidigt gewesen. Verstockt, distanziert und gerade eben direkt verstört, als sie es noch schläfrig wiederholt hatte. Ein aufrichtiges Kompliment, das ihm kalten Schweiß auf die Stirn trieb.

»Wie lange kämpfst du schon?«

»Jahre«, seufzte er. »Und es wird nie aufhören. Es ist wie Alkohol, nur ist der Trigger ein anderer. Ich bin sauber, seit … seit ich mich von der Frau getrennt habe, die mein Leben hätte sein können. Sie war perfekt. Fast wie du. Sogar eure Frisur …« Seine Fingerspitzen berührten eine Locke an ihrer Schläfe. »Leider war das Leben mit ihr beinah mein Untergang. Wir haben alles geteilt, auch die Sucht. Ich habe versucht ihr zu helfen, und sie hasst mich dafür.« Gequält verzog er das Gesicht. »Du hast recht, unsere Beziehung zu beenden. Wahrscheinlich ist es besser für dich. Ich habe es verspielt, nicht wahr? Leichtfertig *verspielt.*« Rodrigo lachte düster und starrte an ihr vorbei. »Weil die Gier nie zufrieden ist. Sie fordert immer mehr.«

Montse verlagerte das Gewicht auf die Knie und setzte sich auf ihre Fersen. Sein Redebedarf war riesig. Der Wecker blinkte auf dem Nachttisch. Noch eine Dreiviertelstunde bis Arbeitsbeginn. Beunruhigt folgte sie seinen Worten. Jeder Satz befeuerte das Glühen in seinen Augen, aber sie durfte ihn nicht stoppen. Noch nicht.

Dienstag, 17. Oktober, 9:05 Uhr
– Jaume Soler Martí –

Selvanegras gute Laune war nicht zu überhören. Jedem im Büro war klar, dass sie gleich ein rapides Ende nehmen würde.

Jaume fühlte sich verkatert wie nach einem Saufgelage, nur ohne das zugehörige Vergnügen im Vorfeld. Es war an ihm, Haltung zu bewahren und in Ortiz' Abwesenheit den Kopf hinzuhalten. Er stand auf.

»Gratulation, meine Herren!« Selvanegra schüttelte auf Brusthöhe die eigenen Hände. »So habe ich das gern. Sauber und glatt aufgelöst. Respekt. Kaum hat Ortiz die Sache übernommen, erleben wir einen Durchbruch. Frischen Wind, nenne ich das. Hat euch Kollegen mal richtig durchgeschüttelt, nicht wahr?«

Unmittelbar auf Selvanegra folgte Sanchez, dessen hässlicher Schnauzer vor Stolz bebte. Dahinter schlüpfte eine weitere Person herein und marschierte durch bis zu Jaumes Schreibtisch. Unterhalb der gekrempelten Ärmel zeugten schmutzige Streifen von körperlicher Arbeit. In der seitlichen Packtasche des Overalls steckten Handschuhe, die einen erdigen Geruch mit modriger Note verströmten. Jaume erstarrte. Wie war Montse am Empfang vorbeigekommen, ohne dass man ihn informierte?

»Ich muss dich sprechen. Sofort. Es ist wichtig und das mit dem Anrufen hat ja letztes Mal nicht so hingehauen.«

Keine Frage, eine Ansage. Ihr Blick flog von ihm zum

konsterniert wirkenden Selvanegra und zurück. Ihr war hundertprozentig klar, wen sie unterbrach.

»Du hattest mir aufgetragen, Francisca Acosta unter die Lupe zu nehmen«, sagte sie betont deutlich. »Kurz gefasst: Sie hatte in der Vergangenheit ein massives Spielproblem. Und es sieht so aus, als hätte sie das immer noch.«

»Hm.« Ihm blieb keine Wahl, als ihren Weg mitzugehen und die Auftragslüge zu decken. Eine Arzthelferin mit Spielproblem. »Interessant, in der Tat.«

»Spielen frisst Geld. Rubbellose, Fußballwetten, staatliche Lotterie, sie hat alles mitgenommen, und zwar auf existenzbedrohende Art – für sich und andere. Mir persönlich hat sie erst vor ein paar Tagen *El Gordo* empfohlen. Übrigens wird gemunkelt, dass Asunción da Silva auch den einen oder anderen unbezahlten Deckel hinterlassen hat. Falls ihr das noch nicht wisst.« Ungeniert studierte Montse die Schlagworte auf dem Whiteboard. »Erpressung. Durch Antonio Cruz? Heißt das, Doktor Bazo hat …«

»Mir scheint, Sie sind nicht auf dem neusten Stand. Der Fall ist gelöst – und Ihr Auftrag hinfällig.« Selvanegra lächelte geringschätzig. »Tja, Soler. Da haben Sie wohl ganz umsonst eine Informantin bemüht. Oder soll ich besser sagen – vergebens?«

»Nicht ganz.« Völlig egal, ob Selvanegra sich dessen bewusst war: Er rümpfte die Nase über seine Schwester. Das nahm Jaume ihm übel. »Das schriftliche Geständnis wurde widerrufen.« Wenige Minuten zuvor hatte sich Ortiz aus dem Krankenhaus gemeldet. Unzufrieden und wütend angesichts der zu befürchtenden Entwicklung. Ihre Frustration erwischte stellvertretend ihn, doch sie perlte ab, ohne ihn nasszumachen. Das war nichts Persönliches. Es war die Situation, die Ortiz in Rage brachte, nicht er oder das Team. Was sich später durchaus ändern konnte. »Wir gehen aktuell davon aus, dass eine weitere Person in der Praxis gewesen ist, die Doktor Bazo überwältigte, um deren Selbstmord vorzutäuschen. Mag sein, dass sie nicht unschuldig ist, aber Bazo ist auch ein Opfer.«

Montse öffnete den Mund, überlegte es sich dann anders und verließ Selvanegras Blickfeld. Aus den Augen, aus dem Sinn.

»Wieso erfahre ich davon erst jetzt? Das ist eine Katastrophe! Ist Ihnen eigentlich klar, dass ich in anderthalb Stunden eine Pressekonferenz habe? Und wo steckt Ortiz? Sie ist mir dafür verantwortlich! Wie soll ich den Journalisten gegenübertreten, denen ich einen Täter versprochen habe?«

»Gar nicht. Sagen Sie ab.«

»Machen Sie keine blöden Witze, Soler!«

»Liegt mir fern, Señor. Ich habe keinen Humor, das wird Ihnen jeder bestätigen.«

Montse grinste hinter Selvanegras Rücken.

»Comissari Ortiz hat uns Anweisungen gegeben, wie weiter zu verfahren ist.« Auf ihr Eintreffen warten, der KTU Dampf machen, für ein Wunder beten. Und Zeit schinden, fügte Jaume als oberste Priorität selbst hinzu. »Daran halten wir uns natürlich.«

»Wir müssen das Risiko minimieren, dass der Täter sich in die Enge getrieben fühlt«, ergänzte Domenech, ohne mit der Wimper zu zucken. »Er ist kreativ und skrupellos. Niemand kann vorhersagen, wie er dann reagiert.«

»Schlimmstenfalls könnten wieder Touristen betroffen sein.« Dafür gab es keinerlei Anzeichen, und doch war es nach wie vor das Argument, das todsicher funktionierte. »Zuletzt ein Kreuzfahrer, als Nächstes vielleicht ein … Golfspieler.« Jaume deutete das Schwingen eines Schlägers an und dachte an Selvanegras schleimige Begrüßung beim Telefonat mit seinem Freund und Sportpartner Hugo, dem Eigner des *Matutino.* »Oder kann Ihr Informant das ausschließen? Dann verzeihen Sie meine Unwissenheit.« Es gefiel ihm, die Ohrfeige in eine Entschuldigung zu verpacken, und so den Gegenschlag auszubremsen. Hoffentlich verstand Montse die Andeutung, dass es einen Maulwurf unter den Aktivisten gab, mit dem er und sein Team nichts zu tun hatten.

»Wir sprechen uns noch.« Selvanegras Zeigefinger fuchtelte vor Jaumes Nase herum, deutete dann anklagend in die Runde. Auf Calderons Schreibtisch lag die Gebäcktüte vom Vortag, durchscheinend wie Pergament vom eingesogenen Fett. »Sind das *ensaimadas*?« Unaufgefordert langte Selvanegra zu. Niemand warnte ihn. »Keine weiteren Leichen. Haben wir uns verstanden?«

Schweigend schauten sie ihm nach, und Calderon schubste die Tüte über die Tischkante in den Mülleimer.

»Ungenießbar versalzen«, erklärte er an Montse gewandt, die ebenfalls ein Auge auf die Teilchen geworfen hatte. »Was jetzt, *Jefe*?«

»Ist doch sonnenklar.« Montse tippte auf eins der Videostandbilder der Casino-Überwachungskamera. Sorokin und die Unbekannte vor einem Spieltisch. »Ihr braucht Francisca Acosta. Offenbar hattet ihr ja schon herausgefunden, dass sie spielt.«

»Bitte keine voreiligen Schlüsse ziehen. Wir haben noch keine Kenntnis, wer diese Frau ist.«

»Jetzt schon, lieber Bruder. Gern geschehen.« Montse deutete eine Verbeugung an. »Diese Frau ist Francisca. Wenn sie von der Erpressung wusste – wovon auszugehen ist –, dann wusste sie auch, womit ihre Chefin erpresst wird. Und als Cruz tot war, hat sie übernommen. Oder sie haben von Anfang an gemeinsame Sache gemacht. Für eine krankhafte Spielerin ist so eine Gelegenheit viel zu verlockend, um sie auszulassen.«

»Nein, nein.« Calderon betrachtete noch immer das Bild, schien gleichermaßen betroffen wie beleidigt und malte Konturen in die Luft. »Die Wangen, der Kiefer ... Das ist sie nicht. Und Erpressung – das ist doch alles Quatsch!«

»So oder so müssen wir sie finden«, sagte Jaume bedächtig. Hatte er sich genau wie Calderon von ihren Tränen täuschen lassen? Die Erpressung ergab ein plausibles Motiv für die Ärztin, Francisca zu attackieren. Diese wiederum hätte nach Cruz' Tod eigentlich gewarnt sein müssen. »Wenn sie Bazos Komplizen kennt – oder er das glaubt –, ist sie womöglich immer noch in Gefahr.«

»Ich suche ihre Adresse raus.« Domenech verschwand hinter seinem Bildschirm. »Außerdem weiß sie als Szene-Insiderin vielleicht sogar, wer die Frau aus dem Casino ist.«

»Ernsthaft?« Montse stieß ein ungläubiges Schnauben aus. »Ihr seid doch tatsächlich blind!« Kopfüber löste sie ihr Haargummi und richtete sich nach kurzem Schütteln wieder auf. »Es ist nur die Frisur. Die verändert die Wahrnehmung der Gesichtszüge.«

Jaume schluckte. Bei der Arbeit trug Francisca den gleichen strengen Zopf wie seine kampflustige Schwester. Jetzt ergossen sich dichte Wellen über Montses Schultern, verliehen ihr eine ungewohnt sanfte Note. Weiche Locken, die jenen auf dem Bild irritierend ähnelten.

Calderon stöhnt auf. »Szene-Insiderin?«

»Genau«, stimmt Montse zu. »Tiefer drin geht nicht.«

*

Seine Schwester war im Zorn gegangen. Das hatte er nicht gewollt. Nur ihr absolutes Stillschweigen verlangt, das natürlich selbstverständlich war, und an dem es für ihn nichts zu zweifeln gab. Auch die Unterbrechung mitten im Satz musste er unter Fauxpas verbuchen. Aber sie hätte gar nicht da sein dürfen. Nichts von alldem hören oder sehen sollen, was im Büro vor sich ging. Im Eifer des Augenblicks waren sie alle weit übers Ziel hinausgeschossen und hatten Montse wie ein Teil des Teams behandelt. Seine Schuld, ausgelöst durch ihren angeblichen Informantenstatus. Und ihr Verdienst, weil ihre Informationen sie tatsächlich voranbrachten.

Sollte sich bestätigen, dass es sich bei der Frau aus dem Casino um Francisca Acosta handelte, lieferte das den letzten Beweis, dass der Fall Sorokin kein eigenständiger war. Dann wäre die Frau kein Lockvogel, sondern selbst das auserkorene Ziel des Täters gewesen. Und Sorokin ein Zufallsopfer, das dem Mörder unglücklicherweise in die Quere geraten war. Ein grausames und sinnloses Ende.

Das Flugblatt auf Sorokins Brust war eines von vielen, die nachweislich überall in der Stadt verteilt worden waren. Jeder hätte es benutzen können, um eine falsche Fährte zu legen. Er gab Montse recht, die darin eine Entlastung von *Mateix* sah, obwohl er nicht pauschal alle Mitglieder aus dem Umfeld vom Haken lassen wollte. Wie sollte er, ohne das wahre Motiv hinter all diesen Morden zu kennen?

Sein einzig konkreter Anhaltspunkt war das Messer. Und Rodrigo Díaz. Der blieb der perfekte Kandidat für die Rolle des Komplizen und für die des Mörders. Noch einen Aufschub wollte Jaume ihm nicht geben. Das hatte er auch Ana Ortiz mitgeteilt, die auf die Gesamtsituation weniger verschnupft reagierte als erwartet. Sowohl auf die eigenmächtig engagierte Informantin als auch auf die ungenehmigte Nachtarbeit. Was zählte war das Ergebnis.

Während die Kriminaltechniker die Spuren aus der Praxis auf links drehten, um einen Beweis zu finden, dass Doktor Bazo tatsächlich angegriffen worden war, teilte das restliche

Team sich auf. Jeder spürte den ansteigenden Druck, eine kribbelnde Ahnung von Dringlichkeit.

Er würde Montse so bald wie möglich alles erklären. Vielleicht bei einem gemeinsamen Essen, wie Paloma es vorgeschlagen hatte. Er drückte die Wahlwiederholung auf dem Telefon. Es gab keinen Grund, sich um eine sofortige Entschuldigung zu drücken. Und der Moment war günstig: Sie war bei der Arbeit, würde nicht rangehen und ihre Mailbox gab keine Widerworte.

Dienstag, 17. Oktober, 10:15 Uhr
– Calderon –

»Gefahr im Verzug«, hatte Ortiz gesagt und die Tür persönlich aufgebrochen. Eine Kleinigkeit bei dem uralten Schloss. Matte Helligkeit fiel durch die zugezogenen Vorhänge auf zusammengewürfelte Möbel. Die beiden kleinen Zimmer waren schnell gesichert. Zielperson abwesend. Keine Leiche. Sein Herzrasen ließ kaum merklich nach.

Am Kopfende des Bettes saßen Stofftiere aufgereiht. Bunt und billig wie vom Jahrmarkt. Eine geblümte Decke war halb zurückgeschlagen, Wäsche lag auf dem Boden. Calderon sah Ana Ortiz zu, die vorsichtig Kommode und Schrank in Augenschein nahm, darauf bedacht, nichts zu verändern.

»Sieht das für dich nach normaler Unordnung oder nach einem überstürzten Aufbruch aus?«

Woher sollte er das wissen? Sie war eine Frau, er nicht. Ortiz hatte ihn wegen dem Draht dabeihaben wollen, den er angeblich zu Francisca hatte, und ihrem Vertrauen zu ihm. Von wegen. Alles nur Gerede.

In den Falten des Lakens hätte er den Schal fast übersehen. Zarte Spitze. Er hob ihn auf, ließ ihn über seine Fingern gleiten. Der bräunliche Fleck roch nach Waschpulver, das offensichtlich kaum Wirkung gezeigt hatte.

»Was hast du da?«

Er reichte den Schal weiter und ging zum Fenster. Unter ihm lag ein mit Maschendraht umzäunter Parkplatz und hinter der Straße die grüne Südflanke des *Montjuïc*. Oleander blühte in leuchtendem Rosa. »Ein Problem, Ortiz«, seufzte er. »Wir haben ein Problem.«

Er wählte Jaumes Nummer und drückte die Lautsprechertaste. Es reichte, wenn er es einmal aussprechen musste, und es war ihm egal, was Ortiz davon hielt. Die Mailbox sprang an.

»Sie ist weg, *Jefe*«, sagte er und atmete durch. Es war leichter, wenn Jaume ihm nicht antwortete. »Ich habe einen Spitzenschal gefunden, mit einem Fleck. Ich verwette meinen Arsch, dass das Blut ist.«

Ortiz drehte den Schal ins Licht und nickte langsam.

Hatte dieser Schal in der Praxis über Franciscas Jacke gehangen? Er war fast sicher. Es musste bei seinem ersten Besuch am 10. Oktober gewesen sein. Ein Fleck war ihm damals nicht aufgefallen.

»Und nun rate, was man von ihrem Schlafzimmerfenster aus sehen kann.« Am Rand seines Blickfeldes schwebte eine Seilbahngondel vorbei. »Den Zugang zur *Forestier-Treppe* bei der Feuerwehr am Hafen. Und jede Wegbiegung oberhalb des *Passatge de les Bateries.* Jeden Busch und jede Mauer.«

Dienstag, 17. Oktober, 10:20 Uhr
– Jaume Soler Martí –

Wasser spritzte an den Wänden hoch. Schlauch und Schrubber beseitigten Reste der letzten Fütterung. Jaume hielt gebührenden Abstand zu den Gitterstäben und reichte Enrique auf Zuruf einen Eimer an. Hinter den Zookulissen roch es intensiv animalisch. Zu sehen gab es wenig, alle Tiere waren in der Außenanlage.

»Hab gehört, der ist krank.«

Die gleiche Aussage hatte Jaume telefonisch aus der Verwaltung erhalten, und doch gehofft, dass Rodrigo Díaz da sein könnte. Da gewesen und wieder gegangen, und dazwischen etwas Auffälliges gesagt oder getan hatte. Seine Messer gezählt und mitgenommen, ein Blasrohr verbrannt oder etwas ähnlich Idiotisches. Aber den Gefallen hatte er ihm natürlich nicht getan. Domenech war unterstützt von einer Streife zu Díaz nach Hause gefahren.

»Und was war gestern?«

»Da war er gesund.« Enrique stützte sich grinsend auf dem Schrubber ab. »Und ziemlich gut drauf. Muss ein nettes Wochenende gehabt haben.«

Wenn er es damit verbracht hatte, neue Morde zu planen, war einiges schiefgelaufen. Womöglich war ihm das heute auf den Magen geschlagen. »War er gestern den ganzen Tag hier?«

»Comissari – ich bin doch nicht sein Kindermädchen!«

»Ja, ja, Sie haben ja recht. Blöde Frage. Hätte ja sein können, dass Sie zufällig ...« Sein Handy klingelte. »Was gibt es, Domenech?« Er hielt sich das freie Ohr zu, der Empfang war dennoch schlecht und er drehte sich einmal im Kreis. Von wo war er gekommen? Ein zweiter Anruf klopfte in der Leitung. Wasser klatschte an die Wand, der Schrubber scheuerte über einen Rost. »Ich höre dich nicht, Moment noch.« Zwischen den leeren Käfigen sah der geflieste Gang in beide Richtungen gleich aus. Er gab Enrique ein Handzeichen, entschied sich für links und stand kurz darauf im Freien.

»Habt ihr ihn?«

»Nein. Die Wohnung ist so weit unauffällig. Keine Anzeichen für eine Flucht, nur für Damenbesuch über Nacht.«

Reste des schönen Wochenendes? Jaume verzichtete auf Einzelheiten.

»Lass die Streife da, sie sollen ein Auge auf die Wohnung haben und ihn einkassieren, wenn er kommt.« Das Klopfen in der Leitung hatte aufgehört, nur die Nummer blinkte noch im Display und das Mailbox-Symbol. »Bleib einen Moment dran, ich habe Calderons Anruf verpasst.« Vielleicht hatten Ortiz und er mehr Erfolg gehabt. Er hörte die Ansage ab und fühlte einen jähen Schwindel. Ein Haus aus roten Backsteinen tauchte aus seiner Erinnerung auf. Klar und deutlich. Wie auf einer Insel mitten im Verkehr. Er hatte es von oben gesehen. So wie Calderon nun von unten jeden Busch und jede Mauer sehen konnte. Auch die, vor der sie Guillermo Vargas gefunden hatten. Luftlinie maximal zweihundert Meter von Francisca Acostas Wohnung entfernt.

Sie kamen der Lösung näher, und doch verstand er nichts. Er wischte Wasserspritzer von seinen Slippern, und der Schwindel wurde zum ziehenden Schmerz.

»Wir treffen uns im Krankenhaus bei Doktor Bazo«, sagte

er mühsam zu Domenech. Ohne Erklärung, denn er hatte keine. Nur diese Ahnung, die weiter unter seiner Schädeldecke pulsierte. Er massierte dagegen an, starrte auf seine Schuhe. Saubere Schuhe. Er mochte es, ordentlich auszusehen. Es machte auf andere einen besseren Eindruck, sowohl dienstlich als auch privat. Frauen achteten auf Kleinigkeiten. Sogar Montse, auch wenn sie andere Prioritäten setzte. Er sah seine Schwester diese Frisurensache machen und dann ein Portrait umrahmt von weichen Locken auf den Rand eines Schriftstücks gezeichnet. Das Pulsieren setzte für einen Moment aus.

Guillermo Vargas hatte geduscht, sein bestes Hemd angezogen und nach dem Überklettern des Zauns noch einmal seine Schuhe blank gewischt. Er war aufgeregt – erregt, wie der Rechtsmediziner festgestellt hatte –, bereit für ein Date mit einer Frau, von der er sich etwas erhoffte. Und das war sicher keine Vitaminspritze gewesen.

*

»Ich bekenne mich schuldig.« Hermosa Bazo saß halb aufgerichtet im Bett, über dem Jochbein schimmerten bläuliche Streifen, die Haut wirkte fahl. Ein Glück, dass sie überhaupt schon ansprechbar war. »Aber ganz sicher nicht des Mordes.«

»Das war nicht meine Frage. Ich wollte nur wissen, ob Sie eine Idee haben, wo sich Señora Acosta aufhalten könnte.«

Jaume stand am Fenster, Domenech auf halbem Weg zur Tür, die Beine auf Schulterbreite auseinander, die Hände auf dem Rücken. Es bestand keine Fluchtgefahr, dennoch machte seine Haltung etwas her. Ein dezentes Signal der Stärke, im Namen der Wahrheitsfindung. Einzig sein leicht vorgeschobener Unterkiefer verriet eine gewisse Anspannung.

Er hätte ein hervorragendes Modell für einen Nussknacker abgegeben.

»Da Sie es aber erwähnen: Wenn nicht schuldig des Mordes, wessen dann?«

»Die Lage falsch beurteilt, Vorschriften missachtet und bei einigen Patienten auf eine Rechnung verzichtet zu haben.«

»Steuerhinterziehung.«

»Das mag sein, wobei ich gar nicht sicher bin. Ich führe gelegentlich Behandlungen zum Selbstkostenpreis durch, nur gegen den reinen Materialwert. Meine Arbeitszeit ist in diesen Fällen gratis. Ich sehe nicht, wem das schadet.«

»Wozu machen Sie es, wenn nicht wegen des Profits?«

»Aus Liebe zu den Tieren natürlich. Die können nichts dafür, wenn ihre Menschen in finanzielle Not geraten.«

Sehr nobel. Wenn es stimmte. Die Steuerhinterziehung war nicht sein Problem.

»Reden wir über Francisca Acosta. Ihre Angestellte weiß von den Sonderbehandlungen?«

Hermosa Bazo faltete die Hände auf der Bettdecke, die immer wieder unkontrolliert zuckten. Das vollständige Abklingen der Nachwirkungen konnte bis zu zwei Tagen dauern. »Das ließ sich nicht vermeiden. Normalerweise kümmert sie sich um Bestellungen und Abrechnungen. Bis auf wenige Ausnahmen. Direkt darüber gesprochen haben wir aber nicht.«

»Hat sie Antonio Cruz zur Erpressung angestiftet?«

»Du liebe Güte, nein! So was hätte er nie …« Sie presste die Lippen aufeinander. Kleiner Fehler, so auf seinen Namen zu reagieren. Nun gab es kein Zurückrudern mehr.

»Sie haben seine Daten aus Ihrem Computer gelöscht und noch einige mehr. Darunter Guillermos Vargas und Asunción da Silva. Aus welchem Grund?«

Bedächtig bewegte Hermosa Bazo den Kopf. »Lupo, den

habe ich gelöscht – also den Hund von Cruz. Und auch den von Vargas. Sonst nichts.« Sie stockte, überlegte diesmal genauer, ehe sie fortfuhr. »Ihr Kollege war da und hat nach Medikamenten gefragt – und nach Cruz. Bis dahin wusste ich nicht, dass er es war, den man im *Park Güell* gefunden hatte. Und am gleichen Tag kam eine Frau mit einem neuen Patienten. Er sah haargenau aus wie Rambo, die Französische Bulldogge von Guillermo Vargas. Sie nannte ihn bei einem anderen Namen und behauptete, sein Besitzer sei tot. Ich war schockiert. Beide gehörten zu meinen Spezialkunden. Am Abend habe ich mir die Akten angesehen. Da war ich mir ganz sicher, dass der Hund Rambo war. Ich habe die Akten gelöscht, weil ich ... nicht in irgendetwas hineingezogen werden wollte.«

»Nun, die Daten waren weg, aber Señora Acosta war immer noch da. Das war ein erhebliches Risiko. Finden Sie nicht?«

»Was hätte sie denn tun sollen – mich anzeigen und ihren Job verlieren, nur wegen meiner kleinen Mauschelei?« Zittrig strich Hermosa eine graue Strähne aus ihrer Stirn. »Ich dachte, der Spuk sei vorüber. Dann tauchte diese Frau mit Rambo ein zweites Mal auf und hat merkwürdige Fragen gestellt. Eine sehr hartnäckige Person, etwa in Franciscas Alter.«

Um Domenechs Mundwinkel zuckte es, und Jaume biss sich auf die Zunge. Montses Bild stand klar im Raum.

»Weshalb ist Señora Acosta gestern auf Sie losgegangen? Und bitte, keine weiteren Ausflüchte. Sie wären beinahe gestorben. Nach Ihrer Aussage nicht freiwillig, trotz des Abschiedsbriefs.« Dass er ihr in dieser Angelegenheit längst glaubte, musste sie nicht wissen. Aus einem nicht nachvollziehbaren Grund stellte sie sich dumm. Was seinen Verdacht stützte, dass sie noch nicht bis zum Kern der Sache vorgedrungen waren. Montses Idee von illegaler Zucht und geheimen Labors mit Klonexperimenten streifte sein Bewusstsein.

»Hören Sie zu, Doktor Bazo. Ihre Situation verbessert sich nicht, wenn Sie uns hinhalten. Es gibt einen ganzen Berg an Indizien, der gegen Sie spricht. Wir können Sie auch unmittelbar aus dem Krankenbett mit in Gewahrsam nehmen.« Er nickte Domenech zu, der einen Schritt näher kam.

»Sie sehen doch, dass es mir noch nicht besonders gut geht!« Hermosa Bazo schnaufte und setzte sich auf. »Die einzige Erklärung, die ich habe, ist nichts weiter als eine Vermutung. Mir kam der Gedanke erst, nachdem Ihr Kollege unsere Bestandslisten sehen wollte. Francisca hätte nie freien Zugang zu allen Medikamenten haben dürfen. Das war leichtfertig. Aber ich habe ihr vertraut und dann den Überblick verloren. Vielleicht wollte ich es auch nicht wissen. Jedenfalls habe ich es mehrfach aufgeschoben nachzusehen, nur den Schlüssel wieder an mich genommen, wie es vorgeschrieben ist.« Ihre Lippen bebten und sie schaute an Jaume vorbei aus dem Fenster. »Ich denke, sie hat ihr Gehalt aufgebessert, indem sie Medikamente als Drogen verkauft hat. Sie kam herein, als ich vor dem Schrank stand und ... und ...«

»Wo ist der Schlüssel jetzt?«

»Im Garten.«

»Wie bitte?« Für einen Moment verlor Jaume die Contenance.

»Ich habe sofort abgeschlossen und ihn eingesteckt. Aber Francisca meinte, ich solle ihn ihr geben. So wie früher. Ihr Gesichtsausdruck hat mir Angst gemacht. Sie fing an mich um den Schreibtisch herum zu verfolgen und hat mir gedroht. Da habe ich ihn aus dem Fenster ins Gebüsch geworfen. Ich dachte, das lenkt sie ab und ich komme bis zur Tür.«

Domenech nahm das Telefon ans Ohr. Die Behauptung ließ sich sofort überprüfen.

»Warum erzählen Sie das erst jetzt?«

Sie blinzelte. »Weil ich dadurch höchstwahrscheinlich meine Zulassung verlieren werde. Weil ich mich schäme, solche Dummheiten begangen zu haben. Und weil sie eigentlich ein lieber Mensch ist. Nur krank.«

»Dann wissen Sie von ihrer Spielsucht?«

Bazo nickte und wischte sich über die feuchten Wangen. »Sie war auf einem guten Weg, und jeder verdient eine zweite Chance. Meinen Sie nicht?«

»Die dürfte sich nun erledigt haben. Wenn Sie einen Anhaltspunkt haben, wo sie ist, dann sagen Sie es! Hier geht es nicht um ein Spiel. Es geht um Mord. Vier Menschen wurde das Leben genommen, Doktor Bazo!«

»Aber wieso sollte sie so etwas tun?«

Fassungslosigkeit vertiefte die Falten in ihrem Gesicht und Jaume wich ihrem Blick aus. Das Motiv würde sich zeigen, sobald Francisca gefunden war. Hoffentlich.

Domenech steckte das Telefon weg und bot Doktor Bazo ein Taschentuch an. »Vielleicht ist alles nur ein Irrtum, der sich ganz leicht aufklären lässt«, sagte er sanft. »Gibt es jemanden, dem sie vertraut? Hat sie Familie in der Nähe oder einen Freund?«

Einen Komplizen, wie sie ihn auch bei Doktor Bazo vermutet hatten. Jaume hielt den Atem an. Er war ein Idiot, daran nicht früher gedacht zu haben.

»Nun ja, wenn Sie mich so fragen.« Sie schnäuzte sich. »Es gibt da jemanden, der weiß, wie sie tickt. Aber er wird nicht gern über sie reden und mich ab sofort hassen. Vor ein paar Jahren hätten sie beinahe geheiratet. Fragen Sie meinen Kollegen Rodrigo Díaz nach ihr.«

Wie durch Watte hörte Jaume seine eigene Stimme, seinen Dank und die Verabschiedung, kam vor der Tür ins Rennen, während Domenech schon wieder am Mobiltelefon hing.

Vor ihrem Besuch im Krankenhaus hatte Ana Ortiz seinem Wunsch eine Absage erteilt. Es sei verfrüht, auch für den Tierarzt eine Suchmeldung herauszugeben. Jetzt würde sie das höchstwahrscheinlich anders beurteilen. Er zumindest ging nicht davon aus, dass einer der beiden in nächster Zeit einfach so nach Hause kommen würde, und schloss auch ein rein zufällig gleichzeitiges Verschwinden des ehemaligen Paares aus.

*

Zum Teufel mit seiner neuen Kondition, wegen der er als Erster auf dem Flachdach ankam. Jaume war näher an der Treppe gewesen als Domenech, der den Aufzug genommen hatte, um ihr den Weg abzuschneiden. Eine Wimpernschlagentscheidung, ohne zu überlegen.

Der Anruf, dass Acosta in einer Spielhalle gesichtet worden war, hatte ihn euphorisch werden lassen. Bei ihrem Eintreffen saß sie mit Jacke und umgehängter Tasche an einem Automaten. Ausziehen kostete Zeit. Ein kleiner Münzstapel lag neben ihrem Glas Cola. Vor ihr rotierten Symbolwalzen, Lämpchen blinkten um einen lächelnden Piraten mit Schatzkiste, eine verwegene Melodie dudelte dazu. Indirekte Beleuchtung, weicher Teppich. Eine eigene Welt, in der sie versunken war, abgetaucht im Spielertunnel. Hatte er gedacht. Bis sie den Vorteil ihrer Ortskenntnis nutzte. Schnell und wendig. Quer durch die Halle und im Zickzack um die künstlichen Pflanzen.

Jetzt lagen weiße flache Kiesel unter ihren Füßen, die Schuhspitzen berührten ein wetterfestes Stahlblech, das die Kante einfasste, um die Hauswand vor Feuchtigkeit zu schützen. Ein modernes Gebäude, schmucklos im Vergleich zu den anderen in der Straße, bei denen breite Simse die Dächer begrenzten und stuckähnliche Ornamente über Löcher im Putz hinwegsehen ließen.

Über den kabellosen Kopfhörer meldete sich Carolina, während er noch immer nach Atem rang.

»Ortiz ist unterwegs und sollte sich in wenigen Sekunden mit in die Leitung schalten. Kann mir jemand den Stand der Dinge schildern?«

»Akute Gefahrensituation«, wisperte er. Notstand auf allen Ebenen und die Abteilung Kriminaltechnik als Lagezentrum. Er vertraute Carolina und Martinez, aber üblich war diese Arbeitsverteilung nicht.

Francisca Acosta ignorierte seine Anwesenheit, ließ gleichgültig die Tasche von ihrer Schulter gleiten.

Im Treppenhaus öffnete sich der Aufzug.

»Señora Acosta – es tut mir leid, wenn ich Sie erschreckt habe«, sagte Jaume bedächtig. Er hielt Abstand, war bemüht, sie in keiner Weise zu bedrängen. »Ist es möglich, dass wir uns unterhalten?«

Hinter ihm stoppte Domenech. »Zielperson auf dem Dach, fünfter Stock. Kein Geländer. Schickt das volle Programm.«

»Müsste gleich da sein.«

Die Kiesel knirschten.

»Señora Acosta, bitte! Tun Sie mir den Gefallen und kommen mir ein Stück entgegen. Ich bin nicht so der Typ für große Höhen.« Sein Versuch, lässig zu wirken, überzeugte nicht mal ihn selbst. Er fluchte unterdrückt, flüsterte. »Ein Thema, Carolina. Wir brauchen ein Thema!«

»Wir arbeiten dran.«

Instinktiv entschied er sich, vorerst nicht auf ihren drohenden Selbstmord einzugehen, solange Francisca ihn nicht selbst zum Thema machte.

»Wo ist Comissari Calderon?« Ihre Stimme schwankte.

Immerhin ein erster Kontakt. Jeder Satz machte einen Sprung unwahrscheinlicher.

»Kommt mit Ortiz«, antwortete Carolina. »Ist aber vielleicht keine so gute Idee, ihn …«

»Er kann leider nicht«, sagte Jaume laut. »Sie wissen, dass er ein Problem mit dem linken Bein hat? Eine alte Verletzung. Er wird es nicht über die Treppe schaffen und der Aufzug ist außer Betrieb.« Er schickte ein Stoßgebet zum Himmel, dass sie nicht darauf geachtet hatte. Wind wirbelte durch ihre Haare, trug Geräusche von der Straße herauf. Jaume musste nicht hinuntersehen, um zu wissen, was sich dort abspielte. Rettungskräfte gingen in Stellung, riegelten das Areal ab und versuchten Gaffer zurückzudrängen. »Sie wissen auch, was er Ihnen sagen würde, wenn er hier wäre, nicht wahr? Francisca, lassen Sie uns …«

Ein Pfeifen stach in sein Ohr, krachend drang Ortiz' Meldung in sein Gehör, dann ein Rascheln und eine Entschuldigung von Martinez.

»Lassen Sie uns einen Kaffee trinken. Ganz in Ruhe. Er ist verrückt nach Ihrem Kaffee. Am liebsten mag er *cortado*.«

Irgendjemand sagte: »Gut so. Weiter.«

Domenech gab ein Zeichen, bewegte sich zeitlupenlangsam seitwärts. Gegen den Wind, wie ein Raubtier auf der Jagd. Das Rauschen verschaffte ihm akustische Deckung.

»Wir stecken im Stau! Hörst du, Soler?«

»Ja.« Eine weitere Stimme sprach über Tierliebe und ein abgebrochenes Studium. Zu viel Text gleichzeitig. Jaume schaltete den Empfänger ab.

»Espresso mit einem Schuss heißer Milch«, sagte Francisca. Für eine Sekunde sah sie ihn an, dann schaute sie wieder in die Tiefe. »Ich bin seine Glücksfee.«

Es fühlte sich idiotisch an, mit ihr über die Kaffeevorlieben seines Kollegen zu sprechen und sie gleichzeitig in einer

Böe schaukeln zu sehen. Aber wenn es sie oben hielt, sollte es ihm recht sein. Besser sie dachte ans Leben als an den Tod. »Und was mögen Sie?«

»Ich brauche Hilfe«, fuhr ihm Domenech dazwischen, der sich einige Meter weiter über etwas beugte.

Francisca, die ihn zuvor nicht wahrgenommen hatte, drehte erneut den Kopf.

»Welchen Kaffee, Señora Acosta?« Ihr Standort verursachte Jaume Übelkeit.

»Hören Sie schlecht, Soler? Ich brauche Hilfe!« Domenech kauerte mit einem Knie auf dem Boden, schirmte unsichtbar ab, was dort lag. »Sie stirbt sonst.«

»Wer?« Irritiert sah Jaume zu ihm hin.

»Die Taube – sehen Sie? Ich glaube, ihr Flügel ist gebrochen. Kann man das richten?« Seine Stimme wurde drängend, fast verzweifelt, während er sich diskret ans Ohr tippte. »Oh Gott, wie sie flattert! Sie leidet.«

Er musste etwas Wichtiges verpasst haben. Auf dem Boden vor Domenech lag *nichts*. Natürlich!

»Es ist nur eine Taube«, sagte Jaume hart und ging wieder auf Empfang. Ein Tiermedizinstudium. Woran war Francisca gescheitert: am Spiel, an der Realität? »Dreh ihr den Hals um, wenn du ihr helfen willst.«

»Nein!«

Ihr Schrei traf ihn in den Magen. Francisca machte einen Schritt auf sie zu, dann einen zweiten. Unauffällig verlagerte Domenech sein Gewicht, wie ein Sprinter im Startblock.

»Mach schon«, forderte Jaume. »Erlöse sie.«

Dritter Schritt. Nah genug?

»Man darf kein Tier töten, wenn man es retten kann!«

Abstand zur Hauskante ausreichend. Eine Silbe, ein Hauch über den Kopfhörer, und zeitgleich sprangen beide Männer vor. Lange Haare unter ihren Händen, schmale

Schultern, angespannt und aufrecht. Abrupt stand Francisca still, leistete keine Gegenwehr. Ihre Nase blähte sich unter schweren Atemzügen.

Jaume war froh, sie nicht niederringen zu müssen. War auch sie erleichtert oder war es Zorn, der sie zum Keuchen brachte? Vielleicht stimmte beides.

Ungerührt begegnete Domenech ihrem Blick. »Man darf niemanden einfach so töten. Das gilt auch für Menschen.«

Dienstag, 17. Oktober, 15:25 Uhr
– Francisca Acosta –

Im Glas auf dem Tisch wurde das Wasser allmählich warm. Es würde schal schmecken, sollte sie es trinken, aber das hatte sie nicht vor. Diese miesen Wichser hatten sie ausgetrickst. Unter den verschränkten Armen krallte sie die Nägel in ihre Bluse. Die Naht knackte. Ein banales, manipulatives Ablenkungsmanöver und sie war drauf reingefallen. Eine verletzte Taube! Als ob sich ein Polizist um so was kümmerte. Im Grunde ärgerte sie dieser Denkfehler mehr als die Festnahme selbst. Die konnten ihr gar nichts. Nur blöde Fragen und Vermutungen in den Raum werfen. Wobei sie zugeben musste, dass diese der Wahrheit teils recht nah kamen.

Zum Beispiel wie sie Antonio Cruz ausgeschaltet hatte. Das war richtig gut rekonstruiert. Allerdings war sie beim Wodka in der Thermoskanne nicht sicher gewesen. Eine Chance deutlich höher als fifty-fifty, weil er an dem Morgen ja glaubte, er hätte etwas zu feiern. Sogar von dem Kind, das ihr reingepfuscht hatte, war die Rede gewesen. Auf die Publicity durch den Zeitungsbericht hätte sie gern verzichtet. Kein normaler Mensch wäre je auf ein Blasrohr gekommen. Der Einfall machte sie trotzdem noch stolz. Elegant und effektiv. Bei jedem Handgriff war Rodrigo in ihrem Kopf gewesen.

»Guillermo Vargas war in Sie verliebt, und Sie haben das ausgenutzt. Es machte ihn zum leichten Opfer. Genau wie sein Analphabetismus. Er hat Ihnen vertraut.«

Das hatten sie alle. Sie behielt das Glas fest im Blick. Comissari Soler ging ihr mit seinem Herumgelaufe auf die Nerven. Wie ein debiles Zootier mit Hospitalismus. Diese Ana Ortiz dagegen saß nur da und glotzte sie an, genauso stumm wie sie selbst.

»Hat er wirklich an eine Vitaminspritze geglaubt?«

Guillermo schluckte auf der Arbeit viel Staub. Vielleicht sogar Asbest. Staub setzte sich in der Lunge fest und löste Entzündungen aus. Jedes Husten konnte ein Alarmsignal sein.

Du tust alles für Rambo und vernachlässigst dich selbst. Darum denke ich an deine Gesundheit – für unsere Zukunft.

»War seine Ahnungslosigkeit ein besonderer Kick für Sie?«

Von ihren Kicks verstand Soler null. Sie besaß ein Gespür dafür, Menschen richtig einzuschätzen. Asunción, Guillermo und Antonio hatte sie aus gutem Grund ausgewählt und hätte drauf gewettet … Aber in einem Punkt hatte sie sich bei ihnen doch getäuscht. Sonst wäre das alles nicht passiert. Selbst schuld, dieses undankbare Pack. Nur ein bisschen mehr Zeit – war das zu viel verlangt gewesen? Ein paar Tage nur. Dann hätte sie die Sache ins Lot gebracht. Soler guckte sie an, als sei sie ein Monster! Dabei hätten alle was davon gehabt, genau wie bei dem Deal mit ihrer Chefin. Wo war der Unterschied?

»Wie lange spielen Sie schon, Señora Acosta?«

Auf der Wasseroberfläche schwamm eine Fluse. Das trank sie ganz sicher nicht mehr.

»Ihre Beziehung mit Doktor Díaz ging wegen Ihrer Spielsucht in die Brüche. Das muss hart gewesen sein.«

Von wegen. Sie hatte seinen Brief erst drei Tage später gelesen und gar nicht bemerkt, dass er sich aus dem Staub gemacht hatte. Dieser feige Verräter. Nicht mal ins Gesicht sagen konnte er ihr, dass es aus war. Sie steckte mitten in einem Online-Pokerturnier, auf der Hand das Blatt ihres Lebens. Hatte er erwartet, dass sie das sausen ließ oder in Tränen ausbrach? Oh ja, später hatte sie geheult. Nachdem der Jackpot an einen anderen Spieler gegangen war. Und niemand mehr da war, um sie aufzubauen. Qual, Schwärze, Verzweiflung. Alles vorbei, hinter sich gelassen, alleine rausgekämpft. Ohne ihn, der sich einbildete, ihr Hobby sei ein Problem. Seinetwegen war sie monatelang zu einer Therapie gerannt. Wozu? Schwache Menschen verloren die Kontrolle. Das war nun wirklich keine Neuigkeit. Bei ihr lief es super. Ihr Gespür, wann ein Automat reif war zu werfen, trog sie nur selten. Alles Peanuts. Für den großen Wurf brauchte man Geduld und die Nerven zu reinvestieren.

»Hermosa Bazo war sicher eine große Hilfe. Ihre Chefin ist sehr verständnisvoll. Und sie hat wieder volles Vertrauen zu Ihnen gefasst, hält große Stücke auf Sie. Nur eins ist bei ihr strikt verboten: in der Praxis zu spielen. Nicht mal bei *El Gordo* macht sie mit. Schon irgendwie verbohrt. Dabei macht das nun wirklich jeder. In unserer Abteilung haben wir eine Tippgemeinschaft und kaufen mehrere *Decimos*. Die Auslosung sehen wir uns gemeinsam an. Ein Riesenspaß. Es geht ans Herz, wenn die Kinder die Gewinnnummern vorsingen.«

Streuung war das Zauberwort, so sah sie das auch. Sie hatte die Lose der *Lotería Nacional* gut verwahrt. Die anderen kannten zwar die Nummern, aber schriftlich gab es keinen Nachweis. Keine Kopien, damit weder die Ehefrau noch die neugierigen Nachbarn oder der dauerklamme Vermieter witterten, wenn sich ein Geldsegen anbahnte. Unmöglich, dass Soler dahintergekommen war. Das System war zu clever.

»Übrigens konnten wir den Gegenstand nicht finden, der sie an der Stirn getroffen hat. Nur ein Buch von Doktor Bazos Schreibtisch mit Hautschuppen und einem grauen Haar.«

Keine Fingerabdrücke. Garantiert nicht. Warum sagte er es nicht, wenn er wusste, dass sie damit zugeschlagen hatte? Vielleicht war Bazo doch tot. Ihre Nägel bohrten sich durch die Bluse bis in die Haut. Konnte der nicht endlich mal stillstehen? Oder bei einem Thema bleiben.

»Interessanterweise gibt es im Toilettenvorraum eine Blutspur.« Er hob die Hand zum Haaransatz. »Etwa in dieser Höhe. Das passt ziemlich gut zu Ihrer Beule.«

Sie konnten allenfalls Reste von Desinfektionsmittel festgestellt haben, niemals genug DNA. Noch so ein billiger Bluff.

»Mich verwirrt, dass Sie nicht einfach abgehauen sind. Gleich gestern. Sie hätten einen ordentlichen Vorsprung haben können. Und warum der Ausflug aufs Dach? Zu sterben war nie Ihre Absicht.«

Wohin hätte sie gehen sollen, ganz ohne Startkapital? Doch egal. Sein ganzes Wissen nützte ihm einen Scheiß, solange sie schwieg. Diesen Blick in die Tiefe würde sie nie vergessen. Den Augenblick der Angst, das Ringen um eine Lösung, die Abwägung der Chancen. Für Calderon hätte sie geweint. Aber da waren nur Soler und dieser andere Bulle. Und die verletzte Taube, die sie aus dem Konzept gebracht hatte. *Das Genick gebrochen.* Verfluchte Ironie.

Endlich stand Soler still.

Comissari Ortiz beugte sich über den Tisch. »Wo ist Rodrigo Díaz?«

Die Frage reizte Francisca zum Lachen. Was machte das schon, ein einziges Mal von ihrem Plan, zu schweigen und keine Gefühle zu zeigen, abzuweichen? Wenn sie wollte, reichte ein Satz, um eine gigantische Suchaktion auszulösen. Männer, Hunde, schweres Gerät, Hubschrauber – oder Taucher. Doch so viel Aufmerksamkeit verdiente Rodrigo nicht.

»Ich habe keine Ahnung, wo er ist«, sagte sie. »Das ist die Wahrheit. Die reine Wahrheit.«

Mittwoch, 18. Oktober, 11:05 Uhr
– Jaume Soler Martí –

Alle Antworten waren längst gegeben, steckten irgendwo in den gesicherten Spuren, den Aussagen und den Auslassungen. Sie mussten Wichtiges von Unwichtigem trennen und dabei jedes Staubkorn einzeln umdrehen. Wieder und wieder.

Jaumes Stirn sank langsam auf seinen Unterarm. Auf dem Bildschirm leuchtete das Protokoll seiner Gespräche mit Lidia Alvares. Hinter seinen Lidern formte sich ihr Gesicht, traurig und angestrengt vom Leben, dem dauernden Kampf gegen Vorwürfe, die von allen Seiten auf sie einprasselten. Besonders von ihrer ältesten Tochter. Maria, wie Calderons Frau. Maria, die er gefragt hatte, ob ihr Vater in den Tagen vor seinem Tod anders gewesen sei.

Er hatte manchmal gute Laune. Ganz plötzlich.

»Wir haben was!«

Jaume riss den Kopf hoch, starrte irritiert auf Domenech und den Praktikanten aus der KTU, der ihn verlegen ansah.

»In Señora Acostas Wohnung lagen etliche abgelaufene Zehntellose der *Lotería Nacional*. Sie hat alle akribisch aufgelistet, dazu seitenweise Berechnungen zu Chancen und Wahrscheinlichkeiten bei unterschiedlichen Spielen und Kombinationen angefertigt«, erklärte Domenech. »Hab nicht ich rausgefunden, sondern er.«

Jaume trank einen Schluck Kaffee. Ohne Milch und Zucker, kalt seit Stunden, gekocht mitten in der Nacht. Das bittere Gebräu weckte ihn augenblicklich, schärfte seine Konzentration.

»Ein Los fehlte. Und dieses eine ist bei der Ausspielung am 09. September gezogen worden.«

»Wie viel?« Er rieb sich übers unrasierte Kinn.

»Zwanzigtausend. Laut Auskunft der Lottogesellschaft wurde der Gewinn am erstmöglichen Tag in bar abgeholt.«

Jaume pfiff durch die Zähne. So was machte gute Laune. Keine kleine Summe, selbst nach Abzug der Steuern. »Auf ihrem Konto kam davon wenig an, vermute ich?«

»Kein Cent. Es kommt aber noch besser. Ihre Bank hat einen Kreditantrag in etwa gleicher Höhe abgelehnt. Den Verwendungszweck hat sie für sich behalten. Und nun wird es interessant: Das war nicht vor dem Gewinn, sondern danach.«

Vor ihm tanzte Lidias Name. Drei Kinder, Scheidung, Schulden. Und Antonio Cruz hatte plötzlich gute Laune.

Sie waren ganz nah dran. Er blinzelte.

»Du solltest eine Pause machen, *Jefe*.«

»Später.«

Untermiete, überfällige Renovierungsarbeiten, Zukunftssorgen. Banal und unspezifisch und doch ein verbindendes Element wie die Hunde. Und Francisca Acosta.

Sie zockt existenzgefährdend.

Eine freundliche junge Frau mit System, die Vertrauen und Hoffnung weckte, aber nicht kreditwürdig war.

Er brauchte Beweise und Rodrigo Díaz, bevorzugt lebendig.

Mittwoch, 18. Oktober, 21:30 Uhr
– Montse Soler Martí –

»Es tut mir leid.« Montse kam direkt zur Sache. Ihr Plan war einfach. Die Kinder schliefen und Jaume war im Büro. Dort würde er die ganze Nacht bleiben. Der perfekte Moment, um mit ihrer Schwägerin reinen Tisch zu machen, ehe die anhand von Gerüchten falsche Schlüsse zog. Sie versuchte ihren Monolog so knapp wie möglich zu halten.

»Zu dem Zeitpunkt, als ich mit Rafael und Gabriela im Zoo war, habe ich Rodrigo nur als Experten gesehen, der meine Neugier befriedigen sollte. Ich fand die Idee originell.« Eine Gefahr für die Kinder hatte es nie gegeben.

»Du machst immer genau das, was du willst. Dein eigenes Ding.« Palomas Blick ließ sich so wenig deuten wie ihr Tonfall. Sie öffnete ein Fenster, setzte sich aufs Fensterbrett und schwang die Beine nach draußen auf das schräge Dach des darunter liegenden Anbaus. Die Ziegel klapperten tönern und Montse folgte ihr.

»Das wollte ich schon immer mal machen.« Paloma fischte eine zerdrückte Zigarette und ein Feuerzeug aus der Hosentasche. »Hab ich einem meiner minderjährigen Schüler abgenommen.« Ihre undurchdringliche Miene bekam einen Riss. Eine kleine Flamme blitzte auf, fraß sich ins Papier und brachte den Tabak zum Glühen. Würzig und leicht süßlich. »Hat es funktioniert mit dem Tierarzt – und dem Befriedigen?«

»Davon muss Jaume nicht unbedingt erfahren«, sagte

Montse kleinlaut. Ihre kurze Affäre war bislang ein Geheimnis geblieben. »Bitte.«

»Wovon?« Paloma pustete den Rauch in die Nacht. »Dass seine Schwester mit einem Tatverdächtigen geschlafen hat? Schon wieder. Dass seine Frau heimlich qualmt? Dass wir auf dem Dach sitzen? Oder dass du gerade versuchst, dich mit dem Feind der katalanischen Republik zu verbünden?«

»Von all den Dingen, die er gegen uns verwenden könnte.« Montse kratzte an den Schmutzrändern unter ihren Fingernägeln. »Wobei er sich freuen würde, wenn wir uns vertragen.«

»Klar, das würde er. Und nun stell dir vor, er erzählt es eurer Mama. Du und die Königstreue. Nein. Wir lassen es schön so, wie es bisher war. Offiziell werde ich weiter auf dich herabsehen und du gegen mich sticheln.«

»Das klingt, als hättest du Spaß daran.«

»Unser Kleinkrieg macht Jaume ein schlechtes Gewissen.«

»Respekt. Du weißt, wie man Männer behandelt.«

»Weil wir gerade beim Thema sind: Warum spricht eigentlich niemand über deinen Mann?« Paloma schnippte Asche ab.

Ein glutroter Funke sprang kullernd übers Dach und verlosch. All die Anstrengungen zu vergessen – vergebens. Illusorisch, Vergangenes hinter sich zu lassen. Jede Nacht der gleiche Mond und die gleichen Sterne. Die gleiche Sehnsucht. »Ich bin geschieden. Er wollte es so. Und er … ist im Gefängnis.« Weil Jaume ihn wegen Mordes verhaftet hatte. »Ein andermal erzähle ich mehr, versprochen.«

Paloma sah sie lange an, ehe sie schließlich die Zigarette weiterreichte. »Ich nehme dich beim Wort.«

»Dir ist schon klar, dass das ein Joint ist?«

»Wir werden uns morgen an nichts erinnern.«

Montse sank mit dem Rücken aufs Dach und ließ den Rauch durch die Nasenlöcher strömen. »Nein. Werden wir nicht.«

Donnerstag, 19. Oktober, 09:05 Uhr
– Rodrigo Díaz –

Über dem Meer brach ein Sonnenstrahl durch die Wolken, setzte Glanzlichter auf die Wellen und beleuchtete die steinernen Spitzen der Grabmale des *Cementiri de l'Est* gegenüber dem Hotel Antares, in dem Rodrigo Díaz untergeschlüpft war. Trotz aller Frustration, was das Ende ihrer Beziehung anbelangte, war er Montse für ihre Umsicht dankbar. Sie hatte ihn am Dienstagmorgen eingecheckt und der fürsorglichen Beobachtung einer Freundin unterstellt, um runterzukommen und einen drohenden Rückfall abzuwenden.

Mit dem Fahrstuhl fuhr er ins Erdgeschoss. An der Rezeption unterbrach Alba Ruiz ein Telefongespräch und eilte ihm entgegen.

»Du gehst?« In ihrer Frage lag Besorgnis.

»Ich muss. Aber wenn ich darf, komme ich gern wieder und lade dich zum Essen ein. Leider wartet ein ziemlich nerviger Kommissar auf meine Aussage.« Seit zwei Tagen, wie der endlosen Liste entgangener Anrufe und Nachrichten zu entnehmen war. Jetzt fühlte er sich stark genug, auf Polizeifragen zu antworten und über Francisca zu sprechen.

»Ich freu mich, wenn du wiederkommst.« Alba zögerte. »Was Jaume angeht, der ist im Grunde in Ordnung. Das Nervige liegt wohl in der Familie.«

Ihr schüchternes Lächeln wärmte sein Herz, auch wenn er ihr spontan nicht folgen konnte.

»Wen interessiert Solers Familie?« Er hauchte einen Kuss auf ihre Hand. »Oder bist du mit ihm verwandt?«

»Ich nicht.«

Rodrigo vergaß, ihre Hand loszulassen.

»Sie wollte es dir längst selbst sagen. Auf jeden Fall aber, bevor du wieder mit ihm sprichst. Mit ihrem Bruder. Doch weil es dir so schlecht ging … Es hätte dich noch mehr verletzt.«

Bei seinem Beinahe-Antrag am Strand hatte sie ihm ihren vollen Namen genannt. *Montse Soler Martí hat das große Los gezogen.* Aber er hatte die Bedeutung nicht begriffen.

»Jaume weiß nicht mal, dass ihr einander kennt. Er hat keine Ahnung.«

Damit befand er sich in guter Gesellschaft. Rodrigo schluckte bitter. Immerhin war er Soler in puncto Nichtwissen jetzt einen kleinen Schritt voraus. Bezüglich seiner Bekanntschaft mit Montse sollte es dabei bleiben.

Er küsste Albas Hand erneut und lächelte. Vielleicht war sie ohnehin die weit bessere Wahl.

Donnerstag, 19. Oktober, 21:15 Uhr
– Jaume Soler Martí –

Es duftete nach gebratenem Fleisch und gegrilltem Gemüse, maurischen Hähnchenspießen, Zwiebeln in Sherry und *patatas bravas*, deren scharfe Soße am Gaumen brannte. Ihr Tisch im *Mar i Monte* ächzte unter der Beladung. Das ewig wackelige Bein hatte Domenech mit einer gefalteten Serviette unterfüttert, damit nicht bei jeder Bewegung etwas überschwappte.

Gedankenverloren hob Jaume sein Glas.

»Wird das eine Rede, *Jefe*?« Calderon klopfte auf die Tischplatte. »Seid mal still!«

Eigentlich hatte er nur vergessen zu trinken. Zwei Tage und acht Stunden waren vergangen, seit sie Francisca Acosta auf dem Dach gestellt und in Gewahrsam genommen hatten. Niemand war in dieser Zeit zum Schlafen nach Hause gegangen. Mehr als eine kleine Ruhepause, abwechselnd auf der Liege im Sanitätsraum oder in einer Arrestzelle, hatte sich keiner gegönnt. Nun hing ihr ehemals löchriger Teppich sauber gesäumt in Selvanegras Büro. Kein Wandbehang von epischer Schönheit. Ein wenig durchscheinend an manchen Stellen, dennoch zeigte er ein komplettes Bild.

Schlussendlich nutzte ihr Schweigen Acosta nichts. Das Team war zu gut. Und ab sofort auch wieder seins.

»Salut, auf euer Wohl.« Das musste reichen. Er grinste und nickte Ana Ortiz zu, die heute, wie sie selbst sagte, ihre Abschiedsvorstellung gab. In Zukunft wollte sie lieber auf

Selvanegra verzichten, ein Versetzungsantrag lief bereits. Er überließ es ihr gern, mit der Zusammenfassung der letzten Erkenntnisse zu beginnen. Auch das war eine Tradition am Ende der Ermittlungen, wie das gemeinsame Essen.

»Ihr habt großartige Arbeit geleistet, und ich danke euch für euren Einsatz«, sagte sie. »Ihr seid ein renitenter Haufen, und ich fürchte fast, ihr werdet mir fehlen.«

»Renitent – hört, hört! Das hat was.« Martinez nahm die nächste Runde Bier entgegen, und Carolina stibitzte unterdessen Artischockenherzen von seinem Teller.

Ortiz setzte neu an. »Francisca Acosta lernte Rodrigo Díaz bei einer Fortbildung kennen, er brachte ihr das Schießen mit dem Blasrohr bei.«

»Pusten.« Calderon hob den Finger. »Sagt Domenech.«

»Díaz hätte im Verlauf der Beziehung fast seinen kompletten Besitz verloren und sein Dasein als Arzt. Trotzdem hat er nach der Notbremse dafür gesorgt, dass sie bei seiner Kollegin Hermosa Bazo unterkam.«

»Sehr nett von ihm. Ging aber nach hinten los.« Calderon litt heftig unter seinem Fehlurteil und trank zu schnell.

»Sie entwickelte ihr Tipp-System, konnte es aber nicht finanzieren, und suchte Mitspieler, die sie – genau wie das Spiel – zu beherrschen glaubte. Sie kassierte die Hälfte des Loswertes – drei Mal. Als es tatsächlich zum Gewinn kam, warteten alle geduldig ein paar Tage ab. Doch Francisca konnte natürlich nicht jeden Mitspieler auszahlen. Sie versuchte Zeit zu schinden. Schließlich hatte sie einen Batzen Geld in der Hand. Zwanzigtausend. Das war eine Chance, die sich nur einmal bietet. Der Beginn ihrer Glückssträhne? Nur ein Treffer, der den Gewinn verdoppelt, dann wäre sie aus dem Schneider gewesen. Sie ging auf volles Risiko – und verlor. Als ihre Tippkollegen nicht mehr stillhielten, musste sie sich entscheiden. Und spätestens jetzt wurde es irrational.«

Francisca Acosta hatte sich in ihren Lügen verrannt. Dabei wäre es ein Leichtes gewesen, das mehrfach gesplittete Los als Versehen darzustellen.

»Sie nutzte ihre Fachkenntnisse und stellte sich klug an, indem sie variierte. Jeder Todesfall stand für sich, ohne Verbindung zwischen den Opfern, die ja nicht zum offiziellen Kundenstamm der Praxis gehörten.«

»Díaz meint, sie wollte ihn mit dem Blasrohr in Verdacht bringen.« Domenech spießte ein dampfendes Kartoffelstück auf, von dem feurige Soße tropfte. Am Morgen war der Tierarzt plötzlich wiederaufgetaucht. Leicht angeschlagen, aber gesund. »Ich halte das eher für einen ungeplanten Nebeneffekt. Durch das Blasrohr sind wir ja auch in Doktor Bazos Praxis geraten, was nicht in ihrem Interesse gewesen sein kann. Vermutlich hat sie das erst später inspiriert, ihn beim Mord an Sorokin mit einzubeziehen.«

Díaz hatte die Tatwaffe ohne Umschweife als sein Messer identifiziert. Verschwunden vor Jahren, in einer Zeit, an die er sich nur vage erinnerte. Verkauft womöglich, um neue Jetons zu beschaffen oder Geld für andere Spiele. Es war ihm nie in den Sinn gekommen, dass Francisca es behalten haben könnte.

»Wir sind ihr bedrohlich nah gekommen. Da hat sie uns eine doppelt falsche Fährte hingezaubert. Mit dem Dolch von Díaz und dem Flugblatt von *Mateix*. Eine weise Entscheidung, sich nicht auf die Tourismusgegner und ihr Umfeld zu versteifen.« Wie Selvanegra es bevorzugt hätte. Ortiz zog symbolisch den Hut vor Jaume.

»Bedrohlich nah«, knurrte Calderon. »Sag es doch: Wir sind schuld – *ich* bin schuld an Sorokins Tod! Am Dienstag hab ich mit ihr gesprochen und Mittwochmorgen hatte er das Messer zwischen den Rippen. Weil ich nichts gemerkt habe. Ein junger Vater, der nur einen Abend Spaß haben wollte.«

Nach dem Casino und reichlich Alkohol hatte Francisca ihn mit der Aussicht auf Sex geködert, genau wie schon Guillermo. Er war ihr zum dunklen *Chiringuito* an den nächtlichen Strand gefolgt, in einen verborgenen Winkel zwischen bizarre Schatten und sich plusternde Vorhänge. Dort genügte eine scharfe, schnelle Klinge.

»Was hättest du denn merken sollen?«, fragte Martinez und legte Calderon die Hand auf die Schulter. »Anschließend hat sie Fehler gemacht. Die kannst du auf dein Konto schreiben. Sie hat den Schal behalten, trotz der Blutflecken. Und bei ihrer Inszenierung in der Praxis hat sie unsere Nachweismethoden unterschätzt. Selbstverletzung, um als Opfer dazustehen, damit konnte sie nicht durchkommen.«

Jaume war drauf reingefallen, was ihm beinahe den Appetit verdarb. Doch das Essen war einfach zu köstlich. Knuspriger Schinken knackte zwischen seinen Zähnen, verband sich vortrefflich mit der süßen Dattel, die er umhüllte.

»Doktor Bazo verdankt dir ihr Leben«, sagte er an Calderon gewandt. »Deine Anrufe waren wie Dauerfeuer für Francisca, bei jedem Handgriff hast du ihr im Genick gesessen. Sie musste auf einen Medikamentenrest zurückgreifen, den sie bei einer Behandlung beiseitegeschafft hat. Weil Bazo die tödlichen Medikamente aus ihrer Reichweite genommen hatte – nach deinem Besuch. Also: dein Verdienst.« Franciscas tränenreiche Nachfrage nach dem Befinden ihrer Chefin waren nur Ausdruck der verzweifelten Hoffnung gewesen, diese könne doch noch sterben. Er schob eine zweite Dattel nach, und Carolina fuhr an seiner Stelle fort.

»Der Schrankschlüssel lag im Gebüsch. Den musste sie suchen, um eine sichere Dosis nachzuspritzen, aber da war dieses Klingeln, und der Abschiedsbrief musste auch noch getippt werden. Puh … sie schwitzte, sie rannte und kriegte nichts mehr ordentlich auf die Reihe. Der Brief blieb unvollständig, sie schloss Bazos Tür ab, kletterte durchs Fenster, dann haute sie sich den Schädel blutig und putzte wie der Teufel – doch da schellte es auch schon am Eingang. *Game over*. Dein Verdienst, Calderon.«

Domenech schob dem Kollegen wortlos ein frisches Bier zu.

»Auf Calderon und auf alle«, sagte Jaume. Er deutete auf den jungen Mann, der unauffällig neben Martinez in der Ecke klemmte. »Damit meine ich auch unseren KTU-Praktikanten.«

»Soler!«

Schmunzelnd überging er Carolinas Rüffel. »Sie haben einen scharfen Blick und einen ebenso scharfen Verstand. Wenn Sie mit Ihrer Ausbildung fertig sind und Abwechslung suchen, würde ich mich freuen, wenn Sie sich bei uns bewerben.« Er zwinkerte. »Und damit meine ich nicht die Truppe mit dem Puderpinsel, Señor Eduardo Vicente.« Er prostete ihm zu und trank. Weicher Schaum in seiner Kehle, erfrischend kühl. Langsam breitete sich Ruhe in ihm aus, die angenehme Schwere von Zufriedenheit nach getaner Arbeit.

»Blöder Hund«, hörte er Carolina sagen, ehe sie in Gelächter ausbrach. Er reagierte nicht. Von Hunden hatte er vorerst genug.

*

Über den Hügel und die Parkmauer wehte Blütenduft. Das Taxi hatte Jaume an der *Carreta del Carmel* abgesetzt. Nach dem guten Essen wollte er ein paar Meter zu Fuß gehen. Sein spontanes Angebot an den Praktikanten hatte er noch einmal bekräftigt. Gleichwohl war die Wahrscheinlichkeit gering, dass Eduardo Vicente darauf zurückkam. Er studierte Psychologie und hatte das Praktikum aus reiner Neugier angetreten. Als nützlichen Blick in den Abgrund.

Wo grenzte sich Neugier vom Spieltrieb ab? Wo das Glück vom Zufall? Da war sie wieder, die ungeliebte Frage, die ihn regelmäßig plagte. Hatten sie den Fall in Wahrheit nur durch einige glückliche Fügungen gelöst? Oder trug der vermeintliche Zufall vielmehr Montses Namen? Sie hatte die Kalenderbilder entdeckt, Guillermo als Praxiskunden identifiziert, Franciscas Spielsucht enttarnt und sie auf dem Video erkannt. Und obendrein hatte sie zwischen den Tourismuskritikern und *Mateix*-Aktivisten Selvanegras Maulwurf gewittert, den er ihr gerne serviert hätte. Leider verbot ihm das sein Berufsethos. Ortiz war in dem Zusammenhang versehentlich der Name Nurio herausgerutscht. Er war zuversichtlich, dass Montse den auch ohne seine Hilfe bald entlarvte.

Sie wäre eine gute Ermittlerin gewesen, geleitet von Wissbegier und Gerechtigkeitsstreben. Nur leider untauglich für den Polizeidienst. Weil sie zu gerne auf dem Drahtseil tanzte, ohne Angst vor der Tiefe. Genauso balancierte auch ihre Hilfe immer am Rande einer Katastrophe. Dennoch gefiel ihm der Gedanke besser, den Erfolg ihr zu verdanken, als einer völlig abstrakten und willkürlichen Laune des Lebens. Er würde sie garantiert niemals darum bitten, ihm bei der Lösung eines Falls zu helfen. Nicht direkt jedenfalls.

Es reichte aus, ihr jegliche Einmischung zu untersagen.

Nachwort der Autorin, Erläuterungen und Dank

Barcelona – Stadt meiner Sehnsucht, der Schönheit und der Gegensätze!

Eine Stadt zu lieben, egal welche, ist nicht immer leicht, es erfordert Geduld, Nachsicht und einen gewissen Optimismus, ähnlich wie die Liebe zu einem Menschen. Wo Licht ist, ist Schatten – daran führt kein Weg vorbei.

Ich danke allen Leser*innen, die Comissari Jaume Soler und seine Schwester Montse – die heimliche Heldin an seiner Seite – bei ihrem zweiten Fall begleitet haben.

Wie üblich sind meine Protagonisten und die Ereignisse meiner Fantasie zuzuschreiben. Ähnlichkeiten, falls vorhanden, sind rein zufälliger Natur.

Ein kleines Denkmal möchte ich mit diesem Roman den zahllosen Hunden setzen, die Barcelonas Straßen und Balkone bevölkern. Ein Phänomen, dem ich in der Ausprägung bisher nirgendwo sonst begegnet bin.

Auch die Leidenschaft der Spanier fürs Glücksspiel ist etwas Besonderes. Tippgemeinschaften sind allgegenwärtig und die jährliche Weihnachtslotterie ein gefeiertes Großereignis.

Auf die Idee, dieses Thema aufzugreifen, kam ich in *La Pausa*, meinem Modell für Ignacias kleine Bar, wo ich zum ersten Mal einen handschriftlichen Aushang bemerkte, der den Ausstieg eines *circulo*-Mitgliedes öffentlich bekannt gab. Ein sehr herzlicher Dank geht selbstverständlich wieder an die echte *Jefa* der echten Bar, Nicol Martinez. Nicht zu vergessen ihre Freundin Francisca Acosta, die sich von mir wünschte, im Roman mitzuspielen. Ich hoffe, sie ist mit ihrer Rolle in der Geschichte zufrieden.

Wer den *Park Güell* besuchen möchte, dem empfehle ich, dies am frühen Morgen zu tun – vor dem Hauptansturm, der dem Zauber dieses Ortes nicht unbedingt zuträglich ist.

Lassen Sie sich Zeit, um das Herz Barcelonas schlagen zu hören – im Trubel der *Ramblas*, auf stillen Plätzen oder am Meer. Ideal, um die Seele baumeln zu lassen, sind die *Chiringuitos*, die es an jedem Strandabschnitt gibt, *Somorrostro* ausgenommen, dort habe ich eins hinzugedichtet.

Von den Problemen Gentrifizierung, Arbeitslosigkeit und Massentourismus sind viele Städte betroffen. Dem gegenüber stehen in Barcelona eine Vielzahl von Nachbarschaftsinitiativen, kreativer Aufbruch und große Solidarität; die besetzten Gärten sind ein Teil davon. Mein *Horta ocupada* im Viertel *Poblenou* ist dem nachempfunden, wie auch *Mateix* an ein reales Original angelehnt, aber nicht mit diesem identisch ist.

Jaumes Leidenschaft fürs gute Essen teile ich uneingeschränkt, und dass ich ihn wieder in die baskische Taverne *Irati* geschickt habe, kommt nicht von ungefähr. Dort kann ich einfach nie vorbeigehen ohne einzukehren. Betrachten Sie die erwähnten *Pintxos* als willkürliches Beispiel der kulinarischen Köstlichkeiten, die jeder am besten selbst testen sollte.

Ein großer Dank geht an meinen Agenten Michael Wenzel, meine Lektorinnen Martina Wielenberg und Valérie Thieme, das gesamte Verlagsteam sowie an Björn Rothmüller, meinen Berater in allen Fragen der Polizeiarbeit und Spurensicherung.

Abschließend danke ich meinem Mann aus tiefstem Herzen, für all die kleinen und großen Dinge, mit denen er mich unterstützt und glücklich macht. An jedem einzelnen Tag.

Auf bald – vielleicht in Barcelona?

Mit herzlichen Grüßen
Ihre
Isabella Esteban

Mord in der schönsten Stadt Spaniens

Isabella Esteban
MORD IN BARCELONA
Comissari Soler ermittelt
Kriminalroman
DEU
352 Seiten
ISBN 978-3-404-17940-4

Auf dem Friedhof Montjuïc in Barcelona wird eine Tote gefunden, die dort nicht hingehört: Die Frau, eine deutsche Touristin, wurde ermordet und nur stümperhaft versteckt. Comissari Jaume Soler von der Kriminalpolizei übernimmt den Fall, aber für ihn und sein Team gibt es nur wenig Anhaltspunkte. Daher beschließt Jaumes Schwester Montse, die die Tote zufällig kannte, ihrem Bruder bei der Aufklärung zu »helfen.« Zwischen pittoresken Gräbern, engen Gassen und der Brandung am Meer bringt das unfreiwillige Ermittlerduo nach und nach ein tödliches Drama ans Licht, das noch lange nicht zu Ende ist …

Lübbe